Randall Arthur

Die Enkelin des Hiob

Über den Autor

Randall Arthur war 22 Jahre als Missionar in Europa tätig. Er und seine Frau Sherri arbeiteten in der Gemeindegründung in Deutschland und Norwegen. Im Jahr 1998 kehrten sie in die USA zurück. Randall Arthur hat bisher drei Romane geschrieben. Er lebt mit seiner Frau und seinen drei Kindern in Georgia.

Randall Arthur

Teil 1

Die Enkelin des Hiob

Roman

Teil 2: Die Erben des Hiob

Gerth Medien

Titel der Originalausgabe:
Wisdom Hunter

Published by Multnomah Books
Sisters, Oregon 97759, USA

6. Taschenbuch-Ausgabe 2006

ISBN-10: 3-86591-135-8
ISBN-13: 978-3-86591-135-3

Übersetzung: Christian Rendel
Umschlaggestaltung: Michael Wenserit
Titelfoto: Dmitri Laviow, 50589 Düsseldorf
Satz: Projektion J Verlag
Druck und Verarbeitung: Ebner & Spiegel, Ulm

Erster Teil

1971–1972

1

Jason räusperte sich. Seine Frau wußte, was als nächstes kommen würde, und der Schmerz stieg erneut in ihr auf. Bei jeder Abendmahlzeit während der letzten fünfhundertundfünfzehn Tage hatte er laut für ihre Tochter gebetet, wobei er sich stets langsam durch das Gebet arbeitete und jedes Wort betonte, als wolle er seine Aufrichtigkeit beweisen.

»Oh Gott«, sagte er heute abend, »wo immer Hannah jetzt sein mag, wir bitten, daß sie wissen möge, daß sie unter deinem Schutz steht. Danke, daß du sie behütest. Und noch mehr Dank dafür, daß du eines Tages unseren Glauben belohnen und sie nach Hause bringen wirst.«

Er machte eine Kunstpause, als wolle er die Aufmerksamkeit des Allmächtigen fesseln, und fuhr dann mit brechender Stimme fort. »Nur – laß es bald geschehen. Wir vermissen sie so sehr …«

Hannah Freedman lag auf der Wohnzimmercouch, und wieder einmal erfüllte sie der Gedanke mit Stolz, daß sie der Grund war, der Cody aus seiner Einsamkeit herausgelockt hatte. Er war ihr völlig verfallen – und der Gedanke war fesselnd. Sie bewunderte ihren brillantbesetzten Ehering und genoß die Erkenntnis, daß Cody sie stets wie eine Prinzessin behandelte, als habe sie ihm durch königlichen Erlaß irgendwie ein neues Leben geschenkt.

Selbst jetzt, da sie allein in ihrem Haus in einem Vorort von Miami war, spürte sie seine Vernarrtheit. Sie schwebte in allen Zimmern und fühlte sich getragen von der allgegenwärtigen Erinnerung an Codys liebevolle Worte und Umarmungen.

Hannah drehte sich schwerfällig auf die Seite. Das Baby, das sie in sich trug, verhinderte, daß sie sich ganz auf den Bauch rollen konnte. Sie lächelte. Es war wie in einem Märchen. Sie und Cody waren sich erst vor zehn Monaten begegnet – sie eine Ausreißerin, noch nicht einmal achtzehn Jahre alt; er ein kultivierter, fünfundzwanzigjähriger Mann mit einem verantwortungsvollen Beruf. Und nun würden sie für immer zusammenbleiben. Konnte das wahr sein? Wie war es möglich, daß sie es so gut hatten?

Sie streckte den Arm über den Kopf nach hinten aus und griff nach einem eingerahmten Foto von Cody, das einsam auf dem Beistelltisch stand. Die Aufnahme war wenige Wochen vor ihrem ersten Treffen entstanden. Sie zeigte dasselbe gutaussehende Gesicht, denselben grünäugigen, aschblonden Mann, der jetzt ihr Ehemann war – doch damals war er ganz anders gewesen. Auf seinem Gesicht lag ein Lächeln, doch dahinter versteckte sich das Gefühl eines schweren Verlustes, das sein Leben beherrscht hatte, seit seine Eltern zwei Jahre zuvor bei einem Flugzeugabsturz ums Leben gekommen waren. Aus dieser scheinbar unheilbaren Isolation hatte sie ihn befreit. Und Cody wiederum hatte sie von einem elenden Dasein errettet und sie auf einen hohen Sockel der Erfüllung gestellt, der ihre kühnsten Träume übertraf.

Dankbarkeit ließ ihre Gedanken emporschweben, während sie das Bild an die Brust drückte. Voller seliger Empfindungen erlebte sie zum tausendsten Mal von neuem die unaufhörliche Leidenschaft der letzten zehn Monate. Zuerst die explosive Romanze – die Chemie zwischen ihnen, die sofort wie Schießpulver auf Feuer reagierte. Dann kam die ungeplante, aber willkommene Schwangerschaft, gefolgt vom Austausch ihrer Eheversprechen vor siebeneinhalb Monaten. Jeder Tag war ein Fest gewesen. Wenn sie all das noch einmal durchleben könnte, würde sie nicht ein einziges Detail verändern.

Eine Wanduhr auf der anderen Seite des Zimmers begann zu läuten, und Hanna schloß ihre Augen und brachte ihre Gedanken zum Schweigen, um zu lauschen: vier Uhr. Es war vier Uhr, Freitagnachmittag, der 15. Dezember. Draußen war die »Weihnachtsstimmung« mit all ihrem Kommerz fast auf ihrem Höhepunkt – und sie, Hannah Freedman, hatte alles, wovon eine Frau im Leben träumen konnte: ein großes, schönes Haus, ein leidenschaftliches Liebesleben und emotionale Geborgenheit. Schon in vierzig Minuten würde ihr Geliebter von der Arbeit in seiner Tierarztpraxis nach Hause kommen, und sie würden wie üblich ihr frühes, ausgedehntes Abendessen zusammen einnehmen und die Vertrautheit genießen. Und in nur vierzehn Tagen würden sie und Cody nach den Berechnungen des Arztes ihr erstes Kind in den Armen halten.

Sie hielt das Foto empor und betrachtete durch Tränen des Glücks Codys Bild. Zum ersten Mal in den achtzehn Jahren ihres Lebens wußte sie, was es bedeutete, zu leben und zu lieben.

Langsam streckte sie den Arm über den Kopf aus und stellte das Bild vorsichtig wieder an seinen Platz. Sollte sie aufstehen? Dank eines frühmorgendlichen Energieausbruchs hatte sie bereits ihren Haushalt erledigt; das Haus war sauber, die Weihnachtsplätzchen gebacken, und sie war erschöpft von der Arbeit. Ihr zierlicher Körper, auf dem jetzt zusätzliche sechsundzwanzig Pfund lasteten, weigerte sich einfach, sich zu erheben.

Um zwanzig vor fünf kam Cody zur Hintertür herein. Mit der Geschmeidigkeit einer Katze bewegte er seinen einen Meter neunzig großen und fünfundachtzig Kilo schweren sportlichen Körper durch die Küche und begann zu singen: »Jingle bells, jingle bells, jingle all the way. Oh what fun it is to live with a blue-eyed Georgia girl, hey!«

Auf der Wohnzimmercouch erwachte Hannah aus ihrem leichten Schlaf und lächelte, während Cody fortfuhr, herrlich falsch zu singen: »Jingle bells, jingle bells, jingle all the way. Oh what fun it is to love my blue-eyed Georgia girl!«

Als Cody seinen Kopf durch den Türrahmen steckte, applaudierte Hannah. »Coe«, sagte sie und breitete müde, aber einladend ihre Arme aus, »du kannst dein blauäugiges Georgia-Mädchen lieben, wann immer du willst.«

Cody wurde in ihre Arme gezogen wie eine Motte ans Licht. Er kniete sich neben sie auf den dicken, grauen Teppich und küßte ihre vollen, warmen Lippen, als hätte er sie seit Wochen vermißt. Als er sich endlich von ihr löste, sah er ihr in die Augen und sagte eindringlich: »Hannah, du bist so wunderschön – selbst wenn du müde bist.«

Er hatte ihr schon oft gesagt, daß sie schön war – und hatte nie damit aufgehört, selbst als ihre Schwangerschaft allmählich unübersehbar wurde. Lachend schlug Hannah mit ihren Armen wie ein Huhn mit den Flügeln und nickte zu ihrem Bauch hin. »Es gefällt dir wohl so, was?«

Cody lächelte zur Antwort und fuhr dann mit seinen Fingern langsam durch ihr langes, kupferrotes Haar. »Hannah«, stöhnte er, »ich vermisse dich immer so.«

»Wie sehr?« fragte sie lächelnd.

»Willst du es wirklich wissen?«

»Ja.«

Cody grinste. »Ich werde es dir sagen. Heute habe ich vier verschiedenen Hunden versehentlich zuviel Antibiotika gespritzt und sie alle umgebracht«, scherzte er, »nur weil ich dauernd an dich denken mußte. Alles, was ich heute getan habe, war, davon zu träumen, mit dir zusammenzusein.«

Erregt zog Hannah ihn langsam an sich, um ihn noch einmal leidenschaftlich zu küssen.

Cody musste seine ganze Selbstbeherrschung aufbieten, um nicht weiterzugehen. Als Hannah ihn endlich losließ, ließ er sich widerstrebend auf den Boden fallen und streckte sich lang auf dem Rücken aus. »Warte nur«, sagte er genießerisch, »bis wir wieder zusammenkommen können. Ich werde dafür sorgen, daß es unvergeßlich wird.«

Hannah lachte verführerisch. »Bist du sicher, daß du es bis dahin aushältst?«

Überrascht bemerkte sie, wie er ernst wurde. Er erhob sich wieder auf die Knie und ergriff ihre Hände. »Hannah, wenn es sein müßte, würde ich auch mein ganzes Leben lang auf dich warten.«

Hannah hegte nicht den geringsten Zweifel, daß er es ernst meinte. Sie spürte seine Aufrichtigkeit so deutlich wie einen angenehmen Sommerregen, der auf sie herabfällt. Instinktiv zog sie ihn wieder dicht an sich.

»Cody«, flüsterte sie ihm ins Ohr, »das wird das beste Weihnachtsfest, das ich je hatte. Und der Grund bist du.«

Nach dem Essen geriet Cody ins Schwärmen, als Hannah das Tablett mit den Weihnachtsplätzchen neben ihn auf den

Tisch stellte. »Die sehen ja besser aus als die bei uns zu Hause«, sagte er. Er biß von einem Plätzchen ab und nickte dann. »Und sie sind auch so gut.«

Im Hintergrund spielte leise Weihnachtsmusik. Hannah setzte sich und hörte Cody weiter zu, wie er ihr von seinem Arbeitstag erzählte: Er hatte das gebrochene Bein eines Schäferhundes gerichtet, einen alten Kater untersucht, der nicht fressen wollte, einem vier Tage alten Boxer den Schwanz kupiert und eine Reihe von Spritzen gegeben.

»Und Mrs. Gravitt kam wieder mit ihrem Dalmatiner«, sagte er und hielt dann inne.

»Und?« fragte Hannah.

»Und das dürfte das letzte Mal gewesen sein!« lächelte er zufrieden. »Er ist völlig wiederhergestellt, und Mrs. Gravitt ist die glücklichste Kundin, die ich je hatte.«

»Das sollte sie auch«, versicherte ihm Hannah. »Dieser Hund war fast tot, als sie ihn vor zwei Monaten zum ersten Mal zu dir brachte. Es war geradezu ein Wunder, daß du ihn noch retten konntest. Aber was soll ich sagen? Du bist der Beste.«

»Na ja, vielleicht nicht der Beste, aber ...« Cody hakte mit geschwellter Brust seine Daumen in die imaginären Hosenträger. Beide brachen in Gelächter aus.

»Hör mal«, fuhr er fort, nachdem er ein weiteres Plätzchen gegessen hatte, »ich habe heute morgen Reeds Reisebüro angerufen. Sie haben mir zugesagt, die Kabine zu reservieren –«

Bevor er den Satz beenden konnte, sah er, wie Hannah plötzlich nach Atem rang, sich auf ihrem Stuhl anspannte und dann ein leises Stöhnen ausstieß. Cody war sofort bei ihr und packte ihre Schultern. »Ist alles in Ordnung?« fragte er.

Endlich begann sie zu atmen; dann sah sie ihm in die Augen, und auf ihrem Gesicht erschien das überraschendste schöne Lächeln, das er je gesehen hatte. »Ich glaube schon ... ich ... ja, ich bin in Ordnung«, antwortete sie. »Meine Fruchtblase ist gerade geplatzt.« Sie spürte, wie sich die warme Flüssigkeit um ihr Gesäß sammelte und an ihrem Bein hinabrann. Einen Augenblick lang war sie verlegen, doch das

Gefühl verging rasch unter einem plötzlichen Aufwallen des Schmerzes.

Immer noch unsicher, was er tun sollte, sah Cody, wie sich Hannah wieder anspannte. Er ergriff schweigend ihre Hand, erschüttert über ihr schmerzverzerrtes Gesicht.

Ein paar Sekunden später entspannte sich Hannah und holte tief Luft. »Ich bin nicht sicher«, sagte sie, »aber wenn das meine erste Wehe war, dann werden wir vielleicht schon zwei Wochen früher Mama und Papa, als wir dachten.«

Freudig erregt umarmte Cody sie und rief: »Wer hätte das gedacht?« Dann fing er an, um den Tisch herum zu tanzen. »Wir sind bald eine Familie!« rief er, und Hannah lachte.

Ihre Feierstimmung wurde bald durch die rasch wiederkehrenden Schmerzen und die Eile des Aufbruchs ins Krankenhaus gedämpft. Fünfundzwanzig Minuten nach dem Platzen der Fruchtblase saß Hannah neben Cody in ihrem Ford Kombi. Er maß die Abstände zwischen ihren Wehen, die jetzt weniger als drei Minuten betrugen. Die rasch aufeinanderfolgenden Kontraktionen, die schon so früh einsetzten, machten Cody nervös. Er versuchte sich zu entspannen, aber es war alles so neu für ihn. Und schließlich ging es hier um seine Frau und sein Baby.

Das geht alles zu schnell, dachte er und rechnete sich aus, daß die Fahrt ins Krankenhaus normalerweise fünfundzwanzig bis dreißig Minuten dauerte. Diesmal, dachte er, würde er es in weniger als zwanzig Minuten schaffen müssen. Da er schnelles Fahren gewohnt war, traute er sich zu, mit der Herausforderung fertigzuwerden.

Als sie ihr Wohngebiet verließen und sich der nächsten Hauptstraße näherten, blickte er auf seine Armbanduhr – es war neun Minuten vor sechs. Ein Blick nach vorn bestätigte seine aufsteigende Sorge. Es war Rush Hour. Der Verkehr auf der Hauptstraße war dicht und bewegte sich nur mit einem Bruchteil der normalen Geschwindigkeit.

Zum ersten Mal spürte Cody Panik in sich aufsteigen. Um sie zu verbergen, zwang er sich zu einem Grinsen: »Ich liebe Abenteuer, aber das hier ist etwas zuviel des Guten.«

Sie lächelte kurz, bevor sie sich einer weiteren anrollenden Welle des Schmerzes überließ.

Bald lagen die Kontraktionen nur noch weniger als zwei Minuten auseinander. Hannah kämpfte tapfer dagegen an. *Alles ist unter Kontrolle*, sagte sie sich immer wieder. *Sei stark, sei stark!* So unmöglich es erschien, die Schmerzen wurden mit jeder Wehe schlimmer, schlimmer als alles, was sie je in ihrem Leben gespürt hatte.

»Halt durch, Schatz,«, sagte Cody. »Ich bringe dich hin.«

Die Schlange der Fahrzeuge kroch vorwärts bis zu einer Kreuzung, die etwa die halbe Strecke bis zum Krankenhaus markierte, wie er sich ausrechnete. Der Verkehr kam wieder zum Stehen, als er dieselbe Ampel zum zweiten Mal auf Rot umspringen sah. Mit wachsender Furcht schaute er auf seine Uhr: achtzehn Uhr sechzehn.

Plötzlich beugte Hannah sich vor, klammerte sich mit beiden Händen ans Armaturenbrett und schrie. Cody streckte die Hand aus und berührte ihre Schulter. Jetzt war er beinahe außer sich vor Panik. »Wirst du es schaffen?«

Als der Gipfel der Schmerzwelle überschritten war, fand sie wieder Luft, um zu antworten: »Ich weiß es nicht – mach nur schnell.«

Da wußte er, was er tun mußte. Und er tat es sofort, als ob das Adrenalin, das ihn durchströmte, eine Maschine in Gang gesetzt hätte.

In einem verzweifelten Versuch, die Situation unter Kontrolle zu bringen, scherte er aus der Straßenspur aus. Hupend und lichthupend gab er Gas, überquerte die Kreuzung und schlingerte auf dem Mittelstreifen die Straße entlang.

Hannah zuckte nur leicht zusammen. Nur für einen Augenblick schoß ihr der Gedanke durch den Kopf, wie verrückt das alles war.

»Ich bringe dich hin«, hörte sie Cody wieder sagen.

2

Jason Faircloth sah den jungen Mann, der ihm an seinem Schreibtisch gegenübersaß, streng an und dachte: *Wie kann er es wagen, gegen mich aufzubegehren?* Innerlich begann er einen Vortrag zu formulieren, den er dem Mann halten könnte: *Offenbar ist Ihnen nicht klar, daß Sie es mit einem geistlichen Führer zu tun haben, einem Mann, der von Gott beauftragt wurde* … Doch Jason erkannte schnell, daß der Mann vor ihm sich darum vermutlich nicht scheren würde.

Dieser Gedanke steigerte seinen Zorn nur noch. Jason beschloß, ihm eine Lektion zu erteilen, die er schon vor langer Zeit hätte lernen sollen.

»Ihre Zugehörigkeit zum Lehrkörper unserer Schule ist zu Ende, Mr. Myers. Sie sind entlassen.«

»Entlassen?« gab der Lehrer ungläubig zurück. »Nur, weil mein Haar meine Ohren und meinen Kragen berührt?«

»Es geht um Ihre Einstellung«, korrigierte ihn Jason. »Die Länge Ihrer Haare ist nur eine Auswirkung Ihres trotzigen Herzens.«

»Aber –«

»Kein Aber!« unterbrach Jason. »Ich muß Sie wohl nicht daran erinnern, daß Sie bereits zweimal verwarnt wurden.«

Der Lehrer war schockiert. »Müßte nicht das Kuratorium, der Schulleiter oder sonst jemand dazu befragt werden?«

»Diese Frage zeigt nur wieder Ihr Problem, Mr. Myers. Sie haben nie begriffen, wie die Kette der Autoritäten hier verläuft. Ich bin derjenige, der die Schule aufgebaut hat, ich habe die Gemeinde aufgebaut, die sie trägt, und ich bin derjenige, der einstellt und entläßt. Jeder Angestellte hat sich mir gegenüber zu verantworten.«

Der Lehrer war wütend genug, um zu schreien, doch seine Kehle war wie mit einer Schlinge zusammengeschnürt. Er warf seinem Pastor einen Blick voll bitterer Frustration zu und stand dann auf, um schweigend hinauszugehen. *Gott helfe dem Mann,* dachte er.

Als Jason ihn wortlos hinausgehen sah, flog ein Schatten des Bedauerns durch seine Gedanken: Mr. Myers, ein Mann, für den Jason und die Schule und die Gemeinde soviel getan hatten, schien nun voller Groll gegen ihn zu sein. Andere kamen ihm in den Sinn, die die gleiche Abneigung gezeigt hatten, aus Gründen, die nur sie kannten.

Doch so war es nicht immer, erinnerte er sich. Die meisten in seiner Gemeinde und in der Schule liebten ihn. Kaum ein Tag verging, ohne daß Jason von einem oder mehreren von ihnen die Worte »Wir danken Gott für Sie« zu hören bekam. Und sie meinten es ernst. Sie wußten einen Geistlichen zu schätzen, der bereit war, für eine Sache einzustehen.

Jason holte tief Luft, schloß die Augen, verschränkte seine kräftigen Hände hinter dem Kopf und ließ sich in seinem Sessel zurücksinken. Sein hellbraunes Haar war militärisch kurz geschnitten. Seine Gestalt, einen Meter achtzig groß, gestählt und untersetzt, präsentierte selbst in diesem seltenen Moment, in dem er sich zu entspannen versuchte, das Bild eines Mannes aus Stahl.

Als er seine Augen wieder öffnete, fiel sein Blick auf eine eichenholzumrahmte Messingplatte an der Wand seines Büros, auf der die Worte eingraviert waren:

In liebender Wertschätzung
für den General

»Der General.« Inzwischen nannten ihn fast alle Leute in seiner Umgebung so statt »Reverend« oder »Pastor«. Vor sechs Jahren hatte das *Atlanta Journal* das Wort in einem Artikel über ihn benutzt, um seine unermüdliche Energie und seine autokratischen Methoden in der Gemeindeleitung zu charakterisieren. Die Bezeichnung erregte soviel positives Gelächter und Aufsehen, daß sie hängenblieb. »Vielleicht ist er der härteste Pastor in Atlanta«, hatte es in dem Artikel geheißen. Diejenigen, die ihn gut kannten, stimmten dem zu und die meisten von ihnen mit echter Bewunderung.

Jason wandte seine Aufmerksamkeit wieder seinem Schreibtisch zu und verbrachte die nächste Stunde damit, seinen Entwurf für die Sonntagspredigt durchzugehen. Als er wieder auf die Uhr sah, war es sechzehn Uhr vierzig. Es war Freitagnachmittag, und da er mit seinem Tagwerk sehr zufrieden war, beschloß er, nach Hause zu gehen.

Während er seinen Aktenkoffer packte, blickte er auf und sah seine Sekretärin mit einem Blatt Papier in der offenen Tür erscheinen. »Ich habe hier den neuen Besucherbrief. Möchten Sie ihn durchsehen, bevor Sie gehen?«

»Danke, Helen«, nickte Jason und ging ihr entgegen. Er nahm das Blatt, und Helen kehrte an ihren Schreibtisch zurück. Es war der neue Entwurf für den Brief, den die Gemeinde an alle erstmaligen Besucher verschickte, und Jason wollte ihn für die zahlreichen Gäste fertig haben, die an den nächsten Sonntagen vor und nach Weihnachten erwartet wurden. *»Liebe Besucherin, lieber Besucher«,* begann der Brief, *»die Glieder der North-Metro-Bibelgemeinde möchten Ihnen für die Ehre Ihres kürzlichen Besuches danken. Als eine der größten Gemeinden in Atlanta bieten wir ein abgerundetes Programm, das dazu angelegt ist, in jeder Beziehung auf Ihre geistlichen Bedürfnisse einzugehen. Zusätzlich zu unseren drei inspirierenden Gottesdiensten pro Woche bieten wir informative Sonntagsschulprogramme für alle Altersgruppen, eine gemeindeeigene Grundschule mit vorzüglichem Unterrichtsprogramm für die Klassen eins bis acht, einen Busservice mit elf Routen, einen zweimonatlich erscheinenden christlichen Rundbrief mit Informationen und Denkanstößen und die beliebte Radiosendung ›Das Feuer Gottes‹, die an jedem Werktag morgens um acht Uhr dreißig über WAEC (UKW 970) ausgestrahlt wird.*

Unser Pastor Jason L. Faircloth ist eine starke Leiterpersönlichkeit mit dynamischem Charisma. Er hat sein Theologiestudium mit dem Magistergrad abgeschlossen und in nicht ganz elf Jahren die Mitgliederzahl unserer Gemeinde von 48 auf 2 232 gesteigert. Er ist ein Leiter, auf den Sie stolz sein werden.

Damit möchten wir Sie persönlich einladen, sich uns

und unserem Pastor anzuschließen und die North-Metro-Bibelgemeinde zu Ihrer Heimat für geistliches Wachstum zu machen.«

»Klingt gut«, rief Jason, als er an Helens Schreibtisch vorbei hinausging. »Ich sehe nur einen Fehler: Wir haben im Augenblick nicht 2 232, sondern 2 236 Mitglieder. Ich habe gestern abend noch zwei Ehepaare aufgenommen.« Ohne weiteren Kommentar legte er das Blatt auf ihren Schreibtisch und ging.

Um Viertel nach sechs, zwanzig Minuten, nachdem Lorene ihn zum Essen gerufen hatte, kam Jason herunter ins Eßzimmer.

»Es ist nicht meine Schuld, daß ich so spät komme«, rief er seiner Frau in der Küche barsch zu, während er sich an den Tisch setzte. »Ich mußte noch mit unserem hoffnungslosen Narren von Kongreßabgeordneten telefonieren. Ich habe ihm unmißverständlich deutlich gemacht, warum er nicht für den Verfassungszusatz zur Gleichberechtigung stimmen kann, aber Branley ist es wichtiger, sich der Masse anzubiedern, als für Prinzipien geradezustehen. Er ist ein Schwächling.«

Lorene zeigte keinerlei Regung, als sie die Platte mit dem gebratenen Fisch und den Kartoffeln hereinbrachte und auf den Tisch stellte. Sie wußte, daß er sie nicht persönlich ansprach, sondern nur seine Gedanken laut äußerte und dabei vage ihre Anwesenheit zur Kenntnis nahm. »Nun, laß deswegen dein Essen nicht noch kälter werden«, antwortete sie ihm vorsichtig. »Wenn du für die große Hochzeit heute abend gerüstet sein willst, brauchst du ein gutes Essen.«

Jason fuhr fort, über den Kongreßabgeordneten zu schimpfen. Lorene setzte sich ihrem Mann gegenüber, ohne einen Versuch zu machen, seine Stimmung aufzuheitern. Sie sah in sein Gesicht und bemerkte seine in dichte Falten gelegte Stirn, seinen beim Sprechen versteiften Kiefer und seine trüben, zu Schlitzen verengten Augen. In letzter Zeit hatte sie immer mehr Angst vor ihm. Seine innere Spannung war zu einem ständigen Begleiter in ihrem Leben geworden.

Sie senkte den Kopf und starrte auf ihren leeren Teller.

Jason wurde einem Menschen immer unähnlicher und einer Maschine immer ähnlicher. Und das machte sie fertig.

Es schien schon das hundertste Mal zu sein, daß ihr abrupt bewußt wurde, was aus ihrer Ehe geworden war. Sie war nur noch eine Hausmagd. Gelegentlich ließ er sich dazu herab, mit ihr auszugehen oder ihr ein neues Kleid zu schenken – aber nur aus Pflichtgefühl, nicht aus Liebe oder Zuneigung. Doch sie hatte immer weiter die vorbildliche Pastorenfrau gespielt, wie es alle von ihr erwarteten. Hatte sich immer widerspruchslos der Autorität ihres Mannes unterworfen. War immer selbstlos gewesen. Hatte immer »Toter Mann« gespielt. *Genau das tue ich: Ich sterbe.*

Sie fühlte sich abgestumpft. Seiner Nähe und seines Einfühlungsvermögens beraubt, würde sie nicht mehr lange durchhalten können, das wußte sie. Würde er seine eigene Frau aus dem Haus treiben, fragte sie sich, wie er es mit seiner eigenen Tochter getan hatte?

Die furchtsame Stimme in ihrem Innern wurde durch den Schmerz beim Gedanken an Hannah rasch zum Schweigen gebracht. Lorene biß sich auf die Lippen und kämpfte darum, dem Schmerz nicht wieder nachzugeben. Sie konnte an keine Zukunft glauben, solange sie nicht auch glaubte, daß Hannah zurückkommen und sie mit ihr teilen würde. Seit fast anderthalb Jahren lag ihre Mutterschaft nun auf Eis, und doch war sie das einzige in ihrem Leben, das noch Bedeutung hatte. Sie konnte ihre Hoffnung auf Hannahs Rückkehr nicht aufgeben.

»Hast du nicht gehört?« fragte Jason mit erhobener Stimme.

»Tut mir leid«, sagte Lorene rasch. »Was hast du gesagt?«

»Ich habe dich gefragt, ob du meinen Anzug heute nachmittag aus der Reinigung geholt hast. Ich muß ihn heute abend anziehen.«

Sie versuchte, heiter zu klingen. »Er hängt in deinem Schrank.«

»Schön«, entgegnete er kalt. »Laß uns beten.« Lorene neigte ihren Kopf, während Jason seinen hob und die Augen schloß.

»Lieber Gott«, begann er, »ich möchte zuerst für unseren unfähigen Kongreßabgeordneten Branley beten. Ich bitte dich, richte ihn für seinen Mangel an Mut. Zwinge ihn, Buße zu tun. Laß ihn erkennen, was das Richtige ist.«

Lorene saß steif da und hörte zu, wie Jason nach demselben Muster für den entlassenen Lehrer Mr. Myers betete und dann in kalter Routine Gottes Segen für die Gemeinde erbat.

Er hielt inne und räusperte sich. Die unvermeidliche Schmerzwelle rollte über Lorene hinweg. Als Jason fortfuhr, klang seine Stimme plötzlich weich und ernst – die Stimme eines Vaters, der sich nach seiner Tochter sehnt.

Zum fünfhundertsechzehnten Mal in Folge betete er laut, mit langsamen, tief empfundenen Worten, für Hannahs Rückkehr.

3

»Bitte treten Sie zur Seite!« forderte der Sanitäter die Leute auf, als er und zwei seiner Kollegen eilig aus dem Krankenwagen stiegen und sich ihren Weg durch die Menge bahnten. Nach dem ursprünglichen Funkspruch, der auf einem Anruf von einer nahegelegenen Tankstelle beruhte, war die Mannschaft hier, um eine Frau, die in einem Unfallwagen festsaß, von ihrem Baby zu entbinden.

Im bläulichen Licht der Straßenlampen machten die ungefähr dreißig Leute, die sich am Straßenrand und auf der Böschung versammelt hatten, rasch Platz, um die Männer durchzulassen.

Mit ihrer Ausrüstung in der Hand eilten die Sanitäter zu einem Ford Kombi, der ungefähr zehn Meter von der Böschung entfernt bis zu den Achsen im Sand steckte. In der Nähe des Wagens sahen sie einen Mann neben einer Frau knien und fieberhaft auf ihren Bauch pressen. Sie lag auf ein paar alten Decken, die auf dem Sand ausgebreitet waren. Die Decken schienen mit Blut getränkt zu sein.

Der Leiter der Einsatzmannschaft war erfahren genug, um sofort zu sehen, daß er hier ein sehr viel ernsteres Problem als nur eine Geburt zu bewältigen hatte.

Cody, der um seine Fassung rang, blickte nur einmal kurz auf und sah die Männer herankommen. Blut rann von seinen Händen und Unterarmen herab, als er im Maschinengewehrtempo erklärte, was sich in den letzten Minuten ereignet hatte.

»Das Baby ist schon geboren und sieht gesund aus«, rief er. »Aber Hannah blutet stark. Ich habe versucht, die Blutzirkulation im Vaginalbereich zu unterbinden, aber ich schaffe es nicht.«

Während sich die Sanitäter rasch an die Arbeit machten, beugte sich Cody zu Hannahs Gesicht herab, um sie zu beruhigen. Doch sie hatte das Bewußtsein verloren. Cody fing an zu zittern.

»Wo ist das Baby?« fragte der Einsatzleiter laut in die Runde der Umstehenden, ohne seine Aufmerksamkeit von Hannah abzuwenden.

Eine ältere Frau trat vor. Sie trug das Baby im Arm. Es war in eine Sammlung von Pullovern und Jacken eingewickelt und stieß einen Schrei aus, als die Frau die behelfsmäßige Bedeckung lockerte.

Einer der Sanitäter stand rasch auf und untersuchte das Kind. Augenblicke später, nachdem er sich überzeugt hatte, daß das kleine Mädchen gesund war, rollte er eine kleine Matte auf dem Boden aus und legte es darauf. Er entfernte den Bindfaden, mit dem die Nabelschnur vorläufig abgebunden worden war, brachte eine Nabelklemme an und rieb den Nabel mit einer Salbe ein. Dann wickelte er das Baby sorgfältig ein, übergab es der Obhut der älteren Frau und kehrte zu seinen Kollegen zurück, die inzwischen fieberhaft bei Hannah an der Arbeit waren. Sie hatten ihre Vagina mit sterilen Binden abgedeckt, um die Blutung zu lindern, und bereiteten gerade eine Infusion vor.

»Gib mir den Puls«, befahl der Einsatzleiter, während er eilends das Elektroschockgerät aufbaute.

»Dreiundvierzig und sinkend«, antwortete sein Assistent gespannt nach einem Blick auf den tragbaren Lebenszeichen-Monitor.

»Vierzig und sinkend«, sagte er lauter.

»Komm, Hannah«, bettelte Cody, der ihren Kopf zwischen den Händen hielt. In seiner Stimme keimte Hysterie auf. Der Schweiß auf seinem Gesicht mischte sich mit den Tränen, die aus seinen Augen flossen.

Wieder hörte er die Stimme des Sanitäters: »Achtunddreißig und sinkend – wir verlieren sie!«

Cody zuckte unwillkürlich zusammen, als hätte er einen Bauchschuß erhalten.

In der Nähe begann die Frau, die das Baby auf dem Arm hielt, zu weinen, und drückte das kleine Bündel enger an sich.

»Fertig machen für Wiederbelebung«, befahl der Einsatzleiter, während er ein Paket mit Adrenalin-Ampullen aufriß.

Er streckte die Hand aus, um den anderen zu helfen, eine Sauerstoffmaske auf Hannahs Gesicht anzubringen.

»Zweiunddreißig und sinkend!« kam wieder die Stimme seines Assistenten.

»Hannah!« schrie Cody unter Tränen. »Komm zurück, Hannah!«

Die Menge der Zuschauer stand wie gebannt da. Einige Augen schlossen sich zu raschen Stoßgebeten.

»Dreißig und sinkend!«

Wenige Minuten später tat Hannah ihren letzten Atemzug, und die Sanitäter legten Cody die Hände auf die Arme und versuchten, ihn von ihrem Körper wegzuziehen.

Als er hinauf in ihre Gesichter starrte, begriff er, was ihre Worte ihm nicht hatten begreiflich machen können. »Es tut mir leid«, hörte er einen von ihnen wieder sagen. »Wir haben getan, was wir konnten.«

Er wehrte sich, als sie ihm auf die Beine halfen, und spürte, wie die niederschmetternde Realität ihres Todes ihm sein einziges Glück, seine einzige Chance auf Glück aus den Händen riß. *Das kann unmöglich wahr sein,* versuchte er sich einzureden.

Als er endlich stand, machte Cody ein paar ziellose Schritte. Dann blieb er stehen, als ihm klar wurde, daß er und Hannah nicht einmal ein paar Abschiedsworte hatten austauschen können.

Ohne den Kreis der tränenerfüllten Augen, die ihn beobachteten, oder seine blutgetränkte Kleidung zu bemerken, sah er zu seiner Frau hinab und schrie aus Leibeskräften: »Ich liebe dich, Hannah! Ich liebe dich!«

Er blieb stehen, während sein Abschiedsschrei langsam über der Menge der weinenden, reglosen Zuschauer verhallte.

Als die Sanitäter sich anschickten, Hannahs Leichnam hinauf zum Krankenwagen zu tragen, fing Cody vor schwindelndem Entsetzen an zu zittern. In jenem Augenblick empfand er mit absoluter Gewißheit, daß auch er sterben wollte, daß er ohne Hannah nie wieder richtig leben könnte. »Nein!« schrie er immer wieder. »Das kann nicht wahr sein!«

Von der Seite trat langsam eine weißhaarige Frau auf ihn zu, die ein Bündel in den Armen wiegte. »Es tut mir so leid«, sagte sie mit erstickter Stimme. »Das Mädchen hat nicht einmal mehr das Baby im Arm halten können …«

Versunken in Trauer und Schuldgefühlen, schien Cody sie gar nicht zu hören. Er konnte nur sein Gesicht in den Händen vergraben und seiner Hoffnungslosigkeit in einem Schrei Luft machen.

4

Ein leichter Schneefall, aufgewirbelt durch den Wind des frühen Nachmittags, überzog Atlanta mit einem weißen Schleier. Zum ersten Mal seit fünfundsiebzig Jahren fiel an Heiligabend Schnee in der Stadt, und die Aussicht auf weiße Weihnachten am nächsten Morgen versetzte die meisten der Einwohner in eine freudige Stimmung.

Lorene stand an der Spüle und machte sich mit dem Geschirr vom Sonntagsessen zu schaffen. Sie starrte hinaus in den fallenden Schnee und fragte sich, ob sie wohl die einzige in Atlanta war, die keinerlei kindliche Begeisterung verspürte. Das Familienfest schien ihr wachsendes Gefühl der Einsamkeit nur noch zu verstärken. Sie blickte wieder hinab auf das Geschirr, arbeitete weiter und versuchte, ihre Depression abzuschütteln.

Gerade war Jason, ein Weihnachtslied pfeifend, mit einer Armladung Kiefernscheite hereingekommen. Während einer Kältewelle vor Jahren hatte ein Gemeindemitglied ihnen einen riesigen Haufen Feuerholz zu Weihnachten geschenkt. Doch wegen der kurzen Winter in Atlanta, in denen ein Wetter herrschte, das Leute aus dem Norden gar nicht als Winter bezeichnen würden, lag der größte Teil des Holzes immer noch hinter dem Haus gestapelt und fing allmählich an zu faulen. Jason war dankbar für die Gelegenheit, jetzt etwas davon zu verbrauchen. Der verschneite Nachmittag war wie geschaffen für ein gemütliches Feuer.

Er trat ins Kaminzimmer, legte die Scheite ab und begann, Feuer zu machen. Über einen kleinen Haufen aus Papier und Kiefernzapfen legte er kleine Holzstücke, über die er die größeren Scheite schichtete. Er ordnete sie strategisch an, als wäre er ein kleiner Junge, der seinen Pfadfinderführer beeindrucken will. Dann hielt er an mehreren Stellen ein Streichholz an das Papier, blies ein paarmal hinein, um die winzigen Flammen anzufachen, und setzte sich dann zurück, um zu beobachten, wie sie um sich griffen.

Während er in den Kamin blickte, hielt er innerlich Manöverkritik an seiner diesjährigen Weihnachtspredigt, die er vor zwei Stunden vor einem prall gefüllten Gemeindehaus gehalten hatte. Die Predigt hatte ihn nur wenig Vorbereitung gekostet, doch er war überzeugt, daß sie ein Klassiker war. Voller Eifer hatte er seine Gemeinde zu einer opferbereiten Hingabe in ihrem christlichen Leben aufgerufen. Morgen war der Geburtstag Christi, hatte er sie erinnert, und sie sollten ihrem Erlöser ein Geburtstagsgeschenk machen – ein Geschenk, das sie wirklich etwas kosten würde. Wie ein tapferer Feldherr, der seine Truppen zusammenrief, hatte er ihnen dann das Geschenk genannt, das sie Jesus geben sollten: ihren Gehorsam. Um es ihnen leichter zu machen, hatte er ihnen auch gleich erklärt, wie sie zu gehorchen hatten. Er hatte ihnen eine Liste von Geboten und Verboten an die Hand gegeben.

Jason nahm einen Kehrbesen und begann, die Holzspäne, die rund um den Kamin gefallen waren, zu einem Haufen zusammenzukehren. In einer Zeit der moralischen Schwäche, in der Genußsucht um jeden Preis die Devise war, hatte er seinen Leuten unverblümt Gottes kompromißlosen ethischen Kodex vor Augen gestellt. Die Liste beinhaltete Dinge, über die er schon zahllose Male gepredigt hatte und die ständige Wiederholung erforderten.

Dies waren die Dinge, erinnerte er sich stolz, die zu Hauptthemen seiner Verkündigung geworden waren: Christen sollten keine öffentlichen Filmvorführungen besuchen; sie sollten nicht in Gegenwart von Angehörigen des anderen Geschlechts schwimmen gehen; sie sollten niemals tanzen oder Karten spielen; sie sollten ohne Ausnahme Alkohol und Tabak meiden, und sie sollten Rockmusik scheuen wie die Pest. Die Männer sollten niemals ihr Haar über die Ohren wachsen lassen, die Frauen sollten niemals Hosen tragen, und die Mütter sollten niemals außer Haus arbeiten.

Ebenso wichtig waren die Punkte seiner Gebotsliste, die er ausgeführt hatte: Christen sollten treu jeden Gottesdienst in ihrer Gemeinde besuchen – im Fall der *North Metro*-Gemeinde also die Sonntagsschule und den Gottesdienst am Sonntagvormittag, den Bibelkreis am Sonntagabend, das Gebetstreffen am Mittwochabend und alle anderen besonderen Veranstaltungen, die angekündigt wurden. Sie sollten sich jeden Tag ihre persönliche Zeit zum Beten und Bibellesen nehmen; sie sollten nicht weniger als zehn Prozent ihres Nettoeinkommens für die Arbeit der Gemeinde spenden; sie sollten militante Seelengewinner sein; ihr Patriotismus sollte über jeden Zweifel erhaben sein, und sie sollten ausschließlich die *King James*-Übersetzung der Bibel verwenden.

Er hatte die Punkte gründlich abgehandelt, bestätigte sich Jason. Und er hatte es mit Leidenschaft und Hingabe getan. Er zweifelte nicht daran, daß er in guter Form gewesen war.

Und er hatte auch noch nicht verlernt, wie man ein gutes Feuer machte. Die Kiefernscheite, die obenauf lagen, knisterten, und eine Welle der Wärme strahlte ins Zimmer aus.

»Bist du bald fertig, Lorene?« rief er. Er wollte, daß sie kam, um das Feuer zu betrachten und es mit ihm zu genießen.

»Fast«, antwortete sie. »Ich bin bald da.«

Da er noch ein paar Minuten sich selbst überlassen war, streckte er sich auf dem Sofa aus. Das Feuer, die Schneeflocken auf den Ästen draußen und der mit rotem Band umwundende Kranz über dem Kaminsims erinnerten ihn angenehm daran, daß Weihnachten für ihn die schönste Zeit des Jahres war. Nur ein einziger trauriger Gedanke warf einen Schatten auf diesen fast vollkommenen Moment: Wäre nur Hannah hier.

Sein Blick wanderte automatisch zu der High-School-Aufnahme von Hannah, die auf dem Sims stand. Dies war das letzte Bild, das sie von ihr hatten; es war während ihres ersten High-School-Jahres aufgenommen worden, kurz bevor sie weggelaufen war. Er starrte hinüber. Ihre Schönheit hatte nie aufgehört, ihn in Staunen zu versetzen. Ihr langes, kupferrotes Haar hing mit einer unschuldigen und doch verlockenden Sinnlichkeit auf ihre Schultern herab. Ihre blauen Augen saßen in einem außergewöhnlich schön geformten Gesicht, um das sie die meisten professionellen Fotomodelle beneiden würden.

Es war unmöglich, dachte er, sie nicht anzustarren oder es nicht wenigstens zu wollen. Er erinnerte sich an mehr als eine Situation, in der ihre Attraktivität ihn in Verlegenheit gebracht hatte, wenn sie gemeinsam in der Öffentlichkeit waren und fremde Männer stehenblieben, sie anstarrten und ihre Umgebung vergaßen. Bemüht, ihre Erscheinung weniger faszinierend zu machen, hatte er ihr den Gebrauch von Makeup verboten und eine Regel gegen enganliegende oder übermäßig modische Kleidung aufgestellt. Es war nur recht, ihre Schönheit für ihren Ehepartner zu bewahren. »Gott wird geehrt«, hatte er ihr immer wieder gepredigt, »wenn du die Aufmerksamkeit von deinem Körper ablenkst.« Weite Kleidung in unauffälligen Farben war die Lösung.

Er konnte seinen Blick nicht von dem holzumrahmten Bild abwenden. Im Laufe der Jahre hatte er es immer notwendiger gefunden, sie streng zu behandeln. Von klein auf hatte sie eine verwegene Neigung gezeigt, alles in Frage zu stellen und mit widerwärtiger Offenheit ihre Meinung zu sagen. Sie besaß einen lebhaften und unabhängigen Geist, der sich jeder Autorität zu widersetzen schien. Er erinnerte sich an die vielen hitzigen Debatten, die sie infolgedessen gehabt hatten. Seiner Überzeugung nach zeigte sich in diesen Vorfällen nur ihre Unreife. Da er sie nicht verwildern lassen wollte, hatte er beständig zu disziplinarischen Maßnahmen gegriffen, um sie zu einer gottesfürchtigen jungen Dame zu machen.

Ihm war keine andere Wahl geblieben, glaubte er – hauptsächlich deswegen, weil es das war, was Gott von ihm erwartete, aber auch deswegen, weil er sich nicht darauf hatte verlassen können, daß Lorene es getan hätte. Sie war zu weich, wie sich in ihren gelegentlichen tapferen Momenten zeigte, wenn sie andeutete, er wäre zu hart. Er zweifelte nicht, daß Lorene auf seine Weisheit vertraute, aber sie war nun einmal eine Mutter.

Er war sicher, daß er es richtig gemacht hatte. Kurz bevor Hannah weggelaufen war, nach Jahren konsequenter Disziplin, hatte er den Eindruck gehabt, es sei ihm endlich gelungen, ihren widerspenstigen Willen zu brechen. Sie hatte nachgegeben und einen wohlabgerundeten Geist der Kooperation gezeigt.

Das machte ihr unerwartetes Verschwinden um so erschreckender. Von zu Hause fortzulaufen stellte einen extremen Akt der Rebellion und darum einen harten Schlag gegen seinen Stolz dar. Doch er war schon seit langem bereit, ihr zu vergeben. *Sie ist kein törichtes Mädchen*, dachte er oft. *Eines Tages wird sie nach Hause kommen. Sie wird ihre Lektion gelernt haben, und alles wird anders werden.*

Das FBI hatte sie auf ihre bundesweite Liste vermißter Personen aufgenommen, doch bisher hatte es keine Hinweise auf ihren Aufenthaltsort gegeben. Doch Jason gab die Hoffnung nicht auf.

Er erhob sich von der Couch, ging hinüber zum Kamin und legte einen Scheit auf das behaglich brennende Feuer nach. *Sie wird nach Hause kommen*, dachte er wieder und betrachtete ihr Porträt.

Dann zog er sein Portemonnaie aus der Gesäßtasche seiner Hose und holte daraus ein ziemlich zerfleddertes Blatt Briefpapier hervor. Es war der Abschiedsbrief, den Hannah am Abend ihres Verschwindens geschrieben hatte. Lorene hatte ihn an Hannahs Kosmetikspiegel angeklebt gefunden. Seither trug Jason ihn stets bei sich und holte ihn nur heraus, wenn Lorene ihn lesen wollte.

Er kniete am Feuer nieder und las ihn zum hundertsten Mal.

Liebe Mom, lieber Dad,
laßt mich zuerst sagen, daß ich versucht habe, eine gute Tochter zu sein. Ich habe es wirklich versucht. Ich habe mir so viel Mühe damit gegeben wie mit nichts anderem auf der Welt. Aber jetzt kann ich nicht mehr. Es ist hoffnungslos. Ihr wollt, daß ich jemand bin, der ich nun einmal nicht bin.
Bitte versucht, mich zu verstehen. Dad, ich habe versucht, mit Dir über meine Gefühle zu reden, aber Du hörst einfach nicht zu. Du sagst immer, ich versuche nur, Ärger zu machen. Und Du, Mutter – Du tust immer so, als wäre Dad der einzige, der über irgendwelche Autorität verfügt. Du stellst dich einfach taub und stumm. Deshalb habe ich es schon vor langer Zeit aufgegeben, bei einem von Euch Verständnis zu finden. Während der letzten sechs Monate habe ich einfach so getan, als ob. Ich habe versucht, mich an Eure Regeln zu halten, und so getan, als wäre ich glücklich. Aber das kann ich jetzt nicht mehr.
Deshalb gehe ich fort. Meine Entscheidung, davonzulau-

fen, ist nicht dazu gedacht, Euch weh zu tun. Ich will einfach nur leben und normal sein, das ist alles.
Das klingt jetzt vielleicht dumm, aber versucht doch einfach, so zu tun, als wäre ich nur irgendwo aufs College gegangen oder so etwas.
Auch wenn es vielleicht anders aussieht – ich liebe Euch trotzdem. Wirklich.
Eure Tochter Hannah
P.S. Macht Euch keine Sorgen um mich. Ich besorge mir einen Job. Ich komme schon zurecht.

Er steckte den Brief wieder in sein Portemonnaie und flüsterte ein weiteres Gebet für sie, wobei er sich daran erinnerte, daß nur sein felsenfester Glaube ihn fähig gemacht hatte, diese Prüfung bisher durchzustehen. Selbst Lorene war durch seinen Glauben gestärkt worden. Jason war sicher, daß Gott seine liebevolle Strenge als Vater belohnen würde, indem er Hannah sicher nach Hause brachte. Daran zweifelte er keinen Augenblick lang. Schließlich, überlegte er, hatte sich Gott an den Glauben eines Christen gebunden und konnte auf beharrliches Gebet schließlich nur mit einer positiven Erfüllung antworten.

Seine Gedanken wurden abgelenkt, als er das Telefon in der Küche klingeln hörte. Er wartete, bis Lorene den Hörer abnahm, obwohl er damit rechnete, daß sie ihn ohnehin sofort an den Apparat rufen würde. Der Anrufer war vermutlich ein Angehöriger der Gemeinde, der in irgendeiner Sache seinen Rat oder seine Unterweisung brauchte oder sich sein Gewissen erleichtern wollte, nachdem die Predigt vom Vormittag ihn überführt hatte. Jason machte sich bereit zu antworten. Er hatte seinen Leuten immer gesagt, daß er vierundzwanzig Stunden am Tag ihr Pastor war und daß sie niemals zögern sollten, ihn anzurufen, wann immer sie ihn brauchten.

Leise hörte er Lorene sagen: »Ja, richtig ... Sicher, einen Moment, ich hole ihn.« Er war bereits unterwegs zur Küche, als sie ihre Stimme erhob und sagte: »Es ist für dich, Jase.«

Er ging lässig hinein und nahm ihr den Hörer aus der Hand.

»Hallo?« sagte Jason in geschäftsmäßigem Tonfall, während Lorene sich abwandte.

»Hallo«, erklang eine ernste Stimme am anderen Ende. »Ist dort Pastor Jason L. Faircloth – der Vater von Hannah Renée Faircloth?«

Ohne nachzudenken, platzte er spontan heraus: »Sie haben sie gefunden!« Seine Gefühle schossen in die Höhe.

Lorene wirbelte herum und starrte ihrem Mann ins Gesicht.

»Mr. Faircloth«, fuhr die Stimme ernst fort und machte dann eine Pause. »Hier ist das Büro für vermißte Personen des FBI in Florida. Es tut mir leid, Ihnen das mitteilen zu müssen, aber Hannah ist tot. Ihr Tod wurde vor zehn Tagen in einem Krankenhaus in Miami festgestellt.«

Die Worte explodierten in Jasons Kopf. Er wollte sofort mehr wissen, aber sein Mund hatte Schwierigkeiten, Worte zu formen. »Was? … To–« Der Schock traf ihn voll, aber er zwang sich, die Fassung zu bewahren, während nie gekannte Gefühle über ihn hereinbrachen. Alles – seine Überzeugungen, seine Pläne, seine Gewißheiten – schien mit einem Schlag aus dem Lot geraten zu sein.

Schließlich überwältigten ihn Verwirrung und Zorn. Er ließ den Hörer fallen und schrie: »Nein! Das kann nicht sein! Das kann nicht sein!«

Lorene erstarrte vor Entsetzen. Sie sah, wie Jason auf die Knie fiel, sein Gesicht in den Händen vergrub und sich zu einer embryonalen Stellung zusammenrollte. Er stieß einen gequälten Schrei aus, der sie aus ihrer Benommenheit weckte. Sie sprang zum Telefonhörer.

»Wer ist da? Was ist passiert?« fragte sie hektisch. Nachdem sie eine halbe Minute still zugehört hatte, brach ein Strom von Fragen aus ihr hervor.

Jason hörte Lorene reden. Doch durch die Dunkelheit hindurch, die von ihm Besitz ergriffen hatte, klang ihre Stimme unverständlich und weit entfernt.

Schließlich entglitt sie ihm ganz. Verloren in der Finsternis seiner Seele bemerkte er, daß er einen Sturm von Anklagen gegen Gott schleuderte. Er wußte, das war falsch, irrational, unangebracht, vielleicht sogar blasphemisch. Aber er konnte es nicht unterdrücken.

Zum ersten Mal in seinem Leben fühlte er sich der Macht unnatürlicher Kräfte ausgeliefert.

Ein scharfer Schmerz in seiner Schulter brachte Jason zurück in die Wirklichkeit. Er drehte sich um, riß sich aus Lorenes Griff und starrte in ihre Augen, die ihn leer und wie hypnotisiert ansahen.

Sie sprach langsam, mechanisch. »Das FBI schickt uns einen Anwalt. Er kommt am Dienstag gegen zehn. Er wird uns alle Einzelheiten mitteilen und unsere juristischen Fragen beantworten. Und er wird uns helfen zu veranlassen, daß Hannahs Leichnam zurück nach Atlanta gebracht wird.«

Sie streckte steif die Hand aus und half Jason auf die Beine.

»Jason …« Ihre Stimme klang immer noch unnatürlich beherrscht. Jason wurde klar, daß sie unter Schock stand. Er schlang seine Arme um ihre starren Schultern und drückte sie an sich.

Ein Anruf von Jason setzte eine Kette weiterer Telefonate in Gang, die die tragische Nachricht innerhalb einiger Stunden in der gesamten Gemeinde bekannt machten. Etliche erschütterte Gemeindemitglieder machten sich eilends auf den Weg zum Haus der Faircloths, um ihre Unterstützung und ihren Trost anzubieten.

Lorene saß in einem Ecksessel im Wohnzimmer, wortlos in sich verschlossen wie in einem Kokon. Sie fühlte sich wie tot.

Sie merkte, daß mehrere Frauen versuchten, mit ihr zu reden. In gewisser Weise war es ihr lieb, daß sie da waren, aber mehr noch wollte sie einfach in Ruhe gelassen werden. Also gab sie sich keine Mühe, zuzuhören oder zu antworten. Sie hatte schon vor langer Zeit die Kunst erlernt, ihre Einsamkeit und Niedergeschlagenheit zu verbergen, doch jetzt war es ihr egal, was die anderen von ihr dachten.

»Laßt uns für sie beten«, schlug eine der Frauen vor. Sie stellten sich im Kreis um sie herum auf und beteten für sie, ihre Freundin und Frau ihres Pastors. Dann, als sie ihre gemischten Gefühle über ihre Gegenwart spürten, zerstreuten sie sich in mehrere Grüppchen im Raum, die sich flüsternd unterhielten und einander ihre Besorgnis um sie ausdrückten. »Sie kann jeden Augenblick aus dieser Starre herauskommen«, sagte eine von ihnen, »und dann braucht sie vielleicht jemanden, mit dem sie reden oder weinen kann.« Sie beschlossen gemeinsam zu bleiben, zumindest bis Betsy eintraf, Lorenes Schwester, die aus Macon herbeigerufen worden war.

Nebenan im Kaminzimmer war Jason sich seiner Umgebung erheblich bewußter als Lorene. Ein halbes Dutzend der Gemeindediakone und treuesten Gemeindemitglieder standen um ihn herum und versuchten, irgend etwas Hilfreiches zu sagen. In gewisser Hinsicht kamen sie sich komisch dabei vor, es überhaupt zu versuchen; gewiß hatte der General die Situation voll unter Kontrolle.

Als ihr Leiter und ihre Festung geistlicher Kraft konnte Jason es sich nicht erlauben, über das finstere Vakuum zu sprechen, das immer noch in seinem Herzen herrschte. Er fühlte den Druck, sich geistlich zu geben. Doch da ihm sowohl die Stimmung als auch die Motivation dazu fehlte, empfand er die Vorstellung als ungemein anstrengend. Sein Zorn und seine Verbitterung schrien danach, herausgelassen zu werden.

Seit Jahren hatte er über die richtige Reaktion eines Christen auf Zeiten des Schmerzes gepredigt: einfach entspannen und Gott vertrauen. Seine Überzeugung von der Gültigkeit dieser Formel hatte sich vertieft, seit Hannah davongelaufen war. Während der letzten anderthalb Jahre war er stets in der Lage gewesen, seine Gefühle unter Kontrolle zu halten und sich einen beruhigenden Glauben zu bewahren, auch im Angesicht der Trauer und der Angst.

Doch da hatte es immer noch die Hoffnung auf Hannahs Rückkehr gegeben. Jetzt gab es keine Hoffnung mehr. Der Glaube schien wertlos geworden zu sein.

Es gelang Jason jedoch, seine dunklen Gefühle vor diesen Männern zu verbergen. Als sie sich später am Abend mit einem festen Händedruck von ihm verabschiedeten, hätte keiner von ihnen ihm geglaubt, wenn er gesagt hätte, daß er am Rande der Verzweiflung stand.

5

Im Schlafzimmer saß Betsy an Lorenes Bett. Mitternacht war vorbei, doch Lorene war hellwach, starrte schweigend an die Decke und hörte offenbar kein Wort, das ihre Schwester zu ihr sagte. Betsy fühlte sich hilflos.

Sie hatte sich sofort ins Auto gesetzt, als sie die Nachricht erhielt, und war die neunzig Minuten hergefahren. Sie war fünf Jahre älter als Lorene, und sie hatten sich in der Jugendzeit nicht besonders nahegestanden. Doch in den letzten Jahren hatte sich die Beziehung vertieft, hauptsächlich auf Betsys Initiative hin.

Da sie nie religiös gewesen war, hatte Betsy immer als schwarzes Schaf der Familie gegolten. In letzter Zeit jedoch schien Lorene in der Ehrlichkeit, dem Humor und der Unabhängigkeit ihrer älteren Schwester eine Art unerlaubter Erfrischung zu finden. »Du bist wie eine lange verschollene Schatzkiste, die ich nach all den Jahren endlich entdeckt habe«, hatte Lorene ihr unter vier Augen gesagt, als sie einmal das Erntedankfest miteinander verbrachten.

Im Scherz hatte Betsy ihrer jüngeren Schwester den Spitznamen »die Quäkerin« gegeben, amüsiert über die ihrer Meinung nach um Jahrhunderte veralteten Einstellungen von Jason und Lorene. Manchmal hatte sie die beiden ohne böse Absicht deswegen aufgezogen. Doch im Grunde respektierte sie jeden, der Überzeugungen hatte und danach lebte, auch wenn sie selber nicht mit diesen Überzeugungen übereinstimmte. Überdies fand sie, daß Lorene eine seltene und schlichte Unschuld besaß, die sie selbst schon vor Jahren verloren hatte. Betsy fühlte sich beinahe wie eine Beschützerin – besonders jetzt, als sie ihre Schwester in schlaflosem Kummer daliegen sah.

Sie hat es nicht verdient, so zu leiden, dachte Betsy.

Im Gästezimmer wälzte sich Jason hellwach auf schweißfeuchten Betttüchern hin und her.

Schlafen erschien jetzt ohnehin sinnlos. Er stand auf, zog sich an, ging dann hinaus und nahm sich einen Mantel aus dem Schrank im Flur.

Er sah das Licht im Schlafzimmer, beschloß jedoch, nicht hineinzugehen. Er war dankbar, daß Betsy da war. Im Augenblick war er nicht fähig zu tun, was sie tat.

Die Luft draußen war kühl und frisch. Jason blickte in den klaren Himmel hinauf. Tausende von Sternen funkelten dort oben. Normalerweise wäre es ein bezaubernder Anblick gewesen, doch heute nacht ließ er ihn unberührt.

Ziellos wanderte er die weiße, stille Straße entlang. Die verheerende Flut der Einsamkeit und Unsicherheit wollte nicht weichen. Es war Heiligabend, angeblich die glücklichste Nacht des Jahres, aber er konnte an Freude und Frieden nicht einmal denken, geschweige denn sie erfahren.

Er hatte sein ganzes Leben als Erwachsener Gott gewidmet. Nun hatte Gott ihm das Leben seines einzigen Kindes genommen. Warum? Diese Frage stellte er immer wieder. Aber es gab keine Antwort. Der Himmel blieb schweigsam. Die Straßen, die Bäume und die Häuser waren alle still und weiß. Zum ersten Mal in all diesen Jahren hatte Jason das Gefühl, Gott überhaupt nicht zu kennen.

Seine langsamen, schlurfenden Schritte hinterließen langgezogene Spuren im Schnee. Am Ende führten sie einmal um den ganzen Block herum, zu dem sein Haus gehörte. Als er wieder davorstand, bog er gedankenlos in die Einfahrt ein und schlurfte dann über den Rasen und hinter das Haus.

Fast instinktiv steuerte er auf eine Holzkonstruktion zu, die ganz auf der anderen Seite ihres Grundstücks lag, beschirmt unter Kiefern. Er hatte die kleine Hütte im selben Jahr gebaut, als er, Lorene und Hannah hierherzogen als Geburtstagsgeschenk für Hannah. Es war ihr Kinderspielhaus.

Er stand unter den schneebeladenen Kiefernästen und starrte es an, versunken in Erinnerungen. Ihm fiel ein, wie er mit seinem kleinen Mädchen »Haus« gespielt hatte.

»Hannah, Schätzchen, was machst du heute zum Abendessen?«

»Na ja … wie wär's mit Eiscreme und Keksen?« kam die kindliche Antwort.

»Meinst du nicht, wir sollten etwas Fleisch und Gemüse essen?«

»Nö. Das Zeugs essen wir doch schon immer in Mamis Haus. In meinem Haus essen wir Eiscreme und Kekse.«

»Von zu vielen Süßigkeiten bekommst du Löcher in den Zähnen, weißt du.«

»Aber Daddy, wir tun doch nur so!«

Zum ersten Mal seit zehn Stunden mußte er lächeln. Es dauerte nur eine oder zwei Sekunden, bevor er in Tränen ausbrach.

Betsy kam ihm entgegen, als er die Tür öffnete, die vom Carport in die Küche führte.

»Jason«, sagte sie besorgt, »ich glaube, wir müssen Lorene zu einem Arzt bringen. Sie hat hohes Fieber und verhält sich, als sei sie im Delirium.«

»Im Delirium? Wie meinst du das?«

»Sie liegt im Bett und starrt immerzu an die Decke und redet unzusammenhängendes Zeug. Und sie hat immer noch nicht bemerkt, daß ich bei ihr im Zimmer bin. Da stimmt etwas nicht.«

Ohne seinen Mantel auszuziehen, ging Jason auf das Schlafzimmer zu. Betsy folgte ihm.

Als er durch die Tür trat, glaubte er, die Krankheit beinahe riechen zu können. Auf eine unheimliche Weise schien er sogar quer durch den Raum die fiebrige Hitze zu spüren, die von Lorenes Körper aufstieg.

»Lorene, bist du in Ordnung?« fragte er mechanisch, als er sich neben ihr aufs Bett setzte.

Sie schob ihre verschränkten Arme hin und her, als ob sie ein Baby darin wiegte. Dabei sang sie leise ein Wiegenlied vor sich hin, fast flüsternd, und sie sang einfach weiter, als ob sie Jasons Frage nicht gehört hätte.

Mehrere Minuten lang versuchte Jason vergeblich, zu seiner Frau durchzudringen, während Betsy ihr einen Eisbeutel auf den Kopf legte. Besorgt wandte er sich schließlich an Betsy. »Du hast recht. Sie braucht einen Arzt. Ich werde Ray sofort holen.«

Betsy nickte. »Ich bleibe hier und versuche, sie ruhig zu halten.«

Jason rief an, und nach einer halben Stunde stand Dr. Ray Meade, der Hausarzt der Faircloths, vor der Tür. Er war eines von Jasons treuesten Gemeindemitgliedern und seit mehr als zehn Jahren ein guter Freund. Es war drei Uhr morgens, aber Jason wußte, daß es Ray nichts ausmachte herzukommen.

Jason und Ray betraten das Schlafzimmer, und nachdem Jason ihn kurz mit Betsy bekanntgemacht hatte, trat Ray ans Bett und machte sich sofort an die Arbeit. Jason spürte eine leise Erleichterung. *Wenn irgend jemand herausfinden kann, was mit ihr nicht stimmt, dann Ray*, dachte er.

Schon nach wenigen Augenblicken hob Ray den Kopf und sagte leise, aber bestimmt: »Wenn es dir nichts ausmacht, laß mich bitte für einen Moment mit ihr allein.«

Jason ging in der Küche auf und ab und trank eine Tasse Instantkaffee, die Betsy für ihn gemacht hatte. Sie stand schweigend da, verloren in ihren Gedanken, und starrte durch das Fenster über der Spüle hinaus.

Es drängte Jason, für Lorene zu beten. Doch wenn er an die Hunderte von Malen dachte, die er eindringlich für Hannah gebetet hatte, stets mit dem gewissen Glauben, daß Gott sie behüten und schließlich nach Hause bringen würde, dann war er jetzt in Versuchung zu glauben, die ganze Sache mit dem Glauben sei nur ein geschmackloser Betrug. Er versuchte trotzdem, für Lorene zu beten – aber glauben konnte er nicht.

Ein weiterer neuer Schmerz – der Schmerz der Unsicherheit – schwoll in ihm an infolge seines in sich zusammenfallenden Glaubens an einen Gott, der Gebete erhörte. Schon spürte er, wie sich Angst in ihm breitmachte. Er schauderte und schluckte den Rest seines Kaffees hinunter.

Er und Betsy hörten, wie sich eine Tür öffnete. Beide drehten sich sofort um und gingen hinaus. Sie trafen Ray im Flur.

Sein Gesichtsausdruck offenbarte tiefe Sorge. »Jason«, sagte er ernst, »es ist mir zuwider, dir noch mehr schlechte Nachrichten aufzuladen. Aber um ehrlich zu sein, mir scheint, daß Lorenes Zustand ernst ist. Die Ursache des Fiebers ist nichts weiter als ein gewöhnlicher Virus. Eine Ohrinfektion kompliziert die Sache etwas. Ich werde dir ein paar Antibiotika dalassen, die das in Ordnung bringen müßten.

Aber das eigentliche Problem ist, daß sie sich in einem psychischen Schockzustand befindet, und der scheint ziemlich schwer zu sein. Dafür gibt es kein Medikament, das ich ihr geben könnte. Ich kann dir nur dringend empfehlen, sie von einem Psychiater behandeln zu lassen. Ich glaube, daß ihre Reaktion auf Hannahs Tod extreme Formen angenommen hat, und das macht mir große Sorgen. Ich kann mich irren, weißt du, aber meine Erfahrung sagt mir, daß ein Mensch, der so schwer leidet, so stark traumatisiert wurde, eine professionelle Therapie benötigt.«

Jasons Gedanken überschlugen sich. Betsy fing an zu weinen.

»Hör zu«, sagte Ray beschwichtigend. »Laßt sie heute hier ausruhen. Bleibt bei ihr, haltet ihr Fieber unter Kontrolle und gebt ihr alle fünf Stunden die Antibiotika. Dann könnt ihr sie morgen ins Krankenhaus bringen.«

Jason nickte. Ray gab ihnen noch weitere Anweisungen zu den Antibiotika, packte seine Arzttasche und ging. Betsy nahm wieder ihren Platz an Lorenes Bett ein. Jason zog sich in sein Arbeitszimmer zurück.

Das Licht ließ er aus. Er setzte sich an seinen Schreibtisch und studierte die blassen Lichtstreifen, die durch die Jalousien hereinfielen. Alles erschien ihm sinnlos geworden zu sein. »Liebst du mich denn nicht, Gott?« brach es laut aus ihm heraus. Nach einer Pause wiederholte er die Frage voller Qual.

Das Schweigen, das er zur Antwort erhielt, machte ihn

wahnsinnig. Er wußte nicht genau, was er erwartete, das Gott tun oder sagen sollte, aber Jason wußte, daß er das Schweigen nicht ertragen konnte. Warum konnte Gott nicht dieses eine Mal hörbar zu ihm sprechen und ihm eine Erklärung oder ein Wort des Trostes geben? Warum? Warum? War Gott so herzlos?

Als der Weihnachtstag dämmerte, blieb ihm nur ein Trost: In weniger als dreißig Stunden würde das Geheimnis um Hannahs Tod beginnen, sich aufzulösen.

6

Mit Stift und Papier in der Hand saß Jason an seinem Sekretär im Kaminzimmer. Nervös hatte er den ganzen Morgen der für zehn Uhr angekündigten Ankunft des Anwaltes entgegengefiebert. Jetzt war es Viertel vor zehn, und da es ihm immer noch nicht gelang, sich zu entspannen, beschloß er, eine Liste der Fragen zu erstellen, die er an seinen Besucher richten wollte.

Der gestrige Weihnachtstag war der längste und trostloseste Tag seines Lebens gewesen. Er hatte zahllose unerwünschte Gespräche mit einer Parade trauernder Freunde und Verwandter ertragen müssen, die entweder vorbeikamen oder anriefen, um ihr Beileid zu bekunden. Immer wieder mußte er Erklärungen über Lorenes Zustand abgeben, während sie den größten Teil des Tages schlafend verbrachte. Betsy pflegte sie ständig und versuchte, das Fieber in Schach zu halten. Als der Abend hereinbrach, waren Jason und Betsy gleichermaßen erschöpft, und sie beschlossen gemeinsam, Lorene erst nach dem Besuch des Anwalts ins Krankenhaus zu bringen.

Nun war Jason seit sechs Uhr dreißig hellwach. Zum Frühstück hatte er eine Grapefruit und eine Scheibe Toast gegessen – soviel er wußte, die erste Mahlzeit, die er seit dem Essen nach dem Gottesdienst am Sonntag zu sich genommen hatte. Ihm wurde klar, daß er es wenigstens ein paar Tage lang nicht würde ertragen können, ins Büro zu gehen; deshalb rief er kurz nach acht in der Gemeinde an und sprach mit seiner Sekretärin und den drei Hilfspastoren. Jedem von ihnen übertrug er eine Reihe von Aufgaben, die sie während seiner Abwesenheit erledigen sollten.

Bald darauf war es Betsy gelungen, Lorene dazu zu bringen, im Bett etwas Müsli mit warmer Milch zu sich zu nehmen. Allerdings war Lorene immer noch nicht ansprechbar und schlief jetzt wieder fest.

Jason hatte gerade seine zweite Seite mit Fragen angefangen, als um drei Minuten nach zehn die Türglocke läutete. Er gab sich Mühe, gefaßt auszusehen, und öffnete die Tür. Der Fremde, den er hereinführte, trug einen gut geschnittenen dreiteiligen Anzug. Jason schätzte ihn sofort als hochkalibrige Persönlichkeit ein, als einen Mann, von dem man erwarten konnte, daß er die Tatsachen ehrlich und gründlich darstellen würde.

Der Mann streckte seine Hand aus. »Reverend Faircloth«, sagte er in sachlichem Tonfall, »mein Name ist Slade Wakefield. Ich bin Anwalt in Miami und ein persönlicher Freund von Rex Lehman. Wie Sie sich erinnern werden, ist Mr. Lehman der Mann aus dem Bundeshauptquartier des FBI-Büros für vermißte Personen, mit dem Sie einige Male korrespondiert haben. Auf seine Bitte hin bin ich gekommen, um Ihnen Informationen zu geben, auf die Sie vermutlich schon lange gewartet haben.«

Jason nickte wortlos und führte Slade ins Wohnzimmer.

Als die beiden Männer Platz genommen hatten – Slade auf dem Sofa, Jason auf einem Sessel daneben –, kam Betsy mit Kaffee herein. Die Förmlichkeiten waren höflich, aber knapp und ohne Umschweife.

Betsy hatte gerade Platz genommen, als plötzlich Lorene geräuschlos vom Flur herein kam. In ihrem Nachthemd sah sie zerbrechlicher und dünner aus als je zuvor. Jason und Betsy waren sprachlos. Bevor sie reagieren konnten, setzte sich Lorene in den antiken Schaukelstuhl gegenüber dem Sofa. Slade, der die Verlegenheit der anderen spürte, schwieg.

Lorene brach das Schweigen. Sie starrte Slade an und flehte: »Sagen Sie uns alles, bitte.« Ihre Stimme klang angespannt und brüchig.

Ermutigt davon, ihren ersten zusammenhängenden Satz seit anderthalb Tagen zu hören, fand Jason seine Sprache wieder. »Liebling«, sagte er mit einem Anflug von Optimismus, »geht es dir wieder besser?« Er stand auf und ging auf sie zu.

Bevor er drei Schritte weit gekommen war, fuhr Lorene mit dem Kopf in seine Richtung herum und brachte ihn mit einem giftigen Blick und einem fauchend ausgestoßenen Befehl zum Stehen: »Bleib weg von mir, du Mörder!«

Jasons Optimismus über ihren Zustand löste sich sofort in nichts auf. Schockiert blieb er stehen. Was sie mit ihrem letzten Wort gemeint haben mochte, konnte er im Augenblick nicht erfassen; es waren ihr feindseliger Ton und ihr funkelnder Blick, die ihn fassungslos machten. Wäre er mit ihr allein gewesen, so hätte er vielleicht versucht, sie zu einer Erklärung dieses Verhaltens zu zwingen. Doch in Gegenwart von Betsy und Slade wollte er nicht riskieren, eine Szene heraufzubeschwören. Er spürte, wie er vor Verlegenheit rot wurde.

Betsy ergriff rasch die Initiative, die Spannung zu lockern, indem sie ihren Sessel neben Lorenes schob. Tröstend legte sie ihre Hand leicht auf Lorenes Arm. Sie spürte, wie Lorene sich zu entspannen begann.

Slade, der in Gerichtssälen und Anwaltskanzleien öfter hitzige Emotionen erlebte, ließ sich durch den Ausbruch nicht irritieren und sagte nichts.

Immer noch erschüttert, kehrte Jason zu seinem Sessel zurück. Dann beschwor Lorene Slade noch einmal. Diesmal klang ihre Stimme weich und tränenerstickt wie die eines verängstigten Kindes, das bei seinen Eltern Trost sucht: »Bitte … erzählen Sie einfach von Anfang an. Ich möchte alles wissen.«

Slade sah Jason an, der zustimmend nickte.

»Gewiß, Mrs. Faircloth«, begann Slade. »Lassen Sie mich zunächst sagen, daß ich die meisten Informationen, die ich Ihnen weiterzugehen habe, von Hannahs Ehemann erhalten habe –«

»Ihrem Ehemann!« unterbrach Jason. Er hatte schon zuvor an die Möglichkeit gedacht, daß Hannah während ihrer langen Abwesenheit geheiratet haben könnte, doch es erschreckte ihn, dies jetzt als Tatsache zu hören.

Lorene seufzte. Langsam fing sie in ihrem Stuhl zu schaukeln an, die Unterarme leicht auf die hölzernen Armlehnen gelegt. Betsy ergriff ihre Hand.

»Lassen Sie mich versuchen, Sie zu beruhigen«, fuhr Slade fort, »indem ich Ihnen sage, daß an ihrem Tod keine üblen Machenschaften beteiligt waren. Sie starb eines natürlichen Todes. Die Aussagen ihres Mannes ebenso wie die weiterer Zeugen sind bereits überprüft und für richtig befunden worden.« Er hielt inne und sah sich um, ob seine Worte Fragen aufwarfen. Als keine kamen, fuhr er fort.

»Als Hannah Atlanta im Juli letzten Jahres verließ, fuhr sie per Anhalter nach Miami, wo sie einen Job als Zimmermädchen in einem Hotel fand. Ihr Einkommen war sehr gering, aber es erlaubte ihr, sich ein billiges Apartment in der Nähe des Hotels zu nehmen.« Slade vermied es bewußt zu erwähnen, daß sich das Apartment in einer der ärmsten und rauhesten Gegenden der Stadt befand. »Sie arbeitete immer noch dort, als sie sieben Monate später an einem der Strände ihren zukünftigen Mann kennenlernte. Offenbar fühlten sie sich sofort sehr zueinander hingezogen, denn zwei Wochen später zog Hannah bei ihm ein.«

»Unverheiratet?« fragte Jason, von neuem schockiert. Es hatte ihn schon innerlich zerrissen zu hören, daß seine schöne Tochter Hunderte von Meilen per Anhalter gefahren war und die Arbeit eines Hotelzimmermädchens verrichtet hatte.

»Das ist richtig. Sie heirateten erst zwei Monate später, nachdem sie herausgefunden hatten, daß Hannah schwanger war.«

Bis zu diesem Moment war Jason niemals der Gedanke gekommen, er könnte als Vater versagt haben. Hannahs Probleme hatte er stets ihrer Weigerung zugeschrieben, sich seiner Autorität unterzuordnen. Doch als er jetzt von ihrem unmoralischen Lebenswandel hörte, keimte in ihm der betäubende Gedanke auf, daß all die Maßstäbe, Wertvorstellungen und Überzeugungen, die er ihr jahrelang eingetrichtert hatte, niemals auch nur im geringsten zu ihr durchgedrungen waren. Plötzlich wurde es ihm klar: An irgendeinem entscheidenden Punkt hatte er versagt. Sein Stolz wollte diese Wahrheit leugnen, doch sein gebrochenes Herz zwang ihn, es einzugestehen.

Er warf Lorene einen verstohlenen Blick zu. Sie schaukelte langsam und starrte abwesend durch das Bildfenster hinter dem Sofa hinaus. »Dann … hat sie also ein Kind bekommen?« warf sie langsam ein, während ihr Blick zurück zu Slade wanderte.

»Ja, Ma'am, es ist ein Kind da, aber darauf komme ich später noch zu sprechen.« Er fuhr fort: »Der junge Mann kommt aus einem wohlhabenden Elternhaus und hatte im vorigen Dezember die Universität abgeschlossen. Er hatte gerade seine eigene Praxis eröffnet – und kam gut damit zurecht. Kurz nachdem Hannahs Schwangerschaft bestätigt worden war, machte er ihr einen Heiratsantrag, und sie nahm an. Sie wurden an ihrem Geburtstag standesamtlich getraut. Und ihre Ehe ging allem Anschein nach sehr gut …«

Während Jason in Gedanken dem Szenario folgte, versuchte er, sich Hannahs tägliches Leben und ihre Gefühle vorzustellen. Das löste wieder eine andere Art von Schmerz in ihm aus, eine neue und zornige Verletzung: Die letzten achtzehn Monate waren ein Kapitel in ihrem Leben, das er niemals mit ihr würde teilen können. Sie waren für immer dahin.

In angespannter Qual rutschte er auf seinem Sessel herum und wandte sich zu Lorene. Sie starrte wieder schweigend aus dem Fenster. Sie sah ausgelaugt aus.

»Offenbar«, fuhr Slade fort, »ging auch mit Hannahs Ehe alles gut, bis vor anderthalb Wochen. Am Freitag, dem fünfzehnten, waren sie abends beide zu Hause, als Hannahs Fruchtblase platzte. Ihr errechnetes Datum war, wie ich hörte, der kommende Freitag – der neunundzwanzigste. Das Baby kam also vorzeitig. Jedenfalls setzten sofort starke Wehen in ziemlich kurzen Abständen ein, und sie und der junge Mann machten sich auf den Weg ins Krankenhaus. Unglücklicherweise gerieten sie in den Berufsverkehr, der sie aufhielt. Als sich die Wehen verstärkten, geriet der junge Mann in Panik. Er begann, Risiken einzugehen, um schneller voranzukommen. Als er versuchte, eine rote Ampel zu überfahren, schleuderte er bei dem Versuch, einem anderen Wagen auszuweichen; er verlor die Kontrolle über seinen Wagen und kam von der Straße ab. Niemand wurde verletzt, aber der Wagen blieb im Sand stecken. Der junge Mann winkte ein paar Leute herbei und bat sie um Hilfe, das Auto wieder auf die Straße zu bringen, aber sie brachten es nicht von der Stelle. Dann bat er jemanden, einen Krankenwagen zu rufen. Als der Krankenwagen eintraf, war das Baby – ein kleines Mädchen – mit Hilfe des Ehemannes und einiger Passanten bereits geboren worden. Das Kind war gesund, aber aufgrund von Komplikationen erlitt Hannah starke Blutungen. Als die Sanitäter eintrafen, hatte sie bereits zuviel Blut verloren. Sie starb an Ort und Stelle, am Straßenrand.«

Slade hielt inne. Lorene ließ ihren Kopf auf Betsys Arm sinken. Beide Schwestern weinten. Jasons gespannte Lippen zitterten, während er sich bemühte, seine Tränen zurückzuhalten. Tausend Fragen stiegen in ihm auf, doch bevor er sprechen konnte, hob Lorene ihre feuchten Augen und stellte selbst eine Frage: »Wo ist meine Enkeltochter?«

»In Miami«, antwortete Slade und ließ es dabei bewenden.

Lorene feuerte ihre nächste Frage ab wie eine Kugel. »Wann kann ich sie sehen?«

Slade zeigte keine Regung. »Ich hatte gehofft, Mrs. Faircloth, daß wir das ein wenig später erörtern könnten.«

»Warum?« warf Jason ein. »Gibt es da irgendein Problem?«

Slade merkte an Jasons Tonfall, daß er sich mit weniger als einer sofortigen, direkten Antwort nicht zufriedengeben würde. »Ja … es gibt ein Problem.«

»Und zwar?« bohrte Jason ungeduldig nach.

»Wie es scheint«, antwortete Slade, »verwehrt Ihnen Ihr Schwiegersohn das Recht, das Kind zu sehen.«

»Wie meinen Sie das?« gab Jason ungläubig zurück.

»Aus persönlichen Gründen«, berichtete Slade, »hat der junge Mann darum gebeten, daß die Identität und der Aufenthaltsort seiner Person und des Babys Ihnen vorenthalten werden.«

Jetzt wurde Jason klar, warum Slade von seinem Schwiegersohn immer als »der junge Mann« gesprochen hatte, anstatt ihm einen Namen zu geben. Er hielt es auf seinem Sessel nicht mehr aus und begann, in der Mitte des Zimmers in einem engen Kreis herumzugehen. Dann wandte er sich an Slade. »Aber warum … ich meine, sie ist unsere Enkelin. Wie kann er das tun? Warum sollte er so etwas tun?« Seine Empörung erfüllte den Raum.

»Ich möchte betonen«, erwiderte Slade ruhig, »daß er von sich aus Kontakt mit der Polizei aufnahm und persönlich Ihren Namen und Ihre Adresse zur Verfügung stellte, damit Sie benachrichtigt werden können. Er hat auch von sich aus beschlossen, Ihnen den Leichnam Ihrer Tochter zu überlassen. Doch aus persönlichen Gründen hat er sich dafür entschieden, seine Tochter selbst aufzuziehen. Das Gesetz verfügt schlicht und einfach über keinerlei Handhabe, ihn zu zwingen, das Kind mit Ihnen zu teilen.«

In seinem Entsetzen schrie Jason ihn beinahe an. »Wollen Sie damit sagen, daß wir unsere Enkeltochter niemals zu Gesicht bekommen?«

Slade antwortete mit Mitgefühl. »Ich fürchte, so sieht die Situation aus, es sei denn, der junge Mann überlegt es sich anders und nimmt aus eigener Initiative mit Ihnen Kontakt auf.«

»Nun – Sie sind bei ihm gewesen. Was meinen Sie? Ich meine, ist seine Entscheidung nicht vielleicht nur eine vorübergehende Spinnerei oder so etwas?«

Slade schüttelte den Kopf und seufzte. Sein Schweigen verriet, was er dachte.

Jason setzte sich wieder auf seinen Sessel, überwältigt von Qual und aufsteigendem Zorn. Er hätte sich nie träumen lassen, daß dieser Alptraum noch schlimmer werden könnte. Er vergrub das Gesicht in den Händen und sah und hörte nicht, wie Lorene sich langsam vorwärts zog, sich auf die Armlehnen des Schaukelstuhls stützte und aufstand.

Als Jason den Kopf hob, waren ihre Augen auf seine Füße gerichtet, als wollte sie dort etwas ablegen. Mit einem Blick des Todes drehte sie sich um und schwankte, auf Betsy gestützt, aus dem Zimmer.

Bis zum frühen Nachmittag hatte Slade jede Frage beantwortet, die Jason in seiner Verzweiflung stellen konnte. Außerdem verschaffte er sich Jasons Unterschrift auf einigen Dokumenten für die Rückführung von Hannahs Leichnam nach Atlanta und stand neben Jason, als dieser ein längeres Telefonat mit einem örtlichen Beerdigungsinstitut führte.

Jason verabschiedete sich von Slade und dankte ihm für seine Hilfe und Anteilnahme. Als Slade zur Tür hinaus war, ging Jason sogleich den Flur entlang, um sich hinzulegen. Er brauchte einen Augenblick Ruhe und Besinnung, bevor er Lorene ins Krankenhaus brachte. Außerdem beschloß er, später Steve Mitchell, seinen ersten Hilfspastor, anzurufen und ihn zu bitten, die bevorstehenden Predigten am Mittwochabend, Sonntagmorgen und Sonntagabend zu halten. Zum ersten Mal in seiner Dienstzeit hatte er nicht die geringste Lust zu predigen.

Er schloß die Tür des Gästezimmers hinter sich und warf sich mit dem Gesicht nach unten aufs Bett.

Die Serie von Unglücken, die seit Sonntagnachmittag über sein Leben hereingebrochen war, hatte all seine Gedanken und Gefühle mit Beschlag belegt. Sie waren zu seiner ganzen Welt geworden. Er konnte sie nicht von sich ablenken, und sie ließen in ihrem Druck auf ihn nicht nach. Er war zu einer Marionette geworden, die der Macht des Schicksals hilflos ausgeliefert war. Sein ganzes Leben außerhalb dieser Gedanken und Gefühle war zum Stillstand gekommen.

Alles war stumpf geworden. Nur der Schmerz war geblieben, ein Schmerz, der ständig kurz davor zu sein schien, ihm vollends den Verstand zu rauben.

Er wollte schreien, doch er kämpfte dagegen an. Die

Anstrengung führte zu einem pulsierenden Kloß in seinem Hals; dann brach er in Tränen aus.

Gerade als sein Schluchzen verebbt war, schwang die Tür auf und schlug gegen den Türstopper an der Wand. Das unerwartete Geräusch erschreckte ihn. Als er zusammenzuckte und sich herumrollte, sah er sich Lorenes Augen gegenüber, nur Zentimeter von seinem Gesicht entfernt. Es waren die Augen einer Feindin, die Rache wollte. Ihre Fäuste holten bereits aus, um auf ihn einzuschlagen.

Als er die Arme hob, um die Schläge abzuwehren, drangen ihre Schreie in seine Ohren. »Du hast meine Tochter getötet! Du Idiot! Du hast sie getötet!« Sofort erinnerte er sich an die Anklage, die sie ihm am Vormittag entgegengeschleudert hatte und deren Bedeutung ihm erst jetzt klar wurde.

Sie kämpfte wie ein wildes Tier, und er konnte sich ihrer kaum erwehren. Als es ihm gelungen war, vom Bett aufzustehen und fest auf beiden Beinen zu stehen, brauchte er alle Kraft, die er in seiner Erschöpfung noch besaß, bis er sie endlich auf dem Boden festhalten konnte. Nach Atem ringend, setzte er sich rittlings auf ihren sich windenden Oberkörper und versuchte, ihre Arme unten zu halten.

Er dachte daran, Betsy zu Hilfe zu rufen, doch er ließ es sein, denn er wollte nicht, daß sie Lorene und ihn so sah.

Plötzlich riß Lorene einen ihrer Arme los. Bevor Jason reagieren konnte, krallte sie nach ihm und riß ihm mit ihren scharfen Fingernägeln sein linkes Augenlid auf. Der Schnitt lief über sein ganzes Lid hinweg bis in die Braue hinauf. Ein grauenhafter Schmerz schoß durch Jasons Kopf. Sofort begann das Blut an seinem Gesicht herabzurinnen und von seinem Kinn zu tropfen. Mit ihrer immer noch freien Hand schlug Lorene weiter auf ihn ein.

Das aufgerissene Augenlid zugekniffen und blutend, brach der Zorn aus Jason heraus. Er knallte Lorenes Arme auf den Boden wie zwei Besenstiele.

Sie stöhnte vor Schmerz und Erschöpfung. Ein paar Sekunden lang lag sie keuchend da, während Jasons Blut ihr auf Hals, Gesicht und Brust tropfte.

Jason dachte, der Kampf wäre vorüber. Doch sobald sie wieder zu Atem kam, schlug sie wieder auf ihn ein, diesmal mit Worten.

»Du … du hast sie getötet! … Das weißt du doch … oder, Jason?«

»Was redest du da?« fragte er wütend.

»Genau … was ich gesagt habe, Jason!« schrie sie zwischen mühsamen Atemzügen. »Du hast sie getötet!«

Er schrie zurück: »Du redest Unsinn, Lorene!«

»Na, schön, dann werde ich mich klarer ausdrücken!« fuhr sie ihn an. »Hannah wäre immer noch am Leben und hier zu Hause, wenn deine blödsinnigen Vorschriften nicht gewesen wären. Keine Hosen! Nicht mit ihren Freunden allein sein! Keine Rockmusik! Kein Make-up! Kein Tanzen! Kein Cheerleading! Kein gemeinsames Schwimmen mit Jungen! Kein Kino! Kein gar nichts! Kapierst du es nicht, Jason? Du warst ein herzloser, gesetzlicher, besserwisserischer Diktator! Du hast sie gezwungen, fortzugehen – du und deine verdammte Besserwisserei!«

In grenzenloser Verblüffung legte Jason den Kopf zurück, ohne ihre Arme loszulassen. »Du bist außer Fassung, Lorene!«

»Nein! Nein, Jason – ich hatte nur bisher nie den Mut, dir entgegenzutreten. Wie eine Idiotin habe ich die unterwürfige kleine Hausfrau gespielt, die immer ihren Mund hält. Aber jetzt ist alles vorbei, jetzt schere ich mich einen Dreck darum!«

»Um Himmels willen, Lorene! Versuche, dich zu –«

»Du kapierst es immer noch nicht, was? Mann, mußt du blind sein! Ich glaube, dir ist noch nie der Gedanke gekommen, du könntest dich in irgend etwas irren, was? Du glaubst, du weißt alles. Und jeder, der anderer Meinung ist oder dir widerspricht, ist im Irrtum! Ist es nicht so, Jason?«

»Lorene … ich glaube, du … ich meine …« Er lockerte seinen Griff.

Beflügelt von der Erfahrung, Jason um eine Antwort verlegen zu sehen, setzte sie ihre Tirade fort: »Mit dir zu reden ist wie mit einem Stein zu reden, Jason. Du hörst niemals zu. Das hast du noch nie getan. Du gehst über die Gefühle anderer Menschen hinweg, als wären sie nur Müll! Und ich? Auf mir hast du seit Jahren herumgetrampelt. Du hast mir gar nicht zugehört, als ich sagte, daß ich diese Eileiterunterbrechung nicht machen lassen wollte. Du hast sie mir aufgezwungen! So ist es immer gewesen! Erst bei mir und dann bei Hannah. Darum ist sie gegangen, Jason! Sie konnte dich nicht mehr ertragen. Das müßtest du eigentlich wissen – schließlich trägst du seit über einem Jahr ihren Brief mit dir herum. Aber hast du ihn jemals wirklich verstanden? Nein! Das läßt dein stinkender, allmächtiger Stolz überhaupt nicht zu! Du bist einfach zu …«

Mitten im Satz schnitt ihr ein Würgereiz das Wort ab. Ihre Brust hob und senkte sich zweimal krampfhaft. Ängstlich hob Jason sein Gewicht von ihrem Körper. Instinktiv setzte sie sich gerade auf. Und dann kam es. Sie erbrach sich mit mächtigem Druck, und Jason spürte, wie das Erbrochene auf seine Brust und seine Arme spritzte.

Lorene erschlaffte, schloß die Augen und sank wieder zu Boden. Prompt spürte Jason, wie sich in seinem eigenen Magen die Übelkeit regte. Der Gestank und der widerwärtige Anblick seiner mit Blut und Erbrochenem bedeckten Frau überwältigten ihn beinahe. Aber jetzt war nicht der richtige Zeitpunkt, um schwach zu werden. Mehr aus Verwirrung als aus Angst nervös zitternd, legte er instinktiv seine Finger an die Seite ihres Halses. Ihr Puls war gefährlich beschleunigt. Er legte die Hand auf ihrer Stirn. Sie glühte.

Rasch machte er sich auf, Betsy zu suchen, wobei er eine Spur von Blut und Erbrochenem auf dem Teppich hinterließ.

Endlich fand er sie draußen in der Waschküche, die an den Carport angrenzte. Sowohl die Waschmaschine als auch der Trockner waren lautstark in Betrieb. Sie erschrak, als er hereinkam. Gut, dachte er, sie hat uns drinnen nicht gehört.

»Das mit dem Auge erkläre ich dir später«, sagte er. »Aber Lorene geht es schlecht – sie ist zusammengebrochen – und ich brauche deine Hilfe, um sie ins Auto zu schaffen. Wir müssen sie sofort ins Krankenhaus bringen.«

Betsy brauchte keine zweite Aufforderung. Fast panikartig folgte sie Jason auf den Fersen, als er sich umdrehte und zurück ins Haus rannte.

Sie sprachen wenig, während sie wild herumrannten, den Unrat aufwischten, saubere Kleidung anzogen und einen kleinen Koffer mit den nötigsten Dingen für Lorene packten. Dann trugen beide sie zum Wagen, legten sie auf den Rücksitz und fuhren los. Betsy fuhr, während Jason auf dem Vordersitz neben ihr saß und sich ein Handtuch auf sein blutendes Auge preßte.

Jasons verzerrtes Gesicht verriet Betsy, daß die Wunde sehr schmerzhaft war. Nach ein paar Minuten des Schweigens sagte sie: »Dieser Schnitt sieht aus, als könnte er auch einen Arzt gebrauchen. Was ist überhaupt passiert?«

»Ach, nicht der Rede wert«, entgegnete Jason achselzuckend. »Lorene … hat mir versehentlich die Tür ins Gesicht geschlagen, als sie ins Gästezimmer kam.«

Arglos fragte Betsy. »Warum ist sie überhaupt ins Gästezimmer gegangen? Als ich sie verließ, lag sie im Bett und schlief fest.«

»Wahrscheinlich wollte sie jemanden wissen lassen, daß sie Hilfe brauchte«, meinte er. »Sie mußte sich sofort übergeben. Dann brach sie zusammen. Ich habe kein Wort aus ihr herausbekommen.«

Es war das erste Mal in seinem Erwachsenenleben, daß er bewußt zu einer Lüge griff. Doch sie war ihm spontan und ohne Zögern über die Lippen gekommen; er war entschlossen, den Kampf im Gästezimmer für sich zu behalten. Außerdem, rechtfertigte er sich, wäre es ungerecht gewesen, Betsy in die Wahrheit einzuweihen: Schließlich spiegelte der Vorfall in keiner Weise Lorenes und sein normales Verhalten wider.

Zufrieden mit der Antwort, warf Betsy einen raschen Blick über die Schulter zurück zu Lorene und stieß einen mitleidigen Seufzer aus. Sie stellte keine weiteren Fragen.

Während sie schweigend weiter in Richtung Krankenhaus fuhren, dachte Jason über Lorenes Vorwürfe nach. War sie bei Sinnen gewesen, als sie ihm all das gesagt hatte? Hatte sie überhaupt gewußt, was sie redete? Hatte sie das wirklich alles ernst gemeint? Und wenn ja, war etwas Wahres daran? War er wirklich blind, taub und herzlos? War er ein besserwisserischer Diktator?

Bin ich wirklich schuld an Hannahs Tod? fragte er sich.

Wenn ja, schloß er zornig, dann war es letztlich Gottes Schuld. Gott war es gewesen, der ihn in die Irre geführt hatte.

7

Unrasiert und mit seinem alten braunen Morgenmantel bekleidet hielt Jason sein Gesicht dicht vor den Badezimmerspiegel und betrachtete sich aus einem Auge. Er beobachtete das Spiegelbild seines Fingers, als er ihn an das andere Auge hob und ihn langsam über jeden der zwölf Stiche gleiten ließ, mit denen die zerrissenen Kanten der klaffenden Wunde auf seinem Lid und seiner Braue miteinander verbunden worden waren. Drei zusätzliche Stiche verschlossen vorübergehend das Auge, um die Wunde ruhigzustellen.

»Sie sind ein Glückspilz«, hörte er den Widerhall der Stimme des Arztes in seinem Kopf. »Einen oder zwei Millimeter tiefer, und Sie hätten Ihr Auge verloren. Sie werden zwar für den Rest Ihres Lebens eine Narbe zurückbehalten, aber immerhin werden Sie sehen können.«

Er ließ den Finger sinken, zog sein Gesicht etwas vom Spiegel zurück und bemerkte, wie geschlagen und elend er aussah. *Du bist nicht mehr der starke Mann,* sagte er sich. Er verließ das Bad, kehrte ins Schlafzimmer zurück und ließ sich wieder aufs Bett fallen.

Es war früh am Samstagmorgen. Er war allein im Haus und fühlte sich allein in einer Welt, in der er sich nicht mehr leicht zurechtfand. Es war eine chaotische, depressive Welt. Antworten, nach denen er einst gelebt hatte, hatten sich nun in

Luft aufgelöst und waren verschwunden. Nichts ergab mehr einen Sinn.

Das plötzliche Klingeln des Telefons riß ihn aus seiner Innenschau. Es klingelte noch einmal. Dann streckte er die Hand nach dem Telefon auf dem Nachttisch aus, in der Hoffnung, es sei der Anruf, auf den er wartete. »Ja?«

»Guten Morgen, Reverend Faircloth, hier ist Dr. Waterman.« *Gut,* dachte Jason. Es war der erwartete Anruf aus dem Krankenhaus. Jetzt würde er seine Antwort bekommen.

»Ich weiß, Sie wollten gerne, daß Ihre Frau heute nachmittag an der Beerdigung Ihrer Tochter teilnehmen kann, aber es wird einfach nicht möglich sein. Dr. Weber, der Psychiatrie-Experte, von dem ich Ihnen erzählt habe, hat sich bereit erklärt, sie heute zu untersuchen. Es war der einzige Zeitpunkt, den er in seinem Terminkalender dafür freimachen konnte. Wie ich Ihnen schon erläutert habe, ist seine Einschätzung absolut entscheidend für unsere Diagnose. Darum haben wir die Tests für den späteren Vormittag und frühen Nachmittag eingeplant.

Aber selbst wenn Dr. Weber Lorene heute nicht untersuchen würde, wäre sie ohnehin nicht in der Verfassung, das Krankenhaus zu verlassen. Im Moment sind zwei Krankenschwestern bei ihr im Zimmer und versuchen, einen ihrer Fieberanfälle herunterzukühlen. Und sie –«

»Dann gibt es also keine Anzeichen einer Besserung?« unterbrach ihn Jason müde.

»Sie ist immer noch nicht bei klarem Verstand. Und wie ich gerade andeutete, leidet sie immer noch an den häufigen Fieberanfällen, die wir aus irgendeinem mysteriösen Grund bisher nicht abstellen konnten. Um also Ihre Frage zu beantworten: Nein, bisher gibt es kein Anzeichen für eine Besserung.«

»Aber sie … Doktor, es wäre einfach nicht richtig, wenn sie nicht dabei wäre«, sagte er mit zitternder Stimme und versuchte, nicht unhöflich zu klingen. Er stand auf. »Es … es ist nicht fair. Es geht um ihre Tochter!«

»Das verstehe ich, Reverend Faircloth. Ich weiß, wie Sie sich fühlen müssen. Jeder würde Ihnen zustimmen, daß es ungerechte Umstände sind. Und ich versichere Ihnen, wenn es in meiner Macht stünde, diese Umstände zu verändern, dann würde ich es ganz gewiß tun. Lassen Sie uns nur die Finger kreuzen und hoffen, daß Dr. Webers Tests den Durchbruch bringen werden, den wir brauchen, um die Krankheit Ihrer Frau richtig einzuschätzen.«

»Ja … also gut«, erwiderte Jason und versuchte, dabei hoffnungsvoll zu klingen. »Hoffen wir's.«

»Ich möchte noch erwähnen, Reverend Faircloth, daß Lorene sich nicht bewußt sein wird, daß sie die Beerdigung versäumt.« Sein Tonfall war mitfühlend. »Vielleicht hilft Ihnen das, diese Zeit erst einmal durchzustehen, bis wir gute Neuigkeiten haben.«

Das Gespräch endete damit, daß Dr. Waterman Jason informierte, er könne seine täglichen Fünf-Minuten-Besuche bei Lorene vom kommenden Tag an auf fünfzehn Minuten ausdehnen.

Jason dankte ihm, legte den Hörer auf und ließ sich auf den Fußboden des Schlafzimmers sinken. Er zog die Knie an und ließ seinen Kopf dazwischen fallen. Offenbar hatte Dr. Waterman mehr Mitgefühl für seine Lage als Gott.

In seinen kürzlich gereinigten besten Anzug gekleidet, sah Jason auf die Uhr. Ihm blieb immer noch reichlich mehr als eine Stunde bis zur Beerdigung. Er setzte sich wieder aufs Bett und beschloß zu versuchen, für Lorene zu beten. Augenblicke später gab er auf, da er wieder das Gefühl hatte, daß seine Gebete wirkungslos verpufften.

Mit leerem Blick verließ er das Schlafzimmer und begann, ziellos durchs Haus zu wandern und zu versuchen, jedem einzelnen Zimmer Erinnerungen an Hannah zu entlocken. Doch er kam rasch zu der schrecklichen, niederschmetternden Einsicht, daß er dabei nicht aus sehr vielen detaillierten Erinnerungen schöpfen konnte. Er war immer zu beschäftigt gewesen, um ihr genug Zeit zu widmen, genug gute Zeiten. Immer hatte es geheißen: »Später, Hannah« – doch dieses »Später« war nie gekommen, und nun war es zu spät dazu.

Er kam ins Wohnzimmer. Lorenes Vorwürfe begannen, in ihm Wurzeln zu schlagen. Er sah sich gezwungen zuzugeben, daß er unverzeihlich wenig und selten Zeit mit Hannah verbracht hatte. Hinter seinem priesterlichen Gewand steckte ein miserabler Vater.

Er kam am Kaffeetisch vorbei und blieb stehen. Die Familienbibel lag darauf. Er ergriff sie und schleuderte sie quer durch den Raum.

Er stampfte hinaus, holte sich seinen Mantel aus dem Schrank in der Diele und ging hinaus zum Carport. Als er die Tür des Buick aufriß, hielt Jason inne. Bevor er losfuhr, fühlte er sich gedrängt, noch einmal nach hinten in den Garten zu gehen und Hannahs Kinderspielhaus zu besuchen.

Der Gang über den Rasen und unter den Kiefern entlang machte ihn beinahe wahnsinnig. Es war ein bewußter Angriff gegen sich selbst, eine quälende Erinnerung daran, wie seine Beziehung zu Hannah hätte aussehen können.

Er erreichte die Konstruktion, blieb davor stehen und fuhr mit der Hand an der blau gestrichenen Holzwand mit den weißen Leisten entlang. Durch die Tür sah er einen Stapel von drei oder vier kleinen Plastiktellern, die dort drinnen gelegen hatten, seit Hannah ein Kind gewesen war.

Die Schleusen der Erinnerungen begannen sich zu öffnen. Bald wurde er überspült von Erinnerungen an die Vergangenheit – Hannah, wie sie rannte, lachte, hinfiel; Hannah, wie sie weinte, schlief, redete. Hannah, wie sie atmete … Hannah, wie sie lebte …

Wieder staute sich der Schmerz in seiner Kehle. »Mein Gott! Hilf mir irgendwie, es wiedergutzumachen!«

Die Angestellten des *North Brothers*-Beerdigungsinstituts, uniformiert in dunkelbraunen Polyesteranzügen, entluden vor dem Gemeindehaus gerade den Sarg, als Jason mit dem Buick vorfuhr. Er parkte auf seinem reservierten Parkplatz, der direkt neben dem Seiteneingang des Gebäudes lag, der zu den Gemeindebüros führte. Er war froh, zeitig dort zu sein, und hoffte, ein paar Minuten allein am Sarg verbringen zu können, nachdem er in der Kapelle aufgestellt war.

Er sah zu, wie die Arbeiter den Sarg rasch auf einem zusammenklappbaren, vierrädrigen Transportgestell nach drinnen rollten und dann die Türen des Gemeindehauses hinter sich schlossen. In dieser Kiste lag Hannah steif und kalt.

Wieder stieg ihm der Schmerz in die Kehle. *Es ist vorbei!* schrie er sich lautlos selbst an. *Es ist wirklich vorbei! Sie ist wirklich tot. Gott – ich halte das nicht aus!*

In einem gequälten Flüstern betete er laut: »Warum hast du das getan, Gott? Ich habe dich achtzehn Monate lang Tag und Nacht angefleht, sie zu bewahren. Und ich habe an dich geglaubt. Oh Gott, warum? Womit hat Hannah das verdient? Und womit habe ich das verdient? Weißt du nicht, was das für meinen Glauben bedeutet?«

Jason ließ seinen Kopf aufs Steuerrad sinken. »Mein einziges Vergehen ist, daß ich dir mein ganzes Leben gegeben habe!« schrie er, während sich seine Hände ums Steuerrad klammerten. »Ist das hier meine Belohnung dafür?«

Lange Augenblicke voll verzweifelter Traurigkeit wartete Jason darauf, daß die braun gekleideten Arbeiter das Gebäude verließen und davonfuhren. Dann stieg er aus seinem Wagen und ging um die Ecke zum Haupteingang, öffnete die riesige weiße Doppeltür und durchquerte das stille, weite Foyer. Sofort fiel ihm der starke Blumenduft auf.

Dann stand er im Saal und blickte den teppichbedeckten Mittelgang entlang. Am anderen Ende des Ganges stand der rötlich-braune Sarg, umgeben von einem üppigen und vielfältigen Meer von Blüten, das den ganzen Bereich unterhalb der Kanzel ausfüllte. Die obere Hälfte des Sarges war offen, während die untere Hälfte geschlossen und mit dem üblichen Blumenkranz bedeckt war.

Schwindelnd und langsam setzte er sich den Gang entlang in Bewegung. Er spürte, wie seine Beine schwach wurden, als er näher kam.

Endlich, nach anderthalb Jahren Trennung, blickte er in Hannahs Gesicht hinab. Herz und Kehle schienen ihm jeden Augenblick zerspringen zu wollen, während er bewegungslos dastand und nach Atem rang.

Sie war noch schöner, als er sie in Erinnerung hatte. Gekleidet in ihre Lieblingsfarbe, Lavendelblau, sah sie eher wie eine reife und elegante Dame aus als wie eine rebellische jugendliche Ausreißerin.

Wie hypnotisiert betrachtete er sie, wie es ihm schien, stundenlang. Als er sich endlich wieder bewegen konnte, küßte er die Finger seiner rechten Hand und legte dann langsam, ehrfürchtig, seine Fingerspitzen auf Hannahs Stirn.

»Wenn ich nur . . .«, flüsterte er ihr zu. »Wenn ich nur noch einmal eine Chance bekommen könnte, Hannah ...« Seine Kehle war wie zugeschnürt. Die Trauer war unbeschreiblich tief und lähmte ihn fast. Dennoch preßte er die Worte hervor: »Du hast versucht, es mir zu sagen, nicht wahr? Aber ich wollte dir nicht zuhören. Ich war nur ein blinder Narr, Liebes. Nur ein blinder, alter Narr.«

Durch Tränen hindurch starrte er sie unverwandt an und versuchte, sie durch schiere Willenskraft wieder zum Leben zu erwecken. Je länger er sie anstarrte, desto mehr schwoll sein Zorn gegen Gott an. In ihm brüllte eine Stimme feindselig: »Du bist herzlos, Gott. Du bist vollkommen herzlos!«

Seine Trauer, sein Zorn gegen Gott und sein Haß gegen sich selbst brodelten ihn ihm, bis er es nicht mehr ertragen konnte. Er setzte sich auf den Teppich und begann, hemmungslos zu weinen.

Es war vorbei. Er würde nie wieder ein Vater sein.

Die meisten der fünfhundert Leute, die an der Trauerfeier teilnahmen, folgten anschließend dem Sarg zum Grab, an dem sie der Toten bei sonnigem, zehn Grad warmem Wetter die letzte Ehre erwiesen.

Kaum war das letzte Gebet vorüber, fand sich Jason von Dutzenden Gemeindemitgliedern umringt, die es für nötig erachteten, ihm Ermutigung zuzusprechen. »Sie dürfen Gott vertrauen, General«, hörte er von mehreren. »Er weiß, was er tut.« – »Gott sitzt auf dem Thron, General; er macht keine Fehler.« – »Es gibt einen Grund dafür, daß das alles geschehen mußte, General; wir werden für Sie beten.« – »Vergessen Sie nicht, General: Denen, die Gott lieben, dienen alle Dinge zum Besten.«

Er wollte gerne glauben, daß sie wirklich Anteil an seiner

Trauer nahmen, aber es gelang ihm nicht. Konnte auch nur einer dieser Leute begreifen, was für ein Schmerz sein Leben in Stücke zerriß? War auch nur einer von ihnen aufrichtig? Sein Groll wuchs von Minute zu Minute, bis ihm dämmerte, daß die meisten dieser Floskeln nur ein Widerhall dessen waren, was seine Leute ihn selbst bei so vielen früheren Gelegenheiten als Trost hatten anbieten hören.

Während er einem nach dem anderen seiner Möchtegern-Tröster die Hand schüttelte, beobachtete er ständig aus dem Augenwinkel, wie die Totengräber die Erde auf den Sargdeckel schaufelten. Er wollte davonlaufen.

Das tat er auch. Als sich die Trauergemeinde zerstreute, stieg er in seinen Wagen, suchte sich die nächste Autobahnauffahrt und fuhr stundenlang ziellos herum. Dabei weinte er, bis er nicht mehr weinen konnte.

Sein Unterbewußtsein hielt den Wagen auf der Straße, während seine Gedanken Millionen von Meilen auf anderen Straßen zurücklegten. War er in seinem Verkündigungsdienst nichts als ein betrogener Betrüger gewesen? Er fühlte sich nicht mehr wie ein General; eher wie ein Gefreiter in einer Generalsuniform. Wie kam es, daß andere ihn als eine Quelle der Weisheit betrachteten, wenn er doch jetzt nichts in seinem Innern fand als einen trockenen, leeren Brunnen?

Er wollte mit jemandem reden. Aber gab es jemanden? Er brauchte jemanden, der zuhören konnte, jemanden, dem er sein Herz ausschütten konnte, jemanden, dem er seine wahren Gefühle mitteilen konnte, jemanden, der seine neuentdeckten Schwächen verstehen und akzeptieren konnte, ohne sich davon desillusionieren zu lassen. Aber so jemanden gab es nicht. Seit Jahren hatte er niemanden an sich herangelassen und zugelassen, daß man ihn zu einem Idol machte. Er hatte es zugelassen, daß man ihn auf einen einsamen Sockel stellte. Nun würde er auch einsam leiden müssen.

Mit schmerzendem Kopf beschloß er schließlich, nach Hause zu fahren. Als der Buick in den dunklen Carport rollte, war es fast halb acht.

Er schloß die Haustür auf, trat in die Diele und hörte

das unwillkommene Klingeln des Telefons. Er beschloß, nicht abzunehmen. Aber es hörte nicht auf zu klingeln. Schließlich nahm er den Hörer ab, nur um das störende Geräusch zu beenden.

»Hier spricht Pastor Jason Faircloth«, meldete er sich übellaunig in abweisendem Ton.

»Einen Moment, bitte«, antwortete eine weibliche Stimme. Dann kam eine lange, irritierende Stille. Jason wartete ungeduldig, bis sich eine andere Frauenstimme meldete. »Reverend Faircloth, hier ist das Georgia Baptist Hospital. Dr. Waterman sagt, Sie sollten sofort ins Krankenhaus kommen. Der Zustand Ihrer Frau hat sich ernsthaft verschlechtert, und es ist möglich, daß sie die Nacht nicht übersteht. Verst– Reverend Faircloth? Reverend Faircloth?« Jason hatte aufgelegt, bevor sie ihren Satz beendet hatte. Er rannte zur Tür hinaus und zum Wagen.

Der Tacho des Buick zeigte achtzig Meilen pro Stunde an, aber Jason sah gar nicht hin. »Gott, tu mir das nicht an!« fing er an zu schreien. Er ertappte sich dabei, wie er auf das Armaturenbrett einschlug und gleichzeitig Gott verfluchte.

Plötzlich sah er im Rückspiegel die pulsierenden Strahlen zweier rotierender Blaulichter. Dennoch hatte er nicht die Absicht anzuhalten, bevor er das Krankenhaus erreicht hatte. Er trat das Gaspedal weiter durch.

Im nächsten Augenblick hörte er das Heulen einer Sirene. Sein Puls beschleunigte sich. Ein Blick in den Spiegel zeigte ihm, daß der Streifenwagen aufholte.

Er sah nach vorn. Vor ihm befand sich eine Ampel, die gerade auf Rot gesprungen war. Er hielt den Atem an und trat das Gaspedal bis zum Bodenblech durch. Im selben Sekundenbruchteil, als es zum Bremsen zu spät war, sah er rechts ein Paar Scheinwerfer aus der Seitenstraße kommen. Sein Herz hörte auf zu schlagen. Er spannte sich für den Aufprall.

Über die heulende Sirene hinweg hörte er, wie sich die Reifen des anderen Wagens in den Asphalt verbissen und zu schleudern begannen. Er wußte, daß es vorbei war.

Plötzlich schien sich alles in Zeitlupe zu bewegen: die Ampelkreuzung, die Scheinwerfer des auf ihn zukommenden

Wagens in seinen Augen, das grelle, flackernde Blau des Streifenwagens hinter ihm – und sein klarer und präziser Gedanke, daß sein Leben endete und das in einem so heruntergekommenen Zustand.

Doch es kam nie zu dem Zusammenstoß. So schnell, wie die bedrohliche Situation entstanden war, verging sie auch wieder.

Sein Motor heulte weiter. Der Schauplatz der Beinahe-Katastrophe entschwand im Rückspiegel in der Ferne. Doch er entspannte sich nicht, bis er gesehen hatte, daß der Streifenwagen auf seinen Fersen ebenfalls sicher über die Kreuzung gekommen war. Dann, als ihm bewußt wurde, wie knapp es gewesen war, lief ihm ein heißes, unangenehmes Prickeln an der Wirbelsäule entlang.

Immer noch machte er keine Anstalten, seine Geschwindigkeit zu verringern. Trotz der Ablenkungen konnte er an nichts anderes denken als an Lorene, die auf ihrem Bett vielleicht in Schmerzen nach ihm schrie. Das Band einer mehr als zwanzigjährigen Ehe trieb ihn weiter.

Unter rasanter Verfolgung hielt er seinen Vorsprung bis zum Krankenhaus. Als er abbremste, um auf den Parkplatz einzubiegen, bemerkte er ein weiteres Paar Blaulichter, das von vorn auf ihn zukam.

Jason raste zu der Reihe von Parkplätzen, die dem Haupteingang des Krankenhauses am nächsten lagen. Mit quietschenden Reifen kam der Wagen quer auf einem Trennstreifen zwischen zwei Parkplätzen zum Stehen. In den ein oder zwei Sekunden, die er brauchte, um den Motor abzustellen und seinen Gurt zu lösen, hielten zwei Streifenwagen hinter ihm, mit blendenden Lichtern und ohrenbetäubenden Sirenen.

Er stieß die Wagentür auf und sprang heraus, um davonzurennen. Eine Stimme rief: »Keine Bewegung!«

Er war versucht, den Befehl zu ignorieren, doch er änderte rasch seine Meinung, als er vier Polizisten hinter ihren blendenden Scheinwerfern hervorkommen sah. Er blieb stehen. Drei von ihnen trugen Pistolen, und der vierte hatte ein Gewehr an der Schulter. Alle Waffen waren auf ihn gerichtet.

Er hörte einen zweiten Befehl: »Drehen Sie sich langsam um, Mister, und heben Sie Ihre Hände nach oben!« Dem Tonfall nach schien der Beamte es ernst genug zu meinen, um notfalls zu schießen.

Jason gehorchte Als er sich umdrehte, wurde er mit Gewalt gegen den Buick geschleudert. Flinke Hände durchsuchten ihn nach einer Waffe.

»Officer«, knurrte er hektisch, »Sie beurteilen die Situation falsch. Meine Frau ...« Er ließ die Hände sinken, um zu gestikulieren, und wurde sofort von einem Ruf des Beamten unterbrochen.

»Ich sagte Hände hoch!«

Jason stieß die Hände wieder in die Luft.

Er versuchte es noch einmal: »Bitte hören Sie mir zu! Ich bin gerade benachrichtigt worden, daß meine Frau im Sterben liegt – sie ist Patientin in diesem Krankenhaus. Ich muß zu ihr! Verstehen Sie das nicht?«

Jason war klar, daß er es mit erfahrenen Männern zu tun hatte, die ständig Lügen und Ausreden zu hören bekamen. So dumm, ihn einfach laufen zu lassen, würden sie nicht sein. Und sein verletztes Auge, das ihn wie einen Schläger aussehen ließ, verstärkte vermutlich noch ihr Mißtrauen. Aber er mußte zu Lorene.

»Was ist los?« hörte er einen der Polizisten wütend fragen.

»Ich muß zu meiner Frau. Sie ist Patientin hier. Sie liegt im Sterben!« schrie Jason ungeduldig. »Ich muß zu ihr.«

Ein paar Sekunden lang herrschte Schweigen hinter ihm. Dann schob sich ein bulliger Polizist näher auf ihn zu und knurrte ihn durch zusammengebissene Zähne an: »Hören Sie zu, Mann. Wenn Sie lügen, werden Sie sich wünschen, daß es diesen Tag nie gegeben hätte!«

Jason zuckte zusammen und gab dann wütend zurück: »Ich bin kein Krimineller. Ich bin Pastor. Und wenn meine Frau da drinnen stirbt, während wir hier herumstehen, werden Sie sich wünschen, daß es diesen Tag nie gegeben hätte!«

»Zeigen Sie mir Ihren Führerschein«, befahl der Beamte, immer noch mit vorgehaltener Waffe. Jason zog seine Brieftasche hervor, fand den Führerschein und reichte ihn ungeduldig hinüber.

Der Beamte wandte sich an die anderen. »Harris! Du und Bob, ihr durchsucht den Wagen.« Er warf einen Blick auf den Führerschein und sagte dann: »Fitz, du kommst mit mir.« Er packte Jason am Kragen seiner Jacke und schob ihn auf den Eingang des Krankenhauses zu.

Während des kurzen Weges sagte niemand ein Wort. Alle drei Männer atmeten schwer.

Die Schwester, die in der Aufnahme im Foyer des Krankenhauses Dienst hatte, blickte bei dem Anblick erschrocken auf: Ein offensichtlich wütender Polizist drückte einem trotzig, aber nervös dreinblickenden Mann mit einer fürchterlich häßlichen Augenverletzung seine Pistole in den Rücken, während ein weiterer Polizist den Mann von der Seite mit einem zwölfkalibrigen Gewehr mit abgesägtem Lauf in Schach hielt.

»Wie heißt Ihre Frau?« bellte der Beamte Jason an, als sie sich dem Tresen näherten.

»Lorene. Lorene Faircloth«, gab Jason zurück.

Am Tresen wandte sich der Beamte an die Schwester, die in der Aufnahme saß. »Haben Sie hier eine Patientin namens Lorene Faircloth?« fragte er, ohne irgendwelche Erklärungen abzugeben.

»Äh … warten Sie … ich muß im Patientenverzeichnis nachsehen«, stammelte sie. Einige Sekunden lang mischte sich ihr schweres Atmen mit dem der Männer, während sie die Karteikarten durchsuchte.

»Ja«, sagte sie schließlich voller Verwirrung, gepaart mit Furcht. »Ja. Zimmer 333.«

»Haben Sie diesen Mann schon einmal gesehen?« fragte der Beamte sie und stieß Jason seinen Pistolenlauf in den Rücken.

»Nein, noch nie«, antwortete sie ohne Zögern.

Jason schaltete sich ein und bat sie ruhig: »Könnten Sie Dr. Waterman bitten, jemanden herunterzuschicken?«

»Ich weiß nicht genau, ob er jetzt im Dienst ist«, sagte sie und wandte sich von Jason zu dem Beamten. Als der Polizist zustimmend nickte, suchte sie auf ihrer Telefonliste.

»Falls Sie ihn erreichen«, sagte der Beamte, »fragen Sie ihn, ob er selbst herunterkommen kann.«

Sie griff nach dem Hörer und tippte drei Ziffern ein. Eine kurze Pause folgte, während sie auf eine Antwort wartete.

»Hallo«, sagte sie kühl. »Hier ist die Aufnahme. Können Sie mir sagen, ob Dr. Waterman im Dienst ist?« Fünf Sekunden später sprach sie weiter. »Falls er nicht mit einem Notfall befaßt ist, könnten Sie ihn bitten, herunter ins Foyer zu kommen? Hier sind zwei Polizeibeamte, die ihn sprechen möchten.«

Sie legte auf und sah den Beamten an. »Entweder Dr. Waterman oder einer seiner Assistenten wird gleich hier sein.«

Der Beamte wollte gerade etwas erwidern, als die Ankunft der anderen beiden Polizisten alle Aufmerksamkeit auf sich zog.

»Der Wagen ist sauber«, sagte der älteste der Beamten, während er näher kam. »Und wir haben ihn überprüfen lassen. Er ist auf einen Jason L. Faircloth zugelassen.«

Jason seufzte. Er hoffte verzweifelt, daß der Mann, der ihm immer noch eine Waffe in den Rücken hielt, sich jetzt den richtigen Reim auf die chaotische Situation machen würde.

Kurz darauf durchdrang das Quietschen der Schuhsohlen eines Arztes die Stille im Foyer. Dr. Waterman sprach als erster und fragte erstaunt: »Was ist denn hier los?«

»Sind Sie Dr. Waterman?« erwiderte der leitende Beamte.

»Ja, der bin ich.«

»Können Sie bestätigen, daß die Frau dieses Mannes hier Patientin ist?«

»Ja. Sie ist vor ungefähr zwei Stunden in die Intensivstation verlegt worden. Ihr Zustand ist kritisch, und Reverend Faircloth wurde benachrichtigt und gebeten, sofort herzukommen.«

»Danke, Doktor. Das ist alles, was wir wissen mußten.« Zum ersten Mal hörte Jason etwas wie Feinfühligkeit in der Stimme des Beamten. Er wandte sich zu seinen Kollegen und sagte: »Gehen wir, Jungs.«

Während die anderen sich in Bewegung setzten, drehte er sich noch einmal zu Jason um.

»Reverend, ich hoffe, Ihnen ist klar, daß Sie uns alle da hinten beinahe umgebracht hätten. Wenn Sie das nächste Mal einen Notfall haben, fordern Sie bitte eine Polizeieskorte an.« Damit wandte er sich ab und folgte den anderen hinaus.

Jason sah Dr. Waterman an und erklärte: »Ich habe auf dem Weg hierher ein wenig die Nerven verloren.« Da er nicht weiter darüber reden wollte, setzte er rasch hinzu: »Wie geht es Lorene?«

8

»Ich weiß nicht, ob ich Sie verstehe«, murmelte Jason, als er aus dem Aufzug ins dritte Stockwerk hinaustrat. Er hatte Dr. Waterman aufmerksam zugehört, während dieser Lorenes Zustand erläuterte. Dr. Weber, der Psychiatrie-Experte, hatte heute vier Stunden mit ihr verbracht. Seine Diagnose: Lorene litt an einem schweren Dauerschock, einem seltenen Zustand, den auch Dr. Weber erst einige wenige Male beobachtet hatte. Zu den Symptomen gehörte eine geistige Loslösung von der Wirklichkeit, ein Aussetzen des Überlebensinstinkts und einer psychosomatischen Ausschaltung des Immunsystems.

Ihre Temperatur hatte während der letzten zwei Stunden trotz maximaler medikamentöser Behandlung fast einundvierzig Grad betragen, berichtete Dr. Waterman. Verglichen mit dem früheren Abend zeigten ihre Lebensfunktionen eine leichte Besserung, aber sie befanden sich immer noch im gefährlichen Bereich.

Als sie den Aufzug verlassen hatten, lehnte sich Jason gegen die Wand des Flurs und wiederholte laut die Ausdrücke, die Dr. Waterman verwendet hatte: »Aussetzen des Überlebensinstinkts. Psychosomatische Ausschaltung des Immunsystems.

Was bedeutet das, Doktor?« Das verzweifelte Bemühen zu verstehen klang in seiner Stimme durch.

Betsy, die voller Spannung auf dem Flur auf und ab ging, sah die beiden Männer neben dem Aufzug stehen. Dr. Watermans strenge Besuchsvorschriften in dieser Woche hatten ihr nur fünf Minuten täglich die Möglichkeit gegeben, Lorene zu sehen, doch ihre schwesterliche Loyalität brachte sie dazu, den ganzen Tag im Haus zu verbringen, normalerweise in einem Wartezimmer. Die Nächte verbrachte sie bei einer Witwe, die zur *North Metro*-Gemeinde gehörte. Jason hatte die Unterkunft arrangiert; er fand es nicht richtig, daß er und Betsy die Nächte allein zusammen im Haus der Faircloths verbrachten.

Betsy war am Nachmittag von Hannahs Grab direkt ins Krankenhaus gefahren und war auch zugegen gewesen, als sich Lorenes Zustand abrupt verschlechtert hatte. Nun kam sie herüber, um mehr zu erfahren.

»Diese Symptome beruhen auf psychosomatischen Faktoren«, erklärte Dr. Waterman gerade. »Mit anderen Worten, um es ganz einfach auszudrücken: Reverend Faircloth, Ihre Frau will sterben.« Die Worte waren präzise, und Jason hörte einen unüberhörbaren Nachdruck auf dem Wort »will«. »Irgendwie«, fuhr Dr. Waterman fort, »durch eine seltsame Laune der Natur, ist es ihrem Geist – nachdem sie sich den Tod zum Ziel gesetzt hatte – gelungen, ihr Immunsystem abzuschalten. Darum sind die Ohrinfektion und das Fieber, die normalerweise belanglose Erkrankungen wären, in ihrem Fall lebensbedrohlich.«

»Wollen Sie damit sagen, daß sie sich buchstäblich selbst töten kann?« fragte Jason ungläubig. »Daß sie tatsächlich ihren Körper überreden kann zu sterben, nur durch schiere Willenskraft?«

»Es ist eine bekannte medizinische Tatsache, daß viele Krankheiten durch negative psychische Einstellungen verschlimmert werden. Der Fall Ihrer Frau könnte durchaus ein Extremfall sein. Und auch wenn es schwer zu verstehen ist, müssen Sie sich klarmachen –«

»Wie kann man sie dann heilen?« unterbrach ihn Jason.

»Das kann man nicht«, antwortete Dr. Waterman langsam. »Sie kann nur geheilt werden, wenn sie sich selbst dazu entscheidet. Es liegt ganz an ihr.« Seine Stimme sank zu einem Flüstern herab.

In Jasons Kopf drehte sich alles. »Wie lange hat sie noch die Wahl, bevor es zu spät ist?« fragte er. »Hat sie noch eine Woche? Einen Monat? Ein Jahr?«

»In diesem Stadium können wir nur Vermutungen anstellen«, erklärte der Arzt leise. »Ungefähr eine Stunde, nachdem Dr. Weber seine Diagnose beendet hatte, verlor Lorene das Bewußtsein, und ihr Herz hörte auf zu schlagen. Zu diesem Zeitpunkt dachten wir bereits, wir würden sie verlieren, aber wir brachten sie sofort in die Intensivstation und konnten ihr Herz mit Elektroschocks wieder zum Schlagen bringen. Im Augenblick ist sie am Leben. Schwach, aber am Leben.«

»Könnte das nicht ein Herzanfall gewesen sein?« Jason suchte nach einem Ausweg aus dem Schicksal.

»Unsere Tests haben keine Hinweise auf einen Herzanfall ergeben. Der ganze Vorfall hat mehr als alles andere den Nachweis erbracht, daß Dr. Webers Diagnose korrekt ist.«

»Dann sind Sie also fest überzeugt?«

»Aus zwei Gründen. Erstens wehrt sie sich so ziemlich gegen alle Medikamente, die wir ihr geben. Und zweitens –« Er bemühte sich, keine Emotionen zu zeigen. »Zweitens hat sie während Dr. Webers Untersuchung mehrfach angedeutet, daß sie nicht mehr leben will. Sie sagte immer wieder: ›Keine Angst, Hannah, Mami ist bald bei dir …‹«

Die Worte drangen Jason bis ins Herz. Er sah kurz in Betsys gerötete Augen; für einen Augenblick teilten sie unfreiwillig ihre Trauer miteinander.

Er wandte sich an den Arzt. »Kann ich sie sehen?« fragte er leise.

Dr. Weber suchte behutsam nach Worten. »Sie können sie sehen. Aber es gibt noch eine Sache, die Sie wissen sollten. Einige Male während Dr. Webers Untersuchungen hat Ihre Frau eine unmißverständliche Anklage ausgesprochen. Sie warf Ihnen vor, ihr den Willen zum Leben genommen zu haben.«

Er ignorierte einen Versuch von Jason, ihn zu unterbrechen, und fuhr fort: »Möglicherweise hat das keine Bedeutung. Doch Dr. Weber meinte, daß Sie vorgewarnt werden sollten. Wenn Sie drinnen sind und Ihre Frau negativ reagiert, wissen Sie, daß Sie den Raum sofort verlassen sollten.«

Jason war wie vor den Kopf geschlagen, obwohl er Dr. Webers Deutung eine natürliche Skepsis entgegenbrachte. Nie war ihm in den Sinn gekommen, er selbst könnte für Lorenes Krankheit verantwortlich sein, und er hoffte auch jetzt noch, daß an dieser Behauptung nichts dran wäre. Doch schon der Gedanke allein raubte ihm die letzten Barrikaden seines Stolzes. Plötzlich erschien sein Leben – all seine Fähigkeiten, seine Leistungen, seine Führungsposition – wie ein humorloser Witz.

In dem mit einer Vielzahl von Gerätschaften ausgerüsteten Raum war kaum ein Geräusch zu hören. Neben dem Bett war eine Schwester damit beschäftigt, eine fast leere Infusionsflasche gegen eine volle auszutauschen. Eine andere Schwester, die Lorene gerade eine Injektion gegen das hartnäckig hohe Fieber verabreicht hatte, wischte ihr ein paar Schweißtropfen von der Stirn.

Jason trat näher. Lorene mit einer Atemmaske auf dem Bett, durch die Sauerstoff in ihre Lungen gepumpt wurde. Ihre Wangen unter der Maske sahen eingefallen aus. Die weiße Decke über ihrem Körper ließ die Umrisse ihrer eingeschrumpften Gestalt hervortreten. Sie sah aus, als ob der Tod bereits Besitz von ihr ergriffen hätte.

Wie ist es möglich, daß sie so verfallen aussieht? Jason wollte sich der Wahrheit dessen, was er sah, verschließen.

Die beiden Schwestern gingen hinaus, und er blieb allein mit ihr zurück. Er griff nach ihrer Hand und flehte sie flüsternd an, ins Leben zurückzukehren. Wenn es überhaupt eine Hoffnung für Lorene gab, erkannte er instinktiv, dann lag sie bei Gott.

Er schloß kurz die Augen. Als er einen sanften Händedruck

an seiner Schulter spürte, drehte er sich um und sah Betsy neben sich stehen.

»Bleib du hier bei ihr«, sagte er. »Ich gehe telefonieren und sorge dafür, daß ein paar Leute zu beten anfangen.«

Mitternacht war vorbei. Betsy döste auf einem aufrechten Metallstuhl, den eine der Schwestern zuvor hereingebracht hatte, vor sich hin. Jason stand an Lorenes Bett. Seit neun Uhr hatten er und Betsy sich damit abgewechselt, an ihrer Seite zu wachen, ihr liebevolle Worte zuzuflüstern und zu versuchen, ihr irgendeine Reaktion zu entlocken. Sie waren erschöpft, aber die Hoffnung ließ es sie weiterversuchen.

Gott wird antworten, sagte Jason sich immer wieder. Er wußte, daß mindestens vierhundert Leute in den letzten Stunden ihre eindringlichen Gebete für Lorene zum Himmel geschickt hatten, nachdem er drei der Diakone angerufen und gebeten hatte, die Gebetskette zu mobilisieren.

Leise, um Betsy nicht zu stören, sprach Jason auf Lorene ein und erzählte ihr von den vielen Leuten, die für sie beteten. Dann begann er, verhalten einen alten Choral zu singen.

Eine Schwester kam leise herein, um Lorenes Lebensfunktionen zu überprüfen. Jason bemerkte sie kaum, bis sie ihn erstaunt fragte: »Haben Sie irgendeine Veränderung bemerkt?«

»Nein«, antwortete er. »Warum?«

»Ihre Lebensfunktionen haben sich deutlich verbessert.« Sie fuhr fort, die Werte abzulesen, während Jason in Lorenes Gesicht starrte. Er sah, wie ihre Augen leicht zuckten.

»Sie hat geblinzelt!« Er rief es beinahe. Im selben Moment spürte er, wie sein alter Glaube wieder in ihm aufwallte.

Die Schwester ging rasch hinaus und kehrte mit einer Kollegin zurück. Betsy wachte auf und trat neben Jason.

Bald erschien einer von Dr. Watermans Assistenzärzten und leitete verschiedene Versuche ein, das Optimum aus der Besserung von Lorenes Zustand zu machen. Fünfzehn Minuten später hatten sich ihre Lebensfunktionen auf einer neuen Ebene stabilisiert. Kurz darauf nahm der Arzt Lorene die Sauerstoffmaske ab. Schließlich verließen er und die

Schwestern den Raum, und Jason und Betsy nahmen ihre Krankenwache wieder auf.

Kaum hatten sie begonnen, als Lorene ihre Augen öffnete.

»Lorene!« sagte Jason leise unter Tränen.

»Bist du das, Jason‘?«

»Ja, Lorene«, flüsterte er sanft und voller Freude. »Ich bin es – Jason.«

Sie ergriff seine rechte Hand. »Beug dich über mich, Jason.«

Er wischte sich mit dem Handrücken die tränengefüllten Augen und beugte seinen Kopf zu ihr hinab.

Sie ließ seine Hand los, hob langsam den Arm und legte behutsam einen Finger auf sein zugenähtes Auge.

»Kannst du mir vergeben, Jason?« fragte sie mit einem schiefen Lächeln.

Betsy klopfte Jason leicht auf die Schulter und ging dann hinaus, um die Schwestern zu suchen.

»Natürlich vergebe ich dir, Lorene. Außerdem ist es nur ein kleiner Schnitt. Es wird bald wieder in Ordnung sein.«

»Ich bin froh, Jason.«

Er beugte sich tiefer und umarmte sie. »Ich liebe dich, Lorene.«

Eine tiefe Freude bewegte ihn in seinem Innersten und er spürte so etwas wie Siegesjubel in dem nüchternen Zimmer. Sein Glaube war belohnt worden. Gleichzeitig durchfuhr ihn der Gedanke an seine Schuld, daß er jemals an Gott gezweifelt hatte, wie ein Stich. *Ich werde nie wieder an dir zweifeln, Herr,* betete er lautlos. Zum ersten Mal seit einer Woche erlebte seine Seele einen Augenblick der Erleichterung.

Betsy und die Schwestern kamen herein, und Jason trat zurück, um sie mit Lorene sprechen, ihre Lebensfunktionen überprüfen und das Bett einrichten zu lassen. Während der ganzen Zeit ließ er seine Augen nicht von seiner Frau. *Danke, daß du sie am Leben erhalten hast,* betete er immer wieder. Er war erstaunt, wie sehr er sie nach all den Jahren liebte und brauchte. Und jetzt, wo Hannah nicht mehr da war, würde er sie um so mehr brauchen.

Als die Schwestern mit ihrer Arbeit fertig waren und hinausgingen, folgte ihnen Betsy, um noch ein paar detaillierte Fragen zu Lorenes gebessertem Zustand zu stellen. Jason trat wieder ans Bett.

Lorene sprach zuerst, sanft und lächelnd. »Jason …«, wieder ergriff sie seine Hand. »Ich möchte dir sagen … daß ich dankbar bin. Ich weiß nicht … vielleicht wirst du niemals verstehen, wie ich als Frau empfinde. Aber Hannah hat mir mehr bedeutet als alles andere auf der ganzen Welt. Sie war das Beste, das mir je widerfahren ist, Jason. Ich weiß, daß du eigentlich nie Vater werden wolltest, aber ich weiß es sehr zu schätzen, daß du mich sie haben ließest. Es war ein großes Opfer für dich – das verstehe ich. Ich weiß, daß du es nur für mich getan hast, weil du mich liebtest. Ich möchte nur, daß du weißt, daß ich dir dankbar dafür bin. Sie war –«

»Lorene!« unterbrach er sie automatisch. Er fühlte sich angegriffen. »Ich gebe zu, daß ich keine Kinder wollte, aber das ist viele Jahre her! Um ehrlich zu sein, ich hätte nie gedacht, daß ich ein Kind so sehr lieben könnte, wie ich Hannah zu lieben lernte. Mir tut es genauso weh wie dir, sie zu verlieren. Ich werde Jahre brauchen, um über das hinwegzukommen, was passiert ist. Aber Lorene! Im Augenblick bin ich einfach nur dankbar, daß du noch am Leben bist.«

Ihre Augenlider flackerten. »Wie auch immer, Jason …« Ihr Lächeln war während seiner Selbstverteidigung erschlafft, und ihre Stimme klang jetzt angestrengt. »Ich konnte einfach nicht gehen, ohne dich wissen zu lassen, daß ich dankbar bin. Ich wollte das vom Gewissen haben, bevor ich sie sehe.«

Jason drückte ihre Hand. Sie lächelte noch einmal, und ihr Blick schien in weite Ferne zu schweifen. »Sie kommen … mich holen … Jason. Ich muß … jetzt gehen …« Ihr ganzer Körper verkrampfte sich, und ein schmerzlicher Ausdruck trat auf ihr Gesicht, bevor sie die Augen schloß.

Dann lag sie reglos da.

Einen Augenblick lang war Jason vor Entsetzen gelähmt. Dann sprang er vor, packte sie an den Schultern und versuchte, sie zurück ins Leben zu schütteln. »Lorene! Lorene!«

Einen Augenblick später hatten ein Arzt und mehrere Schwestern, die durch Jasons Aufschrei alarmiert worden waren, ihn beiseite geschoben und waren in Aktion getreten.

Eine der Schwestern rief, das elektronische Überwachungsgerät zeige keine Lebensfunktionen mehr an. Rasch wurde die Sauerstoffmaske wieder aufgelegt, und Sekunden später hatte der Arzt die Elektroschockkontakte auf ihrer Brust angesetzt. »Gebt mir zweihundert«, befahl er.

Der Schalter wurde umgelegt. Lorenes Schultern zuckten, als der Elektroschock durch ihren Körper fuhr. Alles starrte auf den Bildschirm des Überwachungsgerätes. Er zeigte nur Nullen und flache horizontale Linien.

»Noch einmal«, rief der Arzt der Schwester zu, die den Schalter bediente.

Wieder schleuderte ein elektrischer Schock Lorenes Körper empor. Wieder zeigte ihr Körper keine Reaktion.

»Auf dreihundertfünfzig steigern«, befahl der Doktor.

Mit erhöhter Wattzahl wurde der Schalter zum dritten Mal betätigt. Und zum dritten Mal trotzte Lorenes Körper der Magie der modernen Technik.

Außer sich über die Niederlage blies der Arzt die Luft aus den Wangen. Während die Schwestern schweigend stehenblieben, wandte er sich an Jason. »Es tut mir leid, Sir. Sie ist tot.«

Tränen schossen aus seinen Augen, als er an Lorenes Bett eilte.

»Laß mich nicht allein, Lorene«, flehte er, während er sich hinabbeugte und seine Stirn auf ihre legte. »Um Gottes willen, laß mich jetzt nicht allein!«

9

Brüder und Schwestern«, begann Hilfspastor Steve Mitchell mit der Stimme eines Radiomoderators. Die nächsten Worte sprach er langsam und gefühlvoll: »Dies war einer der längsten und traurigsten Tage unserer Gemeinschaft.«

Er sprach zu einer ernsten Versammlung von sechzehnhundert Menschen, die sich am Mittwochabend zum Gebetstreffen eingefunden hatten. Die meisten von ihnen hatten fünf Stunden zuvor schon in demselben Saal gesessen, um Lorene zu Grabe zu tragen. Jason saß schweigend und in sich zurückgezogen in der ersten Reihe.

»Unsere Herzen sind schwer«, intonierte Steve. Heute abend sah er viel älter aus als vierunddreißig. Offensichtlich belastete ihn das Leid seines Pastors sehr. »Ich möchte jeden einzelnen von Ihnen ohne Ausnahme auffordern, ernsthaft für den General zu beten. Wir können uns nur entfernt vorstellen, wie sehr er in dieser Zeit des Verlustes Gottes Kraft braucht. Ich bin sicher, Sie werden mir alle zustimmen, daß es unsere Pflicht und Schuldigkeit ist, ihm durch unsere Gebete den Rücken zu stärken. Und ich bin ganz gewiß, daß jeder einzelne von Ihnen persönlich sein Bestes tun wird, um ihn in diesem Bereich nicht im Stich zu lassen.«

Einige männliche Stimmen rings im Saal sprachen stellvertretend für alle ein feierliches »Amen«.

»In ein paar Augenblicken«, fuhr Steve fort, »werden wir uns im Saal in kleine Gruppen aufteilen und als ganze Gemeinde etwa dreißig Minuten im Gebet für ihn verbringen. Doch bevor wir das tun, muß ich Ihnen eine wichtige Entscheidung mitteilen, die am früheren Abend von den Pastoren und Diakonen getroffen wurde. Aufgrund der schweren Belastung, die der General im Augenblick zu tragen hat, hielten wir es für herzlos, wenn wir von ihm erwarten würden, daß er sofort so weitermacht wie bisher. Deshalb gewährt ihm der Gemeinderat eine vierwöchige Beurlaubung von all seinen normalen Aufgaben in der Gemeinde, damit er etwas Zeit zur Verfügung hat, sich ungestört zu sammeln und dann, als der unerschrockene Soldat, der er wahrhaftig ist, stärker als je zuvor zurückzukehren.«

Die Entscheidung des Gemeinderates war eine Neuigkeit für Jason. Er war dankbar für die Beurlaubung, dachte aber gleichzeitig wütend: *Wie können die von mir erwarten, daß ich mich in nur vier Wochen davon erhole?* Dann schalt er sich selbst für seine kritische Haltung. Tief in seinem Innern wußte er sehr gut, daß die Bemühung der Gemeinde, Einfühlungsvermögen zu zeigen, echt und gut gemeint war. Aber sein ganzes Leben war zusammengebrochen; wie konnte er es in einem einzigen Monat wieder zusammensetzen? Er wußte nicht einmal mehr, wer er war oder was er eigentlich glaubte.

»Nun – um diese Entscheidung offiziell zu machen«, fuhr Steve fort, »möchten wir die Gemeinde abstimmen lassen. Daher bitte ich Sie, durch Aufheben Ihrer rechten Hand anzuzeigen, ob Sie den Beschluß unterstützen.« Das Ergebnis war einstimmig.

Jason kam inzwischen zu dem Schluß, daß es eigentlich keine Rolle spielte. Wenn er mehr als vier Wochen brauchte, würde er sie sich einfach nehmen. Mehr war dazu nicht zu sagen.

Dann fragte er sich: Was sollte werden, wenn er sich niemals erholte? Was dann? *In dem Fall werde ich einfach kündigen,* beschloß er in der Hoffnung, Gott möge über diesen empörenden Gedanken irgendwie verletzt sein. Es war fast so etwas wie ein Wunsch nach Rache.

Während die Versammlung sich in Gruppen einteilte, um für ihn zu beten, bemühte Jason sich verzweifelt, sich getröstet zu fühlen, doch das Gefühl wollte sich nicht einstellen. Zum ersten Mal in seinem Leben war seine Zukunft unklar, ja sogar völlig ungewiß. Die starke Gewißheit, die sich immer wie Beton unter seinen Füßen angefühlt hatte, war plötzlich verschwunden.

Nach der Veranstaltung kamen verschiedene Leute auf Jason zu und boten ihm Mahlzeiten und andere Annehmlichkeiten für die nächsten Tage und die vier Wochen seines Urlaubs an. Jason lehnte alle Einladungen und Angebote ab und erklärte, er müsse einfach allein sein.

Als er allein zu seinem Wagen ging, spürte er wieder den Verlust seiner Lebensrichtung. So ging es ihm seit Tagen. Immer wieder hatte er sich spontan ins Auto gesetzt und war durch Atlanta gefahren, hatte Lorenes und Hannahs bevorzugte Einkaufszentren und Restaurants aufgesucht, nur um sich hinzusetzen und Salz in seine Wunden zu streuen. In Zeiten schwerer Verluste hatte jeder seine eigene Methode, sich Trost zu verschaffen.

Mit einem akuten Gefühl der Angst verließ er den hell erleuchteten Parkplatz der Gemeinde und fuhr hinaus in die kalte Dunkelheit. Vierzig Minuten später war er auf dem Friedhof und ging im Kreis um die nebeneinander liegenden Gräber von Hannah und Lorene herum. Nachdem er in den letzten zwei Wochen so viel geweint hatte, hatte er die Tränen jetzt hinter sich gelassen.

Er ging einfach nur immer im Kreis herum.

Der Feueralarm heulte. Er versuchte, aus dem brennenden Gebäude zu fliehen, doch er konnte sich nur in Zeitlupe bewegen. Der Lärm der Alarmsirene drang unbarmherzig auf ihn ein.

Über ihm stürzte ein brennender Trägerbalken herab. Er kam direkt auf ihn zu und drohte ihn zu zermalmen. Er geriet in Panik.

Mit pochendem Herzen schoß Jason in die Höhe und starrte mit weit aufgerissenen Augen in seinem Schlafzimmer umher. Es war alles nur ein Traum gewesen. Schwer atmend streckte er die Hand aus und stellte seinen Wecker ab.

Er blieb still sitzen und versuchte, sich zu entspannen. Ein weiterer Blick auf den Wecker sagte ihm, daß es halb neun war. Dann, ohne Vorwarnung, brach der wirkliche Schmerz über ihn herein. Instinktiv wollte er wieder in seinen Traum zurückfallen und in dem lodernden Inferno sterben.

Die frische Erinnerung an den Traum weckte in ihm ernsthaft den noch niemals gehegten Gedanken, sich das Leben zu nehmen. Noch nie zuvor hatte er die Tiefe der inneren Leere und Einsamkeit verstanden, die ein Selbstmordkandidat erreicht, aber jetzt wußte er Bescheid. Er war selbst an dem Punkt. Am Boden. Und auf eine barmherzige Weise schien der Tod tatsächlich der einzig sichere Ausweg zu sein.

Während er lustlos zur Dusche ging, dachte er ernsthaft darüber nach, ob sein Leben noch lebenswert war oder nicht. Das dampfend heiße Wasser ergoß sich über seine müde Brust und seine Schultern, und er lehnte sich passiv mit ausgestreckten Händen gegen die weißen Kacheln der Duschwand. So stand er da, starrte seine eigenen Füße an und fühlte sich wie ein Fremder allein in einem fremden Land. Er war eine Insel. Er war kein Ehemann und Vater mehr. Und während der nächsten vier Wochen würde er nicht einmal mehr ein Pastor sein.

Falls er sich entschloß weiterzuleben, wie sollte er dann diese vier Wochen verbringen? Welche Maßnahmen könnten möglicherweise seinem Leben wieder eine Bedeutung geben?

Hätte ich nur, dachte er zum tausendsten Mal, *hätte ich nur noch eine einzige Chance, ein Ehemann für Lorene und ein Vater für Hannah zu sein …*

Dann, wie ein Vollmond, der plötzlich durch einen Riß in den finsteren, windzerfetzten Wolken scheint, kam ihm die Erinnerung: Er war immer noch ein Großvater. Irgendwo in Miami hatte er eine Enkelin, die am Leben war. Konnte er sie finden?

Es würde gewiß einiges an Mühe und Geld kosten, und es würde nicht leicht sein. Aber sein offensichtlicher Vorteil war die Tatsache, daß er die Zeit dazu hatte.

Der Gedanke verlieh ihm einen winzigen Funken Hoffnung. Er spürte, wie das Leben zu ihm zurückkehrte, und wußte, daß er seine Antwort gefunden hatte, seinen Grund zum Weiterleben. Vielleicht konnte er als Großvater irgendwie die Vergangenheit wiedergutmachen und sein elendes Versagen als Vater und Ehemann ausgleichen.

Da, wo er war, unter der Dusche, traf er seine Entscheidung. Er wußte genau, wie er die nächsten vier Wochen verbringen würde.

10

Auf dem Weg aus Atlanta nahm Jason noch den Arzttermin wahr, um sich die Fäden aus dem Augenlid ziehen zu lassen. Dann fuhr er auf die Interstate 75 in Richtung Süden. Er hatte vor, die dreizehnstündige Fahrt nach Miami in zwei Tage aufzuteilen. Gegen elf Uhr abends, schätzte er, würde er in Orlando sein und damit mehr als die Hälfte der Strecke geschafft haben. Dort würde er die Nacht verbringen und, falls es keine Schwierigkeiten gab, am folgenden Tag sein Ziel erreichen.

Bevor er sein Haus verlassen hatte, hatte er noch Steve im Gemeindebüro angerufen und ihm gesagt, er werde nach Miami fahren und für unbestimmte Zeit dort bleiben. Er wolle sehen, wo Hannah gewohnt habe, und den Unfallort besichtigen, erklärte er. Dabei beließ er es.

Steve war nicht überrascht, aber die Neuigkeit weckte seine Neugier. Er und andere aus dem harten Kern der Gemeinde waren sich bewußt, daß der General bestimmte konkrete Einzelheiten über Hannah zurückhielt. Sie wußten lediglich, daß sie während der letzten achtzehn Monate in Miami gelebt hatte und bei einem Autounfall verblutet war. Mehr hatte Jason nicht preisgegeben. Aus Respekt vor seiner Privatsphäre hatte niemand versucht, ihm mehr Informationen zu entlocken.

Als Jason auf der Schnellstraße durch Macon kam, dachte er an Betsy. Nach Lorenes Beerdigung hatte sie großzügig angeboten, noch einige Tage in Atlanta zu bleiben und ihm behilflich zu sein. Er hatte freundlich abgelehnt und ihr für die Unterstützung gedankt, die sie ihm bereits so reichlich gegeben hatte. Außerdem hatte er sie gebeten, alle Einzelheiten aus Slade Wakefields Bericht für sich zu behalten. Sie versicherte ihm, daß sie niemandem etwas gesagt hätte und es auch dabei belassen würde.

Den Rest der Fahrt am Nachmittag und Abend verbrachte Jason in Gedanken damit, sich einen Einsatzplan für Miami zurechtzulegen. Er beschloß, zuerst zu versuchen, mit Slade

Wakefield in Kontakt zu kommen, vorzugsweise persönlich. Er würde an Slades Mitleid appellieren, indem er ihm von Lorenes Tod erzählte und erklärte, daß seine Enkelin sein einziges lebendes Bindeglied zu Hannah und Lorene sei. Dadurch, hoffte er, würde sich Slade erweichen lassen und ihm den Namen und die Adresse seines Schwiegersohnes mitteilen, so daß Jason einen Kontakt zu ihm knüpfen konnte. Falls Slade sich weigerte, würde er es mit Plan B versuchen: Bestechung. Jason war sicher, daß Slade irgendwie zu einem Zugeständnis zu bewegen sein würde.

Um zwanzig nach zehn bog er in Orlando von der Schnellstraße ab und nahm sich ein Zimmer in einem Motel. Da er kein Interesse daran hatte, sich vom Fernsehen unterhalten zu lassen, duschte er und ging zu Bett.

Bevor er sich hinlegte, blieb er für ein paar Minuten vor dem Badezimmerspiegel stehen, erleichtert darüber, sein Auge wieder benutzen zu können. Er betrachtete eingehend seine Narbe, bevor er sie mit einer Salbe bedeckte, die ihm der Arzt verschrieben hatte. Hübsch sah sie nicht aus, jetzt, wo der Heilungsprozeß noch nicht abgeschlossen war, und das würde sie vermutlich auch nie. Ihm wurde klar, daß er nun sein Leben lang eine körperliche Erinnerung an sein Versagen als Ehemann zurückbehalten würde.

Als er das Licht ausschaltete und unter die Bettdecke kroch, kehrten seine Gedanken wieder zu seiner Enkelin zurück. Wie sie wohl heißen mochte? Und wie sie wohl ohne ihre Mutter zurechtkam? Litt sie unter irgendwelchen Folgen der schwierigen Geburt? Er hätte gerne für sie gebetet, doch er zweifelte, ob es etwas bewirken würde. Schließlich hatten auch Hunderte von Gebeten nichts für Hannah oder Lorene ausrichten können.

Er schlief ein, während er über die Verwirrung nachdachte, die nun die Überzeugungen verdunkelte, die er so lange heilig gehalten hatte – wie etwa sein Vertrauen auf die Macht des Gebets. Sein Christentum löste sich zusehends in seine Bestandteile auf.

In dieser Nacht träumte er, er würde zu einem Atheisten.

Anstatt am nächsten Morgen abrupt zu erwachen, wie er es gewohnt war, kehrte Jason langsam, in abwechselnden Etappen von Wachheit und Schlaf, ins Leben zurück. Es schien Stunden zu dauern, bis sein Körper endlich zu dem Schluß kam, sich genug erholt zu haben.

Auch dann lag er noch eine Weile benommen da und lauschte den Geräuschen der Schnellstraße. Es schien starker Verkehr zu herrschen. Er griff nach seiner Uhr, aber sie war offenbar während der Nacht stehengeblieben, so daß er bei der Rezeption anrufen mußte, um nach der Uhrzeit zu fragen. Es war drei Minuten nach elf. Er konnte sich nicht erinnern, schon jemals so lange geschlafen zu haben.

Um elf Uhr fünfunddreißig war er wieder auf der Straße. Er folgte der Schnellstraße bis zum Abzweig auf die Florida-Autobahn und fuhr weiter in Richtung Miami.

Er war jetzt weit genug im Süden, um die Seitenfenster ein paar Zentimeter herunterzulassen und sich an der frischen, warmen Luft zu erfreuen. Er war schon immer gern nach Florida gereist – er mochte den Sand, die Palmen, den Sonnenschein und sogar die plötzlichen Gewitter.

Eine unbehagliche Erregung wuchs in ihm, als er sich Miami näherte. Wie lange würde es dauern, bis er seine Enkelin in den Armen hielt? Stunden? Tage? Was würde er sagen, wenn er seinem Schwiegersohn zum ersten Mal gegenüberstand?

Um sechs war er in Miami und fuhr direkt in die Innenstadt weiter. Da er kein Hotel fand, das ihm gefiel und in seiner Preislage war, folgte er den Wegweisern hinaus nach Miami Beach, wo die Mehrzahl der Übernachtungsmöglichkeiten der Gegend sich in Reih und Glied am Atlantik entlang zog. Sie schienen sich endlos an der grell erleuchteten Straße hinzuziehen. An den meisten leuchteten Neonzeichen mit der Aufschrift »Kein Zimmer frei«. Die Zimmer waren zweifellos mit Tausenden von Urlaubern aus dem Norden gefüllt, die für ein paar Tage Spaß in der Sonne genießen wollten.

Binnen kurzem fand er auf der Straßenseite, die dem Strand gegenüberlag, ein erschwingliches und sauber aussehendes Motel, das sogar ein Zimmer frei hatte. Er verlor keine Zeit und nahm die Unterkunft.

Nachdem er sein Gepäck im Zimmer verstaut hatte, holte er als erstes das Telefonbuch aus der Schublade seines Nachttisches, setzte sich aufs Bett und suchte nach Slade Wakefields Privatnummer. Als er den Namen nicht fand, sah er in den Gelben Seiten unter »Anwälte« nach und suchte nach seiner geschäftlichen Nummer. Er seufzte hörbar erleichtert auf, als sein Blick endlich die sieben fettgedruckten Ziffern entdeckte.

Dann wurde ihm bewußt, daß es Freitagabend war. Alle Büros waren über das Wochenende geschlossen. Warum hatte er nicht früher daran gedacht? Wo war er mit seinen Gedanken gewesen? Wie sollte er es aushalten, bis zum Montag zu warten, bevor er mit Slade Kontakt aufnehmen konnte?

Es war bereits zehn nach acht, doch er beschloß gegen alle Wahrscheinlichkeit, dennoch die Nummer des Büros anzurufen. Rasch griff er nach dem Telefon auf dem Nachttisch und tippte die Ziffern ein.

Dann fing er an, die Klingelzeichen zu zählen. Drei. Vier. Fünf. Sechs. Sieben.

Verzweifelt legte er schließlich auf. Was jetzt? Er hatte das ganze Wochenende vor sich und nichts zu tun, außer zu warten.

Da damit seine Hoffnung vorübergehend auf Eis gelegt war und er nicht wußte, was er hätte unternehmen sollen, vergingen die nächsten Stunden mit enervierender Langsamkeit. Die mächtigen Gefühle der Einsamkeit und Trauer kehrten mit erneuerter Kraft zurück. Er versuchte, gegen sie anzukämpfen, aber allmählich ließ sein Widerstand nach.

Die Zeit hielt ihn ohne Gnade in seinem Schmerz gefangen.

Der Zusammenbruch kam am frühen Samstagnachmittag. Die geschlossenen Vorhänge sperrten den Sonnenschein aus. Er hatte weder sein Zimmer verlassen noch etwas gegessen und nur sehr unruhig geschlafen.

Seine Gefühle hatten ihm die Vernunft ausgetrieben. Er versuchte, gegen ihren Sog anzukämpfen, aber alles in seinem

Leben erschien ihm jetzt leer, vergebens, sinnlos – überwältigend sinnlos. Er versuchte, sich dagegen zu wehren, doch an einem bestimmten Punkt in dieser emotionalen Dämmerzone kam er zu dem Schluß, daß der Widerstand über seine Kräfte ging.

Die Hoffnungslosigkeit verschlang ihn. Er wollte nicht mehr leben. Es blieb ihm einfach kein anderer Ausweg mehr, glaubte er, als sich das Leben zu nehmen.

Er ging ins Badezimmer und griff nach dem Rasierer, den er zuvor ausgepackt und auf die Spiegelablage gelegt hatte. Einen Augenblick lang stand er in seiner Unterwäsche da und starrte in den Spiegel. Mit seinem verdrückten Haar und seinem unrasierten Gesicht sah er aus wie ein obdachloser Stadtstreicher.

Eine Million Gedanken überschlugen sich in Jasons Geist, die meisten davon seltsam abstrakt. Jeden Moment rechnete er damit, daß sein Kopf explodieren würde. Langsam nahm er die zweischneidige Klinge aus dem Rasierer und sah wieder in den Spiegel. Schweißtropfen standen auf seiner Stirn.

Er ließ den Blick sinken und legte behutsam seinen linken Arm mit der Innenseite des Handgelenks nach oben über die Kante des Waschbeckens. Dann nahm er die Klinge fest zwischen die Finger der rechten Hand.

Langsam, Zentimeter für Zentimeter, führte er die rechte Hand näher an die linke heran, bis die Schneide der Klinge nur noch wenige Millimeter von seinen Pulsadern entfernt war.

Er bildete eine Faust mit der Linken und drückte sie fest zu. Die Adern wölbten sich unter der Klinge.

Es würde ganz leicht sein. In ein paar Minuten würde er frei sein.

Genau in dem Augenblick, als die Rasierklinge in die Haut eindrang und der erste Tropfen Blut zum Vorschein kam, ertönte ein lautes Klopfen an der Außentür. Jason fuhr verwirrt mit dem Kopf herum und blieb regungslos stehen. Blut tropfte auf den Fußboden.

Wieder ertönte das Klopfen. *Gehen Sie weg,* dachte Jason. Doch das Klopfen hörte nicht auf.

Er ließ die Klinge ins Waschbecken fallen. Unbeholfen wickelte er sein Handgelenk in ein Handtuch ein, streifte seinen Morgenmantel über und ging zur Tür. Er entriegelte die Kette und öffnete die Tür halb. Heißes Sonnenlicht strömte herein und blendete ihn für einen Moment.

Es war das Zimmermädchen. »Entschuldigen Sie, Sir, daß ich Sie geweckt habe«, sagte die junge Frau mit spanischem Akzent. »Die Rezeption möchte wissen, ob Sie noch eine weitere Nacht bleiben.«

Die Frage ging an ihm vorbei. Jason spürte die Sonne, die ihm ins Gesicht schien. Würde er sich wirklich umbringen?

»Alles in Ordnung, Sir?« fragte die Frau.

Er hob die rechte Hand und rieb sich die Stirn. »Ja«, flüsterte er. »Ja … alles in Ordnung.«

»Nun, werden Sie noch einen Tag bleiben oder nicht?« wiederholte das Mädchen behutsam.

»Ich bleibe noch einen Tag, ja«, erwiderte er passiv.

»Schön, falls Sie noch irgend etwas brauchen, benachrichtigen Sie bitte die Rezeption, ja?«

»Sicher … das werde ich tun.«

Sie drehte sich um und ging.

Jason blieb im Eingang stehen und ließ sich von der Sonne bescheinen, die immer noch seinen Augen weh tat. Einen Augenblick lang verlor er sich in teilnahmsloses Staunen darüber, wie aus der dynamischen Führungspersönlichkeit, die er noch vor kurzem gewesen war, so schnell ein erbärmlicher Verlierer hatte werden können. Was geschah mit ihm?

Er wußte nur, daß der Tod ihm unendlich viel besser erschien als zu versuchen, sich mit der Wirklichkeit auseinanderzusetzen.

Warum mußte sie klopfen? beklagte er sein Schicksal.

Er wollte gerade die Tür schließen und ins Badezimmer zurückkehren, als er einen alten Mann Hand in Hand mit einem kleinen Mädchen über den asphaltierten Parkplatz gehen sah. Sie trugen Badekleidung und waren offenbar zum Strand jenseits der Straße unterwegs. Ein Großvater und seine Enkelin.

Der alte Mann hüpfte in kurzen Sätzen neben dem Mädchen her. Die Kleine brach in helles Gelächter aus.

Jason lehnte sich gegen den Türrahmen, ließ sich langsam zu Boden gleiten und streckte die Beine aus. Mit erneuerter Kraft stieg die Hoffnung in ihm auf, seine eigene Enkelin zu finden. Er saß im Eingang, hielt das Handgelenk mit dem inzwischen blutgetränkten Handtuch vor sich und blickte zum sonnigen Himmel hinauf. Eine einzige Träne rollte an seiner Wange hinab, die erste, seit er Atlanta verlassen hatte.

»Oh Gott«, flüsterte er, »ich finde mich nicht mehr zurecht. Ich weiß nur, daß ich es nicht ohne dich schaffe, wenn ich weiterleben soll. Aber ich verstehe dich nicht. Im Moment habe ich sogar Haßgefühle gegen dich. Ich bin enttäuscht von dir. Ich bin wütend auf dich. Bitte … hilf mir irgendwie. Laß es wieder hell in mir werden. Ich weiß, daß ich es nicht verdiene, aber hilf mir, meine kleine Enkelin zu finden, damit ich versuchen kann, etwas wiedergutzumachen.«

Den Rest des Wochenendes verbrachte Jason alle wachen Stunden auf öffentlichen Plätzen und in Gegenwart anderer Menschen, als Vorsichtsmaßnahme gegen einen neuen Zusammenbruch. Erst spät am Abend kehrte er in sein Zimmer zurück als er so müde war, daß er nur noch auf dem Bett zusammenbrechen konnte.

Als es endlich Montagmorgen geworden war, war er um halb neun hellwach und wählte die Nummer von Slades Büro.

»Anwaltsbüro Slade Wakefield«, meldete sich kurz darauf eine Stimme.

»Ja, kann ich bitte mit Mr. Wakefield sprechen? Hier ist Reverend Jason Faircloth, ein persönlicher Freund von ihm.«

»Es tut mir leid, Reverend Faircloth, aber Mr. Wakefield spricht gerade mit einem Mandanten. Kann ich ihm etwas ausrichten?« Die Stimme der Sekretärin klang gehetzt.

»Nein – ich muß persönlich mit ihm sprechen. Gibt es vielleicht eine Möglichkeit, daß ich ihn irgendwann heute vormittag für ungefähr fünfzehn Minuten sprechen kann? Es ist sehr dringend.«

»Leider ist sein Tag schon bis fünf Uhr vollkommen ausgeplant. Vielleicht könnte er Sie dann empfangen, unmittelbar bevor er geht. Soll ich ihm sagen, daß Sie ihn um diese Zeit sprechen möchten?«

»Fünf Uhr? Sind Sie sicher, daß es früher nicht geht?«

»Entschuldigen Sie, wenn ich unhöflich klinge, Reverend Faircloth, aber ich hatte bereits einen schlechten Morgen. Ja, ich bin sicher, daß es vor fünf Uhr unmöglich ist. Ich werde dafür bezahlt, daß ich so etwas weiß.«

»Ich ... ich möchte mich entschuldigen, wenn ich den Eindruck erweckt habe, als wollte ich Ihre Kompetenz anzweifeln, Miss ...«

»Miss Chapman.«

»Miss Chapman. Nun, wie ich schon sagte, es tut mir leid, Ihre Kompetenz in Zweifel gezogen zu haben. Ich bin nur sehr dringend darauf angewiesen, mit Mr. Wakefield zu sprechen, das ist alles.«

»Soll ich ihm also sagen, daß Sie ihn gerne um fünf Uhr treffen möchten?«

»Sicher. Das wäre nett. Heute nachmittag um fünf.«

»Gut. Re-ve-rend ... Ja-son ... Fair-cloth. Ich habe Sie für fünf Uhr eingetragen. Mr. Wakefield wird Sie dann erwarten.«

Jason legte auf, genervt von dem Gedanken, weitere acht Stunden verschwenden zu müssen, nachdem er bereits soviel wertvolle Zeit verloren hatte. Heute war bereits der fünfte Tag der vier Wochen, die ihm zur Verfügung standen. Doch er glaubte, nichts unternehmen zu können, bevor er die Information von Slade bekommen hatte. Er wußte nicht, wie und wo er sonst mit seiner Suche beginnen sollte.

Da um fünf Uhr reger Verkehr herrschen würde, beschloß er, sehr früh aufzubrechen und Slades Büro in der Innenstadt ausfindig zu machen.

So saß er schon um drei Uhr auf einer marmornen Springbrunnenumrandung direkt vor dem Bürogebäude, in dem sich Slades Kanzlei befand.

Um Viertel vor fünf marschierte er ungeduldig auf dem

Flur vor Slades Büro auf und ab, und um fünf vor fünf hob er beinahe die Tür aus den Angeln, als er eintrat.

»Sagen Sie nichts«, sagte Slades Sekretärin verbissen, ohne Verlegenheit erkennen zu lassen. »Sie müssen Reverend Jason Faircloth sein.«

»Richtig«, erwiderte Jason, ohne sich einschüchtern zu lassen.

»Nun, Sie kommen fünf Minuten zu früh, Reverend, also werden Sie dort Platz nehmen und die Beschimpfungen einer gehässigen alten Sekretärin erdulden müssen.« Sie lächelte.

Jason gab den Ball umgehend zurück. »Sagen Sie nichts. Lassen Sie mich raten. Sie hatten nicht nur einen schlechten Morgen, Ihr ganzer Tag war miserabel.«

Ihr Lächeln wich vorübergehend einem gespielten Versuch, gehässig auszusehen. »Ja! Wie haben Sie das erraten?«

»Es war wirklich schwierig«, sagte er trocken.

»Ach ja? Das nächste Mal werde ich es Ihnen leichter machen. Also passen Sie auf!« Miss Chapman fauchte und fuhr mit der Hand durch die Luft, die Finger zu Krallen gekrümmt. Beide lachten.

Im Gegensatz zu seinem ersten Eindruck kam Jason zu dem Schluß, daß er sie mochte, mitsamt ihren roten Locken und allem.

Um fünf nach fünf, sofort nachdem eine ältere Frau aus Slades Büro gekommen war, führte Miss Chapman ihn hinein. Slade stand gleich hinter der Tür und begrüßte ihn mit einem herzlichen Lächeln und einem festen Händedruck.

»Nun, was hat Sie den ganzen Weg von Atlanta hierhergeführt, Reverend Faircloth?«

»Ich habe den starken Verdacht, daß Sie die Antwort auf diese Frage bereits kennen«, antwortete Jason ernst.

»Ja, ich denke schon«, gab Slade zu. »Zweifellos sind Sie gekommen, um sich dem mühseligen Prozeß zu unterziehen, mir vertrauliche Informationen zu entlocken wie etwa Identität und Aufenthaltsort Ihrer Enkelin und Ihres Schwiegersohnes.«

»Exakt«, erwiderte Jason. Er hätte das Wort nicht ernsthafter sagen können.

»Setzen Sie sich, und wir werden uns unterhalten«, sagte Slade und bot ihm einen Sitzplatz an.

Jasons Blick wanderte durch das helle und geräumige Büro, während er auf das braune Ledersofa zuging, auf das Slade gedeutet hatte. Jeder einzelne Gegenstand im Zimmer, angefangen von den beiden Miniatur-Orangenbäumen in Töpfen bis zu dem glänzenden, goldumrahmten Porträt irgendeines Patriarchen der Rechtswissenschaft, war sorgfältig auf das Dekor abgestimmt. Slades Arbeitsplatz hatte dieselben Merkmale wie sein Stil – makellos.

Slade setzte sich in geschäftsmäßiger Haltung hinter seinen großen Mahagoni-Schreibtisch. Nachdem er sich überzeugt hatte, daß Jason saß und bereit war, ihm zuzuhören, sprach er mit Entschlossenheit.

»Reverend Faircloth, ich werde geradeheraus und ehrlich zu Ihnen sein. Ungeachtet aller Korruption, die es in meinem Berufsstand geben oder nicht geben mag, werde ich nicht so unklug sein, die Zusicherungen der Vertraulichkeit zu durchbrechen, die ich anderen gegenüber gemacht habe. Und ich habe meinen Kollegen vom FBI auf ihre Bitte hin fest zugesichert, weder Ihnen noch Ihrer Frau die Identität und den Aufenthaltsort Ihres Schwiegersohnes offenzulegen.«

»Mr. Wakefield«, antwortete Jason mit Nachdruck, »Lorene ist vor neun Tagen gestorben. Sie hat sich nie von dem Schock über Hannahs Tod erholt. Sie müssen sich klarmachen, daß mein Enkelkind jetzt das einzige lebende Bindeglied zu Hannah und Lorene ist, das ich in dieser Welt noch habe. Ich muß es finden.«

Slade war von dieser Neuigkeit sichtlich berührt und schien den Schmerz und die Verzweiflung Jasons nachzufühlen. Er dachte einen Augenblick nach und sagte dann langsam und voll echten Mitgefühls:

»Meine Gefühle sind auf Ihrer Seite, und ich würde nichts lieber tun, als Ihnen behilflich zu sein, wo ich nur kann. Aber Sie müssen auch meine Situation verstehen. Ich würde meine ganze Praxis untergraben, wenn ich bewußt das Vertrauen enttäuschen würde, das andere in mich als Anwalt gesetzt haben.

Könnte ich Ihnen mit reinem Gewissen die Information geben, um die Sie mich bitten, so würde ich es mit Freude tun. Aber ich kann es nicht.«

Als er die Standhaftigkeit in Slades Worten hörte, fand es Jason an der Zeit, es auf einer anderen Ebene zu versuchen. »Ich werde Sie für die Information bezahlen. Nennen Sie mir nur den Preis.«

»Bestechung? Ich fürchte nein, Reverend Faircloth.« Seine Stimme klang sehr ernst.

Jason krampfte sich der Magen zusammen. »Dann – ist es also unabänderlich?«

»Ich fürchte ja.«

»Es gibt absolut nichts, was ich tun könnte, damit Sie Ihre Meinung ändern?«

»Nicht das geringste«, erwiderte Slade ohne Umschweife.

Jason weigerte sich, ein »Nein« als endgültige Antwort zu akzeptieren. Er kämpfte weiter und flehte Slade an, sich in seine Lage zu versetzen und die Angelegenheit zu überdenken. Dieser Fall sei eine legitime Ausnahme von der Regel, argumentierte er, und ein Bruch dieses Versprechens sei moralisch zu rechtfertigen.

Der Anwalt gab nicht nach, und als Jason ein wenig hitzig und irrational wurde, erhob sich Slade und erklärte so geschäftsmäßig, wie er konnte, er habe keine Zeit mehr, die Angelegenheit noch weiter zu erörtern. Taktvoll führte er Jason hinaus.

In Jason brodelte es, als er das Gebäude verließ. Bisher hatte er sich gezwungen, an die Möglichkeit, Slade könnte sich rundheraus weigern, nicht einmal zu denken. Doch nun war genau das passiert.

Wie sollte er nun jemals seine Enkelin finden? Er hatte keine Hinweise, keine Spuren, keine Kontakte, keine Quellen. Alles, was er wußte, war, daß er nicht nach Atlanta zurückkehren und sein Leben und seinen Dienst wiederaufnehmen konnte, ohne zuerst irgendeine funktionierende Beziehung zu seiner Enkelin aufgebaut zu haben. Es war ihm sehr deutlich geworden, daß er zumindest das brauchte, um weiterzuleben.

Wieder setzte er sich auf die marmorne Umrandung des Springbrunnens und versuchte, seine Gedanken zu sammeln. Inmitten seiner Verwirrung kam er zu dem Schluß, daß ihm nichts anderes übrig blieb, als selbst Privatdetektiv zu spielen. Wenn niemand ihm Informationen geben wollte, dann würde er eben selbst die Spur aufnehmen müssen. Er verfügte über keinerlei Kenntnisse oder Erfahrungen, was Nachforschungen anging, also würde seine bloße Entschlossenheit genügen müssen.

Nachdem ihm seine neue Richtung vor Augen lag, kehrte er zu seinem Wagen zurück.

Abends in seinem Zimmer holte er das Telefonbuch hervor und begann, eine Liste von Adressen und Telefonnummern möglicher Informationsquellen aufzustellen, darunter Polizeistationen, Krankenhäuser, städtische Ämter und die hiesige Niederlassung des FBI.

Seine Besessenheit trieb ihn in einem fieberhaften Tempo durch die nächsten Tage. Er kaufte sich einen Stadtplan von Miami und stürzte sich auf die Aufgabe, Informationen zu sammeln und nach einer Spur Ausschau zu halten.

Doch sein Schwung ließ schon bald nach. Irgendeine unsichtbare Macht schien gegen ihn zu arbeiten. Ein paar Leute zeigten Mitgefühl, hatten aber keine Informationen oder Ideen anzubieten. Immer wieder stellte sich heraus, daß die Leute, die ihm aller Logik nach eigentlich am ehesten hätten behilflich sein können, entweder krank oder in Urlaub oder durch andere Verpflichtungen vollkommen unabkömmlich waren. Und was die anderen anging – falls irgendeiner von ihnen eine Spur oder eine Anregung hatte, so behielten sie sie für sich.

Jason konnte es nicht begreifen. Am Freitag gegen Abend hatte er noch nicht die geringsten Ergebnisse erzielt. Warum? Warum geriet er stets an die falschen Orte oder an die richtigen Orte, aber an die falschen Leute?

Den Kopf voller Fragen war er gerade unterwegs zu einem weiteren Krankenhaus, um Erkundigungen einzuziehen, als er für einen kleinen Imbiß an einem Restaurant hielt. Es war schon nach vier, und er hatte den ganzen Tag noch nichts gegessen. Drinnen setzte er sich an die Theke und bestellte gleich etwas zu trinken, während er sich etwas mehr Zeit nahm, die Speisekarte durchzusehen.

Er sackte vor Erschöpfung in sich zusammen. Eine Woche fruchtloser Nachforschungen forderte ihren Zoll.

Zwei Sitze neben ihm las ein Mann gerade den *Miami Herald.* Wenig später hatte er seine Lektüre beendet, faltete die Teile annähernd in ihrer ursprünglichen Anordnung zusammen und legte die Zeitung auf die Theke. Gerade als Jason sein eisgekühltes Getränk vorgesetzt wurde, verließ er das Restaurant.

Es war das erste Mal seit Wochen, daß Jason bewußt eine Zeitung vor sich sah. Eine fette Überschrift fiel ihm ins Auge: »Vier Tote und zwölf Verletzte bei Karambolage auf der 1-95.« Plötzlich ging ihm ein Licht auf. Natürlich – höchstwahrscheinlich war über Hannahs tödlichen Unfall in einer Zeitung berichtet worden, einschließlich des Unfallortes und der Namen. Eine Durchsicht der zurückliegenden Ausgaben der Zeitung würde die Einzelheiten zutage fördern.

Er vergaß sein Getränk und seinen leeren Magen und stürmte aus dem Restaurant und über den Parkplatz hinweg zu einer Telefonzelle, wo er die Adresse des *Herald* aus dem Telefonbuch heraussuchte. Kurz darauf saß er wieder in seinem Wagen und suchte auf dem Stadtplan nach der Straße. Es schien nur ungefähr eine Meile entfernt zu sein.

Sechs Minuten später war er dort. Ein älterer Angestellter führte ihn von der Rezeption hinunter in den Keller, wo die zurückliegenden Ausgaben archiviert waren. Es war ein großer Raum, wie eine Bibliothek, in dem gebundene Folianten mit den Ausgaben vergangener Jahre mehrere Regalzeilen einnahmen. Auf einem Tresen in der Nähe der Tische und Stühle lagen die Ausgaben der letzten Wochen, in Stapeln geordnet.

Andere Leute, die nach Informationen suchten, standen am Tresen oder saßen an den Tischen. Jason ignorierte sie, suchte sich einen Stapel mit Ausgaben vom Dezember und fand rasch die Ausgabe von Hannahs Todestag – dem fünfzehnten

Dezember. Er ließ seinen Blick über die Seiten wandern, fand jedoch keine Erwähnung des Unfalls. Seine Enttäuschung wuchs mit jedem Umblättern, bis ihm klarwurde, daß über den Unfall natürlich erst einen Tag später berichtet werden konnte. Rasch zog er die Ausgabe vom sechzehnten hervor. Wieder begann er mit seiner Suche und hielt Seite für Seite den Atem an, während er die Schlagzeilen durchging. Dann, auf Seite drei, fand er es: »Mutter stirbt nach Niederkunft am Straßenrand«. Er brauchte nur die ersten Sätze unter der Überschrift zu überfliegen, um zu wissen, daß die Meldung von Hannah handelte. Er ließ hörbar die Luft ausströmen.

Seine Augen wanderten zurück zum Anfang. Sorgfältig begann er, von neuem zu lesen und auf jedes Wort zu achten:

Eine achtzehnjährige Mutter starb gestern neben ihrem liegengebliebenen Wagen an Geburtskomplikationen, nachdem sie als ihr erstes Kind, ein gesundes Mädchen, zur Welt gebracht hatte.

Nach Angaben der Polizei kam der vom Ehemann der Frau gesteuerte Wagen von der Fahrbahn ab und blieb in der Nähe der Kreuzung Bord Road und S. W. 87th Avenue im Sand stecken.

Angeblich befand sich das Paar zur Zeit des Unfalls auf dem Weg ins Baptist Hospital.

Bei dem Unfall, an dem nur ein Fahrzeug beteiligt war, wurde die Frau offenbar nicht verletzt.

Nach Angaben von Augenzeugen fand die Geburt des Kindes gegen achtzehn Uhr dreißig statt, nur zehn Minuten nach dem Unfall. Als Geburtshelfer agierten der Vater des Kindes und einige Umstehende,.

Kurz nach der Geburt des Kindes traf ein Rettungsteam am Unfallort ein und begann mit Erste-Hilfe-Maßnahmen für die Mutter. Ein Sprecher des Teams sagte, der Blutverlust der Frau habe jedoch zum Zeitpunkt der Ankunft der Sanitäter bereits die kritische Marke überschritten gehabt.

Bis heute morgen wurden die Namen des Paares noch nichtfreigegeben. Das überlebende neugeborene Mädchen befindet sich nach Angaben des Baptist Hospital bei guter Gesundheit.

Ich habe immer noch nicht ihre Namen, dachte Jason irritiert. Doch zumindest wußte er jetzt, wo sich der Unfall ereignet hatte, und kannte einige Einzelheiten, die ihn möglicherweise näher ans Ziel bringen könnten. Er fand ein Stück Notizpapier auf dem Tresen und schrieb sich die Meldung wörtlich ab. Als er fertig war, las er den Artikel noch mehrere Male durch. *Warum haben sie die Namen nicht angegeben?* dachte er noch einmal. Traurig und frustriert schloß er die Augen und versuchte sich zu entspannen. Halbherzig flüsterte er ein verzweifeltes Gebet zu Gott, ihm zu helfen. Es drückte mehr einen schwächlichen Wunsch aus, als daß es Ausdruck eines lebendigen Glaubens gewesen wäre.

Er öffnete die Augen wieder, faltete langsam die Blätter zusammen und legte den Stapel Zeitungen wieder auf den Tresen. Auf der Treppe nach oben durchfuhr ihn wie ein Blitz eine neue Idee. Er machte kehrt, hastete zurück ins Archiv und griff erneut nach der Ausgabe vom sechzehnten Dezember. Langsam begann er, die Seiten durchzublättern und nach der Spalte mit den Todesanzeigen zu suchen.

In den Todesanzeigen vom sechzehnten fand er nichts, doch in denen des folgenden Tages fand er den Namen »Freedman, Hannah Renée«. Ihr Alter war mit achtzehn angegeben, und als Hinterbliebene wurden ihr Mann Cody Freedman und »eine neugeborene Tochter« genannt. Der Name des Kindes war nicht angegeben, doch diese Lücke war im Augenblick unbedeutend. Jetzt kannte er den Namen seines Schwiegersohnes: Cody Freedman. Er war sicher, daß seine Versöhnung mit Cody und dem Baby unmittelbar bevorstand.

Draußen auf der Straße ging er in eine Telefonzelle und suchte im Telefonbuch von Miami nach Codys Adresse und Telefonnummer. Doch die Suche war vergeblich; der Name war nicht aufgelistet. Er versuchte es noch bei der Auskunft, aber die Telefonistin sagte, es handele sich um eine Geheimnummer.

Dann kam ihm noch eine Idee. Nach dem, was Slade ihm bei seinem Besuch in Atlanta erzählt hatte, war Cody bis vor kurzem Student gewesen, vielleicht irgendwo in Miami. Jason beschloß, als nächstes alle Colleges am Ort anzurufen, bis er eines fand, das einen Studenten namens Cody Freedman gehabt hatte, und dann zu fragen, welche aktuelle Adresse man dort in den Akten habe.

Doch es war bereits Freitagabend und nach fünf Uhr. Die Erkenntnis durchfuhr ihn zunächst wie ein Schock. Wieder stand ihm ein Wochenende des Wartens bevor. Doch vielleicht würde das jetzt keine Rolle mehr spielen. Endlich hatte er eine Spur. Seine Begeisterung würde ihn bis zum Montag durchhalten lassen.

In der Zwischenzeit würde er zur Kreuzung *Bird Road* und *Southwest 87th Avenue* fahren und versuchen, Hannahs letzte Stunde auf der Erde an sich vorbeiziehen zu lassen. Er würde dem seltsamen Begehren der Liebe Raum geben und sich zwingen, den Augenblick der größten Qual seiner Tochter zu durchleben.

11

»Ihnen ist doch hoffentlich klar, Mr. Freedman«, kam die Stimme, »daß der Staat Florida das Recht hat, Sie vor Gericht zu bringen, wenn Sie sich weigern, mit uns zusammenzuarbeiten. Und wenn –«

Wütend knallte Cody den Hörer auf die Gabel. Niemand brauchte ihm zu sagen, wie sich ein Vater zu verhalten hatte, am allerwenigsten die Regierung.

Zornig rannte er durchs Haus und warf dabei im Eßzimmer einen Stuhl um. »Sophia!« rief er. Als er keine Antwort erhielt, stürmte er hinaus in den Garten. Dort fand er sie auf der Holzschaukel in der Gartenlaube, wo sie Renée die Flasche gab.

Sophia, eine farbige Lady in den späten Fünfzigern, war wie selbstverständlich seine erste Wahl als Vollzeit-Babysitter für Renée gewesen. Elf Jahre lang war sie die Hausangestellte seiner Eltern gewesen, bis zu dem Tag, an dem sie bei dem Flugzeugabsturz ums Leben gekommen waren. Cody hatte sie immer gern gemocht. Sie war widerspenstig und stur, aber gleichzeitig eine der klügsten und warmherzigsten Frauen, die er je gekannt hatte.

Glücklicherweise war sie sofort in der Lage gewesen, zu ihm zu ziehen und ihm mit dem Baby zu helfen. Cody wußte, daß sie ihre Sache gut machen würde, doch nun – nach nur vier Wochen – hatte sich herausgestellt, daß sie zu gut war.

Cody hatte nach Hannahs Tod seine Praxis bis heute nicht wiedereröffnet, obwohl das Baby unter Sophias Obhut gut aufgehoben war. Statt dessen verbrachte er, wenn er nicht zu Hause trank, seine Zeit in diversen Bars und Kneipen. Während der seltenen Zeiten, in denen er sowohl zu Hause als auch nüchtern war, benahm er sich alles andere als väterlich.

Sophia begann bald, ihm Predigten zu halten und ihn zu ermahnen, sich zusammenzureißen und seiner Tochter eine anständige Erziehung zuteil werden zu lassen. Dann gab sie es auf, als sie merkte, daß seine Depression über Hannahs Tod stärker war als sein Vaterstolz. Statt dessen hatte sie das Kinderschutzzentrum Miami angerufen, eine Einrichtung des Sozialamts, und dort gemeldet, Cody sei ein verantwortungsloser Alkoholiker und als alleinerziehender Vater überfordert. An einem Morgen Anfang Januar war eine Beraterin vom Zentrum in Codys Haus erschienen, um sich von seiner Eignung als Vater zu überzeugen. Cody hatte sich gerade so weit von seinem apathischen Rauschzustand erholt, um sie aus dem Haus zu werfen und bis zu ihrem Auto mit Flüchen und Schimpfworten zu verfolgen. Und nun waren ihm am Telefon gerichtliche Schritte angedroht worden, falls er sich erneut den Untersuchungen in seinem Haus widersetzte.

Kochend vor Zorn ging Cody auf die Gartenlaube zu, wo Sophia saß. Er wußte, daß sie ihn gemeldet hatte, und er wußte, daß sie es getan hatte, weil sie auf ihre eigene Weise Anteil nahm. Aber das hier war nicht ihre Angelegenheit. Wenn ihm der Staat im Nacken saß, dann war seine Absicht, Renée unter seinem eigenen Dach zu behalten, in Gefahr.

Er sprang die eine Stufe in die Gartenlaube empor und baute sich vor Sophia auf. Irgendwie verspürte er den Drang, ihr körperlich weh zu tun. Doch er wagte es nicht, nicht einmal einen impulsiven Schlag. Er stand einfach da wie ein gefangener Tiger im Käfig.

Sophia kannte ihn gut. Sie wußte, daß er innerlich kochte, und sie wußte auch, warum. Auf dem Weg durch die Küche in den Garten hatte sie das Telefongespräch teilweise mit angehört.

Ohne ihr leichtes, rhythmisches Schwingen zu unterbrechen, fütterte sie Renée weiter und wartete, bis Cody das Wort ergriff. Sie mußte nur eine Sekunde lang warten.

»Sophia, ist Ihnen klar, was Sie getan haben?« Seine Fäuste waren an den Seiten geballt.

»Was habe ich getan, Cody?« fragte sie mit dem gleichen Nachdruck zurück und sah ihm direkt in die Augen.

»Sie haben sich in die Angelegenheiten anderer Leute eingemischt, die Sie nichts angingen! Das haben Sie getan. Und nun droht mir die staatliche Stelle, bei der Sie mich angezeigt haben, mich vor Gericht zu stellen.«

Sophia antwortete sofort: »Was ich getan habe, habe ich für Renée getan.« Sie sprach mit dem Ernst eines Menschen, der vor einem Gericht steht.

Er schüttelte seine Faust und fluchte. »Renée ist meine Verantwortung!«

»Warum handeln Sie dann nicht verantwortlich?« gab sie zurück.

Codys Unterlippe zitterte, und er hob seine Faust und schüttelte sie in der Luft. Fast schreiend verteidigte er sich: »Weil ich im Augenblick Schmerz erleide, Sophia! Der Schmerz macht mich fast wahnsinnig!« Er klopfte sich bei jedem Wort mit der Faust auf die Brust: »Ich kann diese Qual nicht ignorieren. Ich kann nicht so tun, als ob es sie nicht gäbe. Es gibt sie! Und ich habe alle Hände voll damit zu tun, überhaupt am

Leben zu bleiben! Können Sie das nicht verstehen? Wie kann jemand in dieser Situation von mir erwarten, daß ich verantwortlich handle?«

Wieder antwortete Sophia ohne Zögern, doch ihr Ton war sanfter. »Sie tun nichts, um den Schmerz zu besiegen, Cody. Das ist offensichtlich, oder nicht? Binnen weniger als einem Monat sind Sie zum Alkoholiker geworden. Ich weiß, daß es sehr weh tut, jemanden zu verlieren, den man geliebt hat; das habe ich selbst durchgemacht. Ich kenne den Schmerz. Aber Sie können nicht einfach aufgeben. Sie müssen die Scherben zusammenkehren und weitermachen, wie Sie es auch getan haben, als Ihre Mutter und Ihr Vater von Ihnen genommen wurden.« Ihr war klar, daß sie einen Trauerfall wie einen gewöhnlichen Gegner darstellte, aber irgendwie mußte sie Cody dazu bringen, den Kampf wieder aufzunehmen. Sie fürchtete, daß er nahezu aufgegeben hatte.

Und so war es auch. Sein Leben war zu einem Alptraum geworden. Wie auch immer er die Einzelheiten betrachtete, die zu Hannahs Tod geführt hatten, immer kam er zu dem Ergebnis, daß sie noch am Leben sein könnte, wenn er besser vorbereitet gewesen wäre und vernünftiger gehandelt hätte. Wann immer er an den Unfall dachte, verlor er beinahe den Verstand.

Als Agnostiker, der keinen Gott hatte, den er anklagen konnte – Hannah hatte ihm ihren Gott niemals aufgedrängt –, blieb ihm nichts anderes übrig, als sich selbst anzuklagen. Seine Schuldgefühle, gepaart mit Selbstsucht, preßten das Leben aus ihm heraus. Er wußte, auch wenn er bis an sein Lebensende suchte, würde er nie wieder eine solche Frau finden wie Hannah. Und abgesehen von ihrer Freundschaft war er davon überzeugt, daß sie äußerlich und sexuell der Traum eines jeden Mannes gewesen war. Er hatte erlebt, worüber die meisten Männer nur phantasieren konnten, und das zu verlieren, war mehr, als er ertragen konnte. Es war eine Liebe gewesen, um die man ihn selbst im Himmel beneidete, und inmitten all dieser Ekstase und Leidenschaft war sie in die Hölle geschickt worden.

Die Schuld daran trug er selbst. Und seit er den anklagenden Finger auf sich selbst richtete, war in ihm ein unbeherrschbarer Selbsthaß gewachsen.

»Sagen Sie mir nicht, was ich zu tun habe, Sophia. Wenn ich aufgeben will, dann werde ich aufgeben. Und es gibt niemanden – weder Sie noch sonst irgend jemanden –, der etwas daran ändern kann!«

»Na, schön, Mr. Big Man. Wenn Sie Ihr Leben in die Mülltonne werfen wollen, ist das Ihre Sache. Aber Sie werden nicht das Leben dieses kleinen Mädchens zerstören, jedenfalls nicht, ohne daß Sophia etwas dagegen unternimmt!«

Sie hatte ihn bis zum Äußersten gereizt. Er sah sie kalt an. »Sie sind entlassen, Sophia«, verkündete er plötzlich. »Haben Sie gehört? Sie sind entlassen!«

Sie hätte damit rechnen müssen, aber das hatte sie nicht. Codys Entscheidung brachte ihren Geist mitten im Gedanken zum Stillstand. Sie taumelte innerlich einen Schritt zurück. Rasch raffte sie ihre Geistesgegenwart zusammen, stand auf und sah ihn an. Während er auf ihre Reaktion wartete, drückte sie ihm plötzlich Renée und die halb leere Flasche in die Arme. »Dann gewöhnen Sie sich daran, ein Daddy zu sein!« sagte sie. Damit stampfte sie aus der Gartenlaube und ging über den Rasen ins Haus. Binnen einem oder zwei Tagen, rechnete sie sich aus, würde er es sich anders überlegen und sie zurückrufen.

Das Baby in Codys Armen fühlte sich merkwürdig an. Er verlagerte seine Arme und versuchte, sie in eine natürlichere Position zu bringen. Es war so lange her, daß er sie im Arm gehabt hatte. Er sah in ihr winziges rotes Gesicht, und ein neugieriger Blick aus ihren kleinen Augen begrüßte ihn.

Wie konnte er sie aufgeben? Sie war ein Teil von Hannah. Und wenn es nur aus dem Grund war, seine geliebte Frau zu ehren, beschloß er von neuem, Renée niemals an irgend jemanden abzugeben – an niemanden.

Er setzte sich auf die Schaukel und blickte über den Rasen hinweg zum Haus. Es war zu einem Spiegel des verlorenen Paradieses geworden. Seit Hannahs Tod wußte er, daß er hier niemals wieder ein normales, angenehmes Leben würde führen können. Zu viele Erinnerungen hingen daran.

In diesem Moment traf er die Entscheidung. Er würde das Haus verkaufen, und er und Renée würden aus dem Staat wegziehen. Damit würde er sich allen Ärger vom Hals schaffen.

12

Aus den Gelben Seiten von Miami stellte Jason eine Liste von dreizehn verschiedenen Hochschulen zusammen, von den großen Universitäten bis hin zu den Fachhochschulen. Er plante, das Studenten-Büro jeder dieser Schulen anzurufen und einfach zu fragen, ob ein Cody Freedman auf der Liste der Studenten stand oder früher einmal als Student verzeichnet gewesen war.

Doch bei seinen ersten beiden Anrufen am Montagmorgen wurden die Leute, mit denen er redete, bei dieser direkten Frage spürbar mißtrauisch. Jason kam rasch zu dem Schluß, daß er ohne eine überzeugende Geschichte, die seiner Bitte Nachdruck verlieh, nicht weit kommen würde.

Beim dritten Anruf erzählte er ausführlich seine Geschichte von Hannah und Cody und dem Baby, in der Hoffnung, seine Ehrlichkeit würde die Hilfsbereitschaft der Frau am anderen Ende der Leitung wachrufen. Sie hörte sich seine Geschichte auch geduldig an, verweigerte ihm dann aber in knappen Worten jede Hilfe. Jason fragte sich, ob sie sein Motiv, Cody zu finden, vielleicht als Rachsucht mißverstanden hatte. Er wünschte, seine Geschichte wäre irgendwie positiver und weniger bedrohlich.

Nachdem er gegen sein Gewissen angekämpft und es überwunden hatte, beschloß er, sich eine Lüge zurechtzulegen. Er brauchte nicht lange, um sich eine Geschichte auszudenken, nachdem er es geschafft hatte, die begleitenden Schuldgefühle zu ignorieren.

»Guten Tag«, sagte er mit heiterer Stimme zu den Damen in der Auskunft der nächsten drei Schulen, die er anrief. »Hier ist Reverend Jeremy Fisher. Ich bin Missionar in Peru, Südamerika, und soeben auf Heimaturlaub hierher zurückgekehrt.« Dann fuhr er fort, er sei früher einmal der Pastor eines ehemaligen Studenten ihrer Schule gewesen – Cody Freedman –, und Mr. Freedman habe kürzlich bei einem Autounfall seine Frau verloren. Dann erklärte er, er versuche, Cody ausfindig zu machen, um ihm den Rücken zu stärken.

Die erfundene Geschichte machte sichtlich Eindruck. In jedem der Büros durchsuchten Jasons Gesprächspartnerinnen gründlich die Akten, kamen aber stets mit dem Ergebnis zurück: »Tut mir leid, aber aus unseren Unterlagen geht nicht hervor, daß Cody Freedman jemals hier studiert hat.«

Nachdem er bei der dritten Schule dieselbe Antwort erhalten hatte, fügte die Frau dort hinzu, sie sei selbst Christin und habe ein starkes Anliegen für die Mission. »Können Sie mir mehr über Ihren Dienst sagen, Mr. Fisher?« In seiner Überraschung antwortete Jason spontan, er arbeite unter Indianern im Himalaja. Die Frau zeigte echtes Interesse und bat ihn, ihren Namen und ihre Adresse auf die Liste für seinen Rundbrief zu setzen. Jason tat so, als ob er sich die Angaben notierte, und versicherte ihr, er werde ihr den Rundbrief schicken.

Als er auflegte, war er enttäuscht, andererseits aber auch froh, daß seine Geschichte so überzeugend war. Vielleicht zu überzeugend, dachte er, als ihm einfiel, daß der Himalaja einen Ozean und einen Kontinent von Peru in Südamerika entfernt lag.

So zügig er konnte, absolvierte er die Anrufe bei den restlichen sechs Schulen auf der Liste. Nirgendwo hatte man je von Cody Freedman gehört.

Endlich blieb nur noch eine Schule übrig – das *Veterinary College* von Miami. Als er den Hörer abnahm und die Nummer eintippte, hatte er den starken Verdacht, daß Cody auf einer der drei großen Universitäten gewesen war, die er zu Anfang angerufen hatte, bevor ihm klargeworden war, daß er seine

Methode verfeinern mußte. Wenn es so war, würde er einfach jeden Campus persönlich aufsuchen und mit den Leuten dort reden müssen, nötigenfalls mit einer neuen Lüge.

»Veterinary College von Miami. Guten Morgen, kann ich Ihnen helfen?«

»Ja«, sagte Jason und spulte routiniert seine erfundene Geschichte ab.

»Also«, schloß er, »falls Cody bei Ihnen studiert hat, wie man mir gesagt hat, dann wäre ich Ihnen dankbar, wenn Sie mir die letzte Adresse von ihm geben könnten, die Sie in den Akten haben.«

»Einen kleinen Augenblick bitte, Reverend. Ich werde sehen, was ich tun kann.«

Während der vier- oder fünfminütigen Pause gab Jason beinahe dem erneuten Drang nach, sein betrügerisches Verhalten vor Gott zu bekennen. Doch er wußte, daß er sich vermutlich noch weitere Täuschungen würde einfallen lassen müssen, bevor seine Suche zum Ziel führte, und daß er nötigenfalls nicht davor zurückschrecken würde. Statt also seine Lügen als Sünde zu bekennen, versuchte er sein Gewissen zu beschwichtigen, indem er sich einredete, die Schuldgefühle wären gar nicht da. Wenn Gott ihn für sein törichtes Denken bestrafen wollte, dann sollte er. Er dachte wirklich, Gott könne ihm kaum mehr Schmerz zufügen, als er es bereits getan hatte.

An dieser seltsamen Einstellung erkannte Jason, daß seine chaotischen Lebensumstände ihn völlig zu verändern begannen. Er war sich immer noch eines persönlichen Bedürfnisses nach Gott bewußt, doch gleichzeitig verlor er seine Angst vor ihm. Und es machte ihm nicht einmal etwas aus.

»Reverend Fisher«, kam die weibliche Stimme wieder. »Ich habe die Adresse hier, wenn Sie notieren wollen?«

Bingo! Jason konnte kaum an sich halten. »Ja, ich bin bereit.« Beinahe hätte er seinen Stift vom Nachttisch quer durch das Zimmer geschleudert, als er danach griff. Auf einem Bogen Briefpapier mit dem Briefkopf des Motels schrieb er die Adresse auf, wobei er sie laut wiederholte, damit die Frau ihn korrigieren könnte, falls er sie mißverstanden hatte:

»Eins – vier – acht Buzzway Drive. Danke. Ich bin Ihnen für diese Information äußerst verbunden. Sie haben mir sehr geholfen.«

»Keine Ursache. Und wenn Sie Cody finden, sagen Sie ihm bitte, daß auch wir ihm unser Beileid senden.«

»Das werde ich tun.«

Endlich hatte er, aufgeschrieben auf dem cremefarbenen Briefpapier des Motels, Cody Freedmans Adresse vor sich.

Er sah auf die Uhr. Es war zwanzig vor elf. Mit einem überwältigenden Gefühl der Erleichterung machte er sich auf den Weg zu seinem Wagen.

Mit Hilfe seines Stadtplans von Miami lenkte er seinen Buick in die Gegend, in der Codys Adresse lag. Als er sich seinem Ziel näherte, erschrak er. Jedes Haus weit und breit, spekulierte er, hatte einen Marktwert, der mindestens fünfmal so hoch lag wie der durchschnittliche Wert eines Hauses in seiner Nachbarschaft in Atlanta. Hatte er vielleicht den falschen *Buzzway Drive* erwischt? Ein junger Mann, der frisch vom College kam, konnte es sich unmöglich leisten, in einer so eleganten Gegend zu wohnen. Oder doch? War es möglich, daß Hannah in einer solchen Umgebung gelebt hatte?

Als Jason in den *Buzzway Drive* einbog, hatten sich seine Gedanken vom Abschätzen der Häuser auf die bevorstehende Begegnung mit Cody verlagert. Er spürte, wie sich sein Magen vor Erwartung zusammenkrampfte. Angesichts des ausdrücklichen Wunsches von Cody, anonym zu bleiben, wußte er, daß sein unerwartetes Erscheinen höchstwahrscheinlich eine negative Reaktion hervorrufen würde, vielleicht sogar eine häßliche Szene. Er versuchte sich innerlich auf eine solche Reaktion vorzubereiten. In Codys Augen würde er ein unerwünschter Eindringling sein. Doch Cody versteckte sich, und bei sich versteckte er einen Teil von Lorene und Hannah. Wie auch immer Cody die Situation sah, Jason glaubte, ein selbstverständliches Recht zu haben, sich einzumischen. Er würde einfach diplomatisch an die Sache herangehen, die Situation meistern, so gut er konnte, und hoffen, daß sich irgendwie ein Friedensabkommen würde erreichen lassen.

Er war fast da. Er kam an Haus Nummer 140 vorbei, dann 144. Und dann sah er es: 148.

Mit beschleunigtem Herzschlag steuerte er langsam seinen Buick in die mit weißem Kies belegte Ringauffahrt. Das Haus, das vierzig Meter von der Straße entfernt stand, war ein zweistöckiges Steingebäude, an dessen Mauern eine exotische Kletterpflanze rankte. Eine gewisse Harmonie zwischen dem Haus und dem von Büschen umrandeten Rasen verlieh dem Anwesen einen unverwechselbaren Charme. Es wirkte freundlich und malerisch und war zweifellos von hohem Wert. Falls dies der richtige Ort war, dann war Cody ganz gewiß kein typischer frischgebackener College-Absolvent.

Als er sich dem Eingang des Hauses näherte, tauchte auf dem Nachbargrundstück ein Schäferhund am Zaun auf und begann, wild zu bellen. Jason war froh, daß der Zaun da war und hoffte, daß der Hund nicht in der Lage war, ihn zu überspringen oder zu umgehen.

Jason hielt vor dem Eingang und stieg aus seinem Wagen. Inzwischen war der Nachbar auf das Verhalten des Hundes aufmerksam geworden. Der alte Mann kam um die Ecke seines Hauses und rief gelassen: »Ruhig, Junge.« Er mußte den Befehl nur einmal wiederholen, bis sich der Hund beruhigte.

Bevor Jason dazu kam, an der Tür zu klingeln, sprach ihn der alte Mann vom Zaun aus an. »Sir, kann ich Ihnen irgendwie helfen?« Aus irgendeinem Grund schien er Jasons Besuch in dem Steinhaus als seine Angelegenheit zu betrachten.

Jason rief ihm zu: »Ich suche einen jungen Mann namens Cody Freedman. Ich habe gehört, daß er hier wohnt.«

»Er hat hier gewohnt«, rief der alte Mann zurück.

Jason räusperte sich und ging dann über den Rasen auf den Mann zu. »Tut mir leid. Ich verstehe Sie nicht ganz.«

Der Mann wartete mit seiner Antwort, bis Jason den Zaun fast erreicht hatte. »Cody hat das Haus am Freitag verkauft. Gestern nachmittag war er schon ausgezogen. Ich fürchte also, Sie haben ihn knapp verpaßt.«

»Knapp verpaßt«, wiederholte Jason tonlos. Es war ein Schock.

»Wie bitte?« erwiderte der alte Mann. Mit seinem säuberlich gekämmten weißen Haar, das im Sonnenlicht schimmerte, seiner schwarzrandigen Brille und seinem Schnurrbart sah er aus wie ein bewährter alter Wissenschaftler.

»Reden wir von demselben Cody Freedman?« fragte Jason. »Ich suche einen jungen Mann, dessen Frau vor ungefähr viereinhalb Wochen starb, nachdem sie eine kleine Tochter zur Welt gebracht hatte.«

»Das ist derselbe Cody Freedman«, antwortete der Mann mit Mitgefühl in der Stimme.

»Nun, hm … können Sie mir vielleicht sagen, wo ich ihn finde?«

»Es tut mir leid, aber ich habe keine Ahnung. Ich war seit fünfundzwanzig Jahren sein Nachbar und Freund und praktisch eine Art Vater für ihn, seit seine Eltern vor drei Jahren bei einem Flugzeugabsturz ums Leben kamen, und nicht einmal ich konnte aus ihm herausbringen, wo er hinwollte. Er sagte nur, daß er Miami verlassen wolle.«

»Er ist nicht mehr in der Stadt?« Es war nur eine rhetorische Frage. Sein erhebendes Gefühl war in sich zusammengefallen, obwohl er plötzlich eine neue Verbundenheit mit Cody verspürte – die Verwandtschaft des Schmerzes –, nachdem er vom Verlust seiner Eltern gehört hatte.

»Soviel ich weiß, nein«, antwortete der alte Mann aufrichtig.

»Und das Baby?« fragte Jason, gegen alle Wahrscheinlichkeit hoffend, eine andere Antwort zu erhalten.

»Die Kleine ist bei ihm.«

Jason spürte, wie Tränen in ihm aufstiegen.

»Ich möchte mich nicht in Ihre Angelegenheiten einmischen«, fuhr der alte Mann fort, »aber kommen Sie vielleicht vom Kinderschutzzentrum?«

»Kinderschutzzentrum?« Jason konnte nur raten, was das für eine Organisation war, aber sein erster Verdacht ließ in seinem Kopf die Alarmglocken schrillen. »Nein«, antwortete er. »Aber sucht denn jemand von dort nach Cody? Ich meine, gibt es irgendein Problem mit Cody und dem Baby?«

Der alte Mann zögerte und versuchte, sich über Jason klarzuwerden. Er wollte mehr über diesen Mann wissen, bevor er ihm sagte, was er wußte was Sophia ihm in ihrer Sorge erzählt hatte, wenn sie gelegentlich zu ihm herüberkam. Ihm war nicht entgangen, daß der Besucher sehr emotional auf die Nachrichten von Cody reagierte und darum vermutlich irgendein persönliches Interesse hatte, das vielleicht berechtigt war. Aber es konnte nicht schaden, vorsichtig zu sein. »Verzeihen Sie, wenn ich zögere, eine so persönliche Frage zu beantworten, aber ich weiß noch nicht, wer Sie sind und warum Sie gekommen sind.«

»Ich bin Codys Schwiegervater«, erwiderte Jason ohne Umschweife. »Hannahs Dad. Jason Faircloth.«

Der verwirrte Ausdruck auf dem Gesicht des alten Mannes war so auffällig, daß Jason automatisch seine Brieftasche hervorzog und ein kleines Foto herausnahm, das ihn mit Lorene und Hannah zeigte, um seine Behauptung zu untermauern.

Nachdem der alte Mann sich das Bild genau angesehen hatte, schüttelte er den Kopf. »Das verstehe ich nicht«, sagte er überrascht.

»Was meinen Sie?«

»Warum sollten die beiden in bezug auf Sie gelogen haben? Hannah hat uns eines Abends beim Essen erzählt, sie hätte ihre Eltern nie gesehen – sie hätten sie gleich nach der Geburt verlassen, und sie sei in einem Waisenhaus in Orlando aufgewachsen.«

Jason zuckte innerlich zusammen. Wieder ein Urteil über seine Leistung als Vater, das schmerzte. Aber er hatte bereits zuviel Schmerz erlitten, als daß diese neue Offenbarung ihm eine heftige Reaktion hätte entlocken können. Statt ihm einen Schock zu versetzen, vertiefte dieser neue Einblick in Hannahs Gefühle ihm gegenüber nur seine Trauer, als wäre er ein todkranker Patient, der gerade erfahren hatte, daß ihm nur noch zwei statt drei Monate zu leben bleiben.

»Sie hat Sie angelogen«, zwang sich Jason zu dem alten Mann zu sagen, »weil sie verheimlichen wollte, daß sie eine Ausreißerin war.«

»Eine Ausreißerin?« fragte der alte Mann ungläubig.

»Sie hat unser Haus in Atlanta vor anderthalb Jahren verlassen. Und obwohl wir sie beim FBI vermißt gemeldet hatten, haben wir bis letzten Monat nichts über ihren Verbleib gehört. Dann nahm das FBI mit uns Kontakt auf und teilte uns mit, im Baptist Hospital sei ihr Tod festgestellt worden.«

»Wußte Cody, daß sie eine Ausreißerin war?« fragte der alte Mann, immer noch wie benommen.

»Ja, er wußte es«, antwortete Jason emotionslos. »Er gab der Polizei unsere Telefonnummer in Atlanta und bat sie darum, uns zu benachrichtigen. Ihm ist es zu verdanken, daß wir ihren Leichnam in Atlanta beerdigen konnten.«

»Atlanta!« Der alte Mann senkte den Blick hinter seinen Brillengläsern und sprach das Wort niedergeschlagen aus wie einer, der gerade eben – zu spät – das entscheidende Indiz in einem Kriminalfall entdeckt hat. »Wir haben uns immer gefragt, warum Cody keine öffentliche Beerdigung stattfinden ließ. Uns hat er gesagt, die Beerdigung solle aus persönlichen Gründen eine Privatangelegenheit bleiben. Und wir haben nie nachgefragt. Ich meine, wir hätten ja nie geahnt, daß –«

»Nehmen Sie es nicht persönlich«, unterbrach ihn Jason. »Ich schätze, um ihre Ehe vor unerwünschten Einmischungen zu schützen, meinten die beiden, eine Menge Dinge geheimhalten zu müssen. Und als Hannah starb, wollte Cody vermutlich die Wahrheit weiter verbergen, um sein Gesicht zu wahren.«

»Vielleicht haben Sie recht«, sinnierte der alte Mann. Er hatte Cody immer besonders gemocht. Cody war ungewöhnlich intelligent und dabei von Natur aus schüchtern, was ihm oft eine vorteilhafte Wirkung und eine geheimnisvolle Aura verlieh. Und nun hatte er sie alle hereingelegt, ganz entgegen seinem Charakter. Dennoch fiel es dem alten Mann nicht leicht, die Täuschung nicht persönlich zu nehmen. Er hatte Cody so nahegestanden, wie es ein alter Mann nur konnte. *Warum*, fragte er sich, *hat Cody nicht geglaubt, ehrlich zu mir sein zu können?* Rasch ließ er die Jahre Revue passieren und überlegte, ob er Cody irgendeinen Grund gegeben hatte, ihm zu mißtrauen.

»Ich schätze«, sagte Jason, »wenn einem Menschen sein Glück wichtiger ist als die Wahrheit, dann kann er ziemlich überzeugend lügen.« Die Einsicht stammte aus seinen jüngsten Erfahrungen, und er sprach sie aus tiefstem Herzen aus.

Dann versuchte er, das Gespräch wieder auf Cody und das Baby zu bringen. »Aber was sagten Sie vorhin über das Kinderschutzzentrum? Gibt es irgendein Problem mit Cody und dem Baby? Wenn ja, würde ich es gerne wissen. Meine Frau hat durch Hannahs Tod einen schweren Schock erlitten und ist vor zwei Wochen gestorben. Ich bin jetzt ganz allein. Und das einzige lebende Bindeglied zu Hannah oder meiner Frau, das ich jetzt in dieser Welt noch habe, ist meine kleine Enkelin. Es ist für mich äußerst wichtig, daß ich sie finde und tue, was ich kann, um ihr zu helfen.«

Der alte Mann ließ einen Augenblick lang den Kopf hängen. Sein Herz schlug für diesen Mann, der offensichtlich unermeßliches Leid zu tragen hatte. Jasons Verzweiflung war nicht zu übersehen.

»Nun, wie ich schon sagte, ich weiß wirklich nicht, wohin Cody sie gebracht hat. Aber es gibt ein Problem, von dem ich Ihnen wohl erzählen sollte. Als Hannah starb, hat Cody es sehr schlecht verkraftet. Er schloß seine Praxis und stellte eine Kinderfrau ein, die zu ihm ins Haus zog und sich um das Baby kümmerte; und dann fing er an zu trinken. Es wurde mit der Zeit so schlimm, daß er überhaupt nicht mehr nüchtern wurde. Wirklich eine üble Situation. Jedenfalls, um es kurz zu machen, die Kinderfrau zeigte ihn schließlich beim Kinderschutzzentrum an und sagte den Leuten dort, er sei als Vater ungeeignet. Ich glaube, sie hoffte wohl, diese Leute würden ihm so viel Angst einjagen, daß er wieder zur Vernunft käme. Aber die Sache ging nach hinten los. Als das Amt ihm zu Leibe rückte, entschloß er sich zu fliehen statt nüchtern zu werden. Dann hat er das Haus verkauft.«

Beim Zuhören empfand Jason so viele gemischte Gefühle, daß er es beinahe mit der Angst zu tun bekam. Er hatte tiefes Mitgefühl mit Codys Schmerz und konnte sogar sein Verhalten verstehen. Gleichzeitig jedoch spürte er, wie in seinem Großvaterherzen der Zorn darüber aufstieg, daß der einzig verbliebene Elternteil seiner hilflosen Enkelin als Vater vollkommen ausfiel, nur weil er seine Gefühle nicht mehr unter Kontrolle hatte. Und es machte ihn wütend, daß er nur einen Tag zu spät gekommen war, um dem Kind selbst helfen zu können.

»Wie in Gottes Namen«, fragte er mit anschwellenden Halsadern, »konnte er das Haus so schnell verkaufen? Ich bin seit zwei Wochen hier in Miami und versuche, die beiden aufzuspüren, und jetzt sagen Sie mir, daß ich sie nur um einen Tag verpaßt habe! Ich kann es nicht glauben! Ich kann es einfach nicht glauben!«

In dem Ausbruch erkannte der alte Mann einen Schmerz bei Jason, der dem Schmerz, ähnelte, den er schon bei Cody beobachtet hatte. Er senkte seine Stimme und lud Jason mitfühlend in sein Haus ein. Er beschloß, sich die Zeit zu nehmen, so gut er konnte, alle quälenden Fragen über Hannahs Leben in Miami zu beantworten, die Jason ihm stellen mochte. Das war das Mindeste, das er tun konnte.

Bevor er Jason durch das Gartentor ließ, schloß der alte Mann den Hund weg, um seinen Besucher zu beruhigen. Der Hund hatte Cody gehört, erklärte er, und Cody hatte ihn kurz vor seiner Abreise gebeten, sich um ihn zu kümmern.

Als sie hineingegangen waren und sich gesetzt hatten, stellte sich der Mann als Malcolm Sandberg vor und erklärte, Cody habe seit dem Tod seiner Eltern zahlreiche hervorragende Angebote für das Haus bekommen. »Als er sich zum Verkauf entschloß, fand er innerhalb von Stunden einen Käufer.«

Die beiden Männer unterhielten sich weiter über Codys Trauer; dann lenkte Jason das Gespräch zurück auf Hannah. Er fragte nach ihrer Ehe mit Cody.

Malcolm holte mit seiner Antwort zehn Monate weit aus und fing ganz am Anfang an. Als Cody Hannah kennenlernte, habe sie in einem Ghetto gewohnt. Cody habe sie aus diesem Dasein erlöst und ihr dank des Geldes und des Besitzes, den er von seinen Eltern geerbt hatte, einen Lebensstil ermöglicht, wie er selbst in Miami nur einer gewissen Schicht möglich ist.

Hannah ihrerseits war mit ihrer Schönheit und ihrer übersprudelnden Liebe die lebensverändernde Kraft in Codys Leben geworden. Ganz allein, wie durch Zauberei, hatte sie ihn aus seiner zweijährigen gesellschaftlichen Zurückgezogenheit herausgelockt, die er sich aus Trauer über den Tod seiner Eltern selbst auferlegt hatte. »Es war Ihre Tochter, die ihm das Leben zurückgegeben hat«, berichtete er Jason stolz.

Da er vermutete, es würde für Jason heilsam sein, davon zu hören, erzählte ihm Malcolm fast eine Stunde lang von allen möglichen kleinen Begebenheiten aus Codys und Hannahs gemeinsamem Leben, an die er sich erinnerte. Ihre kurze Beziehung war ohne Zweifel eine der glücklichsten und gesündesten gewesen, die er je beobachtet hatte. »Ich muß zugeben«, fügte er hinzu, »daß ich selbst manchmal ein bißchen neidisch wurde.«

Der Trost, den Jason in diesem Moment empfand, war unbeschreiblich. Während der unendlichen Monate, in denen er nichts von Hannah gehört hatte, hatte die Unsicherheit über ihr seelisches und körperliches Wohlbefinden schwer auf ihm gelastet. Jetzt löste sie sich in Nichts auf.

»Und wie ging es mit ihrer Schwangerschaft?« fragte er.

Als der alte Mann schilderte, wie begeistert sich Hannah über die Aussicht, Mutter zu werden, gezeigt hatte und wie strahlend und gesund sie in ihren Umstandskleidern ausgesehen hatte, konnte Jason die Tränen nicht zurückhalten.

»Es ist doch seltsam, nicht wahr?« sagte er. »Hier sitze ich und höre all diese guten Nachrichten darüber, wie glücklich mein Mädchen gewesen ist, und obwohl ich unendlich dankbar dafür bin, kann ich nicht dagegen ankämpfen, es als einen Schlag ins Gesicht zu empfinden. Ich fühle mich wie ein Versager.«

Malcolm erwiderte freundlich: »Nun, ich weiß zwar nicht viel über Sie, aber es ist nicht zu übersehen, daß Sie Ihre Tochter geliebt haben. Das steht Ihnen ins Gesicht geschrieben. Und was immer Hannahs Gründe gewesen sein mögen, ihr Zuhause zu verlassen, ich bin sicher, daß sie an dieser Liebe nie gezweifelt hat.«

Jason war bewegt. Und aus irgendeinem Grund – vielleicht um Hannah gegenüber fair zu sein – wollte er Malcolm wissen lassen, daß er als Vater nicht schuldlos war. Seit Wochen nun drängte es ihn, sein Herz in einem ehrlichen Bekenntnis seines Versagens auszuschütten, aber es hatte niemanden gegeben, vor dem er glaubte, ehrlich sein zu können. Jetzt gab es jemanden. Und er konnte nicht länger an sich halten.

Er räusperte sich. »Ja, ich habe sie geliebt«, sagte er, »aber ich habe nicht sehr viel Rücksicht auf ihre Gefühle genommen. Meine Absichten waren ehrenwert – ich glaube, das darf ich sagen –, aber ich fürchte, daß ich in vielerlei Hinsicht einfach zu blind und fordernd war. Ich war so naiv, daß ich mich tatsächlich für einen Experten für die Erziehung von Jugendlichen hielt. Darum habe ich nie richtig zugehört, wenn Hannah versuchte, mit mir über ihre Gefühle zu sprechen, besonders über meine Rolle als Vater.« Er hielt inne und holte dann Hannahs Abschiedsbrief aus seiner Brieftasche und bat den alten Mann, ihn zu lesen.

Malcolm rückte seine Brille zurecht und las langsam die Worte auf dem zerknitterten und fast zerfallenen Blatt Papier. Es war das erste Mal, daß jemand außer Jason oder Lorene den Brief zu lesen bekam.

Als er fertig war, hob er schweigend den Kopf.

»Wissen Sie«, fuhr Jason fort, »ich dachte damals wirklich, ihre Gefühle wären kindisch und unwichtig in Anbetracht der behütenden Erziehung, die ich ihr angedeihen lassen wollte. Ich schätze, Jugendliche können eine solche Einstellung bei ihren Eltern nur bis zu einem gewissen Grad ertragen. Wenn ich es noch einmal machen könnte, würde ich es anders angehen, das versichere ich Ihnen.«

Malcolm fühlte mit Jason. Er wollte positiv auf ihn eingehen. »Nun«, sagte er, »zumindest klingt es, als hätten Sie eine wertvolle Lehre aus der ganzen Sache gezogen. Und das ist bewundernswert. Das ist mehr, als man von den meisten Leuten sagen könnte.«

Schließlich fragte Jason nach dem Baby. Der alte Mann beschrieb das Kind, so gut er konnte.

»Und wie heißt sie?« fragte Jason.

»Er hat sie Renée genannt«, sagte der alte Mann. Jason war nicht überrascht. Es war Hannahs zweiter Vorname.

Nachdem er jetzt von dem Kind gehört hatte, wollte Jason es um so mehr finden und sich vergewissern, daß es ihm gut ging. Wieder begann er zu brüten, wütend darüber, daß er das Zusammentreffen mit seiner Enkelin nur um einen einzigen lausigen Tag versäumt hatte. Er war der einzige Großelternteil, den das Kind noch hatte, und es war ihm nicht gelungen, es zu finden – und das nur wegen der dummen, unnötigen Verzögerungen, die seine Suche behindert und ihn soviel Zeit gekostet hatten. Die vier Tage der letzten Woche, die er damit verbracht hatte, die Stadt nach Informationen abzuklappern, erwiesen sich jetzt als die entscheidende Zeit, die ihn um das Erreichen seines Zieles gebracht hatte.

Jason versuchte seinen Stimmungsabfall unter Kontrolle zu bringen und zwang sich, für die Informationen, die er erhalten hatte, dankbar zu sein. Doch ihm war, als ob jedes Stückchen Information, das der alte Mann ihm so großzügig mitgeteilt hatte, mit irgendeiner geheimen Droge versetzt gewesen wäre, die nun gnadenlos mit seinen Emotionen spielte – ihn hoch emporhob, um ihn dann abrupt wieder fallen zu lassen.

Endlich stand Jason auf, um sich nach einem langen Aufenthalt zu verabschieden. Sie tauschten ihre Adressen und Telefonnummern aus, und Malcolm gab ihm auch Sophias Anschrift. Jason beschloß, sie noch am selben Abend zu besuchen.

Er dankte Malcolm für seine großzügige, unerwartete Hilfe und verließ allein das Haus.

Sein Herz und sein Verstand waren so weit und in so viele verschiedene Richtungen gedehnt worden, daß er nicht wußte, ob er lachen, weinen oder fluchen sollte. Als Vater empfand er es als Sieg über das Schicksal, daß er heute auf diese Informationen gestoßen war. Es war ihm gelungen, einen Großteil der achtzehn Monate des Schweigens seiner Tochter wieder zurückzuerobern, die ihm die Vergangenheit geraubt hatte. Er fühlte sich teilweise gerechtfertigt, obwohl es nicht viel Freude mit sich brachte.

Als Großvater jedoch kam er nicht über die schmerzende Frustration hinweg, sein Ziel so knapp verfehlt zu haben. Wo sollte er jetzt nach seiner Enkelin suchen? Da er wußte, daß sie angesichts von Codys Zustand nur zu leicht zu einem Opfer von Mißhandlungen werden konnte, wagte er es nicht, die Suche aufzugeben. Irgendwie mußte er ihre Spur finden, die aus Miami herausführte.

Die Spätnachmittagssonne übergoß das Steinhaus mit ihrem goldenen Licht. Bevor er wieder in seinen Wagen stieg, fühlte Jason sich gedrängt, einen Rundgang um den Ort zu machen, an dem Hannah den größten Teil ihres letzten Jahres auf der Erde verbracht hatte. Er wollte das Zuhause sehen und sich einprägen, in dem seine Tochter eine liebevolle Zuflucht vor einem tyrannischen und hartherzigen Vater gefunden hatte.

Als er langsam um den Garten herumging und durch die Fenster des Erdgeschosses spähte, glaubte er fast, Hannahs Gegenwart spüren zu können. Ein paarmal ertappte er sich sogar fast dabei, daß er mit ihr zu reden begann.

Hinten im Garten fand er ein professionell gemachtes Geschäftsschild, das kopfüber am Sockel einer Gartenlaube lehnte. Es war schwarz bemalt und hatte die Form eines großen Hundes. Die Worte darauf prangten in großen weißen Lettern:

Coes Tierklinik
Für alle, die ihre Haustiere lieben
Sprechstunden:
Mo–Fr: 8–16 Uhr
Sa: 9–13 Uhr
So: geschlossen

Der untere Teil des Schildes – die untere Hälfte der Beine des großen Hundes – war mit Erde beschmiert, da es offenbar im Vorgarten der Tierarztpraxis im Boden gesteckt hatte.

Das herausgerissene Zeichen mit all dem, was sich hinter

ihm verbarg, kam Jason wie ein Symbol für einen verzweifelten Mann vor. Er hatte Angst um Cody. Aber noch mehr Angst hatte er um Renée. Ihm blieben noch zwei Wochen, um nach ihnen zu suchen, und er mußte diese Zeit so gut wie möglich nutzen. So schwer es ihm auch fallen würde, er mußte jetzt versuchen, die Vergangenheit zu vergessen und den Blick in die Zukunft richten.

Er ging zurück zur Vorderseite des Hauses. Als er die Tür des Buick öffnete, hob er die Hand und winkte in die Richtung des Hauses.

»Mach's gut, Hannah«, flüsterte er und würgte die Tränen herunter.

Er sah nicht mehr zurück, als sein Wagen aus der Einfahrt rollte.

13

Sophia hieß ihn an jenem Abend auf echte Südstaatenart in ihrem Haus willkommen und hörte dann aufmerksam zu, als Jason seine Verbindungen zu Hannah, Cody und dem Baby erläuterte. Neugier und Mitgefühl überwältigten sie, als sie an seinem Schicksal Anteil nahm.

Dies war ein Mann, entschied Sophia, der auf sie hören und handeln würde. Aus diesem Grund fühlte sie sich persönlich berufen, aus ihrem Pessimismus bezüglich Renées Wohlergehen keinen Hehl zu machen. »Im Interesse des kleinen Mädchens«, sagte sie in einer schmerzlichen Direktheit, »müssen Sie Cody und das Kind so schnell wie möglich finden.« Bei dem Tonfall und dem Gesichtsausdruck, mit dem sie das sagte, hätte sie genausogut hinzufügen können: »Oder sie ist verloren …«

Jason verließ sie entnervt. Er mußte das Schlimmste befürchten.

Die ganze Nacht hindurch überschlugen sich seine Gedanken auf der Suche nach einem Weg, Codys Spur aufzunehmen.

Am nächsten Morgen suchte er entgegen seiner ursprünglichen Absicht noch einmal Malcolm auf. Aufgrund der Ideen, die ihm während der Nacht gekommen waren, bat er Malcolm um eine Liste von Namen und Adressen – Codys Bank in Miami, seinen Grundstücksmakler, ein paar seiner Kunden, seine ortsansässigen Verwandten und das nächste Postamt.

Angesteckt von der Dringlichkeit, Renée zu finden und für ihre Sicherheit zu sorgen, stellte Malcolm bereitwillig alle Informationen zur Verfügung, die er hatte. Und da er ein Pensionär mit freiem Terminkalender war und fast alle Personen auf der Liste ihn persönlich kannten und auch von seiner Beziehung zu den Freedmans wußten, schlug er vor, Jason zu begleiten, um seinen Nachforschungen mehr Legitimation zu verleihen.

Jason nahm das Angebot dankbar an. Die Probleme, die einem Fremden begegnen konnten, wenn er versuchte, Informationen über jemanden zu beschaffen, den er nicht kannte, waren ihm noch frisch in Erinnerung

Die Taktik zahlte sich aus. Während des Restes der Woche stießen sie dank Malcolms Gegenwart auf keinerlei Schwierigkeiten, die Kontakte zu knüpfen und hilfsbereit behandelt zu werden. Leider konnte jedoch keiner der Befragten irgendwelche nützlichen Informationen beisteuern. Codys neuer Aufenthaltsort war niemandem bekannt.

In der Bank erfuhren sie, daß Cody am Samstagmorgen nach dem Verkauf des Hauses alle seine Konten aufgelöst und sein gesamtes Kapital abgehoben hatte. Einzige Ausnahme seien die Gelder, die vor Jahren von seinen Eltern für ihn auf einem Anlagekonto festgelegt worden waren und über die er erst in vier Jahren würde verfügen können. Die Kassiererin, die Cody das Geld persönlich ausgehändigt hatte, konnte sich an nichts erinnern, das einen Rückschluß auf seine Pläne zugelassen hätte.

Der Makler erinnerte sich, Cody gefragt zu haben, ob er Hilfe beim Kauf eines neuen Hauses benötige, worauf

Cody schlicht geantwortet habe: »Ich kaufe kein neues Haus.« Danach war von dem Thema nicht wieder die Rede.

Der Cousin, der das Haus gekauft hatte, sagte, Cody habe nicht über seine Zukunftspläne reden wollen. Die meisten anderen ortsansässigen Verwandten wußten vom Verkauf des Hauses nur über den Cousin. Keinem von ihnen hatte Cody gesagt, was er vorhatte.

Die meisten Haustierbesitzer, die Jason und Malcolm aufspürten, hatten noch nicht einmal gehört, daß Cody seine Praxis geschlossen hatte. Sie reagierten völlig überrascht.

Die einzige Antwort, die sie auf dem Postamt erhielten, war: »Tut mir leid, aber Mr. Freedman hat keine Nachsendeanschrift hinterlassen.«

Nach fünf anstrengenden Tagen gingen Jason die Ideen aus. Allmählich ließ sein Schwung nach. Was er auch versuchte, Cody schien einfach spurlos verschwunden zu sein.

Am Samstagnachmittag verabschiedeten sich Jason und Malcolm voneinander und verabredeten, miteinander Kontakt aufzunehmen, sobald einer von ihnen etwas Näheres über Codys und Renées Aufenthaltsort erführe.

Jason kehrte ins Motel zurück. Dies war sein dritter Samstagabend in Miami, und wie es schien, war seine Enkelin jetzt weiter von ihm entfernt als je zuvor. Er spürte, wie er erneut in einem Abgrund der Depression versank.

Warum konnte sein Leben nicht wieder so sicher, gesetzt und heiter sein, wie es in der Vergangenheit gewesen war? *Wenn nur Lorene und Hannah noch am Leben wären,* dachte er wieder.

In den letzten beiden Wochen hatte die fieberhafte Suche nach Renée ihn von jeder Todessehnsucht abgelenkt. Doch nun, da die Suche in eine Sackgasse geraten war, gab es nichts am Horizont, das ihn von seinen Emotionen hätte ablenken können. Wieder wurde er zum Gefangenen seiner Trauer und inneren Leere. Und wieder erschien ihm der Gedanke, sich selbst zu töten, als verlockender Ausweg.

Er war überzeugt, daß diese Tiefpunkte in seinem Leben den schlimmsten Zustand darstellten, in den ein Mensch je geraten konnte. Es war ein emotionaler Abgrund, der sich nicht willkürlich abschütteln ließ. Man mußte ausharren und ihn ertragen.

Es war die Hölle auf Erden.

Er wußte, daß er die Nacht nicht allein verbringen konnte, ohne zu riskieren, eine Verzweiflungstat zu begehen. Als Vorsichtsmaßnahme zwang er sich, ausschließlich um Renées willen, die ganze Nacht in einem 24-Stunden-Grillrestaurant zu sitzen, nachzudenken, zu essen, zu trinken und zu dösen; an einem warmen, lauten Ort, an dem er ständig von Menschen umgeben war. Es verstärkte sein Elend, aber es hielt ihn immerhin für einen weiteren Tag am Leben.

Als es endlich sechs Uhr am Sonntagmorgen wurde, hatte er erschöpft beschlossen, an diesem Vormittag irgendwo in den Gottesdienst zu gehen, und sei es nur zu dem Zweck, seinem Leben wieder eine gewisse Routine zu geben.

An den letzten drei Sonntagen war er nicht im Gottesdienst gewesen, was für ihn einen Rekord darstellte. Seit seiner Seminarzeit hatte er sogar nur einen einzigen Gottesdienst versäumt, und damals war der Grund eine heftige Grippe in seinem dritten Jahr als Pastor gewesen. Selbst während ihrer Familienurlaube hatten er, Lorene und Hannah stets irgendwo in der Nähe ihres Ferienortes den Gottesdienst besucht. Diese Gewohnheit war ihm in Fleisch und Blut übergegangen, aber er war auch völlig überzeugt davon, daß Gott das von jedem Christen erwartete, und hätte unnachgiebig gegen jeden argumentiert, der damit nicht übereinstimmte. Nur in den letzten drei Wochen hatte er die Lust verloren hinzugehen, doch jetzt, obwohl sich an seiner Verbitterung gegen Gott nichts geändert hatte, spürte er wieder, daß er es brauchte. Er brauchte den Trost, die Ermutigung. Und er brauchte die Sicherheit der Vergangenheit.

An einem öffentlichen Telefon am Eingang des Grillrestaurants blätterte er die Gelben Seiten nach Gemeinden seiner Denomination durch. Er fand den Namen einer Gemeinde, von der er auf überregionalen Konferenzen und Pastorentreffen schon oft gehört hatte. Die Adresse notierte er sich auf einer Papierserviette; dann machte er sich auf den Weg zurück ins Motel, um zu duschen und sich zu rasieren.

In seinem Zimmer schaltete er den Fernseher ein, um die Stille auszufüllen und sich weiterhin von seiner Depression abzulenken. Eine sonntägliche Talkshow erregte seine Aufmerksamkeit: Der Gast war einer jener »reichen Pastoren«, die predigten, es könne niemals Gottes Wille für einen Christen sein, daß er arm sei.

Jason lauschte der Sendung, während er sich am Waschbecken rasierte, und hörte den Mann mit seinen drei Villen, vier Rolls Royces und weiteren Luxusgütern prahlen, die ihm Gott aufgrund seines Glaubens gegeben habe. Jason trat aus dem Badezimmer, um einen Blick auf den Mann zu werfen. Er trug an jedem Finger einen Diamantring.

Eine Dame aus dem Publikum erhob sich und stellte eine mutige Frage: »Ich wüßte gern, wie Sie Ihre Lehre vom Wohlstand für alle Christen rechtfertigen angesichts Jesu klarer Aussage, daß es für einen reichen Mann schwerer ist, in das Reich Gottes einzugehen als für ein Kamel, durch das Nadelöhr zu gehen.«

»Lady«, lächelte der Reverend, »ich muß meine Lehre nicht ›rechtfertigen‹, wie Sie es nennen. Sie rechtfertigt sich selbst. Denken Sie einen Augenblick mit mir nach: Wenn es für einen reichen Mann so schwer ist, ins Reich Gottes zu gelangen, wie Jesus sagt – und ich glaube, daß es so ist –, dann stellen Sie sich nur einmal vor, wieviel schwerer es erst für einen armen Mann sein muß!«

Jason stöhnte. *Dieser Idiot,* dachte er. *Wie kann er sich als Botschafter der Wahrheit Gottes ausgeben, wenn er die Bibel derartig vergewaltigt? Mit so einer Lehre muß er entweder ein theologischer Spinner oder ein hartgesottener Betrüger sein, der sich die Naivität der Leute zunutze macht.* Er schaltete den Fernseher aus und wandte sich wieder seiner Rasur zu, aber er konnte seine Verärgerung nicht abschütteln. Während er innerlich über den Fernsehprediger herzog, weil er Schriftstellen aus ihrem Zusammenhang gerissen hatte, fing er an, sich selbst zu gratulieren, weil er als Pastor stets die Bibel in Ehren gehalten hatte. Doch seine erhöhte Empfindsamkeit nach dem ernüchternden Blick in sein Inneres, den er in den letzten Wochen tun mußte, ließ eine neue explosive Frage in ihm auflodern.

Er wusch sich den Rest des Rasierschaums aus dem Gesicht, sah in den Spiegel und fragte sich: *Bin ich wirklich weniger schuldig als dieser unverschämte Narr? Komm schon, wofür hältst du dich, Jason?*

Er griff nach einem Handtuch, um sich das Gesicht abzutrocknen, und fing an, vor sich hin zu murmeln. »All die Jahre hast du so getan, als hättest du ein Monopol auf die biblische Wahrheit. Immer hast du voller Sturheit voller Stolz – deine Ohren vor deinen Kritikern verschlossen, zum Beispiel vor deiner eigenen Tochter, wenn sie dir vorwarfen, daß du Maßstäbe predigtest, die in der Bibel einfach nicht vorkommen. Und sie hatten recht. Du hast dich selbst belogen, Jason. Du hast extreme Vorstellungen gepredigt, die vermutlich von Fanatikern wie diesem Spinner im Fernsehen ausgeheckt wurden.«

Dieses ausgesprochene Eingeständnis führte ihn zu der Frage, ob nicht sein ganzer Berufsstand ein einziger Hohn vor Gott war. Gab es einen Prediger auf der Welt, der objektiv mit der Bibel umging, der es vermied, sie im Licht persönlicher Erfahrungen und Vorlieben zu interpretieren, der wirklich nicht mehr und nicht weniger predigte, als die Bibel selbst lehrte?

Er dachte wieder an die Gemeinde, die er heute morgen besuchen wollte, und an die Umgebung, in der er von ihr gehört hatte: jene staats- oder bundesweiten Konferenzen, auf denen Pastoren zusammenkamen, um sich gegenseitig zu ermutigen, aber unweigerlich dabei landeten, über ihren Dienst zu prahlen und gefühllos über den Dienst anderer herzuziehen. *Pastoren,* folgerte er, *sind stolze, anmaßende und erbärmliche kleine Esel.*

Während er sich weiter anzog, kämpfte er mit seinen Gedanken: Wie konnte er mit der Einstellung und den Gefühlen, die in den letzten drei Wochen langsam in ihm gewachsen waren, einfach so nach Atlanta zurückkehren und seine Arbeit als Pastor wieder aufnehmen?

Er fragte sich, ob diese Gefühle wieder verschwinden würden. War er vielleicht nur vorübergehend so erschüttert, daß seine Vernunft aussetzte? Würde er in ein paar Tagen wieder anders denken, wenn er vielleicht seine Enkelin gefunden hatte und die Lage sich beruhigte? Würde seine neuerlich sich aufstauende Verbitterung bald wieder verebben?

Oder wußte er jetzt zuviel, um je wieder in der Lage zu sein, den roten Faden der Vergangenheit aufzunehmen und wieder der Alte zu werden?

Er nahm seine Autoschlüssel vom Fernseher, ging zur Tür hinaus und machte sich auf den Weg zum Gottesdienst.

Als er eintraf, hatte der Gottesdienst bereits begonnen. Aber das war ihm recht. Auf diese Weise war er nicht gezwungen, sich mit Leuten zu unterhalten, während er auf den Beginn wartete.

Im Saal waren alle Köpfe geneigt, während der Sprecher betete. Jason ging unauffällig hinein und glitt auf einen freien Platz in der letzten Reihe.

Er sehnte sich danach, daß die Atmosphäre der Anbetung seinen Glauben wiederbeleben und ihn in ein Gefühl des inneren Friedens hüllen möge. Doch dazu war er schon zu zynisch geworden. Anstatt einfach mit der Einstellung eines normalen Gemeindebesuchers dazusitzen – nämlich entweder den Gottesdienst in sich aufzunehmen oder ihn mit abschweifenden Gedanken von sich abprallen zu lassen –, ertappte er sich dabei, wie er ihn innerlich kritisierte.

Absolut nichts von dem, was da von der Kanzel gesagt oder gesungen wurde, schien etwas mit den wirklichen, bodenständigen Bedürfnissen irgendeines Menschen zu tun zu haben – etwa seinen eigenen. Die Gebete, die Choräle, das Zeugnis, selbst die Bekanntmachungen schienen allesamt Teil einer herzlosen, unpersönlichen Mechanik zu sein, die mittels eines Schalters für eine Stunde am Sonntagmorgen aktiviert worden war. Alles erschien ihm unwirksam und nutzlos.

Dann wurde mit einem sprudelnden Strom von Superlativen der Pastor angekündigt. Der Mann, der wie Jason mittleren Alters war, schritt zum Podium, las seinen Text vor und eröffnete seine Predigt mit den Worten: »Meine Damen und Herren, Musik in ihrer reinen Form ist eine meisterliche Schöpfung des allmächtigen Gottes. Doch in verzerrter Form ist sie das verdammungswürdige Werk des Feindes. Und wir leben in einer Generation, die von der Musik des Feindes verseucht wurde.

Wie erkennen wir die Musik des Feindes? Ganz einfach. Es ist Musik, die synkopiert ist. Man nennt sie ›Pop‹ oder ›Rock‹.«

Anstatt die Bibelverse zu erklären, die er als Text angekündigt hatte, und sie in ihrem Zusammenhang auszulegen, begann der Pastor, sich über seine eigenen Vorurteile auszubreiten – genau wie der reiche Reverend in der Talkshow und genau wie Jason selbst es tausendmal zuvor getan hatte.

Jason wurde schlecht. Was er vor sich sah, war ein häßliches Spiegelbild seiner selbst, das von Minute zu Minute schärfer wurde. So angewidert er jedoch auch war, er blieb aus einer morbiden Neugier auf seinem Platz sitzen.

Der Pastor unterstrich die Gefahren der Rockmusik mit einem Beispiel aus der engsten Umgebung: »Ich möchte Sie bitten, für die Familie McAndrews zu beten«, forderte er seine Zuhörer auf. »Vor einigen Monaten sprach mich Ralph an und sagte mir, daß sein Sohn Terry wissentlich gegen die Regeln der Familie verstoßen und angefangen hatte, sich einer stetigen Berieselung durch Rockmusik auszusetzen. Ich fragte ihn, ob er dessen ganz sicher sei. Er sagte, es gebe keinen Zweifel; er habe sechs oder sieben unbeschriftete Kassetten, die er nicht kannte, in Terrys Schreibtisch gefunden. Neugierig auf ihren Inhalt spielte er Teile von ihnen ab und stellte fest, daß jede einzelne mit moderner Rockmusik angefüllt war.

Als er später Terry deswegen zur Rede stellte, gab der Junge zu, jeden Abend in der Zurückgezogenheit seines Zimmers mit einem Kopfhörer diese Musik gehört zu haben.

Ralph sagte, er wolle zuerst meinen Rat einholen, bevor er

disziplinarische Maßnahmen ergriff. Nun, der Grund, warum Ralph so besorgt war, ist der, daß er weiß, daß Rockmusik in allen ihren Varianten eine Ausgeburt der Hölle ist, durchdrungen vom Kommunismus und darauf aus, die Moral zu zerstören.

Ich sagte Ralph folgendes: Wenn ich Terrys Vater wäre, würde ich zuallererst Terry veranlassen, die Bänder zu vernichten, und ich würde ihm dabei zusehen, wie er es tut. Zweitens würde ich ihm seinen Kassettenrecorder wegnehmen. Übrigens, Leute, ich habe zwei Kinder im Teenageralter, wie die meisten von Ihnen wissen, und ich lasse nicht zu, daß eines von ihnen einen eigenen Kassettenrecorder besitzt. Jugendlichen einen eigenen Kassettenrecorder zu geben ist, als ob man ihnen Feuer gäbe, um damit zu spielen. In neun von zehn Fällen können sie nicht damit umgehen und ziehen sich am Ende Verbrennungen zu.

Ich meine, seien wir doch ehrlich: Wenn sie sich die richtige Musik anhören, dann wird es ihnen auch nichts ausmachen, sie in Gegenwart aller auf der Stereoanlage der Familie zu hören. Zurückgezogenheit ist dann nicht notwendig.«

Mit »Amen«-Zurufen unterstützten mehrere Zuhörer seine Worte. Jason hoffte, daß die Amen-Rufer keine Kinder im Jugendalter hatten, aber er wußte, daß es wahrscheinlich so war. Es waren Eltern, überlegte er, genau wie die Eltern in seiner eigenen Gemeinde, die seit Jahren in blinder Gefolgschaft seiner blinden Leitung nachliefen. Hier fand er einen weiteren Fall von Blinden, die einem Blinden folgten.

Jason fand es fast unmöglich, auf seinem Sitzplatz zu bleiben, aber er zwang sich, den Rest der Geschichte anzuhören.

»Nun, wie auch immer«, fuhr der Pastor fort, nachdem er die Amen-Rufe entgegengenommen hatte, »Ralph nahm meinen Rat an und tat, was ich ihm vorgeschlagen hatte.

Doch ein paar Wochen später fand er heraus, daß Terry sich ihm widersetzt und seinen Baseball-Handschuh gegen ein Transistorradio eingetauscht hatte und nun fröhlich weiter die Musik des Teufels hörte. An dieser Stelle fragte mich Ralph, ob ich nicht einmal mit Terry reden könnte.

Ich redete mit ihm. Und Terry versicherte mir lang und breit, an der Rockmusik sei doch nichts Schlimmes, und er habe nicht vor, sie aufzugeben – nicht für seine Eltern, nicht für mich und nicht für die Gemeinde.

Hört ihr, was ich da sage, Leute? Ich spreche von einem siebzehnjährigen Jungen. Infolge seiner ständigen Berührung mit dieser Musik, nur über einen Zeitraum von wenigen Monaten hinweg, wurde er trotzig und respektlos gegenüber seinen gottgegebenen Autoritäten!

Um die Geschichte kurz zu machen: Als es offensichtlich wurde, daß Terry Gott in dieser Angelegenheit nicht gehorchen würde, wurden Ralph und ich uns einig, daß er als sein Vater und geistlicher Leiter Terry ein Ultimatum stellen sollte: entweder die Rockmusik aus seinem Leben zu verbannen oder sein Elternhaus zu verlassen. Terry verließ sein Elternhaus.

Er verließ sein Elternhaus, sagte ich! Begreifen Sie es jetzt? Oder erkennen Sie immer noch nicht die zerstörerische Macht der Rockmusik? Und das ist noch nicht einmal das Ende der Geschichte. Drei Wochen nach seinem Weggang von zu Hause wurde er von der Polizei in Miami festgenommen, weil er harte Drogen in seinem Besitz hatte. Im Augenblick sitzt er im Gefängnis. Ein siebzehnjähriger Junge! Sein Leben ist besudelt und vielleicht sogar verpfuscht, und das alles nur wegen der Rockmusik. Wegen der Rockmusik, sagte ich! Hören Sie mir zu?

Mein Gott, ich bete für euch Eltern, die ihr schwach seid und die Gefahr nicht erkennt. Ich habe diese Geschichte heute morgen mit Ralphs Erlaubnis erzählt, und ich habe sie zu Ihrem Nutzen erzählt, damit Sie die Ernsthaftigkeit dessen erkennen, was ich hier sage.

Und ihr Jugendlichen, hört mir zu! Wenn ihr Gott spielen wollt und meint, ihr wißt alles besser, dann werdet ihr ebenso enden wie Terry. Ihr wollt doch nicht –«

Jasons Empörung – sowohl über sich selbst als auch über seine Pastorenkollegen – geriet außer Kontrolle, und er konnte nicht länger zuhören. Er stand auf, um zu gehen. Das vergessene Gesangbuch, das auf seinem Schoß gelegen hatte, fiel gegen die Lehne der Sitzreihe vor ihm und schlug dann mit einem dumpfen Knall auf dem Boden auf. Die Bewegung und das Geräusch zogen die Aufmerksamkeit der in der Nähe sitzenden Leute auf Jason. Ihm war, als ob der ganze Saal sich plötzlich in seine Richtung drehte, aber es war ihm egal.

Während er das Foyer durchquerte und durch die Tür stürmte, hörte er eine Männerstimme von hinten fragen, ob es ihm gut gehe. »Alles in Ordnung«, rief er, ohne sich nach dem Mann umzudrehen und ging weiter.

Noch bevor er seinen Wagen erreichte, wurden die Gedanken an seinen rüden Aufbruch von etwas Größerem völlig überlagert. Sein Schmerz über den Verlust von Lorene und Hannah und die Ursachen, die dahinterstanden, trafen ihn endlich mit voller Gewalt. Seine Ohren waren weit aufgesperrt worden. Zum ersten Mal in all den Jahren des Scheuklappendenkens und der Gesetzlichkeit hatte er die Geschichte des Pastors aus der Perspektive eines Terry oder einer Hannah angehört. Wie konnten er und seine Kollegen unter dem Vorwand, die Botschaft der Bibel zu predigen, es nur wagen, über Fragen, zu denen die Bibel wenig bis gar nichts sagt, so autoritär und hart predigen – hart genug, um Familien zu spalten? Warum war es ihnen so wichtig, alles menschliche Tun als entweder schwarz oder weiß einzustufen und so zu tun, als ob sie und nur sie allein in allen Dingen absolut über den Willen Gottes Bescheid wüßten?

Seine vorherige Schlußfolgerung über Prediger tönte noch einmal durch seinen Kopf: *Stolze, anmaßende, erbärmliche kleine Esel.* Auch er hatte während all der Jahre seines Dienstes eine billige Täuschung praktiziert.

Jason stieg in seinen Wagen und knallte die Tür zu. Fluchend beschimpfte er sich selbst, seine Kollegen, sein Seminar und seine Lehrer. Über eine Vielzahl von Dingen war er verwirrt und unsicher, aber eines wußte er jetzt genau: Er wollte kein Prediger mehr sein. Die Entscheidung war endgültig. Sein Herz schlug nicht mehr für den Dienst. Seine lebenslangen Überzeugungen, seine unumstößlichen moralischen Maßstäbe, seine autoritären Predigten, seine lebhafte

Gemeinde – all das war für ihn jetzt nicht mehr zurückzugewinnen, ebenso unerreichbar, als läge es fünfzig Jahrhunderte weit in der Vergangenheit.

Während er den Wagen vom Parkplatz herunter steuerte, steigerte sich seine bittere Frustration. Wie wild kämpfte er gegen das ganze Universum und den, der es gemacht hatte.

Draußen auf der Straße glaubte er zu ersticken. Seine Nerven und Lungen schrien nach Erleichterung. Als ob sein Körper plötzlich Besitz vom Kontrollsystem seines Gehirns ergriffen hätte, stemmte sich sein Fuß aufs Gaspedal und nagelte es am Boden fest. Die Reifen quietschten laut auf, und Jason schrie mit ihnen.

Mit sechzig Meilen pro Stunde fuhr er durch ein Wohngebiet mit einer Geschwindigkeitsbegrenzung von dreißig. Als er vor sich ein Stopschild auftauchen sah, war er drauf und dran, daran vorbeizurasen. Hoffentlich kam es zu einem Unfall, und er kam ums Leben. Doch im letzten Augenblick gewann seine Vernunft wieder die Oberhand. Er rammte den Fuß auf die Bremse. Unter sich hörte er das Quietschen der über den Asphalt radierenden Reifen. Als der Wagen endlich mit einem letzten Ruck zum Stehen kam, wurde er nach vorn in den Sicherheitsgurt geschleudert.

Ein paar Sekunden saß er da, ohne sich zu rühren. Sein schnelles, schweres Atmen hallte durch das Innere des Wagens. Der kurze Ausbruch hatte etwas von seiner inneren Spannung abgeleitet, aber die Wut staute sich immer noch in ihm. Er spürte sie vom Kopf bis zu den Zehen.

Erst dann bemerkte er, daß in den Vorgärten Leute standen und erregt zu ihm hinüberstarrten. Langsam überquerte er die Kreuzung, als ob nichts Ungewöhnliches geschehen wäre.

Im Motel angekommen, verschloß er die Tür und zog die Jalousien herunter. In dieser verdunkelten Kammer, fern von allem menschlichen Kontakt, gab er das bißchen Selbstbeherrschung auf, das ihm noch geblieben war, und überließ sich rückhaltlos seinem emotionalen Aufruhr. Schreiend, weinend, fluchend rannte er im Zimmer umher.

Wie Hiob verfluchte er den Tag, an dem er geboren wurde.

Doch anders als Hiob verfluchte er auch Gott. Er verfluchte ihn dafür, daß er Hannah getötet hatte. Er verfluchte ihn dafür, daß er Lorene getötet hatte. Er verfluchte ihn dafür, daß er Renée vor ihm verbarg. Er verfluchte ihn dafür, daß er seine Selbstachtung abgetötet hatte. Und während er ihn verfluchte, forderte er ihn heraus – ja, er flehte ihn sogar an –, zurückzuschlagen und auch ihn selbst zu töten. Und als Gott es nicht tat, verfluchte ihn Jason dafür, daß er ihn am Leben ließ.

Als endlich seine Kraft zu Ende war, legte sich Jason quer über das Bett und döste aus schierer körperlicher Erschöpfung ein. Doch sein Geist fand keine Ruhe. Innerlich kämpfte er in Alpträumen weiter.

Mit einem Schlag wurde er hellwach – und der ganze Kreislauf begann von neuem: das Umsichschlagen und Umherrennen; das Weinen und Fluchen; und dann, als er nicht mehr kämpfen konnte, der ruhelose Schlaf und die Alpträume. Er bekam jeden Schlag zu spüren, den Einsamkeit, Trauer und Desillusionierung ihm versetzen konnten. Er litt, wie er noch nie zuvor gelitten hatte.

Endlich gewann sein Überlebensinstinkt die Oberhand über seinen emotionalen Aufruhr. Er durchbrach seine Mauer zur Außenwelt, indem er die Jalousien hinaufzog und das Nachmittagslicht hereinließ.

Er wählte die Nummer der Rezeption und fragte nach der Zeit. Es war siebzehn Uhr dreißig.

»Und … was für ein Tag ist heute?« fügte er hinzu.

»Dienstag. Heute ist Dienstag, Sir.«

Zweieinhalb Tage lang hatte er sich eingeschlossen und mit Gott, sich selbst und dem Leben gekämpft.

Er sah sich im Zimmer um. Die Bettücher waren zu einem formlosen Haufen auf der Matratze zusammengeknüllt. Decke und Kissen lagen vor dem Schrank auf dem Boden. Die Nachttischlampe war umgefallen; der Schirm hatte sich gelöst, und die Birne war zerbrochen. Der einzige Stuhl des Zimmers lag kopfüber an der Klimaanlage, die an der Wand montiert war. Das dazugehörige Sitzkissen lag auf der anderen Seite des Bettes. Der Raum war erfüllt von seinem Körpergeruch.

Er öffnete die Außentür, um frische Luft und die Abendsonne hereinzulassen; dann setzte er sich im Eingang auf den Boden. Er fühlte sich, als wäre er durch die Hölle gegangen. Doch trotz allem, was er durchgemacht hatte, fühlte er sich nicht im mindesten erleichtert. Immer noch war der Schmerz in ihm, aber er war nicht mehr fähig, ihn irgendwie aktiv auszudrücken. Es war wie ein emotionaler Würgereiz; es war nichts mehr in ihm, das er hätte »erbrechen« können.

Nachdem er eine Viertelstunde lang schweigend in der Sonne gesessen hatte, stand er auf, um seine Sachen zu packen.

Es gab nichts mehr, das ihn noch länger in Miami hielt.

14

Cody war nur vierzig Minuten lang mit Renée allein gewesen, und schon waren seine Nerven zerfetzt. Sie wollte nicht aufhören zu schreien.

Die Babysitterin hatte Cody versprochen, spätestens innerhalb von dreißig Minuten zurück zu sein. Sie war losgelaufen, um Lebensmittel und Windeln in einem Laden zu kaufen, der zwei Straßen weit von Codys und Renées kleiner Wohnung mit Dusche und Kochnische entfernt lag. Er hielt sich in New York City auf, während er darauf wartete, daß das britische Konsulat seinen Antrag auf eine Aufenthaltserlaubnis bearbeitete. Sie zogen nach England.

Während eines heißen, faulen Sommers vor zehn Jahren, als der Dollar gegenüber dem britischen Pfund noch günstig stand, hatten der jugendliche Cody und seine Eltern eine zweiwöchige Urlaubsreise nach London gemacht. Codys Vater hatte so viel Freude an der britischen Kultur gehabt, daß er später halb im Scherz davon sprach, die Familie für ein paar Jahre dort anzusiedeln, während er für das europäische Büro seiner internationalen Spedition arbeitete. Auf diesen Wunschtraum war er unweigerlich mindestens einmal im Jahr zu sprechen gekommen, zuletzt unmittelbar vor dem Flugzeugabsturz, bei dem er und Codys Mutter ums Leben gekommen waren.

Seither hatte Cody oft darüber nachgedacht, den Traum seines Vaters Wirklichkeit werden zu lassen. Ja, zwei Tage vor seiner ersten Begegnung mit Hannah hatte er »Paß beantragen« in seinen Wochenplaner geschrieben. Doch dann war Hannah in sein Leben getreten, es hatte gefunkt und der Traum war vergessen.

Jetzt war er zurückgekehrt, und Cody hatte impulsiv beschlossen, ihn Wirklichkeit werden zu lassen, sobald das Haus verkauft war. Die Konsequenzen und unvermeidlichen Schwierigkeiten, die ein so radikaler Schritt mit sich brachte, bedachte er nicht; er war zu sehr mit dem Versuch beschäftigt, seinem Schmerz zu entkommen, indem er ständig betrunken blieb. Hier in New York wankte er von einer Bar in die andere.

Während er sich anschickte, mit Renée auf die lange Reise ins Unbekannte zu gehen, war das einzige, was zu seinen Gunsten sprach, das Geld. Schon vor dem Abschluß des Hausverkaufs hatte er mehr als 100 000 Dollar auf einem Guthaben liegen, das er von seinen Eltern geerbt hatte. Dazu kamen etwas über 200 000 Dollar, die er durch den Verkauf des Anwesens erzielt hatte. Und der Stand seines Treuhandkontos, auf dem sich weiterhin die Zinsen ansammelten, näherte sich der 50 000-Dollar-Marke.

Es war ihm zugute zu halten, daß er trotz aller Kopflosigkeit besonnen darauf bedacht war, sein Vermögen zu bewahren. Außer der Miete und der Babysitterin war das einzige, wofür er Geld ausgab, der Alkohol. Die Menge stieg täglich – ebenso wie die Intensität seiner Trunkenheit und die Wildheit seines Temperaments.

»Sei still!« schrie er Renée erneut an und drehte sich zu ihrer winzigen Gestalt um, die in der Mitte des Doppelbettes lag. Ihre winzige Zunge zitterte im offenen Mund. Der ganze Kopf war rot angelaufen. Er wußte, daß sie gefüttert worden war und eine frische Windel bekommen hatte, bevor die Babysitterin gegangen war, doch je mehr er sie anschrie, desto lauter und schriller wurde ihr Geschrei.

»Sei still!« schrie er wieder. Sie heulte unaufhörlich weiter, unterbrochen nur hin und wieder von einem kurzen Ringen nach Luft.

Er war schon mehr als halb betrunken. Zum ersten Mal in seinem Leben verspürte er keine Hemmungen, seine Wut durch körperliche Gewalt auszulassen. Er griff über das Bett, packte das Baby mit beiden Händen um die Taille und riß es empor. Sein winziger Kopf fiel nach hinten und rollte dann zur Seite.

Unterdessen schrie er sie an: »Mach deinen Mund zu, oder ich werde ihn dir stopfen!«

Das Geschrei der Kleinen wurde nur noch hysterischer. Sie zog ihre dünnen Arme und Beine an und rollte sich steif zu einem menschlichen Ball zusammen.

Cody schleuderte sie auf die Matratze, griff nach einem Kissen und preßte es ihr aufs Gesicht. Seine Wut ließ ihn alle Zurückhaltung vergessen.

»Sei still!« Seine Stimme war ein Kreischen. Er hielt das Kissen fest.

Das kleine Mädchen fing instinktiv mit den Beinen zu strampeln an. Ihre gedämpften Schreie ließen nach und verstummten dann. Schließlich hörte sie auf, sich zu bewegen.

Doch die ersehnte Stille wurde von Codys laut pochendem Herzen unterbrochen. Seine geistigen Reflexe waren derart betäubt, daß er nicht mehr merkte, was seine Hände taten. Er erstarrte an Ort und Stelle und lauschte auf die pochenden Herzschläge.

Das plötzliche Aufheulen einer Feuerwehrsirene sechs Stockwerke tiefer riß Cody zurück ins Bewußtsein. Er schleuderte das Kissen von Renées Gesicht fort. Eine oder zwei Sekunden lang starrte er sie wie betäubt an. *Sie ist tot,* sagte ihm sein schockierter Verstand.

Als sie abrupt nach Atem rang und dann sofort wieder aus vollem Halse zu schreien begann, zuckte Cody entsetzt zusammen.

Er fuhr zurück und ließ das Baby schreiend auf dem Bett liegen. Am Fenster starrte er, ohne etwas zu sehen, hinaus auf das Großstadtgetriebe. Was hätte er da beinahe getan? Was stimmte nicht mit ihm? War er dabei, wahnsinnig zu werden?

Fast überlagert von den Schreien des Babys hörte Cody, wie sich die Wohnungstür öffnete und die Babysitterin rief: »Ich bin wieder da!«

Sofort stürmte er auf sie zu und schrie sie an, weil sie so lange gebraucht hatte. Sie hatte kaum Zeit, die Lebensmittel abzustellen, bevor er zur Tür stampfte, um hinauszukommen.

Er rannte die Treppe hinunter, statt den Aufzug zu nehmen, eilte aus dem Gebäude und den mit Schnee überzuckerten Bürgersteig entlang.

Daß sein Leben dabei war, in sich zusammenzustürzen, wollte er vor sich selbst nicht zugeben. Irgendwie mußte er positiv bleiben und so tun, als ob es eine Hoffnung gäbe. Aber konnte er die Tatsache, daß er beinahe seine eigene Tochter ermordet hatte, einfach vergessen und hinter sich lassen? Er redete sich ein, daß er es könnte, wenn er sich nur schwor, Renée nie wieder im Zorn anzurühren. *Ich werde es schaffen,* sagte er sich, während er sich durch den böigen Wind kämpfte, der ihm entgegenblies.

Wenige Minuten später war er aus der Kälte heraus und saß auf einem Barhocker. »Was kann ich Ihnen bringen, Mister?« fragte der Barkeeper.

»Einen Glenfiddich«, antwortete Cody und fügte dann hinzu: »Oder lieber einen doppelten.«

15

Das Damentrio befand sich mitten in seinem zweiten Lied über die Liebe Gottes. Dasselbe Thema war während des Gebetstreffens an diesem Mittwochabend schon in den Chorälen und

Liedern von der Gemeinde besungen worden, und es war auch das angekündigte Thema der Botschaft von Steve Mitchell.

Die Damen auf dem Podium mit ihren kräftigen, selbstbewußten Stimmen waren eine der beliebtesten Gesangsgruppen der Gemeinde, und die Leute erfreuten sich an der Musik. Doch insgesamt herrschte eine Atmosphäre gleichgültiger Nüchternheit. Steves Leitung als vorübergehender Ersatzmann für Jason wurde begrüßt, aber fast jede Person im Saal machte sich ihre Gedanken um den General. Niemand, nicht einmal die Mitarbeiter der Gemeinde, hatte in den letzten drei Wochen auch nur ein Lebenszeichen von ihm erhalten. Er hatte nicht das Geringste von sich hören lassen – was ihm überhaupt nicht ähnlich sah. In ihrem Eifer, Verständnis für seine Trauer aufzubringen, schrieben die Leute jedoch sein Schweigen seinem persönlichen Bedürfnis nach Zurückgezogenheit und geistlicher Erneuerung zu. Niemand zweifelte daran, daß in einer Woche der General wieder am Ruder sein würde, entschlossener als je zuvor.

Plötzlich breitete sich ein Flüstern und ein gegenseitiges Anstoßen durch den Saal aus wie ein Feuer auf einem Feld voller trockener Gräser. Hinter den singenden Damen war Jason durch die Tür zum Chorraum hinaus auf das Podium getreten und ging ohne Aufhebens auf seinen reservierten Platz auf der anderen Seite der Kanzel zu. Mit seinen herabgesunken Schultern und seinem geistesabwesenden Blick sah er aus, als ob kein Leben mehr in ihm wäre.

Er überquerte das Podium hinten und setzte sich. Kein Lächeln, keine Geste begrüßte die Gemeinde. Wäre jemand im Saal gewesen, der ihn nicht kannte, so hätte er denken können, ein geistig gestörter Fremder hätte sich aus Versehen aufs Podium verlaufen.

Die Damen des Trios warfen über die Schultern Blicke auf ihn und versuchten dabei mühsam, ihren Vortrag fortzusetzen, als wäre nichts geschehen.

Jason saß mit gesenktem Kopf da, als wäre sein unerwartetes Auftreten etwas ganz Normales. Sein Geist und sein Herz fühlten sich wie tonnenschwere Gewichte an. Was er zu tun im Begriff stand, würde sein Leben verändern und ebenso das der Gemeinde. Doch es war ihm unmöglich, jetzt haltzumachen. Auch wenn er es beim besten Willen nicht mehr verstand: Sein Herz hatte aufgehört, für den Pastorendienst zu schlagen. Mit diesem »Tod« waren seine Motivation, seine Vision und seine Anteilnahme ins Unbekannte entschwunden, weit außerhalb seiner Reichweite. Kalte Desillusionierung und Bitterkeit hatten sich gewaltsam an ihre Stelle gedrängt.

Früher hatte er mit unvorstellbarem Stolz auf diesem Stuhl gesessen – als wäre er ein König, der Stuhl sein Thron und die Gemeinde sein Reich. Doch nun hatte er das Gefühl, daß alles nur eine sinnlose Ein-Mann-Show gewesen war. Daß er so über seine einst hochgeschätzte Pastorenstellung, dachte, bekümmerte ihn, aber er konnte seine Gefühle nicht ändern, so sehr er sich auch bemühte.

Sein Denken war hart wie Granit geworden. Alles erschien nun in einem anderen Licht. Das Damentrio zum Beispiel. Noch vor wenigen Wochen hatte er jede dieser Frauen als Vorbild eines geheiligten Lebens betrachtet. Sie repräsentierten das Beste, was die Christenheit zu bieten hatte, den Rahm auf der Milch. Jetzt jedoch sah er kaum mehr als dekorative, aber hohle Nüsse in ihnen, erbärmlich hohl, substanzlos und darum billig und sogar betrügerisch, wie sie so leichthin von ihrer Version des Christentums sangen. Die Schuld daran gab er sich selbst, denn er war es gewesen, der sie geistlich begleitet und herangezogen hatte. Er sah sie genauso, wie er jetzt auch sich selbst sah: als eingebildete, widerwärtige, streitsüchtige, an die Gebote und Verbote Glaubende, die er immer gepredigt hatte. Sie glaubten tatsächlich wie es ihr General selbst geglaubt und sie gelehrt hatte: daß die wahre Geistlichkeit irgendwie in irgendwelchen Maßstäben und Regeln verborgen läge.

Obwohl er es nicht genau auf den Punkt bringen konnte, da er selbst immer noch Mühe hatte, es zu verstehen, wuchs in Jason irgendwie das Gefühl, daß das Christentum in seiner und in zahllosen anderen Gemeinden auf erbärmliche Weise von außen her aufgebaut wurde, während das Innere vernachlässigt worden war. In dieser Gemeinde war die Tragödie auf seine unflexible und irregeleitete Führung zurückzuführen. Doch was seine Frustration noch verstärkte, war die Erkenntnis, daß er und seine Leute Repräsentanten eines landesweiten Lagers innerhalb der Christenheit waren, einer Gruppierung, die groß und lautstark war, einer, von der er immer geglaubt hatte, sie besäße das Monopol für geistliche Erkenntnis.

Die Damen beendeten ihr Lied. Ohne auf sie zu achten, zog Jason sein Portemonnaie hervor und starrte auf ein Bild von Hannah. Alles war so paradox, dachte er. Er hatte sie als rebellisch angesehen, weil sie sich nicht passiv seiner Ideologie untergeordnet hatte. Doch nun erkannte er, daß sie es gewesen war, die vernünftig gewesen war und der die Bewunderung gebührte. Sie hatte einen Charakter gehabt, der sich nicht von einem extremen, unrealistischen religiösen Fanatiker verbiegen ließ. Sie wollte einfach nicht blind alles glauben, was der große General gelehrt hatte. Statt dessen hatte sie genügend gesunden Menschenverstand besessen, aufzubegehren und sich ihm zu widersetzen.

Er fing an zu weinen. In diesem Augenblick vermißte er sie mehr als je zuvor. Mehr als alles andere auf der Welt brauchte er jetzt jemanden wie Hannah, der ihm den Kopf hätte zurechtsetzen können.

In Gedanken versunken, merkte Jason plötzlich, daß neben ihm jemand kniete. Es war Steve. Die Damen hatten das Podium verlassen. »Ich werde Sie öffentlich willkommen heißen«, flüsterte Steve aufgeregt, »und dann können Sie das Wort ergreifen.« Dann stand er wieder auf, drehte sich um und wandte sich an die Gemeinde. Jason blieb keine Chance, ihn darauf vorzubereiten, was die nächsten Minuten bringen würden.

»Seit elf Jahren«, sagte Steve ins Mikrofon, »ist diese Gemeinde durch die Leiterschaft eines dynamischen Predigers gesegnet. Und ich möchte hier heute abend sagen, daß unter all den Pastoren, die ich je kennengelernt habe, keiner ist, dessen Führungsqualitäten es mit denen des Generals aufnehmen könnten. Er ist der beste Prediger, den ich je erlebt habe, zweifellos einer der größten Prediger in unserer Generation. Wir alle haben ihn vermißt, und ich weiß, daß wir uns alle darauf freuen, ein paar Worte von ihm zu hören.« Immer noch den Kopf zum Mikrofon vorgebeugt, drehte er sich zu Jason um. »Und ich möchte Ihnen einfach sagen: Es ist großartig, daß Sie wieder da sind.«

In der dritten Reihe sprang der Obmann der Diakone auf und begann zu applaudieren. Eine Sekunde später folgte die ganze Gemeinde seinem Beispiel. Der Beifall war donnernd, und einige hatten Tränen in den Augen.

Jason, der immer noch saß, wußte, daß er von diesem Beweis des Rückhalts eigentlich hätte beeindruckt sein müssen. Er hätte sich an dieser hingebungsvollen Aufmerksamkeit weiden müssen. Aber es war zu spät. Er war bereits dagegen abgestumpft.

Benommen sah er Steve an, der ihn mit einer großen Geste ans Mikrofon winkte.

Jason stand auf. Während er langsam zur Kanzel ging, spürte er die begeisterte Erwartung unter den immer noch klatschenden Leuten. Plötzlich fühlte er sich unendlich allein.

Er trat auf die Kanzel und sah das Mikrofon an. Es war dasselbe Mikrofon, an das er schon tausendmal zuvor getreten war. Und jedesmal war er ein stolzer, selbstsicherer, unangreifbarer Führer gewesen, restlos überzeugt davon, ein von Gott persönlich auserwählter Botschafter zu sein, der nichts Falsches tun oder sagen könnte. Doch jetzt war er ein gebrochener Mann. Seine Überzeugungen waren zerschmettert. Jetzt hatte er für alles eine Frage, aber nicht eine einzige Antwort.

Er blickte am Mikrofon vorbei in das Meer der Gesichter. Regungslos und schweigend wartete er ab, bis der Applaus verebbte und die begeisterte Versammlung sich gesetzt hatte.

Dann räusperte er sich und begann langsam und leise zu sprechen, ohne auf die stehende Ovation einzugehen.

»Wie die meisten von Ihnen wissen, ist es beinahe sechs Wochen her, daß Hannah starb, und dreieinhalb Wochen seit Lorenes Tod. In dieser Zeit habe ich gelernt, wie viele von Ihnen es im Laufe der Jahre erfahren mußten, daß die Trauer es an sich hat, auf seltsame Weise längst vergessene Erinnerungen zutage zu fördern. Irgendwann in der letzten Woche zum Beispiel saß ich auf dem warmen Sand in Miami und erinnerte mich an einen kleinen Vorfall, der sich vor ungefähr dreizehn Jahren zwischen mir und Hannah abspielte.

Hannah war damals fünf. Eines Tages, als ich in meinem Arbeitszimmer beim Lesen war, kam sie zu mir herein und hatte eine gebrauchte Bluse in ihren kleinen Händen, die Mrs. Cassidy, eine Dame, die damals zur Gemeinde gehörte, ihr ein paar Stunden zuvor geschenkt hatte. Hannah fragte mich, ob ich sie gern darin sehen würde. ›Sicher‹, sagte ich. Also verschwand sie, und ein paar Minuten später kam sie zurück ins Zimmer und knöpfte die Bluse fertig zu.

Ich weiß noch, wie sie mir direkt in die Augen sah und sagte: ›Daddy, ich muß dir etwas sagen.‹

Ich sagte: ›Was denn, mein Schatz?‹

Sie antwortete: ›Ich habe die Bluse schon einmal anprobiert, und ich glaube, ich weiß jetzt, warum Mrs. Cassidy sie mir gegeben hat.‹

Ich fragte sie, warum, und sie antwortete mit aller Ernsthaftigkeit, deren ein fünfjähriges Mädchen fähig ist: ›Das oberste Knopfloch hat keinen Knopf. Und das ist noch nicht alles. Der unterste Knopf hat kein Knopfloch.‹ Und während ich versuchte, nicht zu lachen, sagte sie: ›Solche Sachen gehen mir auf die Nerven.‹«

Eine Welle leisen Gelächters breitete sich durch die Gemeinde aus.

»Natürlich«, fuhr Jason in beinahe ausdruckslosem Ton fort, »lag das Ärgerliche nicht an den Knöpfen und den Löchern. Es lag lediglich in Hannahs Zuknöpfkunst.

Ich habe diese Geschichte erzählt, um Ihnen begreiflich zu machen, an was für einem Punkt ich im Moment stehe. In den letzten Wochen habe ich entdeckt, daß ich nicht so stark bin, wie ich immer angenommen habe. Der Schmerz, der über mich hereingebrochen ist, hat mich so ziemlich am Boden zerstört. Und dabei habe ich einige große Diskrepanzen entdeckt zwischen dem, was ich immer für wahr gehalten habe, und dem, was sich in Wirklichkeit als wahr erweist.«

Er hielt inne, räusperte sich und fuhr dann fort. »Zuerst

war ich überzeugt davon, daß diese Unterschiede wirklich bestehen. Doch dann merkte ich, daß sie nur in meinem unausgereiften Verständnis liegen.« Er hatte beschlossen, sich selbst die Schuld an all der Verwirrung zu geben, einfach um sich vor der Versuchung zu schützen, das Christentum ganz und gar zu verwerfen. »Doch auch wenn die Widersprüche nur in meinem Kopf bestehen sollten, sind sie doch genauso belastend, als existierten sie wirklich. Und um ehrlich zu Ihnen zu sein, ich komme mit dieser Situation nicht sehr gut zurecht.«

Er verstummte. Unter seinen Zuhörern herrschte Totenstille.

»Es ist nicht nötig, daß ich versuche, Ihnen die verwirrenden Fragen zu erklären, die mir im Moment durch den Kopf gehen. Es würde Ihnen nichts nützen. Außerdem haben sie für Ihr Leben vermutlich sowieso keine Bedeutung.« Er log, weil es so einfacher war.

»Natürlich wünsche ich mir, daß Sie für mich beten. Aber ich möchte auch, daß Sie noch etwas für mich tun. Ich möchte, daß Sie sich bemühen, und zwar sehr stark bemühen, eine bestimmte Entscheidung zu verstehen, die ich getroffen habe. Anders als die Kämpfe, die sich in meinem Kopf abspielen, hat diese Entscheidung für Sie durchaus eine Bedeutung.«

Er klammerte sich fester an die Umrandung der Kanzel. »Ich habe beschlossen … ich habe beschlossen zurückzutreten. Diese Entscheidung –« Die überraschte Unruhe, die durch den Saal wogte, stoppte ihn mitten im Satz, während ein scharfer Schmerz an seiner Wirbelsäule hinablief. »Diese Entscheidung«, fuhr er fort, bemüht, keine Emotion zu zeigen, »ist endgültig. Was ich damit sagen will, ist, daß sie unabänderlich ist. Es gibt nichts mehr zu sagen. Es ist vorbei. Ich bin am Boden. Ich kann nicht mehr Ihr geistlicher Leiter sein. Und so furchtbar es klingen mag, ich will es nicht einmal versuchen.

Dessen bin ich mir so sicher, daß ich so weit gehen möchte, Sie zu bitten, mich die Gemeindesatzung verletzen zu lassen. Wie Sie wissen, ist dort verankert, daß ein Pastor nur mit einer dreimonatigen Frist kündigen kann. Ich bitte Sie, mich innerhalb der nächsten zwei Wochen gehen zu lassen.

Ich weiß, daß es Ihnen vielleicht nicht gelingt, mich vollkommen zu verstehen. Und ich kann es Ihnen nicht verdenken, wenn Sie mir vorwerfen, eine übereilte und unverantwortliche Entscheidung getroffen zu haben. Sicherlich würde ich dasselbe denken, wenn ich in Ihren Schuhen stecken würde. Aber wenn Sie es nicht schaffen, mich zu verstehen, würden Sie dann zumindest versuchen, mir irgendwie zu vergeben?«

Tränen traten in seine Augen. Fast wie im Reflex fingen andere mit ihm an zu weinen. Er spürte geradezu, wie ihr Schmerz gleichzeitig mit seinem eigenen stärker wurde. Jedes folgende Wort, das er sprach, schien den Dolch, den er bereits in ihr Fleisch gerammt hatte, noch einmal umzudrehen.

»Diese Gemeinde ist elf Jahre lang mein Leben gewesen. Die Gemeinde und alle, die jemals dazugehört haben, sind immer nur gut zu mir gewesen. Und deshalb hätten Sie eine bessere Behandlung verdient. Aber irgendwie müssen Sie mir glauben, wenn ich sage, daß dies zwar die härteste Entscheidung ist, die ich jemals getroffen habe, aber dennoch absolut das Beste für alle Beteiligten. Sie ist das, was ich tun muß.«

Er starrte hinaus in den Saal. Er war fertig. Es war knapp und kalt gewesen, aber jetzt hatte er es hinter sich.

Alle dachten, er würde noch mehr sagen. Männer wie Frauen wischten sich mit feuchten Taschentüchern über die tränennassen Augen und warteten auf weitere bewegende Einzelheiten. Aber es kamen keine.

Jason sah hinaus in ihre Gesichter und erkannte, daß in fast jedem Augenpaar hundert Fragen brannten. Um einem möglichen Ausbruch dieser Fragen für den Augenblick aus dem Weg zu gehen, bat er die Versammlung, die Köpfe zu neigen, und winkte Steve, die Leitung wieder zu übernehmen. Steve trat vor. Ebenso schockiert wie alle anderen und unsicher, was er sonst tun sollte, sprach er ein Ausgangsgebet.

Jason kehrte zu seinem Stuhl zurück und hörte Steve kurz darauf »Amen« sagen. Einen kurzen Augenblick lang glaubte er, unter all dem Schmerz, der ihn gefangenhielt, irgendwo in den Tiefen seiner Seele einen schwachen, aber erfrischenden Sommerregen zu spüren.

16

Am nächsten Abend um sechs Uhr dreißig fand eine Dringlichkeitssitzung mit den einundzwanzig Diakonen, drei Hilfspastoren, dreizehn Mitgliedern des Gemeinderates und dem General statt. Auf dem Spiel stand, so empfanden sie, das Schicksal der Gemeinde. Sie alle hofften, in dieser Besprechung Jason dazu bewegen zu können, seine verrückte Idee, den Pastorendienst zu verlassen, wieder aufzugeben. Jasons Bericht über seine inneren Kämpfe hatte sie nicht unberührt gelassen, aber sie waren sich alle einig, daß seine Entscheidung zu impulsiv war. In ihren Gesprächen untereinander am späten gestrigen Abend und während des Tages gelangten sie zu dem Konsens, Jason solle mindestens einen oder zwei Monate warten, bevor er auch nur an eine Kündigung dachte.

Die Männer saßen dicht gedrängt, größtenteils auf Metallstühlen, in einem der Sonntagsschulräume. Jason saß in der ersten Reihe. An jeder der vier Wände des Raumes standen Tische, auf denen auch noch ein paar Männer saßen oder sich daran lehnten. An den Tisch an der Vorderseite gelehnt stand Eugene Seagers. Er war ein neunundfünfzigjähriger, hart arbeitender Vorarbeiter in einer Druckerei. Seit neun Jahren diente er mit Offenheit und Treue in der *North Metro*-Gemeinde als Diakon, und jetzt war er der Obmann der Diakone.

Eugene eröffnete die Versammlung mit einem Gebet, in dem er Gott bat, seinem Willen in der Versammlung zum Durchbruch zu verhelfen. Ganz in seinem schlichten und bescheidenen Stil kam er gleich nach dem »Amen« zur Sache. »Im Namen der Diakone, Pastoren und Ratsmitglieder«, sagte er, die Augen direkt auf den General gerichtet, »möchte ich Sie ernsthaft bitten, nicht zu gehen.«

Ein bestätigendes »Amen« lief durch den Raum.

»Ich verstehe Ihre Bitte, Eugene«, antwortete Jason müde. »Aber ich habe meine Entscheidung bereits getroffen; sie ist endgültig. Ich kann sie nicht neu überdenken.« Um seine Standhaftigkeit ganz unmißverständlich deutlich zu machen, fügte er leise, aber fest hinzu: »Ich *werde* sie nicht überdenken.«

»Okay«, erwiderte Eugene. »Es ist offensichtlich, daß Sie es ernst meinen, und weil ich Sie so sehr schätze, werde ich es auch sehr ernst nehmen. Meinen Sie nicht, daß Sie es uns zumindest schuldig sind, uns versuchen zu lassen, Ihnen zu helfen? Ich könnte es mir nie vergeben, wenn wir Sie einfach so fortgehen ließen, ohne wenigstens einen Versuch gemacht zu haben. Ich gebe zu, daß wir vielleicht nicht viel ausrichten können. Wir sind keine professionellen Seelsorger. Aber geben Sie uns wenigstens eine Chance.«

»Eugene«, erwiderte Jason, »es tut mir leid, wenn ich vielleicht kaltherzig klinge.« Er senkte in einer demütigen Geste den Kopf. »Ich zweifle nicht im geringsten daran, daß jeder von Ihnen, die Sie hier im Raum sitzen, alles in seiner Macht Stehende tun würde, um zu helfen. Dessen bin ich sicher. Aber für die inneren Kämpfe, die ich im Moment austrage, gibt es keine schnellen und leichten Lösungen. Ich glaube nicht, daß mir der Rat irgendeines Menschen, auch nicht eines professionellen Seelsorgers, jetzt helfen könnte. Ich brauche einfach Zeit, das ist alles. Zeit, um hier wegzukommen, und Zeit zum Nachdenken.«

Eugene antwortete rasch mit seiner kräftigen, rauhen Stimme. »Ich bin der Letzte, der leugnen würde, daß ich nicht verstehe, was Sie im Moment durchmachen müssen, General. Aber während der letzten zehn Jahre, seit ich Mitglied dieser Gemeinde geworden bin, habe ich Sie immer wieder sagen hören, daß es niemals Gottes Wille sein kann, daß wir aufgeben. Ich könnte es verstehen, wenn Sie in einen anderen Dienst wechseln würden. Aber allem den Rücken zu kehren und sich davonzumachen, ergibt einfach keinen Sinn. Das widerspricht allem, was Sie jemals gelehrt haben.«

Jason überlegte, was für ein Denken wohl hinter Eugenes Argumentation stecken mochte. Wollte er nur, daß Jason ein schlechtes Gewissen wegen seiner Entscheidung bekam, oder war er wirklich der Ansicht, daß Jason sich ungehorsam gegenüber Gottes Lehre verhielt? Er kam zu dem Schluß, daß vermutlich das Letztere zutraf, und wäre er noch von seinem alten Stolz erfüllt gewesen, hätte er sich zweifellos vor Eugene verteidigt, ob zu Recht oder zu Unrecht. Doch jetzt verspürte er keinen Wunsch, die Sache zum Thema zu machen.

»Sie haben recht, Eugene«, sagte er langsam. »Meine Entscheidung widerspricht allem, was ich jemals gelehrt habe. Und ich versichere Ihnen, daß ich mir das selbst schon einige Male gesagt habe. Aber um ganz ehrlich zu Ihnen zu sein, ich sehe mich zur Zeit gezwungen, die Glaubwürdigkeit aller meiner Lehren in Frage zu stellen – einschließlich derer über das Aufgeben.«

Diese letzte Aussage traf jeden der versammelten Männer tief. Der General, ein Mann, von dem sie wußten, daß er stolz für seine Überzeugungen sterben würde, mußte doch der Letzte in der ganzen Christenheit sein, der jemals seinen Glauben in Frage stellen würde. Es war fast so, als hätten sie gerade gehört, wie Gott sich selbst in Zweifel zog.

Das peinliche Schweigen, das darauf folgte, wurde von Steve Mitchell gebrochen, der neben Jason saß. »Wie meinst du das?« sagte er mit einer Stimme, in der sein ganzer Schmerz mitschwang.

Als Jason antwortete, bemerkten diejenigen, die ihn am besten kannten, einen überraschenden Zorn in seiner Stimme und in seinen Augen. »Seit ich meine Seminarausbildung abgeschlossen habe, und auch schon davor, habe ich mich an eine Theologie gehalten, die Gott in einen Kasten sperrte. Meine Überzeugungen haben Gott niemals erlaubt, außerhalb meiner engstirnigen Vorstellung von ihm zu wirken. Es war so: Ich habe mich verhalten, als ob Gott meinen Seminarlehrern und theologischen Professoren ein hübsches kleines Paket mit Anweisungen über sich selbst gegeben hätte, ein Paket, das sie an mich weitergaben, damit ich es an Sie weitergeben konnte. Und das habe ich getan – dogmatisch, all die Jahre hindurch. Aber jetzt entdecke ich, daß in diesem kleinen Paket nicht mehr ist als ein paar bedeutungslose Dinge, die Gott seiner Rätselhaftigkeit und Größe entkleiden. Es versucht, Gott völlig berechenbar zu machen. Dieses Paket erlaubt Gott keinerlei Flexibilität – und es erlaubt auch uns keine Flexibilität. Es ordnet jeden erdenklichen Aspekt des Lebens in eine von zwei

Kategorien ein: makellos weiß oder sündhaft schwarz. Und natürlich wußte ich immer genau, in welche Kategorie alles gehörte.

Ich dachte, ich hätte Gott vollkommen durchschaut. Ich wußte, wie er in jeder erdenklichen Situation zu agieren und zu reagieren hatte. Ich wußte genau, wie er bis ins Detail über jedes beliebige Thema dachte, von der Wiederkunft Christi bis zur richtigen Haarlänge und dem richtigen Kleidungsstil.

Aber jetzt wird mir plötzlich klar, daß die Bibel, während ich so tat, als wüßte ich auf alles die richtige Antwort, ganz klar sagt, daß wir in diesem Leben nur wie durch einen Spiegel ein dunkles Bild sehen und daß unser Wissen Stückwerk ist. Also kann ich mir nichts mehr vormachen. Ich kann nicht mehr so tun, als wüßte ich, wie Gott über jeden Aspekt des Lebens denkt. Das ist es, was ich meine, Steve. Ich bin nicht mehr überzeugt davon, daß diese ›Gott-im-Kasten‹-Theologie ohne Irrtum ist.«

Aus dem Hintergrund dröhnte eine Stimme: »Aber Sie müssen doch wissen, wie Gott denkt! Sie sind der Pastor!« Es war Rory Vaughan, ein Diakon und Möbelschreiner, der am hinteren Tisch lehnte.

Jason drehte sich auf seinem Stuhl zu ihm um. »Ich muß nur das über ihn wissen, was er offenbart hat, Rory, nicht auch noch alles andere. Aber während der letzten fünfzehn Jahre habe ich so getan, als wüßte ich ›alles andere‹ – und das ist nicht nur töricht, sondern auch schädlich.« Er ließ seinen Blick über die anderen Gesichter im Raum wandern und sagte langsam: »Was ich jetzt sage, meine ich ganz ernst: Ich bin davon überzeugt, daß es meine ›Gott-im-Kasten‹-Theologie war, die Lorene und Hannah das Leben gekostet hat.«

Die Gesichter der Männer verzogen sich in verwirrtem Entsetzen. »Das müssen Sie uns erklären«, verlangte einer von ihnen.

»Ganz einfach«, begann Jason. »Wenn man auf alles eine Antwort hat, dann gibt es nichts mehr zu lernen. Man weiß ja schon alles. Also wird man zu einer Autorität mit einer autoritären Einstellung. Mit meiner ›Gott-im-Kasten‹-Theologie habe ich genau diese Einstellung all die Jahre hindurch an den Tag gelegt, ohne zu ahnen, wie gefährlich sie war. Sie hat zwar nicht meine Fähigkeit, von anderen zu lernen, zunichte gemacht, aber sie hat meine Bereitschaft zu lernen zunichte gemacht, besonders dann, wenn andere Leute meine Überzeugungen oder meinen Glauben in Frage gestellt haben. Ich war unbiegsam wie kalter Stahl. Und das nicht nur als Pastor, sondern auch als Vater und Ehemann.

Und als Hannah in ihrem übersprudelnden Jugendalter einen verständnisvollen Vater gebraucht hätte, der ihr zugehört und versucht hätte, sie zu verstehen, und der ihr ein wenig Freiheit gelassen hätte, ihre eigenen Entscheidungen zu treffen und ihre eigenen Fehler zu machen, fand sie nichts als einen Vater, der ihr ständig nur predigte, er sei im Recht und sie im Unrecht. Ich war nicht auf ihrer Seite, sondern ich saß ihr im Nacken. Ich habe sie ständig verurteilt. Ich habe ihr einfach keinen Raum gelassen, zu leben und sich zu entfalten. Ich habe ihr das Leben vermiest, bis sie schließlich zu dem Schluß kam, meine Schinderei nicht länger ertragen zu können. Ich und meine besserwisserische Einstellung waren es, die sie aus dem Haus und in ihren Tod trieben.«

Selbst angesichts solch erschütternder Bekenntnisse gab Eugene nicht auf und sagte leise: »Aber ein starker Leiter muß für das geradestehen, was er als richtig erkannt hat. Er kann keine Kompromisse mit der Wahrheit machen, wie die Folgen auch aussehen mögen. Das haben Sie selbst immer und immer wieder gesagt.«

Allmählich erhitzte sich Jason. Offenbar hörten ihm die Männer gar nicht richtig zu. Er wünschte, sie könnten einfach einmal offen genug dafür sein, etwas außerhalb ihrer eigenen Erfahrung zu akzeptieren und zu verstehen.

»Sie haben wiederum recht, Eugene; ich habe es immer und immer wieder gesagt. Aber im Augenblick stelle ich, wie ich vor ein paar Minuten erklärt habe, die Glaubwürdigkeit der Dinge, die ich immer für richtig gehalten habe, in Frage. Und was die Wahrheit angeht, so bin ich nicht einmal mehr sicher, was Wahrheit überhaupt ist. Als Beispiel – und ich könnte zahllose andere nennen – nehmen Sie die Frage, ob Frauen Hosen tragen dürfen. Das ist einer der Bereiche der sogenannten Wahrheit, in denen ich Hannah unter Druck gesetzt habe. Sie wollte Hosen tragen. Ich machte ihr klar, daß sie niemals welche tragen würde, solange sie unter meinem Dach lebte, und kritisierte sie dafür, daß sie so etwas überhaupt anziehen wollte. Und nur wegen derartig absurder Dinge trieb ich sie aus ihrem Elternhaus und in den Tod.

Eugene, ich stelle neuerdings eine Menge Dinge in Frage, aber eines weiß ich ganz genau: Wenn ich Hannah wiederhaben könnte, würde ich sie mit Freuden Hosen tragen lassen. Ich würde sie sogar ins Kino gehen und die Musik hören lassen, die sie wollte, und noch viele andere Dinge. Und ich würde sie mehr lieben als je zuvor.«

Wieder trat ein Moment verblüfften Schweigens ein. Schließlich beugte sich Bruce Pearson, der in der Mitte des Raumes saß, vor, stützte sich mit den Ellbogen auf die Knie, lächelte mühsam und sagte: »Nun, warum bleiben Sie nicht, bis Sie Ihren Weg aus diesem Labyrinth gefunden haben, einfach als Pastor hier und beschränken sich darauf, die Dinge direkt aus der Bibel zu lehren, von denen Sie wissen, daß sie wahr sind?« Bruce verfügte als Buchhalter über einen höheren Bildungsstand als die meisten anderen Männer im Raum, und manche in der Gemeinde betrachteten ihn als einen etwas zu gemäßigten Denker.

Jason antwortete offen. »Weil ich gerade Gott aus seinem Kasten gelassen habe, Bruce, und im Augenblick habe ich nicht das Gefühl, überhaupt irgend etwas über ihn zu wissen. Er ist mir ein komplettes Rätsel. Sehen Sie, ich stelle alles in Frage, selbst das, was ich mein Leben lang unter den Dingen verstanden habe, in denen die Bibel angeblich ganz eindeutig ist. Wenn ich also – hypothetisch gesprochen – bleiben sollte, dann hätten Sie nur einen verwirrten Prediger auf der Kanzel, der nichts mit auch nur annähernder Gewißheit predigen könnte. Ich weiß einfach überhaupt nicht mehr, was ich glaube.«

Jason spürte, daß die Männer ihren Ohren kaum glauben konnten. All das kam ihnen vor wie ein Alptraum. Er hätte ihnen gern ihre Bedrängnis erleichtert, aber er sagte sich, daß es im Moment am besten war, vollkommen ehrlich zu sein. Zumindest würde dann niemand mehr irgendwelche Zweifel an den Gründen für seinen Weggang haben.

»Aber haben Sie bedacht«, sagte Bruce Pearson, »daß Sie vielleicht, wenn Sie meinen, zuvor zu extrem gewesen zu sein, jetzt zu weit ins andere Extrem schwingen und sich allzu leicht verwundbar machen könnten?«

Wieder bellte Rory von hinten, diesmal an Bruces Adresse. »Ich stimme nicht mit dem überein, was Sie da andeuten. Das klingt, als ob Sie dem General zustimmten und sagen wollten, es sei schlecht, ein konservativer Extremist zu sein. Natürlich ist das andere Extrem schlecht, wie Sie sagten. Absolut richtig. Aber ein konservativer Extremist zu sein, ist weder schlecht noch schädlich. Wenn der General das in Frage stellt, spielt das keine Rolle; das ist ein Punkt, an dem er aufgrund seiner Trauer persönlich Schwierigkeiten hat. Aber wir anderen dürfen uns nicht erschüttern lassen. Um rein und unbefleckt in der Welt zu leben, müssen wir Extremisten sein. Konservativer Extremismus ist für einen ernsthaften Christen nicht nur eine Option. Es ist schlicht und einfach lebenswichtig. Und –«

Jason ignorierte Rorys Ausbruch und wandte sich an Bruce. »Um Ihre Frage zu beantworten, Bruce, ob ich mich nun dadurch verwundbar mache oder nicht, ich muß diese Dinge einfach durchdenken. Aber ich verstehe, was Sie sagen. Vielleicht mache ich einen Fehler.« Er sah sich wieder im Raum um und musterte jedes einzelne Gesicht. »Ich verstehe, daß es Ihnen schwerfällt, das zu akzeptieren, aber ob Sie es akzeptieren können oder nicht, ich muß neu anfangen, ganz von vorn. Ich habe keine Wahl in dieser Sache.«

Er wandte sich zurück zu Rory, der immer noch Feuer spie. »Und zu dem, was Sie sagten, Rory, darf ich Ihnen eine direkte Frage stellen?« Er würde sie ohnehin stellen, ob Rory es ihm erlaubte oder nicht.

»Sicher, schießen Sie los.«

Es war eine Frage, die Jason noch vor wenigen Monaten angewidert abgewiesen hätte. »Ist die eherne Regel, daß

Frauen keine Hosen tragen dürfen, so lebenswichtig für das Christentum, daß ein Vater wegen dieser Sache seine sechzehnjährige Tochter aus dem Elternhaus ekeln sollte?«

Rory stammelte. »Nun … äh … es … es ist offensichtlich, daß Sie auf Ihre persönliche Erfahrung mit Hannah anspielen. Und in dieser besonderen Situation war es nicht das Hosenverbot, worum es ging. Es ging um Hannahs Einstellung, und das sage ich mit allem Respekt. Ich meine, gehen wir doch von der Bibel her an die Sache heran. Gott befiehlt den Kindern, ihren Eltern zu gehorchen, und er läßt keine Ausnahmen von dieser Regel zu.«

Jason spürte, wie ihm die Adern anschwollen. »Rory, Sie haben selbst gar keine Kinder und nicht die geringste Ahnung, wie es ist, Vater zu sein. Sie –«

»Wenn man es recht bedenkt«, unterbrach ihn Rory, »ist sogar Gott selbst ein Extremist, was sein Verhalten als Vater angeht. Schauen Sie doch, wie er mit Adam und Eva umgegangen ist. Sie waren ihm ungehorsam, und er warf sie aus dem Garten. Für immer. Und unter dem Gesetz des Mose wies er die Eltern an, ein Kind, das ihnen trotzte, zu Tode zu steinigen. Wie ich es sehe, General, sind Sie, was Ihren Umgang mit Hannah angeht, vollkommen schuldlos. Es gibt keinen Grund, warum Sie die Praktiken in Frage stellen müßten, von denen wir beide wissen, daß sie der Wille Gottes sind.«

Jason stieß einen Seufzer der Verzweiflung aus.

Um weitere Auseinandersetzungen zu vermeiden, sah Bruce Pearson Eugene an und sagte: »Vielleicht ist es an der Zeit, über das Entlassungsgesuch des Generals abzustimmen. Ich glaube, inzwischen wissen wir alle ziemlich genau, was seine Wünsche sind und wie stark er hinter ihnen steht, ob wir sie nun verstehen oder nicht.«

Eugene stimmte widerstrebend zu, und die Gruppe machte sich an die Formalitäten der Abstimmung, da alle überzeugt waren, daß der General seine Meinung nicht ändern würde. Einige der Männer enthielten sich der Stimme, doch die Mehrheit beschloß, Jasons Kündigung anzunehmen und sie bereits in zwei Wochen in Kraft treten zu lassen.

Nachdem diese Entscheidung gefallen war, wurde offensichtlich, daß die Männer nur noch gehen und sich einen Ort zum Nachdenken und Wundenlecken suchen wollten. Aber es gab noch mehr zu tun. Jemand mußte eingesetzt werden, um in Jasons Fußstapfen zu treten. Die Gemeinde war eine Organisation mit einer Million Dollar Umsatz im Jahr, und Jason hatte alles fest in seiner Hand gehalten: die wöchentlichen Gottesdienste, die tägliche Radiosendung, die Schule, die Gemeindezeitung, den Busservice, die Gefängnisarbeit, die Pflegeheimeinsätze. Es würde keine schnelle und leichte Aufgabe sein, neue Leiter für all diese Dienste zu finden. Jason fühlte sich schuldig, weil er der Gemeinde diese Last auferlegte, doch er beteiligte sich mit zahlreichen Vorschlägen an der folgenden zweistündigen Sitzung.

Als sie vorbei war, stand Steve Mitchell auf, legte Jason die Hand auf die Schulter und bat alle Versammelten, sich in den kommenden Tagen zu Gebet für die ungewisse Zukunft des Generals zu verpflichten. Dann forderte er sie auf, die Köpfe zu neigen, während er ein Abschlußgebet sprach.

Mit geneigtem Kopf und geschlossenen Augen spürte Jason erneut ein leises, erfrischendes Gefühl der Erleichterung. Gerade hatte er seinem elfjährigen Dienst in dieser Gemeinde den Rücken gekehrt, und er hatte nicht die geringste Ahnung, wohin er jetzt gehen oder was er tun würde. In gewisser Hinsicht war es ein Wahnsinn.

Er wurde befreit – doch zu was er befreit wurde, wußte er nicht.

Die nächsten zwei Wochen vergingen wie im Flug, und Jason war ununterbrochen beschäftigt. Am ersten Mittwochabend im Februar, als er im Gemeinschaftssaal der Gemeinde stand und den Abschiedsempfang über sich ergehen ließ, konnte er auf eine lange Liste von Dingen zurückblicken, die er geregelt hatte.

Sein gemeindeeigenes Haus war säuberlich geräumt und wartete auf seine neuen Bewohner. Alle Dinge aus dem Haus, die er behalten wollte, außer den fünf gepackten Koffern, die er mitnehmen würde, war in Kisten verpackt und auf Betsys

Dachboden in Macon verstaut. Der Großteil der Möbel blieb im Haus, auf Jasons Vorschlag hatte sich die Gemeindeleitung einverstanden erklärt, sie ihm abzukaufen.

Seine gesamte Bibliothek – eine in dreiundzwanzig Jahren gewachsene Büchersammlung – spendete er der Gemeinde. Die Entscheidung wurde mit Erstaunen aufgenommen, doch Jason sagte, er wolle lernen, wieder einmal selbst zu denken, unabhängig von den vorverdauten Gedanken und Auslegungen aus den Büchern.

Im Laufe der Jahre hatten er und Lorene zehn Hektar Land draußen vor der Stadt gekauft und davon geträumt, eines Tages ihr eigenes Haus dort zu bauen. Jason konnte das Grundstück für 100 000 Dollar an einen Bauunternehmer verkaufen, was einen erheblichen Gewinn gegenüber dem Anschaffungspreis bedeutete.

Alle Gemeindeangelegenheiten waren geregelt, zumindest von seiner Seite. Steve Mitchell war nur auf Interimsbasis als Hauptpastor berufen worden, da er darauf bestand, er habe nicht die nötigen Gaben und die Erfahrung, um diese Stellung auf Dauer einzunehmen. Dem Kanzelkomitee, das die Diakone und Ratsmitglieder aufstellten, nannte Jason die Namen mehrerer Pastoren aus anderen Gemeinden ihrer Denomination, die als Kandidaten für den Job in der *North Metro*-Gemeinde in Frage kommen könnten.

Nun, an seinem letzten Abend in Atlanta, erlebte Jason einen Wirbel gegensätzlicher Gefühle, während er darauf wartete, sich von der Gemeinde zu verabschieden. Einerseits fühlte er sich so schuldig wie eine gedankenlose Mutter, die sich selbstsüchtig in eine unnötige Abtreibung geflüchtet hatte. Andererseits verspürte er die Erregung eines Abenteurers, der sich anschickt, seine größte Herausforderung zu bewältigen. Er fühlte sich gleichermaßen zuversichtlich, verantwortungslos, begeistert und heruntergekommen.

Sowohl Steve Mitchell als auch Eugene Seagers hielten kurze Ansprachen an die Versammlung; dann überreichte Eugene Jason als Zeichen der Liebe und Anteilnahme der Gemeinde einen Scheck über 5 000 Dollar.

Ein letztes Gebet wurde gesprochen; dann zogen die Leute in einer langen Reihe an Jason vorbei. Bei Männern und Frauen, Alten und Jungen flossen die Tränen reichlich.

Ich tue all diesen Leuten sehr weh, verurteilte Jason sich selbst. Er hatte einen Kloß im Hals und konnte nur mit brüchiger Stimme sprechen. Dies waren die Menschen, denen er die beste Zeit seines Lebens gewidmet hatte. Nun sah es so aus, als ließe er sie im Stich.

Als endlich der Letzte an ihm vorübergezogen war, fiel Jason auf, daß offenbar noch niemand den Saal verlassen hatte. Alle standen traurig schweigend herum und warteten darauf, noch mehr zu hören und noch mehr zu sagen – aber was gab es noch zu sagen?

Jason setzte sich in Bewegung und ging an den schweigsamen Gesichtern vorbei auf die Tür zu. Eugene kam ihm auf halbem Wege entgegen, umarmte ihn lange und flüsterte ihm einen letzten Vorschlag ins Ohr: Die Gemeindeleitung erbot sich, die Stellung des Hauptpastors mindestens sechs Monate lang unbesetzt zu lassen, falls Jason es für möglich hielte, irgendwann zurückzukehren.

Jason lehnte das Angebot freundlich ab. Er war schon zu weit gegangen, um sich noch eine Hintertür offenzuhalten. Das Band mußte zerschnitten werden.

An der Tür warf er noch einen letzten Blick zurück in den Gemeinschaftssaal mit seinen reichen Erinnerungen und auf die Gesichter mit den tränenfeuchten Augen, die ihm hinterhersahen.

Jetzt war er frei zu gehen. Alles Geschäftliche war geregelt, das Protokoll erfüllt. Da ihn nichts mehr aufhielt, wandte er dem Saal und seiner ehemaligen Herde den Rücken zu und ging hinaus zu seinem mit Koffern beladenen Wagen.

Bevor er an jenem Abend die Stadt verließ, machte er noch an zwei Stationen halt.

Die erste war sein ehemaliges Haus. Als er den Wagen in die Einfahrt lenkte, verlagerte sich das Spektrum der Gefühle, die er während des Abends empfunden hatte, plötzlich auf eine Seite, die Seite der Schuld und der Einsamkeit.

Er stellte den Motor ab, stieg aus und erledigte rasch, wozu er hergekommen war. Im Mondlicht ging er durch den Garten und unter den Kiefern hindurch zu Hannahs Kinderspielhaus. Drinnen, kaum zu sehen, lag der winzige Stapel roter Plastikteller, den er dort vor einigen Wochen entdeckt hatte. Er hob einen davon auf, klopfte den Schmutz ab und steckte ihn in die Manteltasche.

Dann ging er davon und kämpfte gegen den Wunsch an, sich auf die Kiefernnadeln zu legen und zu sterben.

Neben dem Buick angekommen, warf er einen langen, letzten Blick auf das Haus, in dem er elf Jahre lang als Ehemann und Vater völlig versagt hatte. Das nächtliche Mondlicht und die Stille schienen jedes Detail hervorzuheben und tausendundeine bittersüße Erinnerung zum Leben zu erwecken. Er spürte die Wärme frischer Tränen, die langsam an seinem Gesicht herabliefen. Flüsternd sagte er ein letztes Lebewohl. Dann stieg er in den Wagen und fuhr davon.

Seine Tränen flossen während des ganzen Weges zum Friedhof.

Dann stand er allein an den Gräbern von Hannah und Lorene und versuchte mit stockenden Worten zu erklären, was er tat, und ihnen Lebewohl zu sagen.

Benommen registrierte er, daß eine Blumenvase, die er einige Tage zuvor auf Lorenes Grab gestellt hatte, inzwischen umgefallen war. Er bückte sich, um sie aufzustellen – und dann fiel er auf die Knie und überließ sich völlig seinen Gefühlen der Wertlosigkeit als Ehemann und Vater. Immer wieder flehte er Lorene und Hannah an, ihm zu vergeben.

In der kalten Nachtluft und Finsternis der Trauer verlor er seine Umgebung und die Zeit aus dem Bewußtsein.

Das nächste, woran er sich erinnerte, war eine hell erleuchtete Schilderbrücke, die ihm den Weg aus Atlanta heraus wies. Er fuhr in westlicher Richtung auf der 1-20.

Zweiter Teil

1975–1987

17

Es war ein Donnerstagmorgen Anfang November. Jason saß im Londoner Flughafen *Heathrow* und wartete mit einiger Ungeduld darauf, die Maschine zu besteigen, die ihn auf die Mittelmeerinsel Zypern bringen würde.

Während der letzten vier Jahre hatte er sich ziellos treiben lassen und nach Wahrheit und einer neuen Identität gesucht, während er vor seiner Trauer und Desillusionierung floh. Er hatte sich in Dallas, El Paso, San Francisco, Las Vegas, St. Louis, St. Paul, Chicago, Indianapolis und Boston aufgehalten. Unterwegs hatte er seinen Vorrat an Bargeld mit einer Reihe von Gelegenheitsjobs ergänzt – als Verkäufer in einem Herrenbekleidungsgeschäft, als Angestellter in einem Kiosk, als Schulbusfahrer, im Sicherheitsdienst einer Chemiefabrik, als Lastwagenfahrer bei einem Großhändler für Bio-Lebensmittel und zweimal als Autoverkäufer.

Von dem Geld, das er durch den Verkauf der zehn Hektar Land in der Nähe von Atlanta erlöst hatte, hatte er ursprünglich über 80 000 Dollar in verschiedenen sicheren Wertpapieren angelegt. Innerhalb von vier Jahren war das Kapital auf einen Nennwert von über 148 000 Dollar angewachsen. Dieser finanzielle Gewinn hatte ihm zwar keine große Befriedigung verschafft, aber er gab ihm die Freiheit, seine Suche nach sich selbst und nach neuen Überzeugungen durchzuführen.

Sein unstillbares Verlangen, Renée zu finden, war nicht von ihm gewichen. Wenn sie ihn brauchte – und er empfand ständig das unbehagliche Gefühl, daß es so war –, dann wollte er sie um jeden Preis ausfindig machen. Während der vier Jahre seiner Wanderschaft hatte er regelmäßigen Kontakt zu Malcolm Sandberg gehalten, stets in der Hoffnung, Cody würde eines Tages sein Schweigen brechen und Kontakt zu seinem früheren Nachbarn aufnehmen.

Bis vor sechs Tagen waren seine Dutzende von Ferngesprächen nach Miami während der vier Jahre vergeblich gewesen. Und dann, ganz unerwartet, lächelte ihm das Glück.

Aus seiner Wohnung in Boston hatte er eines Abends Malcolm angerufen, und die aufgeregte Stimme des alten Mannes hatte ihn mit der guten Nachricht begrüßt. Cody hatte sich drei Wochen zuvor aus London gemeldet. Ausgerechnet dort lebte er mit Renée. Wie Cody sagte, ging es beiden gut, und er hatte Malcolm sogar seine Adresse und Telefonnummer gegeben.

Die Neuigkeiten hatte Jasons Hoffnungen neu entfacht. Während der nächsten Tage kündigte er seinen Job und seine Wohnung, verkaufte sein Auto und buchte einen Flug nach England, wo er am Vortag eingetroffen war.

Auf dem ganzen Weg dorthin hatte er gebetet, immer wieder mit den gleichen Worten, die er an jedem Tag der letzten vier Jahre zum Himmel geschickt hatte: »Gott, laß mich meine Enkelin finden. Laß es mich irgendwie wiedergutmachen.« Es war seine niemals ersterbende Hoffnung, daß Gott genau das tun würde.

Er hatte es vermieden, im voraus mit Cody Kontakt aufzunehmen. Nach vielen Überlegungen war es ihm ratsam erschienen, nicht das Risiko einzugehen, daß Cody ihm telefonisch oder brieflich mitteilte, er wünsche kein Zusammentreffen mit ihm. Cody würde es sicherlich schwerer fallen, ihn abzuweisen, wenn er schon auf seiner Türschwelle stand.

In London eingetroffen, hatte er sechs Stunden gebraucht, um vom Flughafen zu Codys und Renées Adresse zu gelangen, die in einem abgelegenen Vorort lag. Ein Londoner hätte die Strecke in neunzig Minuten zurücklegen können. Doch Jason, der sich hier nicht auskannte, brauchte unendlich lange, um eine Zugverbindung von Heathrow nach London zu finden, sich ein Hotelzimmer zu suchen und sich dann über das Gewirr der Londoner U-Bahn-Linien klar zu werden.

Trotz der Verzögerung war seine freudige Erwartung nicht getrübt worden. Nachdem er vier Jahre lang gehofft und gebetet hatte, Renée endlich in den Armen zu halten, schien der ersehnte Augenblick jetzt dicht bevorzustehen. Die Begeisterung half ihm, sich an allem Neuen in der britischen Umgebung und Kultur zu freuen: den Akzenten, den seltsamen Formulierungen auf Schildern, den durchweg schwarzen

Taxis und roten Doppeldeckerbussen, die die Straßen füllten, und der Tatsache, daß alles auf der linken statt der rechten Straßenseite fuhr.

Als er endlich vor Codys schmalem, zweistöckigem Haus in einer ansehnlichen Wohngegend mit Reihenhäusern stand, war er euphorisch. Er merkte nicht einmal etwas von seinem Jet-Lag – zumindest so lange nicht, bis er von einem Nachbarn erfuhr, daß Cody und Renée vor zwei Wochen nach Zypern geflogen waren, um drei Monate in der Sonne zu verbringen und dem nassen und trostlosen britischen Winter zu entfliehen. Erst dann bemerkte er plötzlich seine grenzenlose Müdigkeit und körperliche Taubheit. Und von diesem Augenblick an spürte er nichts mehr von seiner Begeisterung, in England zu sein. Selbst Codys Wohngegend sah für ihn öde aus.

Der Rückschlag war jedoch nur vorübergehend. Er wußte, daß er es nicht würde ertragen können, drei Monate lang im trüben London auszuharren, insbesondere, da er Renées Aufenthaltsort kannte. Er fühlte sich gedrängt, rasch zu handeln. Ohne lange zu überlegen, entschied er sich sofort, ihrer Spur nach Zypern zu folgen.

Nun, da er sich ausgeschlafen hatte und inmitten unzähliger Duty-Free-Shops im Wartebereich des Flughafens saß, begann seine Spannung wieder zu steigen. Ohne irgendeine Beschäftigung außer seinen Gedanken saß er da und starrte sein Spiegelbild im Schaufenster einer Buchhandlung an.

Was sein Aussehen betraf, fühlte er sich wohler in seiner Haut als jemals in den letzten zwanzig Jahren. Er wog jetzt nur noch achtzig Kilo, fünfzehn Pfund weniger als bei seinem Weggang aus Atlanta. Seitdem er nicht mehr so stark unter Druck stand, hatte er angefangen, regelmäßig zu joggen, im Durchschnitt jeden zweiten Tag fünf Meilen. Seine Ernährung bestand jetzt größtenteils aus Obst, Gemüse und ballaststoffreichen Brotsorten und verschiedenen Müsliarten. Seine Arm- und Beinmuskeln zeigten zum ersten Mal, seit er auf der High School gewesen war, wieder Konturen. Das Haar hatte er sich länger wachsen lassen, und sein Gesicht zierte ein kurzgeschnittener Bart. Er sah eher wie jemand aus der

Popmusikbranche aus als wie der ehemalige Pastor einer bekannten, ultrakonservativen Gemeinde.

Emotional erwachte er gerade erst wieder zum Leben. Seit vier Jahren von Kollegen, Freunden und Verwandten getrennt, war er allein durch das Land gereist und überall, wohin er kam, war er ein vollkommen Fremder gewesen. Seine Vergangenheit und sein Christentum behielt er für sich. Nur gelegentlich war er in Gottesdienste gegangen, und niemals zweimal in dieselbe Gemeinde. Das Dasein als unbekannter Wanderer hatte ihm die willkommene Freiheit verschafft, sein wahres Ich zu entdecken und sich zu seiner eigenen Persönlichkeit zu entwickeln, wie es ihm sein Herz eingab. Zum ersten Mal in seinem Leben war er frei von den moralischen Erwartungen anderer – und diese Freiheit hatte ihn drastisch verändert.

Was sein Denken anging, so hatte er sein Herz für Gott nicht verloren, doch er hatte schon lange keinen Sinn mehr für das traditionelle Christentum mit all seinen von Menschen erdachten Gesetzen. Zynisch hatte er es weit von sich gewiesen. Es hatte zu wenig mit der Wirklichkeit zu tun, mit dem, was man tatsächlich mit den Augen sehen und mit dem Verstand erkennen konnte. Es paßte einfach nicht mit den offensichtlichen Tatsachen über das Leben und über Gott überein.

Er war zu der Schlußfolgerung gekommen, daß die extreme Form des Christentums, die er in der Vergangenheit gepflegt hatte, überflüssig und erbärmlich oberflächlich war. Statt dessen war er im Unterbewußtsein dabei, auf eigene Faust ein christliches Denken zu entwickeln, das biblischer war, tiefgehender, realistischer, mehr im Einklang mit dem realen Leben.

Um das zu erreichen, war er so etwas wie ein Jäger nach Weisheit geworden. Er suchte gründlich nach den Geheimnissen des Lebens, wie er sie nannte, nach jenen Einsichten in die Wahrheit, in denen das Leben und die Bibel miteinander verschmelzen, in denen die Wahrheit auf natürliche Weise offensichtlich wird, statt ein Produkt der eigenen Phantasie zu sein. Er versuchte, alles zu durchbrechen, was Menschen lehrten und voraussetzten, und das zu lernen, was Gott über das Leben offenbarte

Er hatte sogar angefangen, ein Weisheitsbuch zusammenzustellen, wie er es nannte, und darin die besonderen Einsichten festzuhalten, die ihm durch persönliche Erfahrungen, ehrliche Beobachtung und offenes Denken zuteil wurden. Als er seine Entdeckungen aufzeichnete, trat die Verbitterung, die in seinem Herzen geschmort hatte, schwarz auf weiß zutage.

Bisher enthielt der Band vier Einträge:

1. Lernende Haltung statt autoritärer Haltung

Während meines Lebens als Christ hat man mich gelehrt, sowohl direkt als auch indirekt, sowohl beruflich als auch privat, daß ein Prediger eine Autorität sein sollte und daß er klar und nötigenfalls allein mit Nachdruck eine Haltung der Autorität zeigen sollte. »Niemand«, sagte man mir, »sollte je auf den Gedanken kommen können, der Prediger sei schwach oder wüßte auf etwas keine Antwort.«

Nachdem ich mich fünfzehn Jahre lang diesem Denken unterworfen habe und mich davon habe treiben lassen, bin ich heute davon überzeugt, daß es wenige Dinge gibt, die so kontraproduktiv, sinnlos und schädlich sind wie ein sterblicher Prediger mit einer autoritären Haltung.

Ich weiß jetzt, daß meine Haltung Ursache zahlloser unnötiger Verletzungen war. Die Anzahl der Menschen, die meine Gemeinde deswegen verließen, war fast genauso groß wie die Anzahl derer, die sich ihr aus anderen Gründen anschlossen. Zum ersten Mal begreife ich jetzt, daß diejenigen, die meine Haltung nicht ertragen konnten und sich deshalb zum Gehen entschlossen, Leute waren, die mehr Potential für dynamisches geistliches Wachstum besaßen als diejenigen, die geblieben sind. Geblieben sind die mehr einfältigen Jasager. Gegangen sind die Denker, die Leute, die mit ihrem aktiven, kreativen und hungrigen Verstand unter meinem Führungsstil nicht mehr atmen konnten.

Nie wieder möchte ich, daß man mich als jemanden mit einer autoritären Haltung bezeichnet. Solange es nötig ist, werde ich bewußt daran arbeiten, diese Haltung zu unterdrücken und statt dessen eine lernende Haltung zu pflegen.

Mir ist jetzt klar, daß ich im Grunde sehr wenig weiß. Deshalb habe ich mich entschlossen, meinen Verstand zu öffnen und die Welt als mein Klassenzimmer zu betrachten. Damit ich nicht ins andere Extrem falle und zu einem philosophischen Anarchisten werde, werde ich die Bibel, objektiv interpretiert, als Filter nehmen, der bestimmt, was ich auf meiner Suche nach Weisheit, Verstehen, Wissen und Einsicht in mich aufsauge.

Obwohl ich nicht länger im Gemeindedienst stehe und auch nicht mehr den Wunsch danach habe, bin ich überzeugt davon, daß Gott auf meiner Seite steht und daß er vielleicht sogar derjenige ist, der mich diese Lektion gelehrt hat. Schließlich waren die einzigen Leute, die Jesus nicht tolerieren konnte und wollte, die selbstgerechten und besserwisserischen Pharisäer. Selbst Jesus, der fleischgewordene Gott, vermochte es nicht, sie aufzuklären und ihnen ihre extremen und verzerrten Überzeugungen bewußt zu machen. Ihre autoritäre Haltung verhinderte, daß die Tatsachen in ihren Verstand vordringen konnten. Jesus, der von ihrer törichten, besserwisserischen Haltung genug hatte, sagte ihnen auf den Kopf zu, daß sie die Weisheit von sich gewiesen hätten. Sie hatten den Raum in ihren Köpfen, wo echtes Lernen hätte stattfinden können, verschlossen und den Schlüssel weggeworfen. Und sowohl sie als auch ihre Anhänger waren außerhalb dieses Raums. Sie hatten ihren Verstand vor dem Lernen abgeschottet, weil sie meinten, ohnehin schon alles zu wissen.

Nie wieder werde ich mich wie ein Pharisäer verhalten und mich selbst und diejenigen, die unter meinem Einfluß stehen, aus diesem Raum ausschließen. Von diesem Tag an werde ich einen offenen Verstand und eine lernende Haltung haben.

2. Ehrliches Fragen statt blindem Glauben

Ich habe entdeckt, daß mein Denken während meines Gemeindedienstes naiv war, und das war eine tiefe Demütigung für mich. Ich muß beschämt zugeben, daß ich alles blind geglaubt habe, was mir meine älteren Amtsbrüder und meine konservativen Lehrer eingetrichtert haben. Niemals habe ich die Gültigkeit dessen, was sie mir sagten, in Frage gestellt. Warum war ich so leichtgläubig?

Je mehr ich darüber nachdenke, desto mehr erkenne ich, daß zumindest ein Grund für meine Leichtgläubigkeit darin lag, daß ich niemals aufgefordert oder ermutigt wurde, durch Fragen, Widersprechen oder selbständiges Denken zu lernen. Statt dessen erweckte man bei mir den Eindruck (ob absichtlich oder unabsichtlich, weiß ich bis heute nicht), daß alle meine Lehrer Meister ihres Faches seien und niemals etwas Falsches lehren oder glauben könnten. Infolgedessen lernte ich, indem ich mich programmieren ließ wie ein Computer. Ich lernte nicht, wie ich denken sollte. Ich lernte nur, was *ich denken sollte. So wurde ich zu einem erbärmlichen kleinen Papagei, der sein ganzes Leben lang nur wiederholt, was man ihm vorsagte.*

Fest davon überzeugt, daß ich die unverbrüchliche Wahrheit lehrte, erwartete ich von meinen Anhängern, daß sie blind glaubten, was ich ihnen vorsetzte. Ich führte einen pastoralen Kreuzzug nach dem Motto: »Glaube genau das, was ich glaube, oder sei verdammt.« Die wahre Tragödie ist, daß meine Kollegen zu Tausenden aus demselben Holz geschnitzt waren und es immer noch sind.

Heute schaudert mir davor. Wie die alte katholische Hierarchie verlangten wir indirekt von unseren Anhängern, uns blind zu glauben, und wenn sie es nicht taten, ächteten wir sie im Namen der »Gemeindezucht«.

Inzwischen habe ich begriffen, daß es ein heimtückischer Fehler ist, irgendeiner Lehre blind zu glauben. Die Pharisäer glaubten blind an die menschlichen und traditionellen Lehren ihrer Vorväter, setzten sie auf eine Stufe mit der Heiligen Schrift und hüteten sie hartnäckig. Jesus hielt ihnen entgegen, daß ihre blinde Anhänglichkeit an diese kraftlosen Lehren und ihr Beharren darauf dazu führten, daß ihre Anbetung Gottes völlig vergeblich war (Markus 7,1–13).

Statt blind zu glauben, sollten wir jede sogenannte christliche Lehre ehrlich in Frage stellen. Das ist notwendig, um die irrelevanten, überflüssigen und von Menschen gemachten Lehren von denen zu unterscheiden, die wahrhaftig von ewigem Wert sind. In Apostelgeschichte 17,10–11 wird von den Christen in Beröa berichtet, daß sie sogar die Lehren des Paulus anhand der Bibel prüften, und dieses weise Vorgehen wird ausdrücklich lobend hervorgehoben.
Während meiner Desillusionierung über den christlichen Glauben nach dem Tod von Lorene und Hannah fing ich in meiner Verzweiflung an, alles in Frage zu stellen, selbst solche Grundfesten des Glaubens wie die Gottheit Christi, die Jungfrauengeburt, seine Auferstehung, die Glaubwürdigkeit der Bibel und dergleichen. All die Dogmen, die ich so viele Jahre lang, ohne sie zu hinterfragen, übernommen hatte, kamen auf den Prüfstand, und zwar ohne das geringste Erbarmen. Ich habe sie überprüft, so gründlich ich konnte, und sie gerieten nicht ins Wanken. Durch diese nüchterne Prüfung wurden die Grundlagen meines Glaubens nicht geschwächt, sondern gestärkt. Heute bin ich fester denn je davon überzeugt, daß Jesus der menschgewordene Gott war, geboren von einer Jungfrau, ohne Sünde und doch der Sündenbock für die ganze Welt, auferstanden von den Toten, der einzige Retter der Menschheit, zu dem jeder freien Zugang hat, der ihn durch Buße und Glauben annimmt. Und ich bin tiefer denn je davon überzeugt, daß die Bibel das aufgeschriebene Wort Gottes ist, unwiderlegbar und vertrauenswürdig.
Natürlich blieben etliche andere Überzeugungen auf der Strecke, insbesondere solche, die nicht aus der Bibel stammten. Das ehrliche Hinterfragen meiner Überzeugungen hat sich als äußerst lehrreich erwiesen; dabei stehe ich in diesem Prozeß immer noch am Anfang. Ich habe gelernt, daß das Infragestellen etwas Gutes ist und daß kein Dogma, keine Theorie und keine Auslegung davon verschont bleiben sollte. Die Wahrheit wird durch Infragestellen und gründliches Prüfen nicht zerstört. Sie wird immer unangreifbar blei-

ben. Infragestellen bestätigt nur die Wahrheit und macht sie sichtbar stärker; sie kann sie nie ins Wanken bringen. Die von Menschen gemachten Verzerrungen der Wahrheit dagegen – das, was wir manchmal so hoch in Ehren halten, was uns als Kriterium dafür dient, mit wem wir Gemeinschaft haben und mit wem nicht und wofür wir manchmal sogar zu sterben bereit sind – werden unter solchem aufrichtigen Infragestellen in sich zusammenfallen. Und was durch ehrliches Infragestellen zerstört wird, war offensichtlich fadenscheinig und verdient es, über Bord geworfen zu werden. Dadurch, daß es zusammenbricht und auseinanderfällt, beweist es, daß es unnützes Zeug war.

Von heute an werde ich nie wieder irgend etwas blind glauben. Ebenso werde ich niemals, wenn ich in irgendeiner Situation mit anderen über meine Überzeugungen spreche, von ihnen erwarten, daß sie mir blind glauben. Ich werde sie ermutigen, alles, was ich sage, ehrlich in Frage zu stellen und zu überprüfen.

Wer durch den Prozeß des ehrlichen Infragestellens, des objektiven Denkens und der respektvollen Prüfung lernt, wird am Ende besser wissen, was wirklich wahr ist. Und er wird auch wissen, »warum« er es glaubt.

3. Biblische Lehre statt menschlicher Tradition

Die Prämisse des christlichen Glaubens ist die Bibel, nicht überlieferte, zeit- und ortsbedingte Traditionen. Mir ist heute klar, daß in der christlichen Gemeinschaft viele Überzeugungen für wertvoll erachtet werden, nicht weil irgendein biblischer Wert in ihnen läge, sondern deshalb, weil die vorausgegangene Generation sie für wertvoll hielt. Diese »Traditionen« müssen wir an ihren Platz verweisen. Wir sollten es uns nicht erlauben, diese provinziellen Traditionen auf eine Stufe mit den Lehren der Heiligen Schrift zu stellen. Jesus ließ den Pharisäern diesen groben Irrtum nicht durchgehen. Und er läßt ihn auch heute den Verfechtern einer harten Gesetzlichkeit nicht durchgehen, wenn auch die meisten von ihnen ihre Herzen gegen-

über diesem Gedanken verhärtet haben, wie es ja bei den Pharisäern auch war.
Ich persönlich habe mich entschieden, die Lehren der Bibel und die provinziellen Traditionen der Gläubigen auseinanderzuhalten. Und ebenso entschlossen bin ich, den letzteren keinen allgemein verbindlichen Wert einzuräumen, wenn sie denn überhaupt einen Wert haben.
Nie wieder werde ich es mir erlauben, die Bibel falsch auszulegen, indem ich sie durch die Brille provinzieller Traditionen betrachte. Von diesem Tag an werde ich, so gut ich kann, versuchen, alle Traditionen abzustreifen und die Bibel objektiv zu betrachten – das rohe und nackte Wort Gottes.

4. Druck des Geistes statt Druck der Kollegen

Eine weitere Schwäche, die zu meinem kläglichen Versagen als Ehemann, Vater und Pastor beitrug, war die Tatsache, daß ich dem Druck des Geistes Gottes nicht nachgegeben habe. Statt dessen gab ich dem Druck der Kollegen nach. Rückblickend erkenne ich deutlich, daß ich so unempfindlich gegen den Druck des Geistes Gottes gewesen bin, daß der einzige Druck, den ich wirklich wirksam empfand, der heimtückische und mächtige Gruppendruck meiner Kollegen war. Damals mißverstand ich diesen Gruppenzwang. Ich meinte, Gott gebrauche ihn, um mich in der Spur zu halten. Offensichtlich verwechselte ich Druck von außen mit Gottes innerer Leitung. Die Tatsache, daß so etwas wie pastoraler Gruppenzwang überhaupt existierte, dämmerte mir nicht einmal. Ich mußte erst aus den Bäumen heraus, um den Wald sehen zu können.
Natürlich gibt es Gruppenzwang unter Pastoren, und nicht zu knapp. Heute bin ich davon überzeugt, daß so etwas unter Pastoren ebenso schädlich und zerstörerisch sein kann wie im normalen weltlichen Leben. Man könnte zu recht argumentieren, daß Gruppendruck unter Pastoren auch ein positiver Motivationsfaktor sein könne, aber ebenso viele Indizien ließen sich dafür anführen, daß dieser Zwang ein Motivationsfaktor in die »falsche Richtung«

sein kann – besonders, wenn alle Pastorenkollegen in der falschen Richtung unterwegs sind.
Wenn jeder Angehörige einer Gruppe Angst davor hat, seine Richtung zu ändern, weil er befürchtet, von den anderen verdammt und geächtet zu werden, dann ist die ganze Gruppe gemeinsam auf einem Weg gefangen, der niemals einer Prüfung unterzogen wird.
Wagt es einer, sich loszureißen und die Legitimität der Gruppenrichtung in Frage zu stellen, so wird er eilends als liberal eingestuft und verliert so die Chance, einen Einfluß nach innen auszuüben. Keiner der anderen Pastoren wird dem Mann, wohlwollend oder auch nur aufmerksam zuhören – wegen des Gruppenzwangs. Keiner wird seine Beweggründe oder Argumente zur Kenntnis nehmen. Sie werden sich davor hüten, mit ihm in Verbindung gebracht zu werden, damit nicht auch sie ihre Akzeptanz verlieren.
So beschämend es ist, ich glaube ehrlich, daß die meisten Pastoren mit stark gesetzlich geprägtem Glaubensverständnis mehr unter dem Einfluß der Gruppe als unter dem des Geistes Gottes stehen. Daß sie nicht auf den Geist Gottes hören, ist offensichtlich, solange sie ihre extremen und gedankenlosen Traditionen der Gesetzlichkeit predigen, und das auch noch mit einer selbstgerechten und besserwisserischen Haltung. Sie sind zu den Pharisäern unserer Zeit geworden, und ihr nach innen gerichteter Gruppendruck macht sie für diese Tatsache blind.

Obwohl Jason mit dem Verstand der Wahrheit nachjagte und schon all diese Entdeckungen in seinem Weisheitsbuch verzeichnet hatte, hatte er mit dem Verkündigungsdienst nach wie vor nichts im Sinn. Soweit er absehen konnte, würde er nie wieder predigen. Und da ihn das Gefühl der Verantwortlichkeit, das der Verkündigungsdienst mit sich brachte, nicht mehr begleitete, hatte er auch keine Motivation mehr, sich allzu stark darum zu bemühen, richtig zu leben. Sein Leben war zu einem Widerspruch in sich geworden. In seinem Denken war er ein eifriger Suchender nach Weisheit, und niemand hätte aufrichtiger nach der Wahrheit forschen können. Doch in der Praxis erreichte er allmählich einen Punkt, an dem sein alltägliches Leben als Christ seine deutlichen Konturen verlor. Immer mehr handelte er gegen sein empfindliches Gewissen und versuchte sich in einem normalen, weltlichen Verhalten.

Fast sein ganzes Leben hatte er unter der strengen Zucht seines Christseins zugebracht, und um dieser Zucht willen hatte er auf dem Gebiet der leiblichen Freuden des Lebens zahllose Opfer gebracht. Nun, da diese Zucht ihren Reiz und ihre Gewalt über ihn verlor, konnte er seine Gefühle nicht länger beherrschen. Er wollte sich austoben, ohne Schranken.

Angesichts der Lehre Jesu, daß Jesus seine Kinder völlig sättigt und niemals hungern läßt, war Jason scheinbar zu einer Ausnahme geworden. Er verstand nicht, warum, aber die Wege Jesu allein konnten ihn nicht mehr ausfüllen. Ein Hunger nach handfesten Erfahrungen war in ihm gewachsen.

In den vier Jahren, in denen er unter »Nichtchristen« gelebt und ihre Lebensweise beobachtet hatte, war er neidisch darauf geworden, wie sie frei von Schuldgefühlen ihren Lebensgenüssen frönten. Immer stärker fühlte er sich betrogen, weil er sich nie in die selbstsüchtigen Vergnügungen des Lebens gestürzt hatte. Jetzt war er bereit, von ihnen allen zu kosten.

Seine verlorene Lust an der christlichen Disziplin machte ihm jedoch im Grunde nichts aus. Was ihm zu schaffen machte, waren seine Schuldgefühle, indirekt Hannahs Tod verursacht zu haben, indem er mit eiserner Faust in ihrem Leben dieselbe sorglose Haltung zu verhindern gesucht hatte, die jetzt in seinem eigenen Leben unangefochten regierte.

Doch zumindest, sagte er sich, versuchte er nicht, Gott aus seinem Leben auszuschließen. Jason hatte zwar vielleicht die Lust an einem christlichen Lebensstil verloren, aber nicht sein Herz für Gott.

Hier auf dem Flughafen, wo er wieder einmal über seine Entdeckungen und Sehnsüchte nachdachte, fühlte er, wie auf seltsame Weise seine Beziehung zu Gott stärker geworden war als je zu vor. Sie schien natürlicher zu sein. Er war jetzt ein normales menschliches Wesen, das Gott mehr brauchte als je zuvor. Und ob Gott ihm nun zuhören wollte oder nicht, er erzählte ihm ständig von seinen abtrünnigen Gefühlen – stets mit einer hilfesuchenden Haltung, nicht rebellisch.

Dieses ehrliche Mitteilen seiner Gefühle brachte eine große Nähe in seine Beziehung zu Gott. Soweit es ihn betraf, war Gott sein bester Freund, der einzige, der seine augenblicklichen Neigungen vollkommen verstand.

»Achtung, eine Durchsage.« Die Stimme aus den Lautsprechern riß Jason aus den Gedanken. »Passagiere für ›British Caledonian‹ Flug Nummer zwei-null-drei nach Zypern können jetzt an Tor sechsundzwanzig an Bord gehen. Ich wiederhole: Passagiere für ›British Caledonian‹ Flug Nummer zwei-null-drei nach Zypern können jetzt an Tor sechsundzwanzig an Bord gehen.«

18

Mit der Aktentasche in der Hand bestieg Jason die Boeing 727 und nahm seinen Fensterplatz im Nichtraucherbereich direkt vor der Tragfläche ein. Rauchen war einer der sogenannten »Genüsse« des Lebens, denen er nach wie vor ohne Schwierigkeiten widerstehen konnte.

Nach zwanzig Minuten war die Maschine hinter vier weiteren Flugzeugen an den Beginn der Startbahn gerollt.

Falls es nicht zu Unfällen oder Verzögerungen kam, würde er in fünf Stunden auf Zypern sein. Wieder packte ihn die Erregung, so dicht vor der Begegnung mit seiner Enkelin zu stehen – und dieses Mal würde er sie finden, da war er sicher. Zwar war es ihm nicht gelungen, den genauen Hotelnamen oder die Adresse von Cody und Renée herauszufinden, doch das spielte keine Rolle. Zypern war eine relativ kleine Insel. Er würde nur Nachforschungen in den Hotels anstellen müssen, bis er sie gefunden hatte.

Es schien, als wollte Gott endlich seine Gebete erhören.

Jason sah sich in der vollen Kabine um. Jeder Platz schien besetzt zu sein – überraschenderweise mit Ausnahme des Platzes neben ihm.

Der Pilot gab über die Lautsprecheranlage den Eingang der Starterlaubnis bekannt. Dreißig Sekunden später gaben die drei Düsen vollen Schub, und die Maschine setzte sich mit atemberaubender Beschleunigung in Bewegung. Die Kabine vibrierte, als das Flugzeug plötzlich mit hundertfünfzig Meilen pro Stunde über die Startbahn jagte.

Herrlich, dachte Jason. Diese Gefühlsmischung aus Zutrauen und Gefahr hatte den Start für ihn schon immer zum schönsten Teil einer Flugreise gemacht.

Im entscheidenden Moment hob sich die Nase der Maschine empor. Im nächsten Augenblick hoben die Hinterräder vom Boden ab, und das Heck sackte für einen Augenblick ins Leere, bis die vorbeibrausende Luft das Flugzeug anhob und emportrug. Sie waren gestartet und stiegen rasch höher.

Fasziniert betrachtete Jason das schwindelerregende Stadtbild von London unter sich. Als er gestern morgen gelandet war, war die Sicht durch Wolken versperrt gewesen, jetzt konnte er sich nach Herzenslust an dem Anblick weiden.

Er fuhr zusammen, als er plötzlich eine weibliche Stimme neben sich hörte.

»Ziemlich groß, nicht wahr?«

»Was?« fragte er überrascht, während sein Kopf herumfuhr. Er sah direkt in die funkelnden grünen Augen der schönsten Frau, die er jemals gesehen hatte.

»London. Ziemlich groß, nicht wahr?«

Sie raubte ihm buchstäblich den Atem. »Äh ... ja. Das ist es.« Er verschluckte sich beinahe an seinen Worten. »Das kann man wohl sagen.«

Er richtete sich verlegen in seinem Sitz auf und fuhr sich mit der Hand durchs Haar.

»Ist es für Sie das erste Mal?« fragte sie.

Jason gab sich alle Mühe, seine Blicke unter Kontrolle zu bringen. Ihr schulterlanges, weizenblondes Haar fiel in weichen Locken auf ihre Schultern. Es war modisch geschnitten und harmonierte perfekt mit den hohen Wangenknochen in ihrem skandinavischen Gesicht. Ihre vollen, geschwungenen Lippen schienen einzig nur dafür geschaffen, geküßt zu werden. Und ihre vollkommen weißen und ebenmäßigen Zähne funkelten ebenso strahlend wie ihre Augen. Selbst ihre blonden Augenbrauen waren atemberaubend.

Ihre Schönheit war um so beeindruckender, als sie natürlich war; sie trug nur eine Spur von Make-up, gerade genug, um Stil zu zeigen. Ihr hochmodisches, pinkfarbenes Baumwollkleid paßte hervorragend zu ihrer sonnengebräunten Haut. Sie war eine absolute Augenweide. Alles an ihr ließ einen Mann vor Sehnsucht schier vergehen.

Jason wußte, daß er sie anstarrte. Er war verlegen, obwohl sie von seinem Kampf mit seinen Augen nichts zu merken schien – oder vielleicht tat sie auch nur so, da sie derartige Reaktionen von Männern sicher gewohnt war. »Äh … was meinen Sie damit?« erwiderte er endlich auf ihre Frage. Komm schon, Jason, rief er sich zur Ordnung, reiß dich zusammen.

»Daß Sie London aus der Luft sehen natürlich!« erklärte sie schelmisch. Ihre Stimme klang frisch und gut gelaunt, und Jason fand sie ebenso anziehend wie ihr Aussehen.

»Ja. Es ist für mich tatsächlich das erste Mal«, brachte er heraus. »Aber woher wußten Sie das?« *Sie riecht sogar gut*, dachte er.

»Wahrscheinlich, weil Sie so hingerissen waren«, sagte sie mit einem leichten Lächeln. »Leute, die das öfter zu Gesicht bekommen, sind normalerweise nicht mehr so beeindruckt.«

Normalerweise hätte Jason auf eine solche Aussage vielleicht sarkastisch mit der Frage geantwortet, ob die betreffende Person je eine repräsentative Umfrage durchgeführt habe, um das herauszufinden. Doch im Augenblick kam es ihm nicht im entferntesten in den Sinn, sarkastisch zu sein. Seine Empfindungen als Mann für diese Frau schoben sich mit aller Macht in den Vordergrund. Am liebsten wäre er für immer in der Nähe dieser Frau geblieben, und sei es nur, um sie anschauen zu können.

Darum hoffte er, das Gespräch möglichst unbegrenzt in die Länge ziehen zu können. »Ich begreife nicht, wie jemand das Interesse an einem so umwerfenden Anblick verlieren kann«, sagte er freundlich.

»Nun – Sie wissen ja, wie die Leute sind. Sie stumpfen ziemlich schnell gegen umwerfende Anblicke ab.«

Impulsiv wollte Jason antworten, daß ein Mensch wohl eine sehr lange Zeit brauchen würde, um gegen den umwerfenden Anblick ihrer Schönheit abzustumpfen. Doch das Flirten fiel ihm nicht so leicht, wie er es sich wünschte.

»Wie ist es mit Ihnen?« fragte er statt dessen unverfänglich zurück. »Haben Sie das Interesse verloren?«

»Nun, ich glaube, ich bin anders als die meisten Leute. Ich habe denselben Anblick aus der Luft schon Hunderte Male gesehen, und ich finde ihn immer noch faszinierend.«

»Hunderte Male? Das klingt ja, als ob Sie den größten Teil Ihrer Zeit in der Luft verbringen.«

»Ja«, schmunzelte sie. »Ich glaube, das könnte man sagen. Das ist ein Teil meiner Arbeit als internationale Kurierin. Aber ich finde es herrlich.« Ihre Stimme sank zu einem Flüstern herab, gefolgt von einem augenfälligen Lächeln.

Es entstand ein Moment des Schweigens, während er sich aufs Neue in ihrer Schönheit verlor. Er mochte sich nicht eingestehen, daß es vielleicht falsch war – doch im Augenblick konnte er den Gedanken an ein zärtliches Zusammensein mit einer solchen Göttin nicht unterdrücken.

»Übrigens«, sagte sie und streckte ihre Hand aus. »Ich heiße Corinna. Corinna Nykvist.«

»Jason«, erwiderte er. Ihr Händedruck war warm und freundlich. Er genoß die Berührung ihrer glatten Haut und wollte ihre Hand gar nicht wieder loslassen.

Corinna erklärte, sie hätte den freien Platz neben Jason gesehen und sei kurz vor dem Start aus dem Raucherbereich, in den man sie irrtümlich gesetzt hatte, hergekommen. »Ich hoffe, es stört Sie nicht.«

Jason versicherte ihr wiederholt, daß es ihn nicht im geringsten störte. Er wurde verlegen, als er merkte, daß er es übertrieb, vergaß aber bald, wie albern er klang, als Corinna kein Zeichen erkennen ließ, daß sie etwas davon bemerkte.

Während der freundlichen Unterhaltung, die sich anschloß, erfuhr er, daß sie aus Norwegen kam. Er wußte nur wenig über dieses Land, verspürte aber sogleich ein starkes Interesse, mehr darüber zu erfahren. Ebenso eifrig war Corinna dabei, ihn zu unterrichten.

Norwegen, sagte sie, war das nördlichste Land in Westeuropa und vielleicht das bestgehütete Geheimnis der Welt. Es gab dort Landschaften, deren Schönheit in der ganzen Welt unübertroffen war. Es war ein wildes und nahezu unberührtes Land, das zu fünfundneunzig Prozent aus Bergen bestand, mit riesigen Gletschern und majestätischen Gipfeln, die hoch über der Baumgrenze aufragten. An drei Seiten war es vom Meer umgeben, das überall entlang der endlosen, bewaldeten Küste atemberaubende Fjorde in das Land hineinschnitt. Norwegen konnte sich rühmen, die sauberste Luft und das sauberste Wasser auf dem ganzen Planeten zu besitzen.

Und die Gesellschaft? Nun, sie bot einen der höchsten Lebensstandards der Welt. Die Armut war innerhalb ihrer Grenzen vollkommen abgeschafft. Alle vier Millionen Einwohner waren von der Wiege bis zum Grab materiell abgesichert. Die Arbeitslosenzahlen und die Verbrechensraten gehörten zu den niedrigsten der Welt. Die Norweger selbst waren ein starkes und lebhaftes Volk. Mit ihrem Wikingerblut waren sie moderne Abenteurer, die an ihren Küsten eine lebendige, angenehme und durch und durch moderne Kultur geschaffen hatten. Intelligent waren sie auch; die meisten von ihnen sprachen mindestens drei Sprachen, viele sogar vier oder fünf. Darüber hinaus gehörten sie auch zu den gesündesten Völkern der Welt. Es gab keinen Zweifel, versicherte ihm Corinna, daß Norwegen das entspannteste und angenehmste Leben im zwanzigsten Jahrhundert ermöglichte.

Schließlich fragte Jason sie scherzhaft, ob sie vielleicht ein wenig voreingenommen sei.

»Nicht im mindesten«, scherzte sie zurück.

All diese Informationen waren faszinierend. Freilich war

sie auch eine faszinierende Frau. Jason überlegte, daß ihre beredsame und farbige Art sich zu unterhalten eine Folge ihrer internationalen Arbeit sein mußte. *Andererseits,* dachte er, *bin ich vielleicht auch nur so überwältigt von ihr, daß mich ohnehin alles beeindrucken würde, was sie sagt.*

Ihr Gespräch ging weiter, und schließlich wollte Corinna mehr über Jason wissen.

Eilig versuchte er in Gedanken ein Dilemma aufzulösen: Sollte er sie anlügen? Spontan hatte er Bedenken, ihr die Wahrheit zu sagen. Bisher hatten sie sich so herzlich unterhalten, und er hatte den Verdacht, daß der religiöse Aspekt seiner Geschichte dieser Herzlichkeit einen Dämpfer versetzen würde – das war das Letzte, was er wollte. Andererseits verspürte er auch einen seltsamen, mächtigen Drang, ehrlich zu sein.

Die Ehrlichkeit siegte. Zu Jasons Erleichterung akzeptierte Corinna ohne ein Anzeichen von Mißbilligung oder Unbehagen, daß er Pastor gewesen war. Sie fragte ihn sogar, warum er diese Arbeit aufgegeben habe. Und so erzählte Jason während der nächsten Stunde offen von seinem früheren Gemeindedienst, seiner autoritären Haltung, dem Tod seiner Tochter und seiner Frau, seiner Desillusionierung, seiner Kündigung, seinen Wanderungen, seiner Jagd nach Weisheit, seiner Suche nach Renée und von seiner um sich greifenden Gleichgültigkeit gegenüber einem christlichen Lebensstil.

Corinna hörte ihm mit ungeheucheltem Interesse zu. Als Jason endete, bat sie ihn, die Einträge in seinem Weisheitsbuch lesen zu dürfen.

Während sie las, tat Jason so, als ob er aus dem Fenster sähe. Doch aus den Augenwinkeln warf er immer wieder verstohlene Blicke zu ihr hinüber. Es war, als wären seine Augen so hungrig nach ihrer Schönheit, daß sie sich einfach nicht unter Kontrolle bringen ließen. Sein Blick sank verstohlen zu ihren Schenkeln und Beinen und ihrer wohlgeformten Gestalt herab, die sich unter dem pinkfarbenen Kleid abzeichnete. Er fand sie so reizvoll wie alles andere an ihr.

Als sie zu Ende gelesen hatte, klappte sie das Buch zu. »Ihre Einsichten sind sehr bedenkenswert, Jason«, sagte sie geradeheraus. »Aber ich finde es irgendwie traurig, daß Sie jetzt, nachdem Sie eine so ausgewogene Sicht gewonnen haben, Ihr Christentum nicht mehr ausleben wollen.«

»Warum finden Sie das traurig?« fragte er, dankbar für ihr Interesse, doch überrascht, daß sie dem Christentum so positiv gegenüberstand.

»Ich weiß es nicht genau. Vielleicht deshalb, weil es da draußen so wenig gute Menschen gibt, insbesondere solche, die nicht naiv oder widerlich selbstgerecht sind.«

»Und?«

»Und – ich glaube, diese Welt wäre besser, wenn es mehr solche Leute gäbe. Und, nach allem, was Sie durchgemacht und gelernt haben, scheint mir, daß Sie ein großes Potential hätten, einer dieser Leute zu sein. Es wäre eine Tragödie, wenn all die Einsichten, die Sie in Ihrem Buch aufgeschrieben haben, vergeudet wären.

Natürlich ist es Ihre Angelegenheit«, fuhr sie fort. »Aber warum wollen Sie überhaupt alle christlichen Wertvorstellungen über Bord werfen und sich austoben?«

Jason dachte darüber nach und antwortete: »Weil ich mich schon seit langer Zeit betrogen fühle.«

»Betrogen?«

»Ja. Betrogen.«

»Betrogen um was?«

»Um eine große Portion Lebensgenuß, nehme ich an«, antwortete er aufrichtig und doch mit einiger Scheu in ihrer Gegenwart. »Ich sehe mir die wenigen Leute an, die alles haben, wissen Sie – Geld, gutes Aussehen, Erfolg, keine moralischen Schranken –, und ich werde neidisch. Sie tanzen mit einem Lächeln auf dem Gesicht herum und sehen so … erfüllt aus.«

»Wenn sie erfüllt aussehen, ist das eine Illusion«, sagte Corinna mit Bestimmtheit. Für Jason klang es, als ob sie zu einem kleinen Bruder spräche, aber es interessierte ihn, was sie zu sagen hatte.

»Eine Illusion?«

»Genau. Im Laufe der Jahre bin ich durch meine Arbeit Hunderten von Menschen wie denen begegnet, die Sie beschreiben – Filmstars, Rocksängern, Fotomodellen, Millionären, Botschaftern, Playboys. Nicht einer von ihnen bleibt von seinen eigenen persönlichen Kämpfen verschont, Jason. Sie haben alle mit irgend etwas zu kämpfen, und sie alle glauben, das Gras sei auf der anderen Seite des Zaunes grüner. Sie haben mit ihren Ehen zu kämpfen, ihrem Selbstbild, ihren Finanzen, mit dem Gesetz oder mit Drogen oder Alkohol; die Liste läßt sich endlos fortsetzen. So viele Menschen es gibt, so viele Kämpfe gibt es. Niemand ist davon ausgenommen, Jason. Geld, gutes Aussehen, Erfolg und moralische Freiheit machen niemanden erhaben über die Härten des Lebens.«

»Sie klingen sehr überzeugend.«

»Ich sage nur, wovon ich weiß, daß es wahr ist.«

»Dann jage ich also Ihrer Meinung nach einem Regenbogen nach, der gar nicht existiert?«

»Für mich klingt es, als ob Sie drauf und dran wären, Ihr Gold gegen Sand einzutauschen.«

»Ich weiß nicht recht«, sagte Jason mit einem Achselzucken. »Vielleicht ist es zu spät für mich. Vielleicht bin ich innerlich schon zu weit gegangen.«

Mit einem Lächeln sagte sie leise: »Es ist niemals zu spät, um gut zu sein.« Sie berührte seinen Arm mit ihrer Hand. »Was auch geschieht, Jason geben Sie niemals auf.«

Er spürte einen Funken der Verjüngung und staunte, daß eine vollkommen Fremde so etwas bei ihm bewirken konnte.

»Ich schätze, dann muß ich Sie um Verzeihung bitten«, sagte er. »Ich habe Sie die ganze Reise über angestarrt, und ich kann nicht behaupten, daß ich dabei ausschließlich reine Gedanken gehabt habe. Aber Sie müssen zugeben, daß Sie einfach schön anzusehen sind.« *So – ich habe es gesagt.*

»Ich verzeihe Ihnen, Jason. Und ich danke Ihnen für das Kompliment«, entgegnete sie lächelnd. »Aber Sie kennen ja den alten Spruch: Die Schönheit liegt im Auge des Betrachters. Verglichen mit all den anderen Norwegerinnen bin ich nur eine von vielen typisch aussehenden Frauen.«

»Typisch aussehend? Erzählen Sie mir nicht, daß Norwegen auch noch die schönsten Menschen hat.«

»Doch, ich denke schon.« Sie lächelte leicht, beinahe anzüglich. »Zumindest, wenn Sie große, schlanke Blondinen bevorzugen.«

Jason konnte sich ein ganzes Land voller so herrlicher Frauen wie der, die neben ihm saß, nicht vorstellen. *Wenn das stimmt,* dachte er, *dann hat Corinna recht: Norwegen ist das bestgehütete Geheimnis der Welt.*

Über die Lautsprecher ertönte die Stimme des Kapitäns und verkündete, daß die Maschine in fünfundzwanzig Minuten auf Zypern landen werde, zehn Minuten früher als geplant.

»Entschuldigen Sie mich«, sagte Corinna höflich. Sie trat auf den Gang und schloß sich einer kurzen Reihe von Passagieren an, die den Toiletten im Heck des Flugzeugs zusteuerten.

Jason gestatte sich, ihr nachzublicken, und sah zum ersten Mal ihre ganze, einen Meter fünfundsiebzig große Gestalt vor sich.

Sie war unwiderstehlich.

Noch nie in seinem Leben hatte er sowohl die Freiheit als auch den Wunsch empfunden, so offen und ehrlich zu jemandem zu sein. Er empfand die Begegnung mit dieser Fremden wie das ersehnte Wiedersehen mit einer lang verschollenen Geliebten. Corinna übte einen unglaublichen Zauber auf ihn aus und berührte Saiten in ihm, von denen er nicht einmal gewußt hatte, daß es sie gab. Ja, sie war unwiderstehlich. Und das lag nicht nur an ihrem außergewöhnlichen Aussehen, ihrem scharfen Verstand und ihrer anziehenden Persönlichkeit, obwohl all dies seine Wirkung nicht verfehlte. Doch darüber hinaus hatte sie auch ein gutes Herz bewiesen – und das gab für ihn den Ausschlag.

Ich bin verliebt, dachte er fast atemlos.

Schon plante er seinen nächsten Schritt. Er konnte sie unmöglich einfach wieder aus seinem Leben verschwinden lassen. Sobald sie zurückkehrte, würde er sie bitten, heute abend mit ihm essen zu gehen.

Während er wartete, zog er sein Weisheitsbuch hervor und schrieb rasch, unter dem frischen Eindruck der Inspiration:

5. Kämpferischer Lebensstil statt Schlafzimmer-Lebensstil

Ein absoluter Engel ist aus dem Nichts erschienen und hat mein Herz ebenso wie meinen Verstand auf äußerst ermutigende Weise berührt. Ihr Name, Corinna Nykvist, ist ebenso schön wie sie selbst.

Nachdem ich nur ein paar Stunden lang mit ihr geredet und ihr zugehört habe, hat sie mir bereits geholfen, mich selbst besser zu verstehen. Zum ersten Mal sehe ich meinen gegenwärtigen Zustand deutlicher vor mir. Mir scheint, daß ich mich durch meinen fortgesetzten inneren Kampf seit vielen Monaten nach einem Lebensstil gesehnt habe, den ich einmal Schlafzimmer-Lebensstil nennen will. Damit meine ich, daß ich einen eindimensionalen Lebensstil angestrebt habe, der von Vergnügen, Bequemlichkeit, Freiheit (oder besser Verantwortungslosigkeit) und Selbstsucht gekennzeichnet ist Merkmale, die man mit dem Schlafzimmer in Verbindung bringt.

Aber stimmt es, daß es einen solchen freien Lebensstil in Wirklichkeit überhaupt nicht gibt? Stimmt es, wie Corinna sagt, daß er nur eine Illusion ist? Ist das Leben, weil es nun einmal unter einem Fluch steht, für alle ein Kampfring und für niemanden ein Schlafzimmer, egal, ob man ein makelloser Christ oder ein reicher Playboy ist?

Vielleicht hat Corinna recht. Vielleicht ist das Leben aller Menschen zweidimensional und beinhaltet Kämpfe, Verletzungen, Schmerzen, Verwirrung und Unzufriedenheit (Merkmale des Kampfringes), ob jemand nun reich oder arm ist, gutaussehend oder häßlich, berühmt oder unbekannt, gelehrt oder einfältig.

Aber wenn das stimmt und der Schlafzimmer-Lebensstil nichts als ein Luftschloß ist, warum jagen dann alle hilflos einem solchen Lebensstil nach? Warum jagen alle nach dem Regenbogen oder träumen zumindest davon?

Könnte das etwas damit zu tun haben, daß Gott die Ewigkeit in die Herzen der Menschen gelegt hat (Koh 3,11)? Ist das die tiefere Ursache der Sehnsucht der Menschen?

Wenn das so ist, dann müßte es irgendwo einen Regenbogen geben. Es muß ein Schlafzimmer-Leben geben, das irgendwie zu erreichen ist. Und wenn es hier nicht zu haben ist, dann kann es nur in dem ewigen Zustand des Paradieses sein. Ist es das, wonach wir uns sehnen, weil Gott diese Sehnsucht in uns hineingelegt hat, ohne daß wir es merken? Ist der Himmel das Schlafzimmer und die Erde der Kampfring? Wenn ja, dann sollte ich mir die Sache vielleicht so vorstellen, daß ich mir den Weg zum Schlafzimmer erkämpfe.

Jason war gerade mit dem Schreiben fertig, als das Signal »Fasten Seat Belt« aufleuchtete. Er wollte Corinna zu lesen geben, was er geschrieben hatte. Doch wo war sie? Sie war seit fünfzehn Minuten weg. Er erhob sich halb von seinem Sitz, drehte sich um und spähte den Gang hinab, doch er sah sie nicht. Er setzte sich wieder und legte seinen Gurt an in der Annahme, sie müsse jeden Augenblick auftauchen. Doch sie kam nicht.

Die Maschine begann, spürbar abzusinken und zur Landung anzusetzen.

Wo ist sie?, fragte sich Jason. *Hat sie sich versehentlich in der Toilette eingesperrt?* Nein, in dem Falle wäre ihr schon längst jemand zu Hilfe gekommen. Er fragte sich, ob er sie mit seiner Bemerkung über seine unreinen Gedanken beleidigt hatte. Doch als er darüber nachdachte, erkannte er, daß sie zuviel aufrichtige Anteilnahme gezeigt hatte, als daß er sie durch seine Ehrlichkeit hätte beleidigen können.

Hatte sie sich vielleicht entschieden, sich ins Heck des Flugzeugs zu setzen – zu einem anderen Mann? *Vielleicht ein gutaussehender Hüne, eins neunzig groß, mit voller Mähne,* überlegte Jason. *Einer, der eher ihrer Kragenweite entspricht.* Allein der Gedanke ließ ihn vor Eifersucht zusammenzucken. Doch das war nicht ihr Stil, machte er sich schließlich klar.

Was könnte sonst passiert sein?

Schließlich kam er zu dem Schluß, daß sie zu ihrem ursprünglichen Sitzplatz irgendwo im Raucherbereich zurückgekehrt sein mußte, obwohl er sich nicht denken konnte, aus welchem Grund – falls sie nicht Handgepäck oder einen Mantel in dem Gepäckfach über ihrem früheren Sitz zurückgelassen hatte. Je länger er darüber nachdachte desto sicherer war er, daß das die Antwort sein mußte. Sie hatte einfach, bevor das Flugzeug zur Landung ansetzte, keine Zeit mehr gefunden, ihm zu sagen, daß sie den Sitzplatz wechseln wollte. Er sah schon vor sich, wie sie sich nach der Landung für ihr plötzliches Verschwinden entschuldigen würde.

Durchs Fenster sah er die Küstenlinie Zyperns im blauen Mittelmeer auftauchen. Sie würden auf dem internationalen Flughafen Larnaca an der Südküste der Insel landen. Er hatte eine großartige Aussicht. Der Himmel war wolkenlos, und die Sonnenstrahlen tauchten Land und Wasser in goldenes Licht.

Jason war in Feierstimmung. Es schien, als ob sich nun alles zum Guten wenden würde. Er war nicht nur gesund und hatte reichlich Geld, sondern das Ende seiner vierjährigen Suche nach Renée war nur Tage oder gar Stunden entfernt.

Und er war verliebt. Er hoffte, Corinna würde seine Einladung zum Abendessen annehmen und ihm während ihres Aufenthalts auf der Insel die Chance geben, sie besser kennenzulernen.

Minuten später setzten die Reifen der Maschine quietschend auf der Landebahn auf. Plötzlich wurde Jason das fröhliche Geschnatter in der Kabine bewußt. Unter den Reisenden schien sich eine »Paß-auf-Zypern-wir-kommen«-Stimmung breitzumachen. Die meisten von ihnen waren wohl wie Cody und Renée hergekommen, um sich in der Sonne zu entspannen.

Am vorgeschriebenen Punkt auf der Rollbahn, etwa hundert Meter vom Terminal entfernt, kam die Maschine zum Stehen. Jason sah eine mobile Gangway auf der Ladefläche eines Lasters heranrollen. Der Fahrer positionierte sie sorgfältig vor Jasons Augen unter der Kabinenluke. Er reihte sich in das Gedränge der Passagiere ein, die vor dem Ausgang Schlange standen. Als er sich im Gang umdrehte und nach Corinna Ausschau hielt, sah er, daß sich weit hinter ihm die Passagiere auf einen anderen Ausgang am Heck der Maschine zubewegten. *Sie wird vermutlich hinten aussteigen,* dachte er. Er beschloß, so schnell wie möglich aus dem Flugzeug zu kommen und dann draußen nach hinten zu gehen und dort nach Corinna Ausschau zu halten.

Die Türen waren offen, aber die Schlange bewegte sich mit quälender Langsamkeit. Er hätte sich am liebsten nach vorn gedrängelt, doch die Höflichkeit – und das dichte Gedränge auf dem Gang – hielten ihn davon ab.

Endlich ging es zügiger vorwärts, und Jason trat durch die vordere Tür ins Freie. Die intensive Wärme der Mittelmeersonne begrüßte ihn, und der unverkennbare Geruch der Insel schlug ihm entgegen. Er stieg die Treppe hinab und lief zurück zu der Gangway am Heck, über die immer noch ein Strom von Passagieren aus der Maschine kam. Seine Augen wanderten suchend umher, doch Corinna schien noch an Bord zu sein. Gebannt starrte er auf jedes Gesicht, das in der Luke erschien. Nach wenigen Minuten versiegte der Strom der Gesichter.

Mit steigender Spannung blickte er zu den vier großen Bussen hinüber, die in der Nähe parkten und darauf warteten, die Passagiere den kurzen Weg zum Terminal zu bringen. Die meisten Busse waren fast voll, und einer setzte sich gerade langsam in Bewegung. Er geriet beinahe in Panik. Wenn Corinna in diesem Bus saß, würde er sie verlieren, wenn er sich nicht beeilte.

Er drehte sich rasch um und rannte auf den Bus zu, der ihm am nächsten stand. Er schaffte es gerade noch, bevor der Fahrer die Türen schloß.

Der erste Bus hatte schon die halbe Strecke zum Terminal zurückgelegt, bevor der Bus, in dem er saß, sich in Bewegung setzte. *Komm schon, beweg dich,* murmelte er nutzlos zu sich selbst. Wenn sein Bus das Terminal erreichte, hoffte er, genügend Zeit zu haben, um vorauszulaufen und sich die Leute anzusehen, die aus dem ersten Bus stiegen, bevor sie eine Chance hatten, sich zu zerstreuen.

Plötzlich blieb sein Bus stehen. Der Fahrer hatte gehalten, um ein paar Gepäckwagen vorbeizulassen. Dann, als hätte sich das Schicksal gegen ihn verschworen, starb der Motor des Busses ab. Der Fahrer pumpte aufs Gaspedal und drehte den Zündschlüssel herum. Als er es endlich schaffte, den Bus wieder in Gang zu bringen, sah Jason, daß das erste Gefährt schon völlig leer war.

Er stieg als erster aus, als sie endlich den Terminal erreichten. Rasch lief er in das Gebäude und blickte sich suchend nach Corinna um. Sobald er sie gefunden hatte, würde er sich zusammenreißen und so tun, als wäre nichts Besonderes geschehen. Doch bis dahin war er von dem fieberhaften Drang besessen, sie zu finden.

Er durchsuchte die Schlangen vor den drei verschiedenen Paßkontrollen, durch die die Passagiere gehen mußten, bevor sie weitergehen konnten. Corinna war nirgends zu sehen.

Bedenkenlos ging er zur Spitze der Schlange, die ihm am nächsten war, suchte sich eine freundlich aussehende, ältere britische Lady heraus und appellierte erfolgreich an ihr Mitgefühl, indem er ihr eine eilig erfundene Geschichte erzählte, er sei versehentlich von seiner kranken Frau getrennt worden und müsse rasch durch die Kontrolle, um ihr zu helfen. Sie ließ ihn vor sich in die Schlange treten.

Als er an den Schalter trat, fragte er den Kontrolleur, einen griechischen Zyprioten mittleren Alters, ob er eine hochgewachsene, schöne blonde Frau in einem pinkfarbenen Kleid durch eine der Kontrollen habe gehen sehen. Der Kontrolleur versicherte ihm gleichgültig in gebrochenem Englisch, er habe niemanden dergleichen gesehen, stempelte ein Touristenvisum in Jasons Paß und schickte ihn weiter.

Bisher hatten nur wenige Passagiere seines Fluges die Gepäckausgabe-Halle erreicht. Corinna war nicht unter ihnen.

Jetzt kam sich Jason albern vor. Er hatte sich an die Spitze der Passagiere gesetzt, und nun schien sicher, daß Corinna ihm gar nicht vorausgegangen war. Sie mußte noch irgendwo hinter ihm sein. Das Sicherste würde sein, einfach hier am Gepäckband auf sie zu warten.

Aber sie kam nie durch die Kontrolle.

Als das ganze Gepäck außer seinem eigenen entgegengenommen und hinausgetragen worden war, blieb Jason allein und verwirrt zurück. Er war sicher, daß ihm niemand entgangen war, der aus dem Flugzeug gestiegen war, aber von Corinna war einfach nichts zu sehen gewesen.

Frustriert griff er nach seinen Koffern und verließ den Terminal, unfähig, Corinna aus seinen Gedanken zu streichen. Er war bereits zu sehr von ihr eingenommen, um die versehentliche Trennung einfach hinzunehmen.

So kam er zu dem Schluß, daß seine Suche auf der Insel von nun an zwei weiblichen Wesen gelten würde.

19

»Sieh mal, das große Pferdchen, Daddy! Guck mal, wie groß das ist!«

»Sei still!« fuhr Cody das Mädchen an. »Das ist überhaupt kein Pferd, du Dummkopf. Das ist die Sphinx.«

»Die Pinks?« fragte Renée und sah verletzt zu ihrem Vater auf.

»Die Sphinx, sagte ich«, knurrte Cody. »Warum kannst du denn nicht richtig sprechen? Bist du dumm? Hörst du schlecht? Das ist die Sphinx, habe ich gesagt.«

Renée zog den Kopf ein, als ob sie jeden Augenblick einen Schlag ins Gesicht von Cody erwartete.

Sie ging zwischen Cody und einer Frau. Die drei wanderten mit einigem Abstand von den anderen in ihrer Reisegruppe über den Sand. Sie alle waren unterwegs von dem Charterbus zu den altägyptischen Wundern, die in der Ferne aufragten.

Die Frau sah Cody tadelnd an. »Sei nicht so hart zu ihr, Cody«, sagte sie in ihrem schweren Londoner Akzent.

»Das geht dich nichts an, Michelle!« bellte Cody. »Also halt den Mund.«

Michelle sah ihn wütend an. Sie raffte ihren Mut zusammen und blieb wie angewurzelt stehen. »Also schön, ich werde mich heraushalten. Aber sie ist nur ein süßes kleines Mädchen, und du behandelst sie, als wärst du ihr Zuhälter!«

Die Worte trafen. Cody warf ihr einen Blick zu, der Stahl hätte schmelzen können.

Michelle sagte nichts mehr. Sie wollte nicht wie Renée enden, die an beiden Beinen dicke Striemen von Codys Gürtelschnalle und über ihrem linken Auge eine drei Tage alte Platzwunde von seiner Faust hatte.

Schweigend setzten sich die drei wieder über den Sand in Bewegung.

Michelle war eine Londoner Prostituierte, die Cody seit mehreren Monaten regelmäßig aufgesucht hatte. Er hatte sie eingeladen, ihn und Renée auf die Mittelmeerinsel zu begleiten, und er kam für alle Kosten auf. Sie hatte gern zugestimmt. Sie mochte Cody, obwohl sie sich manchmal beunruhigende Gedanken über ihn machte.

Nun stiegen diese Fragen wieder in ihr auf. Sie fragte sich, was für ein verheerendes Erlebnis ihn dazu gebracht hatte, eine so große Verachtung für die Würde der Menschen zu entwickeln, einschließlich seiner eigenen. Aber sie wagte es nicht, noch einmal in ihn zu dringen. Sie mochte ihn, und sie hatte Mitleid mit ihm, aber sie hatte auch Angst. Vor zwei Wochen, während ihrer Flugreise von London hierher, hatte sie versucht, ihn nach seiner Vergangenheit zu fragen. Er hatte mit einem heftigen Ausbruch von Flüchen geantwortet und das Thema sofort begraben.

Anders als die meisten Männerbekanntschaften, die in ihrem Leben auftauchten und wieder verschwanden, hatte Cody alle Merkmale einer einst normalen und respektablen Existenz – eine akademische Ausbildung, einen hochbezahlten Beruf und eine Familie. Soviel wußte sie. Doch irgendwie war das alles zerstört worden, und sie hatte keine Ahnung, wie das geschehen war. Es mußte mit seiner Frau oder einer Geliebten zu tun gehabt haben, dachte sie. Was immer es war, es steckte immer noch in ihm und nagte an ihm. Er schien eine Last der Verbitterung mit sich herumzuschleppen, die so groß war wie die Pyramiden, die sie jetzt neben der Sphinx aufragen sahen. Vielleicht waren seine Schuldgefühle ebenso groß.

Die verräterischen Kennzeichen waren nicht zu übersehen: Cody schleppte sich mit wenig bis gar keiner Freude durchs Leben. Er schien immer in Eile zu sein, als ob er vor etwas fliehen wollte. Nichts motivierte ihn. Er war ein fähiger und gebildeter Mann, der seine besten Jahre vertrank.

Und noch etwas beunruhigte Michelle: Cody war besessen von Renée, fast bis zum Wahnsinn. Doch die Gründe dafür schienen völlig selbstsüchtiger Natur zu sein, denn sie hatte noch nie erlebt, daß er dem Kind echte Liebe oder Zuneigung geschenkt hätte.

Das Mädchen tat ihr in der Seele leid. Sie war jetzt fast vier Jahre alt, von stillem Temperament und hübsch, mit blonden Locken und ozeanblauen Augen. Doch in diesen Augen konnte Michelle sehen, daß Renée durch die Mißhandlungen ihres Vaters zu einem unsicheren und verängstigten Geschöpf geformt wurde.

Michelle streckte die Hand aus und ergriff Renées Hand. Das Mädchen blickte traurig zu ihr auf. Michelle versuchte, ihr tröstend zuzulächeln.

20

»Was kostet das da pro Tag?« fragte Jason. Er deutete auf eine der 100-ccm-Maschinen, der zweitkleinsten Motorräder, die man in dem Laden mieten konnte. Obwohl es so klein war, war Jason immer noch etwas besorgt; er hatte noch nie in seinem Leben auf einem Motorrad gesessen.

»Das da? Hundertfünfundachtzig Pfund«, sagte der unrasierte Ladenbesitzer.

Jason rechnete rasch nach: Beim derzeitigen Kurs waren das etwa viereinhalb Dollar.

»Das nehme ich«, sagte er.

Auf einen Wink des Mannes hin setzte sich Jason an den abgestoßenen, fettbeschmierten Holztisch des Ladens und fing an, die nötigen Papiere auszufüllen.

Der Laden mit seinen kahlen Betonwänden bestand nur aus einem einzigen großen Raum mit einer Toilettenkabine in einer Ecke. Motorräder aller Größen, meistens japanische Marken, standen in drei Reihen an einer Seite des Raumes, zusammen mit dem Tisch und einem alten, verrosteten Aktenschrank. Die andere Hälfte des Raumes diente als Reparaturwerkstatt. Verschiedene Werkzeuge, Motoren, Motorenteile und Benzin- und Ölkanister standen dort herum.

Nachdem er die Formulare ausgefüllt und die Gebühr entrichtet hatte, trat Jason hinaus, um zu warten, während der Ladenbesitzer das Motorrad noch einmal überprüfte und den Tank füllte.

Jason war seit drei Tagen in Larnaca. Anhand einer Liste von Übernachtungsquartieren – Hotels, Ferienhäusern und Apartments –, bei deren Zusammenstellung ihm der Portier in seinem Hotel geholfen hatte, war er zu Fuß und per Taxi kreuz und quer durch die Stadt gestreift und hatte sich nach Cody, Renée und Corinna erkundigt. Seine erschöpfende Suche hatte ihm lediglich die Gewißheit verschafft, daß sich keiner der drei in Larnaca aufhielt.

Nun drängte es ihn, seine Suche auf andere Städte der Insel auszudehnen, wobei er sein Quartier in Larnaca behalten wollte. Darum wollte er das Motorrad mieten. Ein Mietwagen wäre naheliegender gewesen, aber ein Motorrad war billiger und abenteuerlicher. Und die abenteuerlustige Atmosphäre der Insel brachte den Jungen in ihm zum Vorschein.

Nach ein paar Minuten rollte der Ladenbesitzer das Motorrad durch den Vordereingang hinaus auf den kleinen zementierten Vorplatz. Er reichte Jason den Schlüssel und ging wieder hinein.

Da Jason nicht wußte, wie man die Kupplung bediente oder gar die Gänge schaltete, war ihm klar, daß er nur ein peinliches Schauspiel liefern würde, wenn er versuchte, sofort auf das Motorrad zu steigen und es zu starten. Darum beschloß er, es erst einmal den Hang hinabrollen zu lassen, bis er außer Sichtweite des Ladenbesitzers war. Er setzte sich auf den Sattel und fand schnell heraus, welcher der Handhebel die Kupplung und welcher die Vorderbremse war. Er löste die Kupplung und rollte auf die Straße zu.

Er konzentrierte sich so stark darauf, das Motorrad zu lenken und auszubalancieren, daß er einen Augenblick lang vergaß, daß auf Zypern, einer ehemaligen britischen Kolonie, auf der linken Straßenseite gefahren wurde. Er rollte auf die falsche Straßenseite hinaus und sah sich im nächsten Augenblick einem hupenden Fiat gegenüber, der um eine nicht einsehbare Kurve geschossen kam.

Instinktiv riß er das Motorrad zur Bordsteinkante herum. Nur war keine Bordsteinkante da – lediglich eine einen Meter hohe Betonmauer. Voller Panik zog er mit aller Kraft die Vorderbremse. Aber es war zu spät. Während das Auto an ihm vorbeischleuderte, krachte die Vorderseite des Motorrades im spitzen Winkel gegen die Mauer, und Jason spürte, wie sein rechtes Bein schmerzhaft an dem rauhen Beton entlangscheuerte. Gleichzeitig hob das Heck des Motorrades vom Boden ab; dann rutschte das ganze Fahrzeug mehrere Meter über losen Kies, bevor es umfiel. Jason rettete sich im Fallen durch einen Sprung auf den Asphalt und ließ sich zur Seite abrollen.

Er hatte Schmerzen, doch da er feststellte, daß er sich bewegen konnte, stand er rasch auf, vergewisserte sich, daß keine weiteren Autos kamen, und schob dann das Motorrad auf die richtige Straßenseite hinüber.

Er zitterte am ganzen Leib. Er keuchte laut, während ihm die Gedanken wild durch den Kopf schossen. Ein Zusammenprall mit dem Fiat hätte tödlich sein können, und das wußte er. Glücklicherweise hatte er keine anderen Verletzungen davongetragen als die Schrammen und Prellungen an seinem Bein und noch ein paar an seinem Arm, über den er sich auf dem Asphalt abgerollt hatte.

Zu Jasons Erleichterung hielt der Fahrer des Fiat nicht einmal an. Doch der Klang seiner Hupe hatte die Aufmerksamkeit des Ladenbesitzers auf sich gezogen. Er kam aus seinem Laden und rannte auf Jason zu.

Jason signalisierte ihm, daß mit ihm alles in Ordnung sei. Doch der Mann kam weiter auf ihn zu und rief erregt: »Was ist passiert?«

»Ich ... ich habe vergessen, daß ich hier auf der linken Straßenseite fahren muß«, antwortete Jason verlegen.

Der Ladenbesitzer verdrehte frustriert die Augen. Dann untersuchte er das Motorrad. Großer Schaden war nicht entstanden – nur ein paar weitere Kratzer waren zu den Dutzenden dazugekommen, die das Vehikel bereits aufwies.

»Bleiben Sie hier«, sagte der Mann zu Jason und lief zurück zu seinem Laden.

Jason rechnete schon damit, daß er mit seinen viereinhalb Dollars zurückkommen und dann das Motorrad nehmen und zurück in den Laden schieben würde. Statt dessen erschien der Mann mit einem Sturzhelm in der Hand. Er reichte Jason den Helm und sagte nur: »Den werden Sie vermutlich brauchen.«

Jason dankte ihm, stieg wieder auf sein Motorrad und ließ es den ganzen Weg bis zum Fuß des Gefälles rollen. An der ersten Kreuzung bog er in einen freien Parkplatz ein und fing an, sich mit der Bedienung der Maschine vertraut zu machen.

Eine halbe Stunde später war er in Richtung Osten auf der zweispurigen Küstenstraße der Insel unterwegs. Sein Ziel war Ayia Napa, das der beliebteste Badeort auf Zypern sein sollte. Dies sei der beste Ort, um seine Suche fortzusetzen, hatte ihm der Hotelportier in Larnaca gesagt.

Jason ging auf Nummer Sicher und rollte mit nur siebzig Stundenkilometern dahin. Da er sich noch sehr aufs Fahren konzentrieren mußte, konnte er sich gerade genug entspannen, um den Blick aufs Meer zu genießen, an dessen Ufer sich die Straße entlangschlängelte. Als der Wind, voll von dem Duft des Meeres, in seinen offenen Helm hineinpeitschte, empfand er erneut ein Gefühl der Freiheit. Es war ein großartiges Gefühl, einer jener seltenen Momente der Ekstase. Er mußte schreien, um seine aufgestaute Begeisterung loszulassen.

Ein Gedanke schoß ihm durch den Kopf: Hier gondelte er, ein Mann mittleren Alters, bärtig, lässig gekleidet, mit einem Motorrad auf einer europäischen Urlaubsinsel herum und tat nichts, als sein Leben zu genießen, während er daheim in seiner angestammten Bible-Belt-Kultur sofort dafür verdammt würde, daß er nicht dem Bild entsprach, das man von einem Pastor erwartete. *Meine armen Mitchristen,* dachte er. Er konnte nicht anders, er mußte Gott für seine Freiheit danken.

Fast zwanzig Minuten lang genoß er die Erregung. Doch als aufgrund seiner nervösen Versteifung als Motorrad-Anfänger sein Rücken zu schmerzen begann, beschloß er, eine Pause zu machen. Ungefähr auf halbem Wege nach Ayia Napa hielt er an einem hübschen kleinen Cafè mit Tischen im Freien.

Es tat gut, sich auf einen der Rohrstühle mit Rückenlehne zu setzen. Eine stämmige Zypriotin, die nicht Englisch sprach, kam heraus, um seine Bestellung aufzunehmen. Am Nebentisch trank ein Mann Orangensaft. Jason bestellte sich auch einen, indem er auf das Glas deutete und einen Finger hob.

Er legte den Kopf zurück und ließ sich von der Sonne das Gesicht wärmen. Er hatte gerade den ersten Schluck von seinem Getränk genommen, als mindestens ein Dutzend Motorräder von der Straße auf den kiesbedeckten Parkplatz des Cafès einbogen und eine Staubwolke aufwirbelten. Die jugendlichen Fahrer, die jeweils zu zweit auf den Maschinen saßen, schrien herum wie eine Bande amerikanischer Teenager bei einem Football-Spiel ihrer High School. Das Ganze schien eine Party auf Rädern zu sein. Jason fühlte sich sofort mit ihnen verbunden. Er verstand ihre Stimmung.

Die friedliche Atmosphäre des Cafès verwandelte sich sofort in eine Fiesta voller Gelächter, Umarmungen, Rempeleien und lauter Gespräche.

Jason ergriff die Initiative, sich dem Gespräch einiger Jugendlicher anzuschließen, und erfuhr, daß sie aus einer Stadt kamen, die etwa eine Stunde westlich von Larnaca lag, und daß sie den Tag damit verbrachten, die griechische Seite der Insel zu umrunden.

Als er fragte, was »die griechische Seite« zu bedeuten habe, erfuhr er zum ersten Mal, daß Zypern eine geteilte Insel war, mit zwei Völkern und zwei Regierungen: den türkischen Zyprioten im Norden und den griechischen Zyprioten im Süden. Die beiden Seiten waren nicht gerade die besten Freunde und hatten eine lange Geschichte der Feindseligkeiten hinter sich. Zwischen den beiden Landesteilen verlief eine schwer bewachte Grenze.

Die nächste Station der Motorradfahrer war Ayia Napa. Als sie merkten, daß Jason auch dorthin wollte, luden sie ihn ein, aus Spaß mit ihnen zusammen zu fahren.

Und es machte Spaß. Es war eine weitere neue Erfahrung für Jason, und zwar eine durch und durch aufregende. Er hatte nie geahnt, daß Leute buchstäblich trunken vor Begeisterung werden konnten, doch diese jungen und sorglosen Lebenskünstler bewiesen, daß es ging. Die Hupen dröhnten, und die Scheinwerfer blitzten. Ein paar von den Mädchen tanzten auf ihren Fußrasten und hielten sich dabei an den Schultern der Fahrer vor ihnen fest. Mehrere der Fahrer wechselten sich darin ab, wie die Rennfahrer bis zur Spitze der Gruppe zu beschleunigen und dann plötzlich abzubremsen, bis sie wieder zurückgefallen waren und das Ganze von vorn beginnen konnte. Zwei der Fahrer hatten keine Passagiere und vollführten Kunststücke mit ihren Motorrädern. Und ein Fahrer fuhr geschickt im Zickzack quer durch die Gruppe und streckte dabei die Hand aus, um die Hände der anderen Fahrer zu schütteln.

In einem Moment seltener Freude mußte Jason wieder einen Jubelschrei ausstoßen. Rings um ihn her schrien die Motorradfahrer mit ihm.

Als sie Ayia Napa erreichten, dachte Jason, es müsse ein Wunder sein, daß keiner von ihnen verletzt oder verhaftet worden war. Bedauernd verabschiedete er sich von ihnen, traurig, daß die Fahrt vorüber war. Doch nun mußte er sich wieder seiner Aufgabe zuwenden.

Mit erneuertem Eifer verbrachte er den Nachmittag damit, von einem Hotel zum nächsten zu ziehen. Nachdem er sich um halb sechs im letzten Hotel erkundigt hatte, beschloß er, zurück nach Larnaca zu fahren. Die Apartments und Ferienhäuser von Ayia Napa würden bis morgen warten müssen.

Auf dem Rückweg nach Larnaca dachte er darüber nach, wie sehr er einen Freund brauchte, mit dem er über seine Erlebnisse sprechen konnte, wie etwa über die heutige Motorradparty. Er war seit vier Jahren allein, erinnerte er sich, und er ertrug es immer schwerer. *Was würde ich dafür geben, jetzt Corinna zu finden …*

Zurück in Larnaca gab er das Motorrad zurück und joggte dann seine üblichen fünf Meilen, diesmal am Strand entlang. Dann krönte er den Tag mit einer vorzüglichen Meerforelle in einem Strandrestaurant. In sein Hotelzimmer zurückgekehrt, schlief er ein, kaum daß sein Kopf das Kissen berührt hatte.

Noch immer tanzten Visionen von Corinna durch seinen Kopf, als er Ayia Napa am nächsten Morgen erreichte, wieder auf demselben gemieteten Motorrad. Er steuerte den ersten Komplex mit Ferienwohnungen an, den er sah.

Die Frau an der Rezeption hatte noch nie von Cody, Renée oder Corinna gehört, aber wie der Hotelportier in Larnaca war sie nur zu gern bereit, ihm zu helfen, indem sie eine Liste der Urlaubsunterkünfte der Stadt für ihn zusammenstellte. Jason war immer stärker beeindruckt von der Freundlichkeit der Zyprioten. Er schob der Frau ein paar Münzen hin und versicherte ihr seine Dankbarkeit.

Die Liste zahlte sich aus. Am frühen Nachmittag fühlte er sich, als wäre ihm ein tonnenschweres Gewicht von den Schultern genommen, als er das Apartment fand, in dem Cody und Renée wohnten. Doch als der Verwalter hinzufügte, daß sie sich auf einem zehntägigen Ausflug nach Athen, Tel Aviv und Kairo befanden, verwandelte sich Jasons Freude in bittere Enttäuschung. Wie kam es, fragte er sich, daß immer dann, wenn er ganz dicht vor dem Ziel seiner Suche nach seiner Enkelin und ihrem Vater stand, jemand da war, der ihm sagte, daß er sie knapp verpaßt hatte? Fast schien es, als ob Gott ihn neckte, wie ein Kind eine Katze neckt, indem es eine Schnur vor ihr herzieht.

»Wann kommen sie wieder?« fragte Jason.

Der Verwalter schaute auf den Kalender auf seinem Schreibtisch und rechnete. »In dreieinhalb Tagen«, antwortete er dann.

Jason wußte, daß es wie eine dumme Frage klingen mochte, aber er stellte sie trotzdem: »Sieht Renée – das kleine Mädchen – gesund und normal aus?«

Darauf habe er eigentlich nicht geachtet, sagte der Verwalter.

Jason verließ das Apartmenthaus und fuhr hinunter zum Strand. Eine halbe Stunde lang saß er schweigend auf dem Sand und beobachtete die Leute, dachte aber nur an Renée. Seine Sehnsucht und seine Entschlossenheit stiegen nur noch mehr dadurch, daß er so dicht davor stand, sie zu sehen. »Laß mich sie sehen, Gott«, betete er eindringlich. »Irgendwie braucht sie mich. Ich weiß es einfach.«

Seine Sorge hatte ihn zu einer vierjährigen Suche getrieben. *Ich schätze, ich kann noch einmal dreieinhalb Tage warten,* dachte er, während er sich den Sand durch die Finger rinnen ließ.

Bald gelang es ihm, sich selbst wieder aufzuheitern. Die drei Tage würden schnell vergehen; außerdem hatte er dadurch mehr Zeit, um nach Corinna zu suchen. Und falls er es leid wurde, nach ihr zu suchen, was er ernstlich bezweifelte, konnte er sich immer noch im Wasserskifahren, Windsurfen oder gar Paragliding versuchen.

Er hatte nur noch neun weitere Adressen auf seiner Liste von Ayia Napa; also verbrachte er den Rest des Nachmittags damit, diese zu überprüfen. In keinem Hotel hatte jemand von Corinna Nykvist gehört.

Aber immerhin hatte er Codys und Renées Adresse gefunden – ein phantastischer Erfolg. Auf der Rückfahrt nach Larnaca beschloß er zu feiern. Vielleicht würde er in eine Diskothek oder einen Nachtclub gehen.

Abends stutzte er sich den Bart und warf sich in die sportlichsten Kleider, die er bei sich hatte. Um halb zehn saß er unter einem strahlenden Vollmond auf einer Bank an der Strandpromenade, direkt gegenüber Larnacas beliebtester Diskothek. Der blinkende Neonschriftzug über dem Eingang spiegelte sich in den Scheiben der dicht an dicht davor parkenden Autos. Außer den Autos standen Motorräder auf den Bürgersteigen, unter den Bäumen und überall, wo ein Motorrad hinpaßte.

Jason wollte aufstehen und hineingehen und hielt dann zögernd inne, wie schon ein Dutzend Male zuvor. Noch nicht ein einziges Mal in seinen sechsundvierzig Jahren war er in einem Tanzclub gewesen. Und obwohl er sich von seiner einstigen konservativen Religiosität weit entfernt hatte, gaben sich sein Hintergrund und das daraus entstandene überempfindliche Gewissen nicht so leicht geschlagen. Doch er machte sich nicht allzu große Sorgen darum. Er hatte diesen Widerstand schon zuvor bei hundert Gelegenheiten ohne irgendwelche schlimmen Folgen gebrochen, und er wußte, daß er ihn wieder würde brechen können. Er mußte nur genug Mut für den ersten Schritt zusammenraffen.

Nachdem er eine halbe Stunde dagesessen hatte, dachte er sich endlich: *Was soll's. Rein mit dir.* Er stand auf und ging über die Straße.

Als er sich an dem Rausschmeißer vorbei durch den Eingang geschoben und seinen Eintritt bezahlt hatte, stieg er die Treppe hinab in einen riesigen Keller, der in einen behaglichen, unterirdischen Nachtclub mit niedriger Decke umgestaltet worden war. Als er den Raum betrat, wurde er von einem rauchigen Dunst und lauter Musik eingehüllt.

Er blieb im Eingang stehen und blickte sich um. Die plötzliche Reizüberflutung überwältigte ihn: die herausfordernde Musik mit ihrem pulsierenden Baß, der so schwer war, daß er buchstäblich den ganzen Raum vibrieren ließ; die kreiselnden und sich schlängelnden Körper der jungen Leute, die sich auf der sich langsam drehenden Tanzfläche drängten, die blinkenden, wirbelnden vielfarbigen Scheinwerfer; die schwache Hintergrundbeleuchtung, die allem ein unscharfes, beinahe mystisches Aussehen verlieh; die wimmelnde, laut redende Masse von Gestalten, die rund um die Tanzfläche standen und saßen und den ganzen Raum bis zu den Wänden ausfüllten; die geschäftigen Kellnerinnen, die hin und her liefen und Getränke servierten; und die allgemein sexuell aufgeheizte Atmosphäre.

Als er dort stand, hatte er das Gefühl, als ob jeder im Raum ihn unter die Lupe nähme. Er tat sein Bestes, den Coolen zu spielen, schob sich durch das Gedränge zu dem etwas erhabenen Thekenbereich, tat so, als wüßte er, was er tat.

Ein Mann stand gerade von einem der Barhocker auf, und Jason nahm seinen Platz ein. Der Barkeeper kam heran und fragte ihn nach seinen Wünschen. Er bestellte einen Orangensaft und versuchte, nicht verlegen auszusehen.

Von seinem Platz an der Bar aus konnte er ungehindert fast den ganzen Raum überblicken. Während er an seinem Saft nippte, ließ er langsam seinen Blick über das Treiben schweifen.

Plötzlich sah er sich Auge in Auge mit einer brünetten Frau, die nur zweieinhalb Meter von ihm entfernt an einer runden, glänzenden Metallsäule lehnte. Sie war allein. Sie warf ihm ein Lächeln zu, das unmißverständlich zum Ausdruck brachte, daß sie zur Verfügung stand. Zu was, wußte Jason nicht. Zum Tanzen? Zum Trinken? Zum Reden? Zum …?

Nervös brach Jason den Augenkontakt ab und versuchte, sich neutral zu verhalten. Plötzlich erinnerte er sich an das, was er immer gesagt hatte, wenn er predigte, daß Christen nicht in Bars und Diskotheken gehen sollten: An solchen Orten wimmele es von unmoralischen sexuellen Reizen.

Doch eigentlich wollte er sich im Augenblick nicht mit solchen Gedanken auseinandersetzen. Er war nicht in der Stimmung, moralische Debatten mit sich selbst zu führen. Außerdem fing er gerade an, sich hier wohl zu fühlen, und hatte keine Lust zu gehen.

Aus Neugier sah er noch einmal in die Richtung der Brünetten. Fast gleichzeitig erwiderte sie den Blick. Wieder lächelte sie.

Diesmal brach Jason den Blickkontakt nicht ab.

Sie stieß sich von der Säule ab und kam auf ihn zu. Sie sah nicht umwerfend aus, aber auch nicht schlecht. Ihr Alter schätzte er auf etwa sechsundzwanzig. Sie trug das Haar kurz geschnitten und trug enge Jeans und eine weiße Knitterbluse.

»Hi«, sagte sie und streckte ihre Hand aus. »Mitt namn är Elke.«

»Wie bitte?« erwiderte Jason laut, um die Musik zu übertönen. Er hielt ihre Hand fest.

Sie schaltete auf Englisch um. »Ich heiße Elke. Bist du mit jemandem zusammen hier?«

»Nein, ich bin allein.« Zögernd ließ er ihre Hand los. »Ich heiße Jason.«

»Bist du Amerikaner?« fragte sie interessiert.

»Ja. Ich bin aus Amerika.« Er stand von dem Hocker auf. »Hier«, sagte er, »setz dich, und wir unterhalten uns.«

Die nächste Dreiviertelstunde glitt rasch vorbei. Das Gespräch war oberflächlich, aber konstant. Wegen der lauten Musik mußten sie sich gegenseitig in die Ohren sprechen, wobei sie sich gelegentlich berührten.

Elke drückte ständig mit ihrem Knie sanft gegen ihn. Er schob sich etwas näher zu ihr heran.

In seinem Kopf überschlugen sich die Gedanken, und er fragte sich, wo das alles hinführen würde.

Aus den Lautsprechern ertönte ein besonders wild-rhythmisches Stück, und Elke streckte die Hand aus, ergriff Jasons Hand und legte sie auf ihren Schenkel.

Jason beugte sich zu ihrem Ohr vor und flüsterte mit einem Gefühl der Ergebung: »Was machst du mit mir?« Er ließ seine Lippen über ihre weiche, parfümierte Haut streifen.

»Was ich kann«, antwortete sie und sah ihn mit einem durchdringenden Lächeln an. »Und du bist herzlich willkommen, was immer du willst.«

Leidenschaftlich auflodernd schrie sein Körper nach einer Frau, einer Befriedigung, die er seit vier Jahren nicht mehr erlebt hatte.

Er ließ alle Vernunft fahren und sagte: »Gehen wir.«

Sie stand auf. Jason legte ihr den Arm um die Taille und führte sie zur Tür. Rasch beschloß er, daß sie in sein Hotelzimmer gehen würden. Sie würden ein Taxi nehmen.

Bevor sie die Treppe hinauf zum Ausgang gingen, wandte sie sich zu ihm und sagte: »Warte einen Augenblick. Ich bin gleich wieder da.« Sie verschwand in der Damentoilette.

Jason lehnte sich an die Wand und wartete auf sie. Er war wie benommen. So etwas war ihm noch nie passiert, nicht einmal während der letzten vier Jahre, in denen er mehr oder weniger frei war. Vielleicht liegt es an diesem Ort, dachte er. Ob so etwas den Leuten in Diskotheken dauernd passierte?

Aus den Mammut-Lautsprechern ertönte ein einschmeichelndes Lied, das irgendwie zu seinem Gefühl paßte, auf einer Wolke zu schweben. Als Elke herauskam, deutete er in die Luft und sagte: »Hübsches Lied.«

»Das ist Abba«, sagte sie.

»Was?«

»Abba«, wiederholte sie. Sie stiegen die Treppe hinauf.

»Abba? Was ist das?« Er dachte, es wäre ein neuer Musikstil.

»Abba. Das ist die Gruppe, die da singt.« Als er immer noch fragend dreinblickte, lächelte sie und erklärte: »Das ist eine neue Musikgruppe aus Schweden. Na ja, drei von ihnen sind aus Schweden. Die Vierte ist aus Norwegen, Die sind im Moment eine der heißesten Gruppen in Europa.«

Sie hatten die oberste Stufe der Treppe erreicht, doch Jasons Gedanken waren abrupt auf eine andere Spur gelenkt worden. Das Wort »Norwegen« hatte in seinem Kopf eine rasche Kettenreaktion ausgelöst. *Norwegen. Corinna. Was wäre, wenn Corinna mich hier sehen würde? Was würde sie sagen?* »Es ist niemals zu spät, um gut zu sein, Jason.« – »Was auch geschieht, geben Sie niemals auf.«

Plötzlich hatte er das Gefühl, für immer der schönen Corinna gegenüber loyal sein zu wollen. Er wollte es nicht nur, er konnte es auch. Er liebte sie wirklich, oder nicht? Keine andere Frau hatte jemals einen solchen Eindruck auf ihn gemacht wie sie. Nur sie war in der Lage gewesen, den winzigen Rest des Guten in ihm zu berühren. Und an Corinna war soviel Gutes. Göttlich. Rein. *Ich muß sie wiedersehen. Ich brauche sie – ich brauche sie.*

Seine neuen Gedanken ließen sich nicht beiseite schieben, sondern posaunten durch seinen Kopf wie ein Wächter, der ein letztes Alarmsignal abgibt. Und sie weckten sein Gewissen und beschwerten es mit dem Gefühl, etwas Unrechtes zu tun. Sie traten hinaus in die Nachtluft. Elke war an seiner Seite. Er wäre am liebsten davongelaufen. Er wollte der Falle entkommen, in die er so achtlos getappt war. Aber wie? Konnte er der Frau einfach sagen, daß er es sich anders überlegt hatte? Und wenn sie nun von der empfindlichen Sorte war? Wenn sie nun vor Peinlichkeit laut zu schreien begann? Wenn sie nun gewalttätig wurde und eine Szene machte?

Der Fahrer eines Taxis, das direkt vor der Tür stand, sah sie, wie er offensichtlich schon oft Paare in diesem Stadium gesehen hatte. Er startete den Motor. Elke ging auf die Tür zu. Jason hielt sie ihr auf. Sie schickte sich an einzusteigen, als sie sich plötzlich wieder aufrichtete und zurückschaute. »Mein Portemonnaie!« rief sie. »Ich habe es in der Toilette liegenlassen.« Mit einem kurzen »Nur einen Augenblick!« zu Jason rannte sie wieder hinein.

Jason, der immer noch die Tür offen hielt, kämpfte zwanzig Sekunden lang, dann traf er seine Entscheidung. Er stieg in das Taxi und schloß die Tür hinter sich. »Fahren Sie«, sagte er.

Am nächsten Morgen fühlte sich Jason gut und war begierig, seine Suche nach Corinna fortzusetzen.

Da sich das 100-ccm-Motorrad für ihn allmählich recht klein anfühlte, mietete er sich heute eine 250er. Bald rollte er auf der einzigen Schnellstraße der Mitte der Insel entgegen. Sie führte nach Nikosia, der Hauptstadt des griechischen Teils von Zypern. Da Corinna geschäftlich hier war, dachte er, in der Hauptstadt bestünden die besten Aussichten, sie zu finden.

In Nikosia bahnte er sich langsam seinen Weg durch den dichten Verkehr, bis er ein Hotel entdeckte. Drinnen erfuhr er, daß Corinna sich hier nicht eingeschrieben hatte, doch wieder war der zypriotische Angestellte an der Rezeption gern bereit, ihm bei seiner Suche zu helfen. Diesmal war eine Liste der acht bekanntesten Hotels von Nikosia das Ergebnis.

In sechs davon erkundigte er sich ohne Erfolg. Das siebte

war ein kleineres und abgelegeneres Hotel mit entschieden trostloser Einrichtung. Fast hätte er es dort gar nicht erst versucht; warum hätte Corinna in einem solchen Schuppen absteigen sollen? Drinnen jedoch hörte er endlich den ersten positiven Hinweis auf ihren Verbleib. An der Rezeption war eine junge Frau, die etwa im siebten Monat schwanger zu sein schien. Sie hatte eine warme, herzliche Ausstrahlung, die Jason sofort für sie einnahm, so daß er gesprächig wurde. Statt einfach zu fragen, ob Corinna Nykvist hier wohnte, erzählte er ausführlich von ihrem mysteriösen Verschwinden und seiner langen Suche nach ihr. Er beschrieb ihr Äußeres in allen Einzelheiten und machte deutlich, wie dringlich ihm die Sache war.

Während die junge Frau zuhörte, wartete Jason auf den Gesichtsausdruck, den er auf so vielen anderen Gesichtern gesehen hatte und der besagte: *Tut mir leid, aber ich kann Ihnen wirklich nicht helfen.* Statt dessen schien sie scharf nachzudenken, fast so, als sei sie selbst mit der Lösung eines Problems beschäftigt. Als Jason sich dem Ende seiner Beschreibung von Corinna näherte, rechnete er sogar schon damit, daß sie sich gleich aus ihrer Abwesenheit aufrütteln und dafür entschuldigen würde, daß sie ihm nicht zugehört hatte.

Doch dann hörte er Worte, die ihn in einen Rausch der Erregung versetzten. »Einen Moment«, sagte sie. »Wissen Sie, vielleicht kann ich Ihnen helfen. Ich bin fast sicher, daß eine andere Angestellte sich mit einer Dame angefreundet hat, auf die Ihre Beschreibung paßt. Heute hat sie frei, aber wenn Sie wollen, kann ich sie zu Hause anrufen und danach fragen.«

»Phantastisch!« erwiderte Jason. »Ja, bitte tun Sie das«, sagte er beinahe flehend.

Sie griff nach dem Telefon und begann bald, auf Griechisch zu sprechen, wovon Jason natürlich kein Wort verstand. Sie machte ein so ernstes Gesicht und sprach so gedämpft, daß er sich schon fragte, ob es ein Problem gebe. Doch als sie auflegte, lächelte sie. »Offenbar hat Ihre Freundin zwei Tage lang hier gewohnt. Meine Kollegin erinnert sich genau an sie. Sie sagt, sie hätte noch nie eine so schöne Frau gesehen. Aber die Dame hat Nikosia gestern verlassen. Offenbar hält sie sich im

Moment gleich jenseits der Grenze im türkischen Sektor auf. Dort, in Lefkosa, bleibt sie nur noch ein paar Tage; dann wird sie die Insel verlassen.«

Jason konnte sein Glück nicht fassen. »Lefkosa! Wie komme ich dahin? Ist es weit?«

»Nein, weit ist es nicht.« Die Frau lächelte wissend, und Jason gewann den Eindruck, daß sie diesen Glücksfall um seinetwillen genauso genoß wie er selbst. »Es sind nur ungefähr zehn Minuten. Die Grenze, oder die grüne Linie, wie wir sie nennen, verläuft quer durch die Stadt und trennt Nikosia von Lefkosa.« Das Lächeln der Frau verblaßte und wich einem gespannten Gesichtsausdruck. »Aber wenn Sie vorhaben, ihr nachzugehen, wird das vielleicht nicht leicht sein.«

»Wie meinen Sie das?«

»Touristen, die hier auf der griechischen Seite Urlaub machen, dürfen normalerweise die Grenze nicht überqueren. Wegen der politischen Probleme, wissen Sie.«

»Was meinen Sie mit ›normalerweise‹?«

»Nun, es ist nicht unmöglich, über die Grenze zu kommen. Manchmal erteilen die Behörden auf beiden Seiten Visa für Ausländer – aber nur in dringenden geschäftlichen Fällen.«

Jason nahm ihre Worte in sich auf. Er flüsterte einen Fluch und schlug mit der rechten Faust in die linke Handfläche. Er wollte sich nicht so gehen lassen, aber daß er jetzt endlich wußte, wo Corinna sich aufhielt, und trotzdem nicht zu ihr gelangen konnte, war ein grausamer Streich.

»Sie sehnen sich wohl sehr danach, zu ihr zu kommen«, sagte die Frau mitleidig.

»Mehr, als ich Ihnen sagen kann«, gab Jason zu.

Sie lächelte wieder und zögerte. Mit einem Hauch von Unsicherheit in der Stimme sagte sie: »Wenn Sie mir versprechen, es niemandem zu sagen, kann ich Ihnen helfen.«

Hoffnung loderte in Jasons Augen auf. »Sie können mir vertrauen«, sagte er. »Schießen Sie los. Ich bin ganz Ohr.«

»Okay. Aber ich meine es ernst: Sie müssen mir versprechen, niemandem etwas davon zu sagen. Verstehen Sie?«

»Ja. Ich verspreche es. Sie haben mein Wort.«

Sie nickte. »Es gibt da einen Mann – seinen Namen werde ich Ihnen nicht nennen, aber ich sage Ihnen, wie Sie ihn finden können. Für ungefähr dreihundert US-Dollar kann er ein offizielles türkisches Visum und eine griechische Genehmigung in Ihren ausländischen Paß stempeln.« Nach diesen wenigen, aber entscheidenden Informationen verstummte sie und gab keine weiteren Erklärungen ab.

»Wie komme ich zu ihm?«

»Das werde ich Ihnen sagen. Aber das wird Sie auch etwas für mich kosten.«

»Und zwar?« sagte er und fragte sich, ob auch sie ein paar Hundert Dollar von ihm verlangen würde.

Sie lächelte wieder, fast entschuldigend. »Ich habe eine Cousine, die in Lefkosa wohnt. Sie heiratet nächste Woche, und ich habe ein Hochzeitsgeschenk für sie. Aber wegen der politischen Probleme traue ich der Post über die Grenze nicht, und normale Bürger dürfen nicht hinüber. Ich habe mich schon lange gefragt, wie ich das Geschenk zu ihr schaffen soll. Aber falls Sie sich entschließen hinüberzugehen, können Sie es vielleicht für mich zu ihr bringen. Es wäre kein Problem. Ich kann Ihnen ihren Namen und ihre Adresse geben. Es würde Sie nur ein paar Minuten kosten.«

Das schien Jason ein geringer Preis für seine Fahrkarte zu Corinna zu sein. Außerdem waren die Zyprioten, denen er bisher begegnet war, ausnahmslos freundlich und hilfsbereit zu ihm gewesen. Er schuldete ihnen einen Gefallen

»Der Handel gilt«, sagte er.

Die Frau lächelte.

21

Nach zwei Stunden war Jason wieder zurück in dem schmuddeligen Hotel, nachdem er durch seine mangelnde Ortskenntnis etwas Schwierigkeiten gehabt hatte, es wiederzufinden. Er war um dreihundert Dollar ärmer, doch sein Paß trug einen frischen Stempel mit einem türkischen Standardvisum für zweiundsiebzig Stunden und einer griechischen Genehmigung, in den Norden zu gehen. Da ihn nun nichts mehr hinderte, die Grenze zu überqueren, war er zurückgekommen, um das Hochzeitsgeschenk abzuholen, wie er es der Hotelangestellten versprochen hatte.

Sie holte die in Geschenkpapier gehüllte Schachtel hervor und dankte ihm wiederholt für den Gefallen. Jason protestierte, das sei das mindeste, was er ihr dafür schuldig sei, daß sie ihm von dem »Paßmann« erzählt hatte.

Als er sich verabschiedete, gab sie ihm eine letzte entscheidende Information.

»Wenn Sie an die Grenze kommen, beachten Sie folgendes: Das Visum, das Sie haben, würde normalerweise in einem Büro ausgestellt werden, das sich gleich neben der Kontrollstelle der Grenzpolizei befindet. Um keinen Verdacht zu erregen, sollten Sie also zuerst in das Visa-Büro gehen und dort ungefähr vierzig Minuten warten. So lange dauert es normalerweise, ein Visum zu bekommen. Dann können Sie hinaus zur Kontrollstelle gehen, wo die Polizei Ihren Paß überprüfen wird.«

»Verstanden«, sagte er.

»Übrigens«, sagte sie mit einem vertraulichen Lächeln, »falls Sie es wissen möchten: Das Paket, das Sie hinüberbringen, enthält etwas Parfüm und einige Packungen mit sehr exotischen Badesalzen – Sachen, die auf der türkischen Seite nie zu bekommen sind. Sie ist meine Lieblingscousine, und ich weiß, daß sie sich darüber freuen wird.« In gespielter Warnung hob sie ihren Zeigefinger. »Passen Sie also gut darauf auf.«

Jason lächelte zurück. »Ich werde es mit meinem Leben bewachen.«

Während er in dem Visa-Büro herumlungerte und so tat, als warte er auf jemanden, hatte Jason nur einen Gedanken: Corinna. Er würde schnell handeln müssen, wenn er erst einmal in Lefkosa war. Falls es ihm nicht gelang, sie innerhalb der nächsten drei Tage zu finden, sank die Chance, sie je wiederzusehen, auf Null.

Genau nach vierzig Minuten trat er aus dem Visa-Büro, zog seinen Paß aus der Hemdtasche und ging über den offenen Platz hinweg auf die Grenzkontrollstelle zu.

Auf der griechischen Seite stutze der Grenzbeamte, als er seinen Paß kontrollierte. Jason, der sich bis jetzt um das Überqueren der Grenze nicht die geringsten Sorgen gemacht hatte, spürte, wie ihm warm wurde.

»Sie sind Amerikaner?« fragte der Beamte.

Jason fand die Frage verwirrend. Seine Nationalität mußte doch wohl das am wenigsten Verdächtige an seinem Paß sein. »Ja, natürlich«, antwortete er und hoffte, die Frage würde nicht weitere Fragen nach sich ziehen, die er nicht so leicht beantworten konnte. Schon fragte er sich wütend, ob er die dreihundert Dollar zum Fenster hinausgeworfen hatte. Doch dann warf der Beamte einen kurzen Blick in die Richtung des Visa-Büros, zuckte die Achseln und winkte ihn durch.

Einen Augenblick später reichte Jason mit einem unbezwingbaren Unbehagen seinen Paß den türkischen Grenzpolizisten auf der anderen Seite der grünen Linie, die sich über seine Papiere noch mehr wunderten. Sie berieten sich auf Türkisch und forderten ihn auf, mit in ihre kleine Bürobaracke zu kommen.

Falls es ein Problem gab und sie ihn abweisen wollten, beschloß Jason, würde er mit ihnen verhandeln und es vielleicht sogar wagen, ihnen Geld anzubieten.

Irgendwie mußte er hinüber.

Im Hotel klingelte an der Rezeption das Telefon.

Die schwangere Hotelangestellte nahm ab und hörte sofort eine rauhe männliche Stimme drängend fragen: »Ist er schon weg?«

»Ja«, sagte sie zuversichtlich. »Schon seit fast einer Stunde. Wahrscheinlich ist er inzwischen schon über die Grenze.« Am anderen Ende gab der Anrufer ein verärgertes Stöhnen von sich. »Stimmt etwas nicht?« fragte sie.

»Und er hat es?« fragte der Mann hitzig zurück.

»Ja. In den Umschlägen, wie du gesagt hast. Und ich habe ihm gesagt, es sei Badesalz. Warum? Was stimmt nicht?«

Sie hörte den Mann fluchen. »Heute werden keine Genehmigungen zum Grenzübertritt an Amerikaner ausgegeben«, sagte er ärgerlich. »Ich habe es gerade im Radio gehört. Irgend etwas Politisches. Sie sind wütend auf die Vereinigten Staaten wegen irgendeiner Verlautbarung zugunsten der Türken.« Seine Stimme wurde rasch schärfer. »Wie wird er sich verhalten?«

»Keine Ahnung«, sagte sie. »Ich halte ihn nicht für sehr clever. Darum habe ich ihn mir ja ausgesucht.« Allmählich wurde ihr die Ernsthaftigkeit der Situation bewußt.

»Ruf deinen Kontakt an«, befahl die Stimme, »und sag ihr, was passiert ist. Sie soll dich in fünfzehn Minuten anrufen, um dir zu sagen, ob er es geschafft hat. Vielleicht kommt er ja trotzdem durch. Aber wenn nicht, müßt ihr beide untertauchen.«

Mit der Geschenkschachtel auf seinem Schoß beobachtete Jason aufmerksam das Gesicht des Polizisten, der ihm an seinem Schreibtisch gegenübersaß. Er war der Vorgesetzte der beiden Grenzbeamten und steckte gerade mitten in einem hitzigen Telefongespräch. Jason verstand nichts von dem, was er sagte, außer als er aus dem offen vor ihm liegenden Paß »Jason L. Faircloth« vorlas. Jason hoffte, daß er nicht mit dem Visa-Büro telefonierte.

Als das fünfminütige Gespräch zu Ende war, klappte der Polizist den Paß zu und legte seine Hände verschränkt darüber. Dann wandte er sich an Jason. »Welchem Zweck dient Ihr Besuch im türkischen Staat Zypern, Mr. Faircloth?«

»Ich bin auf der Suche nach einer Freundin«, antwortete Jason. Sofort wünschte er, er hätte gelogen und einen wichtiger klingenden Grund genannt.

»Wo wohnt diese Freundin?«

»In Lefkosa.«

»Wo in Lefkosa? Können Sie das genauer angeben?«

»Nein, leider nicht. Ich weiß es nicht genau. Ich wollte in den verschiedenen Hotels nach ihr suchen.«

»In den verschiedenen Hotels? Wer ist eigentlich Ihre Freundin, Mr. Faircloth? Ist sie eine türkische Zypriotin?«

»Nein, sie ist Norwegerin. Ihr Name ist Corinna Nykvist.«

Der Mann sah den anderen Polizisten an, der die ganze Zeit über hinter Jason gestanden hatte. Dann wandte er sich wieder Jason zu.

»Was befindet sich in dieser Schachtel, Mr. Faircloth?«

»Nun ... das ist ein Geschenk. Für meine Freundin.« Es war eine bequeme Lüge, um die Dinge nicht noch komplizierter zu machen.

»Mr. Faircloth, ist das dieselbe Geschichte, die Sie den Behörden vorgetragen haben, als Sie Ihr Visum beantragten?«

»Sicher. Warum sollte ich dort etwas anderes erzählen als hier?« Jason fragte sich, wieviel wohl die alte Narbe über dem Auge zu seinem offensichtlichen Mangel an Glaubwürdigkeit in dieser Situation beitrug.

Der Beamte sah wieder den anderen Polizisten an, und diesmal drehte sich Jason ebenfalls zu ihm um. Die tiefliegenden Augen des Mannes sandten seinem Vorgesetzten ernste Signale. Jason drehte sich wieder um und rutschte auf seinem Stuhl herum.

Er überlegte, ob er seinen Paß zurückfordern und einfach aufstehen und nach Nikosia zurückgehen sollte. Er konnte ja immer noch versuchen, die Grenze an einer anderen Stelle zu überqueren, obwohl das eine weitere Verzögerung bedeuten würde.

Der höherrangige Beamte unterbrach seine Gedanken. »Mr. Faircloth, unter den gegenwärtigen politischen Umständen ist es absolut undenkbar, daß die griechischen oder türkischen Behörden Ihnen ein Visum erteilt haben.«

Jetzt wurde Jason wütend. Er wußte, daß es ein langer Nachmittag werden würde.

»Mr. Faircloth«, befahl der Polizist kalt, »bitte öffnen Sie die Schachtel und zeigen Sie uns, was darin ist.«

»Ich sagte Ihnen bereits, es ist ein Geschenk«, fuhr ihn Jason an. »Es ist nichts darin als Parfüm und Badesalz. Warum wollen Sie –«

»Ich sagte, öffnen Sie die Schachtel, Mr. Faircloth.«

Jason zog die Schachtel enger an sich und legte beide Hände darauf, wie um sie zu schützen. »Sie verstehen nicht«, versuchte er zu erklären. »Ich kann sie nicht öffnen. Sie ist nicht –«

Plötzlich sah Jason aus dem Augenwinkel, wie sich die Laufmündung des Gewehrs des Polizisten auf seinen Kopf richtete.

»Die Schachtel, Mr. Faircloth.« Der Blick des Vorgesetzten wurde noch kälter.

Jason nahm langsam seine Hände von der Schachtel und stellte sie vor sich auf den Schreibtisch. Der Polizist entfernte behutsam das Geschenkpapier und machte sich dann vorsichtig daran, sie zu öffnen.

Das ist verrückt, dachte Jason. *Sie tun so, als wäre darin eine Bombe oder so etwas.*

Einen Moment später lagen eine Flasche Parfüm und sechs verschlossene Umschläge auf dem Schreibtisch. Der Polizist öffnete zuerst die Flasche und roch daran. Dann stellte er sie wieder ab und griff nach einem der Umschläge. Er schüttelte den Inhalt herunter, riß eine Ecke ab und schüttete sich etwas von dem Pulver auf die Hand. Nachdem er einen seiner Finger angeleckt hatte, berührte er damit das Pulver. Er hielt es sich unter die Nase und berührte dann seine Zunge damit. Dann wandte er sich an den anderen Polizisten und sagte: »Kokain.«

»Kokain?« murmelte Jason vor sich hin. Ihm wurde übel vor Schreck.

Der Polizist riß den zweiten Umschlag auf und kostete das Pulver. »Dasselbe«, sagte er.

Eine Welle der Angst durchlief Jason, als ihm die Wahrheit klarwurde: *Ich bin in eine Falle gelaufen.*

Im nächsten Augenblick sprang er, ohne nachzudenken, zur Tür hinaus und rannte, so schnell er konnte, auf die griechische Grenzstation zu. Sein Denken war so von Entsetzen überwältigt, daß die Rufe des Polizisten ihn gar nicht erreichten. Seine Beine waren zu seinem Gehirn geworden und zwangen ihn, zurück in die Sicherheit Nikosias zu fliehen.

Er war erst fünfzehn Meter weit gekommen, als er spürte, wie eine Hand nach ihm griff. Mit dem Gesicht voran fiel er auf das Pflaster, das Gewicht eines fünfundachtzig Kilo schweren Mannes auf dem Rücken. Schmerz durchzuckte seinen Körper, als er hart auf dem Boden aufschlug.

Er versuchte, sich zu befreien, sah sich aber sogleich wieder dem Lauf der halbautomatischen Waffe gegenüber. Dies, zusammen mit dem drohenden Blick des Polizisten, brachte ihn wieder zur Vernunft.

Sekunden später trug er Handschellen und war von fünf weiteren Grenzbeamten umringt, die alle ihre Waffen auf ihn gerichtet hielten. Mit Übelkeit im Magen blieb er regungslos auf dem Boden liegen, während sie ihn nach versteckten Waffen durchsuchten. Ohne daß man es ihm sagen mußte, verstand er, daß er bei einem neuen Fluchtversuch auf der Stelle erschossen werden würde.

Jason saß wie versteinert auf einem Holzstuhl in der Mitte eines schmutzigen Raumes. Auf diesem Stuhl saß er seit sechs Stunden und wurde von drei türkischen Polizisten verhört. Sie hatten ihm erklärt, da die Drogen sich in seinem Besitz befunden hätten, sei eine schwere Strafe von vornherein unvermeidlich. Sie wollten nur wissen, für wen er arbeite und wer sein Kontakt auf der türkischen Seite sei. Falls er sich kooperativ zeige und ihnen die Information gab, werde der Richter möglicherweise seine Strafe um vier oder fünf Jahre reduzieren.

Stotternd vor Verwirrung und Zorn versuchte Jason mehrmals, zu erklären, was passiert war. Aber er konnte keine Beweise für seine Geschichte anbringen. Er hatte nie nach dem Namen der schwangeren Angestellten gefragt. Den Namen des Hotels, in dem sie arbeitete, hatte er vergessen. Nachdem er »erfahren« hatte, wo Corinna zu finden sei, hatte er seine Liste der acht Hotels in Nikosia weggeworfen. Das einzige, was er hatte, war ein Zettel mit dem Namen und der Adresse der »Cousine« der schwangeren Angestellten. Das Blatt reichte er schnell den Polizisten. Eine Stunde später sagten ihm die Beamten, daß in den Registerunterlagen des Staates im nördlichen Zypern keine Person dieses Namens verzeichnet sei.

Und die Adresse auf dem Zettel war nur die einer Drogerie. Es sei offensichtlich, daß er den Namen und die Adresse nur als Ablenkungsmanöver benutzt habe.

»Aber ich bin unschuldig«, beschwor sie Jason. »Sie müssen mir glauben. Ich bin in eine Falle gelockt worden!«

»Alle Drogenschmuggler sind unschuldig und in eine Falle gelockt worden«, erwiderte einer der Polizisten sarkastisch.

Schließlich sagten sie ihm, er werde weiterhin in Untersuchungshaft bleiben und innerhalb von achtundvierzig Stunden einem türkischen Gericht vorgeführt werden.

Daraufhin verlangte Jason, mit einem Repräsentanten der amerikanischen Regierung sprechen zu dürfen – mit dem Botschafter, einem Konsul, einem Anwalt, wem auch immer.

Man antwortete ihm, eine offizielle Anfrage sei bereits für ihn vorbereitet worden und werde an die amerikanische Botschaft auf der griechischen Seite in Nikosia geschickt. Wer immer auf den Ruf reagieren würde, werde am nächsten Morgen zu ihm in die Zelle vorgelassen werden.

Die Beamten verließen ihn, während andere Polizisten zurückblieben, um den Eingang des Raumes zu bewachen. Man ließ Jason für eine weitere Stunde alleine dort sitzen; dann brachte man ihn in einem Militärjeep ins Staatsgefängnis von Lefkosa.

»Schließlich«, sagte Jason, »ist sie vermutlich die einzige Hotelangestellte in Nikosia, die im siebten Monat schwanger ist. Sie können sie gar nicht verfehlen!«

»Ich bin Anwalt, Mr. Faircloth, kein Detektiv«, erwiderte der Mann, »und ich habe nicht vor, herumzulaufen und Hotelangestellte auszukundschaften. Sollte ich das Hotel jedoch finden und sie dort sein«, sagte er ohne Begeisterung, »werde ich herausfinden, was ich kann.«

Der Anwalt, der sich als Carl Puckett vorgestellt hatte, war früh am Morgen in Jasons Zelle gekommen. Er war Jason von Anfang an unsympathisch gewesen. Er war ein kleiner, dünner Bücherwurm mit einer Brille, die zwei Nummern zu groß und seit fünfzehn Jahren aus der Mode war. Mit seiner hohen

Stimme erklärte er Jason teilnahmslos, daß die Beweislage hundertprozentig gegen ihn spreche und er mit einem zehn- bis fünfzehnjährigen Gefängnisaufenthalt rechnen müsse, der üblichen Strafe für Drogenschmuggel in der Türkei.

Da er nicht wußte, was er sonst tun sollte, flehte Jason ihn nun an, sich um seinetwillen auf die Suche zu machen und die Hotelangestellte aufzuspüren. Während der vergangenen schlaflosen Nacht hatte sich Jason das Hirn zermartert, um sich an weitere Einzelheiten zu erinnern, doch er hatte Puckett nur eine ungefähre Vorstellung vom Standort des Hotels zu bieten, dazu ein paar spärliche Eindrücke von seinem schmuddeligen Aussehen.

»Falls ich irgend etwas Verwertbares entdecke«, sagte der Anwalt, »melde ich mich wieder.« Es war nur eine kleine Hoffnung, aber mehr hatte Jason nicht.

Puckett ging. Da er Druck im Darm spürte, beschloß Jason, seinen Wärter um etwas Toilettenpapier zu bitten. Daß das in den Zellenboden eingelassene Porzellanbecken die Toilette sein sollte, hatte er sich bereits ausgerechnet; daneben befanden sich auf beiden Seiten gewellte Fußrasten, so daß man sich darüber hocken konnte, ohne auszurutschen. In der Mitte klaffte ein Loch, dessen Rand mit menschlichen Exkrementen verkrustet war.

Der Wärter konnte fast kein Wort Englisch und begriff zunächst nicht, was Jason wollte. Als Jason sich ihm endlich mit Gesten verständlich gemacht hatte, brach der Mann in hilfloses Gelächter aus. Als er sich wieder beruhigt hatte, bedeutete er Jason mit einer ebenso vielsagenden Geste, daß man hier kein Toilettenpapier benutzte, sondern die linke Hand.

Jasons nächster Gedanke war: Zehn Jahre in einem türkischen Gefängnis ohne Toilettenpapier! Aus irgendeinem verrückten Grund mußte er selbst darüber lachen.

Am späten Nachmittag weckte der Wärter Jason und gab ihm eine handgeschriebene, unverschlossene Nachricht. Jason setzte sich auf der Metallpritsche mit ihrer dünnen Matratze auf, rieb sich die Augen und las:

Ich habe das Hotel gefunden, das Ihrer Beschreibung zu entsprechen scheint. Aber der Geschäftsführer versichert mir, daß sich unter seinen Angestellten keine schwangeren Frauen befinden. Mehr kann ich leider nicht tun.

Carl Puckett

Jason zerknüllte den Zettel und warf ihn in das Toilettenloch. Es lohnte sich nicht einmal, es als Toilettenpapier aufzuheben.

Noch nie in seinem Leben hatte er sich so verlassen und hoffnungslos gefühlt. Als Lorene gestorben war, war er zumindest von vertrauten Menschen umgeben gewesen, die versuchten, sich um ihn zu kümmern, und in einer vertrauten Umgebung, die ihm immerhin etwas emotionale Geborgenheit vermittelt hatte. Trotz des Berges der Ungewißheit, der damals vor ihm aufragte, hatte er zumindest die Freiheit besessen, seinen eigenen Weg zum größten Teil selbst zu bestimmen. Nun saß er in einer schmutzigen Gefängniszelle auf einer Insel im Mittelmeer, ohne Freunde, ohne Freiheit und ohne Zukunft.

Er wollte beten und Gott um eine wundersame Befreiung bitten. Nur zu gern hätte er geglaubt, daß Gott ihn erhören und eingreifen werde. Doch sein Vertrauen in das Gebet war nie ganz wiederhergestellt worden. Er redete dauernd mit Gott, vielleicht sogar noch mehr als in seiner Zeit als Pastor, doch seine Gebete waren jetzt mehr ein Mitteilen von Gefühlen als ein Vortragen von Bitten. Das einzige, worum er Gott jemals bat, war Hilfe bei seiner Suche nach Renée – und jetzt schien es ihm, daß Gott nicht vorhatte, diese Bitte zu erfüllen.

Doch ob mit starkem Glauben oder ohne, jetzt mußte er Gott um seine Hilfe bitten. Wenn auch nur die geringste Chance bestand, daß das Gebet etwas bewirkte, war es pure Dummheit, es nicht damit zu versuchen.

Es gab nichts, das er sonst hätte versuchen können.

Also betete er. Er betete wie noch nie.

Vierzig Stunden später stieg er durch die Schiebetür eines verrosteten Militär-Kleinbusses. Mit Handschellen an den Händen setzte er sich allein auf die Hinterbank.

Zwei bewaffnete Militärpolizisten saßen auf der Vorderbank; einer fuhr, der andere saß halb herumgedreht und ließ Jason nicht aus den Augen. Sie brachten ihn quer durch Lefkosa zum Gericht, wo er angeklagt und verurteilt werden sollte.

Vor Gericht saßen ihm sechs Männer gegenüber. Einer davon war der Richter. Der zweite war ein Übersetzer, der ihm alles, was vor sich ging, auf Englisch erklären würde. Einer war der Ankläger. Einer war der Gerichtsschreiber. Und die anderen beiden waren die Polizisten von der Grenzkontrollstelle.

Aus der Erklärung des Übersetzers erfuhr Jason, daß die Umschläge in der Geschenkschachtel hundertachtzig Gramm Kokain enthalten hatten.

Als ihm das Wort erteilt wurde, erklärte Jason dem Richter seine Seite der Geschichte in allen Einzelheiten. Er flehte den Richter an, ihm zu glauben.

Ein paar Minuten später war der Prozeß vorüber. Der Richter erklärte ihn für schuldig und verurteilte ihn zu zwölf Jahren.

Vom Schock überwältigt, brachte Jason kein Wort heraus.

Auf der Fahrt mit dem Militär-Kleinbus zurück ins Gefängnis brodelte in ihm die Empörung über diese verzerrte Justiz und den Verlust seiner Freiheit. Wie konnte er zulassen, daß diese Leute ihm zwölf Jahre seines Lebens stahlen? Sie hatten ihn aller menschlichen Würde beraubt und wollten ihn nun einsperren wie ein wahnsinniges, gefährliches Tier.

Und was ist mit Renée? fragte er sich. Immer noch war er überzeugt davon, daß sie ihn verzweifelt brauchte. Er konnte es sich nicht leisten, ihr weitere zwölf Jahre zuzumuten, in denen er schwieg. So einfach war das.

Er glaubte, jeden Augenblick zu explodieren.

Und dann, ohne vorher einen Gedanken zu fassen, explodierte er.

Der Bus hatte an einer Ampel mitten in der Innenstadt von Lefkosa gehalten. Beide Militärpolizisten waren für einen Augenblick abgelenkt vom Anblick des mittäglichen Gedränges in den Straßen um sie her.

Jason beugte sich von seinem Sitz zur Seitentür hin

und brüllte mit aller Kraft, die seine Lungen hergaben: »NEEEEEEIIIIN!«

Bevor sich die Polizisten von ihrem Schrecken erholt hatten, hatte er die beschädigte Tür aufgerissen, war auf die Straße gesprungen und rannte davon. *Ich werde eher sterben,* schwor er sich, *bevor ich mich wieder erwischen lasse.*

Angetrieben von seinem Drang nach Freiheit, brach er so heftig in die Menge auf dem Bürgersteig herein, daß er dabei vier oder fünf Leute von den Beinen riß.

Er rempelte sich weiter durch das Gedränge und ignorierte den Polizisten, der hinter ihm »Dur! Dur!« schrie. Um mehr Verwirrung anzurichten, fing er an, im Zickzack zu rennen. Gerade als er sich hinter einer Gruppe von Leuten vorbeiduckte, hörte er einen Schuß. Mitten im Rennen zuckte er zusammen, dann hörte er einen Schrei. Es schien eine Frau zu sein. Ein plötzliches Verlangen durchzuckte ihn, stehenzubleiben und zu helfen – aber er konnte nicht.

Er jagte über die Straße. Wegen der Handschellen, die seine Arme zusammenhielten, mußte er aufpassen, daß er nicht das Gleichgewicht verlor. Doch er setzte seinen Zickzacklauf durch den dichten Verkehr fort und blieb auf den Beinen.

Als er eine weitere dicht gepackte Kreuzung überquerte, erhaschte Jason weit hinter sich einen Blick auf einen Polizisten, der ihn immer noch entschlossen verfolgte.

Er wußte, daß er den ganzen Tag rennen konnte. Er war dankbar für sein Training während der vergangenen Jahre, das ihm jetzt Ausdauer verlieh. Doch er wußte auch, daß er nur durch Rennen nicht den Polizeifahrzeugen würde entkommen können, die sich binnen kurzem an seine Fersen heften würden. Er mußte irgendwie den Polizisten abhängen, der ihn im Moment verfolgte, und dann irgendein Versteck aufsuchen.

Nach einigen Hakenschlägen und Zickzackkursen durch mehrere belebte Straßen fand er sich plötzlich allein in einer schmalen Seitengasse wieder. Sie war lang und gerade und an beiden Seiten von Betonmauern begrenzt. Instinktiv erkannte er, daß er ein leichtes Ziel abgeben würde, wenn er dort weiterrannte, aber es war zu spät, um seine Richtung zu ändern.

Er war etwa vierzig Meter in die Gasse hineingerannt, als er den Polizisten rufen hörte. Wieder folgte dem Ruf das entnervende Geräusch eines Pistolenschusses, doch diesmal war es nicht nur ein Schuß, sondern mehrere. Jason schlug abrupte Haken in verschiedene Richtungen. Plötzlich sah er eine Öffnung in der Mauer, etwa zehn Meter voraus. Er lief darauf zu, bog ab und entdeckte, daß es nur eine geschlossene Sackgasse war. Es schien die lokale Mülldeponie zu sein; der Boden war mit Abfall bedeckt.

Sein Blick fiel sofort auf eine etwa einen Meter lange Holzplanke. Er hob sie auf und ging hinter der Ecke zur Gasse in Deckung. Nach Atem ringend stand er still und wartete.

Die Schritte des Polizisten kamen rasch näher und wurden lauter. Jason packte die Planke wie einen Baseballschläger und holte über die Schulter aus. Dann hielt er den Atem an.

Als der Polizist, ohne sein Tempo zu verlangsamen, um die Ecke kam, schlug Jason mit aller Kraft zu. Er schwang die Planke quer in den Rumpf des Mannes.

Der Polizist ging rückwärts zu Boden, so daß sein Oberkörper in der Gasse zu liegen kam. Mit schmerzverzerrtem Gesicht verschränkte er die Arme über dem unteren Teil seines Brustkorbs.

Jason packte seinen linken Fuß und zerrte ihn aus der offenen Gasse in die Deckung der Sackgasse. Als der Mann versuchte, nach seiner Pistole zu greifen, die zu Boden gefallen war, trat ihm Jason in den Unterleib. Der Polizist verdrehte die Augen und übergab sich.

Rasch versuchte Jason, den Mann nach den Schlüsseln für seine Handschellen zu durchsuchen. Doch durch seine eigene Nervosität und das Hin- und Herwälzen des Mannes blieb die Mühe vergeblich. Als er Stimmen auf der Gasse hörte, wußte er, daß er keine weitere Sekunde verlieren durfte.

Schnell hob er die Pistole auf. Er faßte den Griff verkehrt herum, so daß der Lauf auf ihn selbst zeigte; dann drehte er die Waffe umständlich herum, so daß sie in den linken Armring seiner Handschellen schießen würde, ohne seinen Arm oder einen anderen Körperteil zu verletzen. Er kniff die

Augen zusammen und feuerte. Das Metallarmband fiel herab, aber der aus solcher Nähe abgefeuerte Schuß verbrannte die Haut an seinem linken Handgelenk. Er versuchte, den lodernden Schmerz zu ignorieren.

Dann trat er mit dem linken Fuß auf das lose herabhängende Ende der Handschellen, spannte die Kette und schoß dann mit der Pistole in der Linken den anderen Armring ab. Wieder verbrannte er sich das Handgelenk.

In diesem Augenblick steckten zwei junge Männer vorsichtig ihre Köpfe um die Ecke – zweifellos Neugierige, die die Schüsse gehört hatten und vielleicht zuvor Zeugen der Verfolgungsjagd gewesen waren. Nach der Überraschung in ihren Gesichtern zu urteilen, mußten sie wohl angenommen haben, daß der Polizist den »Schurken« bereits in Stücke geschossen hätte.

Da er nicht wußte, was sie vorhatten, richtete Jason die Pistole auf ihre Köpfe und ließ den Lauf von einem zum anderen schwenken. Er winkte sie weiter in die Sackgasse hinein, wo sie wie erstarrt stehenblieben. Sie starrten auf den verletzten Polizisten hinab, sagten aber nichts.

Jason ging langsam rückwärts, dann jagte er mit der Pistole in der Hand durch die Gasse davon. Noch einmal sah er sich über die Schulter um. Niemand folgte ihm. Er rannte, was seine Beine hergaben.

Schließlich fand er eine Stelle zwischen zwei Autos auf einem kleinen Kiesparkplatz, wo er sich verstecken und zur Besinnung kommen konnte. Als er die Sirenen in der Ferne hörte, wußte er, daß es zwecklos sein würde, sich in der Stadt zu verbergen. Er mußte hier heraus. Aber wie? Er hatte immer noch die Pistole. Vielleicht konnte er ein Auto kapern.

Dann hörte er das polternde Motorengeräusch eines Motorrads, das heruntergeschaltet wurde. Er erhob sich vorsichtig und spähte durch die Fenster eines der Autos. Als er das Motorrad in den Parkplatz einbiegen sah, geriet er beinahe in Panik, aber zu seiner Erleichterung sah er, daß es kein Polizist war. Sollte er sich unter einem der Autos verkriechen? Er zwang sich, sein Handeln nicht von seiner Angst bestimmen zu lassen – nicht, solange er noch eine Chance hatte. Während er um eine Entscheidung rang, erkannte er es plötzlich. Das Motorrad. Seine Fahrkarte aus der Stadt.

Ohne noch eine Sekunde zu überlegen, riß er sich sein Hemd vom Leib und band es sich unterhalb der Augen vors Gesicht, indem er die beiden langen Ärmel im Nacken verknotete. Mit dieser Maske getarnt, schlich er auf das Motorrad zu. Der Fahrer hatte gerade den Motor abgestellt, als Jason mit vorgehaltener Waffe vor ihm auftauchte. Den Lauf in das erschrockene Gesicht des Mannes gerichtet, winkte ihm Jason, sich mit dem Gesicht auf den Boden zu legen. Dann nahm er dem Mann seinen offenen Sturzhelm ab. Rasch zerrte er sich das herabhängende Hemd vom Gesicht, schleuderte es hinter ein Auto und setzte den Helm auf. Dann stieg er auf das Motorrad. *Meine Güte,* dachte er, *ist das schwer.* Es war eine 900er. Er trat auf den Kickstarter. Braune Erde und kleine Steine wirbelten durch die Luft, als er mit hoher Beschleunigung aus dem Parkplatz kurvte.

Er war froh, sein Hemd nicht mehr anzuhaben, wenn er nun offen mit dem Motorrad durch die Stadt fahren würde, denn es war zweifellos Bestandteil der Beschreibung von ihm, die an die Soldaten und die Polizei ausgegeben wurde. Er hoffte, daß ein Mann, der nur Jeans und eine weißes T-Shirt trug, keinen Verdacht auf sich ziehen würde.

Nach einer zehnminütigen Fahrt war er in Richtung Nordosten aus der Stadt unterwegs. Ohne daß es einen Zwischenfall gegeben hatte, war er an zwei Polizeijeeps vorbeigekommen.

Jetzt gab er Gas. Er wußte, daß der Besitzer des Motorrads keine Zeit verlieren würde, um den Diebstahl zu melden.

Bald darauf rollte er auf einer zweispurigen, weniger als mittelmäßigen Straße entlang, die am Fuß einer Bergkette entlang verlief. Nötigenfalls, dachte er, würde er in die Berge fliehen können; also fuhr er weiter auf dieser Straße in Richtung Nordosten, obwohl er keine Ahnung hatte, wohin sie führte.

Etwa in der Mitte des Nachmittags erreichte er das Meer und fuhr in ein Fischerdorf mit mehreren Bootsstegen ein. Er hatte mehr als siebzig Meilen zurückgelegt. Die Tankanzeige des Motorrads stand auf »Leer«, doch da sein ganzes Geld zusammen mit seinem Paß beschlagnahmt worden war, kam tanken nicht in Frage.

Passanten im Dorf starrten ihn an. Er war dankbar, daß sie wegen des Helmes sein Gesicht nicht gut sehen konnten.

Ungefähr anderthalb Meilen fuhr er zurück an der Küste entlang und weg von dem Dorf, einer holperigen, ungepflasterten Straße folgend, die auf einem einsamen, felsigen Küstenstreifen entlangführte. Es war Zeit, sich von dem Motorrad zu trennen, und jetzt war ihm auch klar, wie er das zu bewerkstelligen hatte. Nachdem er sich vergewissert hatte, daß er allein und unbeobachtet war, steuerte er das Motorrad bis über die Lenkergriffe ins Meer hinein und ließ es dort liegen. Der Gezeitenstand war niedrig, so daß er zuversichtlich war, daß dieses Grab für einige Zeit unberührt bleiben würde. *Ich hoffe, der Besitzer ist versichert,* dachte er, während er aus dem Wasser herauswatete.

Er kehrte zu der Pistole zurück, die er am Ufer abgelegt hatte, und beschloß nachzusehen, wie viele Kugeln noch darin waren. Zu seiner Verblüffung fand er das Magazin leer. Er schickte sich an, die Pistole zu dem Motorrad hinaus ins Meer zu schleudern, überlegte es sich dann jedoch anders und beschloß, sie noch eine Weile zu behalten. Falls es nötig sein sollte, hoffte er, sie ebenso überzeugend einsetzen zu können wie die beiden Male zuvor.

Nachdem er die Motorradspuren im Sand verwischt hatte, setzte er sich hinter einen zwei oder zweieinhalb Meter hohen Felsbrocken, dessen Fuß von der Brandung umspült wurde. Dort war er vor Blicken geschützt, falls jemand vom Dorf her an der Küste entlangkommen sollte.

Für den Augenblick war er so frei wie eh und je. Aber falls ihm nicht ein Weg einfiel, schnell von dieser Insel herunterzukommen, würde seine Freiheit nicht lange Bestand haben.

Einen Flughafen aufzusuchen, kam nicht in Frage. Er wußte nicht, wo der Flughafen auf der türkischen Seite war, und selbst wenn er ihn fand, würde dort nur die Polizei auf ihn warten. Außerdem hatte er weder Geld noch einen Paß.

Die Grenze zu überqueren war vermutlich auch unmöglich. Mit Sicherheit hatte man Leute postiert, die nach ihm Ausschau hielten; die Grenze mußte zwar mindestens hundert Meilen lang sein, so daß er vielleicht versuchen konnte, sie in einer verlassenen Gegend zu überqueren, aber der nächste Punkt der Grenze war mindestens siebzig Kilometer entfernt. Vielleicht, überlegte er, konnte er ein Auto stehlen, sich tarnen, an der Küste entlang nach Süden fahren, bis er die Grenze erreichte, dann den Wagen stehenlassen und im Schutz der Dunkelheit über die grüne Linie schleichen. Aber was war mit der griechischen Polizei? Würde sie auch nach ihm suchen? Und wenn sie ihn erwischten, würden sie ihn wieder in den türkischen Teil abschieben?

Je mehr er über die wenigen Möglichkeiten nachdachte, die ihm blieben, desto überwältigter war er von Hoffnungslosigkeit.

Als er sich gegen den Felsen lehnte und müde über das Wasser spähte, fiel sein Blick plötzlich auf einen kleinen Fleck am fließenden Horizont. Es mußte irgendeine Art von Boot sein. Er beobachtete das Gefährt einige Zeit. Es kam näher. Schließlich erkannte er es als ein Fischerboot, und es schien unterwegs zum Dorf zu sein. Er erinnerte sich an die Bootsstege, die er dort gesehen hatte.

Plötzlich eröffnete sich in seinen Gedanken eine neue Möglichkeit: Vielleicht konnte er die Insel als blinder Passagier auf einem Fischerboot verlassen. Das war sicherlich ein gangbarerer Weg als alles andere, was ihm bisher eingefallen war. Zumindest würde er es versuchen.

Das bedeutete, daß er für den Rest des Abends und den größten Teil der Nacht über in der Nähe bleiben mußte, denn die Fischerboote würden erst morgen kurz vor der Dämmerung wieder auslaufen. Vielleicht war es zu riskant. Andererseits war es auch nicht ungefährlicher, wenn er sich aufmachte und weiterzog. Also beschloß er, zu bleiben, wo er war.

Eine Fahndung in der Innenstadt von Lefkosa mit Polizeijeeps hatte nicht zur Festnahme des entflohenen Amerikaners geführt, aber immerhin eine Information erbracht: Ein Mann hatte den Diebstahl seines Motorrads gemeldet. Seine Beschreibung des Diebes stimmte mit der des Flüchtigen überein. Bei einer raschen Durchsuchung des Tatortes fand die Polizei sogar ein weggeworfenes blaues Hemd amerikanischer Machart.

Sofort erhielt der Chef der staatlichen Militärpolizei die Erlaubnis, die Fahndung auszudehnen. Er ordnete an, alle Zugänge zum nördlichen Teil der Insel zu blockieren, einschließlich der Grenzstationen, des Flughafens und der Fährenhäfen. Der Verdächtige wurde beschrieben als ein braunhaariger, bärtiger Amerikaner, hundertachtzig Zentimeter groß und siebzig Kilo schwer, bekleidet mit einem weißen T-Shirt und Jeans und möglicherweise mit einem Motorrad des Typs Kawasaki KZ 900 unterwegs. Er wurde als bewaffnet und gefährlich eingestuft, und die Soldaten wurden bevollmächtigt, nötigenfalls einen gezielten Todesschuß abzugeben.

Als zusätzliche Maßnahme schickte der Polizeichef darüber hinaus vier Jeeps auf den Weg nach Norden aus der Hauptstadt heraus, jeweils einen auf jeder der vier wichtigen Straßen, die zu den verschiedenen Küstenortschaften führten.

Die Strategie zahlte sich aus. Als am späteren Nachmittag ein Polizeijeep in das Fischerdorf Zafer einfuhr, berichtete ein alter Mann, der im Schatten eines Johannisbrotbaums saß, er habe einen fremden Mann mit einem weißen T-Shirt gesehen, der mit einem Motorrad auf einer Nebenstraße zum Dorf hinausgefahren war.

Der Bericht wurde sofort an das Polizeihauptquartier in der Hauptstadt gefunkt. Um sechs Uhr wimmelte es im ganzen Dorf von Soldaten, die in Suchtrupps eingeteilt wurden, um das umliegende Gebiet zu durchsuchen. Ein paar der Fischer aus dem Dorf, die schon vom Fang zurück waren, meldeten sich freiwillig, um an der Jagd teilzunehmen.

Die Suchtrupps schwärmten vom Dorf aus entlang der Küste aus, um einen zweihundert Meter breiten Küstenstreifen zu durchkämmen.

Als die Flut wieder zu steigen begann, kletterte Jason auf den Felsbrocken, der bald bis zur Hälfte unter Wasser lag. Jason lag auf dem Rücken und saugte die letzten Strahlen der Abendsonne in sich auf, als er plötzlich Stimmen hörte. Langsam drehte er den Kopf und spähte an der Küste entlang. Hundert Meter von ihm entfernt sah er zwei bewaffnete Polizisten; bei ihnen waren zwei weitere Männer, die ebenfalls bewaffnet waren, aber nicht uniformiert. Er zweifelte nicht daran, dass sie nach ihm suchten.

Lautlos ließ er sich von der entgegengesetzten Seite des Felsens herabrollen und verschwand im Wasser. Er war ziemlich sicher, daß sie ihn noch nicht entdeckt hatten. Falls er sich irrte, würde er innerhalb weniger Minuten entweder tot oder wieder in Haft sein. Zum Davonlaufen war es jetzt zu spät. Und diesmal gab es auch keine städtischen Menschenmassen, in denen er untertauchen konnte.

Jason tauchte bis zum Hals im Wasser ein. Er hielt sich dicht an den Felsen gepreßt, damit ihn die Wellen nicht von dem riesigen Stein wegschleudern konnten. Doch er fühlte sich völlig ausgeliefert, da er nicht wußte, was auf der anderen Seite des Felsens vor sich ging. Es war, als wäre der Felsen gar nicht da und er stünde für alle sichtbar mitten auf dem Strand.

Er hatte schon früher einmal Angst gehabt, aber solche Angst noch nie.

Sein Blick klebte an dem Teil des Strandes, den er noch einsehen konnte. Er atmete schwer, und sein Herz pochte. Nach einer scheinbar ewigen Wartezeit nahm er eine Bewegung wahr, nur zwanzig Meter von ihm entfernt, knapp außer Reichweite der Brandung. Rasch holte er Luft und zog den Kopf unter Wasser. Sofort merkte er, daß seine plötzliche Bewegung ein hörbares Klatschen verursacht hatte.

Unter Wasser hielt er fast zwei Minuten lang die Luft an. Es schien ihm, als wären es zehn. Seine Lungen schrien nach Luft. Er kämpfte darum, seine Kehle geschlossen zu halten, seine Lungen daran zu hindern, ihr überschüssiges Kohlendioxid herausströmen zu lassen. Doch er zwang sich, unter Wasser zu bleiben.

In einem verschwommenen Augenblick, als er schon dachte, er werde das Bewußtsein verlieren, weigerte sich sein Verstand plötzlich, die Angst, beschossen, gefangengenommen oder eingesperrt zu werden, noch zur Kenntnis zu nehmen. Sauerstoff war die neue und alles beherrschende Priorität. Er wurde buchstäblich nach oben gezwungen.

Doch in dem Moment, als er den lebensrettenden Atemzug tat, schlugen seine Gedanken wieder auf die bestehende menschliche Gefahr um. Wie eine verängstigte Eidechse klammerte er sich an den Felsen, um so wenig wie möglich aufzufallen.

Wo sind die Männer hin? fragte er sich. Aus Angst, entdeckt zu werden, traute er sich fast nicht, seinen Kopf zu bewegen. Sollte er wieder unter Wasser gehen?

Aus dem Augenwinkel sah er einen Soldaten, der sich in Richtung Westen entlang der Küste von ihm entfernte. Wo sind die anderen drei?

Er sah dem einzelnen Soldaten nach, bis er nicht mehr zu sehen war. Erst dann wagte er einen Blick zur anderen Seite des Felsbrockens hin. Gespannt spähte er zum Strand hinüber. Niemand. Nirgends war jemand zu sehen. War es nur eine Falle, um ihn aus seinem Versteck zu locken? Nein, er war sicher; wenn sie ihn gesehen hätten, hätten sie bereits zugeschlagen, besonders angesichts seiner angreifbaren Position.

Vermutlich waren sie noch irgendwo in der Nähe, und es konnte sogar sein, daß sie noch einmal am Strand vorbeikamen. Er beschloß, vorsichtshalber zu bleiben, wo er war, zumindest bis zur Dämmerung.

Zwei Stunden lang ignorierte er seinen schmerzenden Hunger, die Kälte und seine Ungeduld.

Sobald die einbrechende Dunkelheit die Landschaft in tiefe Schatten zu tauchen begann, fühlte sich Jason sicher genug, um sich hinaus auf den Strand zu wagen. Auf dem Bauch kroch er über den Sand, bis er die Vegetation erreichte. Dann blieb er schlaff auf dem Boden liegen und versuchte, die Steifheit in seinem Rücken und seinen Schultern abzuschütteln.

Nach ungefähr dreißig Minuten hielt er es für an der Zeit, sich aufzumachen. Er wußte, wohin er gehen mußte, und hatte sich bereits für eine Route entschieden.

Es würde eine kalte, schlaflose Nacht werden; vermutlich eine der längsten, die er je erleben würde. Doch er war überzeugt, daß dies der sicherste Weg war, seine Flucht gelingen zu lassen. Um zu den Fischerbooten zu gelangen, würde er die Nacht bis zum Hals im Wasser verbringen und langsam um die Spitze der Halbinsel herumwaten, die ihn von dem Dorf trennte.

Zum zweiten Mal an diesem Abend tauchte er ins Wasser ein, und die schneidende Kälte durchflutete seinen Körper.

Falls die nicht vorhaben, das ganze Ufer trockenzulegen, dachte er, *werden sie mich nicht finden.*

22

Unter dem Überhang des Anlegers stand Jason bis zur Brust im Wasser auf einer schmalen Kante der Dockmauer. Neben ihm befand sich der Bug eines Fischerbootes, das am Dock festgemacht war. Es war das letzte und dem offenen Meer nächste der Reihe von Fischerbooten, die hier lagen.

Über ihm hing ein Rettungsring an der Dockmauer, der die Lackierung des Bootes vor Kratzern durch die rauhe Oberfläche der Dockmauer schützen sollte. Der Rettungsring verschaffte ihm eine gewisse zusätzliche Deckung.

Allmählich wurde der Himmel heller. Seit Stunden war er von der Kälte des Wassers wie betäubt. Er war nicht mehr weit von einer akuten Unterkühlung entfernt. Doch er hatte überlebt, und die Nacht war fast vorbei. Er hoffte zu Gott, daß das Elend, das er auf sich genommen hatte, bald durch die wiedergewonnene Freiheit belohnt werden würde.

Im ersten Dämmerlicht entdeckte er etwas, das wie ein

solider Stahlring aussah, der an der mittleren Planke im Bug des Bootes befestigt war. Er befand sich ungefähr dreißig Zentimeter über der Wasserlinie. Dieser Ring war genau das, was er brauchte.

Als er endlich die ersten Lebensregungen auf den Anlegern und dann auf dem Boot selbst hörte, war ihm, als würde ihm ein lang ersehntes Geschenk überreicht. Beinahe hätte er angefangen zu weinen.

Er hörte nur die Schritte einer Person auf dem Boot, und niemand sprach. Als der Fischer seinen Bootsmotor anwarf, vergewisserte sich Jason noch einmal, daß die Pistole sicher in seinem Hosenbund steckte. Dann streifte er sein T-Shirt ab und schob sich näher an den Bug heran. Das laute Klopfen des Dieselmotors übertönte das leise Geräusch, das er verursachte, als er durchs Wasser glitt.

Er knotete das Unterhemd an dem Ring fest und steckte dann seine beiden schmerzenden, verbrannten Handgelenke durch die so entstandene Schlaufe. Langsam drehte er sich im Wasser mehrmals herum, bis sich das Hemd um seine Hände festgezogen hatte. Er wußte, daß er nicht mehr genug Kraft in den Armen und Biegsamkeit in seinen kalten, steifen Fingern hatte, um einfach den Metallring zu packen und sich daran festzuhalten; statt dessen würde ihn die Hemdschlinge über Wasser halten und ihn durch die Wellen ziehen wie ein Beiboot. Soweit möglich, würde er die Finger bewegen und seine Unterarmmuskeln arbeiten lassen, um die Durchblutung zu fördern.

Als sich das Boot endlich in Bewegung setzte, ließ sich Jason auf die Steuerbordseite des Rumpfes treiben, wo ihn die Fischer in den anderen Booten nicht sehen konnten.

Ein paar Minuten später, als das Boot aus der kleinen Bucht aufs offene Meer hinauslief, spürte Jason, daß seine Freiheit zum Greifen nahe war. Er war durchgefroren und erschöpft, aber sein Überlebensinstinkt hielt ihn hellwach.

Ungefähr eine Stunde lang ließ er sich durchs Wasser ziehen, während er sein Bestes tat, um seine Arme und Finger in Bewegung zu halten. Doch allmählich verlor er das Gefühl darin. Schließlich glaubte er, es nicht länger ertragen zu können.

Wenn er nicht bald handelte, riskierte er es, daß seine Arme ihm den Dienst versagten. Außerdem rechnete er sich aus, daß das Boot sich inzwischen vermutlich in internationalen Gewässern und außerhalb der türkischen Gerichtsbarkeit befand.

Er schaffte es, seinen Körper ein paarmal herumzurollen, so daß sich die Schlaufe um seine Handgelenke lockerte. Dann zog er langsam eine Hand heraus, ängstlich darauf bedacht, mit der anderen nicht den Halt zu verlieren. Falls er abrutschte, konnte er unter das Boot gewirbelt und durch die mahlende Schraube gezogen werden.

Mit der freien Hand griff er sich an den Hosenbund und zog die Pistole hervor. Wegen der Steife seiner Finger konnte er sich nur mit quälender Langsamkeit bewegen.

Schließlich hatte er den Lauf in der Hand. Langsam begann er, mit dem stahlummantelten Griff der Pistole gegen den stählernen Ring zu schlagen.

Bald hörte er, dass die Drehzahl des Motors verringert wurde. *Wahrscheinlich wird er zuerst den Motor überprüfen,* überlegte Jason, *und dann den Laderaum durchsuchen.* Jason wußte, daß er möglicherweise eine ganze Weile lang mit dem Geräusch würde weitermachen müssen, bevor der Fischer auf den Gedanken kommen würde, hier herunterzuschauen.

Er schlug weiter auf den Stahlring ein. Endlich sah er ein wettergegerbtes Gesicht, das sich über die Reling beugte und angesichts des unerwarteten Anblicks zusammenzuckte.

Minuten später saß Jason – ohne die Waffe, die er in der Tiefe des Meeres deponiert hatte, um den Fischer zu beruhigen – auf dem Deck, nachdem ihn der Fischer mit einem Seil aus dem Wasser gehievt hatte. Müde, aber zuversichtlich sah er den alten Fischer an, der ihn ungläubig anstarrte.

»Sprechen Sie Englisch?« fragte Jason schließlich erschöpft.

»Ja«, antwortete der Fischer. »Ich spreche ein bißchen Englisch.« Er starrte die eitrigen Wunden an Jasons Handgelenken und die Narbe über seinem Auge an. Zweifellos hatte er von dem entflohenen Sträfling gehört, hinter dem die Polizei her war, und sich bereits gedacht, daß dies der Mann war, mit dem er nun mitten auf dem Meer auf seinem Boot saß. Doch Jason entdeckte auch Mitleid in den dunklen Augen und dem faltigen Gesicht des Fischers.

»Darf ich Ihnen meine Geschichte erzählen?« fragte Jason. Der Mann zögerte einen Augenblick, bevor er nickte.

Während der nächsten halben Stunde, als die willkommene Sonne seinen kältesteifen Körper erwärmte, erzählte ihm Jason die ganze Wahrheit – von seiner Suche nach Renée, seiner Entdeckung, daß Cody und Renée einen Ausflug machten, seiner Suche nach Corinna, die ihn nach Nikosia geführt hatte, von der Hotelangestellten und der Falle, von seiner Verhaftung an der Grenze, dem Prozeß und schließlich von seiner Flucht.

Bevor der Fischer eine Reaktion zeigen konnte, bat ihn Jason um Hilfe. Der alte Mann schwieg ein paar Sekunden lang und ließ sich Jasons Ansinnen durch den Kopf gehen.

»Sie haben Glück«, sagte er endlich. Dann verzog er das Gesicht zu einem mitleidigen, fast zahnlosen Lächeln und schüttelte den Kopf. »Ich kann die Türken nicht leiden.«

Vor überraschter Erleichterung hätte Jason beinahe laut aufgeschrien.

Der alte Fischer hatte auch eine Geschichte zu erzählen. Er war ein griechischer Zypriot, der im Norden lebte. Vor einem Jahr, als die Türken auf der Insel eine militärische Niederlassung errichtet hatten, hatten sie der Familie des Mannes, die in der Küstenortschaft Farnagusta lebte, Land weggenommen. Eine Entschädigung war nie gezahlt worden.

Außerdem berichtete er, daß er in der Schuld der Amerikaner stehe. Sein Bruder, der im Zweiten Weltkrieg in der britischen Armee gedient hatte, war von Amerikanern aus einem deutschen Gefangenenlager befreit worden.

Immer noch überwältigt von Erleichterung, erkannte Jason, daß er sich in ganz Zypern kein besseres Boot für seine Flucht hätte aussuchen können. Die Begegnung mußte im Himmel arrangiert worden sein.

Wohl wissend, daß schon sein bloßes Hiersein eine Zumutung war, brachte Jason dennoch ohne Scheu seine Bitte vor: »Wäre es wohl möglich, daß Sie mich auf dem kürzesten Weg ans Festland bringen?« Er wußte, daß er da eine Menge verlangte.

Der Fischer lachte. »Sind Sie sicher, daß Sie in die Türkei wollen?«

Jason grunzte. Er fühlte sich so klein, als könnte er sich hinter ein paar Sandkörnern verstecken. An Ort und Stelle schwor er sich, seine mangelnden Geographiekenntnisse aufzuarbeiten, wenn er je die Chance dazu erhielt.

»Dann sollte ich wohl fragen«, sagte er höflich, »wo wir sonst hinfahren könnten?«

Der Fischer dachte nach und schlug dann Israel vor, das dreihundert Kilometer südöstlich lag. Bei den proamerikanischen Israelis würde Jason wahrscheinlich freundlich aufgenommen werden, sagte er, und in der amerikanischen Botschaft in Tel Aviv könnte er einen neuen Paß beantragen. Die Reise war zu weit für den Treibstoffvorrat des Bootes, aber sie konnten die Schiffahrtsrouten ansteuern, die von Frachtschiffen zwischen Israel und Griechenland benutzt wurden, und mit etwas Glück würden sie einem zurückkehrenden israelischen Schiff begegnen, das Jason an Bord nehmen könnte.

»Dann los«, sagte Jason.

Während der Fischer den Kurs des Bootes änderte, kaute Jason auf einem Stück Brot herum, das ihm der Mann gegeben hatte, und lehnte sich gegen die Außenseite des Führerhauses.

Ihm fiel ein, daß Cody und Renée heute in ihr Apartment in Ayia Napa zurückkehren müßten. Der Gedanke war niederschmetternd. Er war so weit gekommen und so nahe dran gewesen.

Ihm schoß der tollkühne Gedanke durch den Kopf, dem Fischer zu sagen, er solle sein Boot wenden und ihn nach Ayia Napa bringen. Dann fragte er sich traurig: *Was könnte ich Renée schon nützen, wenn ich erwischt und für zwölf Jahre zurück ins Gefängnis gebracht würde?* Das Risiko war einfach zu groß.

Aber er gab sich noch nicht geschlagen. Schließlich würden Cody und Renée nicht für immer auf der Insel bleiben. In zwei Monaten würden sie nach England zurückkehren. Und er würde dort auf sie warten.

Für den Augenblick konnte er Gott nur dankbar sein, daß er heute keinen Strich für seinen zweiten Tag in einer türkischen Gefängniszelle ohne Toilettenpapier in die Wand ritzte.

Obwohl er völlig erschöpft war und auf der Stelle hätte einschlafen können, wagte er es nicht einmal, sich hinzulegen, solange er nicht die Gewißheit hatte, in Sicherheit zu sein. Um gegen seine Schläfrigkeit anzukämpfen, unterhielt er sich mit dem Mann. Wie Jason erfuhr, war sein Name Dimitri. Er war seit fünfundvierzig Jahren Fischer; ein kaum faßbarer Gedanke für Jason. Und wie Jason war er ein Großvater; er hatte eine sechsjährige Enkelin, die für ihr Leben gern mit ihm auf dem Boot ausfuhr. Jason fand den Mann großherzig und angenehm als Gesprächspartner.

Außerdem war er ein hervorragender Seemann. Gegen elf Uhr, nachdem er das Boot mitten auf das gestaltlose Meer gesteuert hatte, näherten sie sich einem israelischen Frachtschiff, das von Athen nach Tel Aviv unterwegs war.

Als Jason sich anschickte, die Strickleiter emporzuklettern, die auf das Deck des größeren Schiffes hinaufführte, drehte er sich zu dem alten Fischer um, überwältigt von Dankbarkeit für dessen Güte.

»Dimitri«, sagte er, »ich werde Sie nie vergessen. Ich meine es ernst. Wenn ich eines Tages mit meiner Enkelin auf dem Schoß dasitze, werde ich ihr von Ihnen erzählen. Ich werde ihr sagen, daß Sie etwas getan haben, das die meisten anderen niemals getan hätten. Ich werde ihr sagen, daß Sie mir durch Ihre Güte das Leben gerettet haben. Und ich werde ihr sagen, daß sie dafür sorgen soll, daß die Geschichte von Dimitri auch an ihre Kinder und Enkelkinder weitergegeben wird. Das werde ich tun, mein Freund.«

Dimitris Brust schwoll an, aber er sagte nichts. Er reichte ihm seine kräftige, schwielige Hand und drückte sie, als wollte er sagen: »Ich weiß, wie schön die Freiheit ist.«

Um drei Uhr nachmittags wurde Jason von einem Besatzungsmitglied des Schiffes geweckt. Sie waren dabei in Tel Aviv anzulegen.

Er war zusammengebrochen und eingeschlafen, kaum daß er das Deck betreten hatte, mitten im Sonnenlicht. Jetzt stand er auf und blickte auf die Stadt hinaus. Eine leichte Brise vom Mittelmeer her strich sanft über seinen ausgeruhten Körper.

Während seiner Zeit als Pastor hatte er mehrere Male geplant, das Heilige Land zu besuchen, aber es war nie dazu gekommen. Nun war er hier – nicht als ein Pastor, der aus theologischem Interesse das Land besuchte, in dem Jesus gelebt hatte, sondern als ein Flüchtling vor der türkischen Polizei. *Das Leben ist schon verrückt,* sinnierte er.

Als er das Schiff verließ, ließ er sich den Weg zur amerikanischen Botschaft beschreiben und brachte den halbstündigen Fußmarsch hinter sich, bevor die Büros für diesen Tag schlossen. Dort angekommen, mußte er mehreren verschiedenen Beamten die Kette von Ereignissen erklären, die ihn mit nichts als dem, was er auf dem Leib hatte, nach Tel Aviv geführt hatte. Als sie seine Situation erfaßt hatten, ging es an den Prozeß der Beantragung eines neuen Passes.

Zuerst müsse eine offizielle Untersuchung seiner Herkunft stattfinden, sagte man ihm, und das könne mehrere Tage dauern. Um diese Arbeit zu erleichtern, bat man Jason, schriftlich alle einschlägigen Informationen über sich und seine Vergangenheit aufzuzeichnen, an die er sich erinnern konnte – alles von seiner Ausbildung und Berufstätigkeit bis zu Einzelheiten über seine Familie, seine Finanzen, seine Wohnsitze und dergleichen mehr. Inzwischen brachte man ihn in einem der Apartments für die Marinesoldaten unter, die als Garde in der Botschaft stationiert waren. Als man ihn am Abend dorthin brachte, nahm er als erstes eine heiße Dusche.

Später fuhr ihn ein Angehöriger der Botschaft zu einer Bank, wo es ihm gelang, Geld von seinem Konto in Boston nach Tel Aviv überweisen zu lassen. In einen Kaufhaus zwei Straßen weiter kaufte er zwei komplette neue Garnituren Kleidung, ein paar Toilettenartikel und einen Aktenkoffer.

Sein Portemonnaie, das die türkische Grenzpolizei beschlagnahmt hatte – zusammen mit seinem Paß –, hatte sein ganzes Geld enthalten, dazu seine Kreditkarten, seinen Führerschein und seine Sozialversicherungskarte, die nun alle ersetzt werden mußten. Außerdem war auch Hannahs Abschiedsbrief darin gewesen, der unersetzlich war. Dieser Verlust machte ihm am meisten zu schaffen.

In seinem Hotelzimmer in Larnaca hatte er seine Kleidung, sein Gepäck und sein Weisheitsbuch zurückgelassen – und Hannahs kleinen roten Plastikteller. Auch das traf ihn schwer. Er hatte ihn jahrelang bei sich getragen, in der Hoffnung, ihn eines Tages Renée geben zu können.

Während der nächsten Tage, als er auf Nachrichten von der Botschaft wartete, schrieb er aus der Erinnerung die fünf bisherigen Eintragungen in seinem Weisheitsbuch erneut nieder und fügte eine sechste hinzu:

6. Gerechtigkeit später statt Gerechtigkeit jetzt
Ich habe begriffen, daß eine der am weitesten verbreiteten und grundlegendsten religiösen Denkweisen in Wirklichkeit eine Verzerrung der Wahrheit ist. Die Denkweise ist folgende: Wenn ein Christ freiwillig seine selbstsüchtigen Träume und Ambitionen opfert, um Gottes Willen zu tun, und sich in die Zucht nimmt, um sein Leben entsprechend den Regeln und Maßstäben Gottes zu führen, so belohnt Gott in seiner Güte diese Person mit einem Leben voller Glück, Erfüllung, Frieden, Gesundheit, Wohlstand und sogar Anerkennung. Setzt sich dagegen eine Person die Krone ihres Lebens selbst auf den Kopf, läßt Gott einen guten Mann sein und entschließt sich trotzig, ihre eigenen Entscheidungen zu treffen und ihr Leben unabhängig von Gott zu führen, so wird Gott in seiner Gerechtigkeit einer solchen Person ein Leben voller Elend, Unglück, Armut, Schmerz und Schande aufbürden.
Ein objektiver und ehrlicher Blick auf das Leben um mich her beweist mir, daß das wirkliche Leben nicht mit dieser Denkweise übereinstimmt. Es gibt jede Menge gottloser

Menschen, die in gesunden Körpern herumtanzen, immer lächeln und die Taschen voller Geld haben; Leute, die ganz ehrlich mit sich und ihrem Leben zufrieden sind. Manche dieser Leute schaffen es sogar, ihr ganzes Leben bis zum Grab so zu verbringen.

Und es gibt hingegebene Christen, die sich, um Gott zu dienen, zu einem Leben der Reinheit und moralischen Gewissenhaftigkeit verpflichtet haben und doch nicht glücklich, erfüllt, gesund oder wohlhabend sind oder öffentliche Anerkennung finden.

Die Wahrheit ist, daß Krankheit und Gesundheit, Reichtum und Armut, Schmerz und Freude, Zufriedenheit und Elend gleichermaßen unter Christen wie Nichtchristen zu finden sind. Es gibt keinen erkennbaren Unterschied. Bedeutet das, daß Gott nicht fair ist? Bedeutet es, daß Gott etwa nicht besonders gut zu denen ist, die ihm nachfolgen?

Jahrelang habe ich gedacht, daß auf beide Fragen die Antwort Ja lautet. Doch in den letzten Tagen, als ich Zeit hatte, mich hinzusetzen und nachzudenken und zu lesen, sind mir die Augen geöffnet worden – hauptsächlich dadurch, daß ich »zufällig« über den Psalm 73 stolperte, der sich so wunderbar mit meinen persönlichen Erfahrungen verbindet und sie beleuchtet.

Aus diesem Psalm habe ich gelernt, daß ich die langfristige Sicht im Auge behalten muß, wenn ich als Christ realistisch bleiben und mir die Liebe zu Gott und die Achtung vor ihm bewahren will. Die Wahrheit ist, daß Gott seinen Kindern niemals ein faires Leben verheißen hat. Er hat sich nie dazu verpflichtet, schon hier und jetzt der Gerechtigkeit und der Fairneß zum Durchbruch zu verhelfen, weder mir noch irgendeinem anderen Christen gegenüber. Er hat sich allerdings verpflichtet, in dem Endgericht in der Zukunft vollkommene Gerechtigkeit und Fairneß herbeizuführen.

Wenn ein Christ für seine Hingabe an Gott nicht entsprechend belohnt wird, dann wird es eines Tages noch geschehen. Die Belohnungen, die ihm zustehen, werden ihm am Tag des Gerichts zuteil werden.

Ebenso werden auch die Gottlosen, die Gott verfluchen, leugnen oder ignorieren und die ihr ganzes Leben wie eine selbstsüchtige, unmoralische Party verbringen und damit scheinbar davonkommen, eines Tages der letzten Gerechtigkeit gegenüberstehen.

Es spielt also doch eine Rolle, ob ich für Gott lebe oder nicht. Gott hat nicht versprochen, daß dieses Leben fair sein würde, sondern daß er mitten in all der Unfairneß bei mir sein und mir Rat und Hilfe zum Überleben geben würde. Damit kann ich leben.

Tatsächlich spüre ich zum ersten Mal seit Monaten, wie sich eine neue Liebe zu Gott in mir regt.

Fünf Tage nach seiner Ankunft in Tel Aviv wurde Jason in das Büro des Konsuls in der Botschaft gerufen. Der Konsul deutete auf einen Stapel Dokumente auf seinem Schreibtisch. »Dies sind die Ergebnisse unserer Nachforschungen. Sie haben eine Menge durchgemacht. Eine erstaunliche Geschichte.

Aus amerikanischer Sicht«, fuhr er fort, »sind Sie sauber, und ich freue mich, daß wir Ihnen helfen können. Jetzt brauchen wir nur noch ein paar aktuelle Fotos, und dann können wir Ihnen sofort einen neuen Paß ausstellen. Dann können Sie frei Ihrer Wege gehen.

Allerdings muß ich betonen, daß Sie auf sich allein gestellt sind. Und natürlich muß ich Sie nicht daran erinnern, daß Ihr Leben in Gefahr ist, falls Sie nach Zypern zurückkehren sollten. Auch um Griechenland und die Türkei sollten Sie einen Bogen machen. Und um England.«

»England?« fragte Jason verblüfft, und sein Gesicht spannte sich plötzlich.

»Richtig. Die türkischen Behörden haben – falls sie sich an die normale Prozedur gehalten haben, was sie in Ihrem Fall sicherlich getan haben – bereits über das internationale Polizeinetz Interpol die britische Polizei kontaktiert. Da Sie von England aus nach Zypern eingereist sind, wird man vermuten, daß Sie auch wieder dorthin zurückkehren.

So lange, bis Ihre Unschuld erwiesen und Ihr Name aus

den Polizeiakten verschwunden ist«, sagte der Konsul warnend, »rate ich Ihnen, keinen Fuß auf britischen Boden zu setzen.«

Im Apartment fiel Jason aufs Bett und weinte. Er war ein einsamer Mann, der das Gefühl hatte, mit all seinen Niederlagen nicht mehr fertigzuwerden.

Von nun an konnte er nicht mehr gefahrlos dorthin reisen, wo Renée lebte. Noch vor zehn Tagen war seine Enkelin zum Greifen nahe gewesen, doch durch die grauenvollen Dinge, die sich seither ereignet hatten, war sie jetzt weiter von ihm entfernt als je zuvor.

Heute war der zwanzigste November. Am fünfzehnten Dezember, in ein paar Wochen schon, würde Renée vier Jahre alt werden. Schon vier Jahre ihres Lebens waren vergangen, und er hatte nicht eine Sekunde davon mit ihr teilen können.

»Warum, Gott?« betete er unter Qualen. »Warum hältst du sie von mir fern?«

Er versuchte, über seine kürzliche Eintragung im Weisheitsbuch nachzudenken, doch die Niedergeschlagenheit ließ sich nicht abschütteln.

Was sollte er jetzt tun? Zuvor hatte er mit dem Gedanken gespielt, noch eine Weile in Israel zu bleiben und die antiken Stätten der biblischen Geschichte aufzusuchen, aber dieser Gedanke hatte allen Reiz für ihn verloren.

Er dachte an Corinna. Er brauchte sie. Dringend.

Und wie immer, wenn er es nötig hatte, schien sich ihm ein neues Seil zu bieten, an das er sich klammern konnte: Corinna war vermutlich inzwischen zurück in Norwegen. Er konnte nach Norwegen gehen. Er würde nach Norwegen gehen und irgendwie Corinna aufspüren.

Am nächsten Morgen zog Jason an Bord einer KLM-Maschine nach Oslo ein Blatt Papier aus seinem neuen Aktenkoffer und schrieb einen Brief.

Lieber Gott, im Augenblick bist Du mir trotz allem, was ich in den letzten vier Jahren über Dich gelernt habe, so rätsel-

haft wie an dem Tag, als ich den Verkündigungsdienst an den Nagel hängte. Und ich bin wütend. Mir scheint, daß Du überhaupt keinen Anteil an meiner Sache oder meinen Gefühlen nimmst. Wenn ich groß genug wäre, würde ich Dich irgendwie bedrohen. Ich würde versuchen, Dir weh zu tun, um Dir all den Schmerz heimzuzahlen, den Du mich hast durchmachen lassen, all den Schmerz, der nie mehr aufzuhören scheint.
Ein Teil von mir möchte am liebsten vergessen, daß es Dich überhaupt gibt. Aber wenn ich Dir den Rücken zukehre und zornig davonlaufe, wohin soll ich dann gehen? Du bist die Quelle der Weisheit, der Wahrheit, des Wissens, der Einsicht, der Macht, der Freundschaft, der Liebe und des Lebens. Außerhalb von Dir ist nichts. Ich bin nicht so blind, daß ich das nicht sähe.
Also – werde ich in meinem Zorn vor Dir davonlaufen? NEIN! Ich werde in meinem Zorn zu dir hinlaufen. Ich werde mich an Dich klammern, dich belästigen, Dir in den Ohren liegen, Dich nerven, Dich jagen, Dich verfolgen, Dich suchen, mit Dir ringen, Dich lieben, Dich anbeten und Dich rühmen … bis Du beschließt, mir zu helfen.

23

»Bringen Sie mich in ein nettes Hotel in der Stadtmitte«, sagte Jason zu dem Fahrer am Flughafen, als er ins Taxi kletterte. Er hatte nur seinen Aktenkoffer und eine kleine Reisetasche bei sich, in der seine zweite Garnitur Kleidung enthalten war.

Erst vor wenigen Minuten war das Flugzeug auf dem Flughafen von Oslo gelandet. Mit seinen wenigen Habseligkeiten war Jason rasch durch den Zoll gekommen. Dann war er in die kleine Bank im Foyer des Flughafens gegangen und hatte fünfhundert US-Dollars gegen etwas über 2 600 norwegische

Kronen eingetauscht. Er konnte es nicht aussprechen, aber es war bunt, und es würde sich ausgeben lassen.

Die Straße vom Flughafen in die Stadt lief an einem schön gelegenen Fjord entlang. An der Südseite der Stadt mündete der Fjord in einen Hafen, in dem es von Schiffen aller vorstellbaren Art und Größe nur so wimmelte. Die Straßen waren voller hellhäutiger und meist sehr großer Menschen in schweren Wintermänteln. Jason wurde klar, daß er unbedingt wärmere Kleidung kaufen mußte, falls er länger hierbleiben wollte.

Alles – Straßen, Bäume, Gebäude, Dächer – war mit einer dichten Decke frischen Schnees überzogen. Jason hatte noch nie in seinem Leben soviel Schnee gesehen, doch das Leben in der Stadt schien davon nicht beeinträchtigt zu werden.

Nach einer zwölfminütigen Fahrt setzte ihn das Taxi vor dem zweiundzwanzigstöckigen SAS-Hotel ab. Für die Fahrt mußte Jason beängstigende fünfzig Kronen herausrücken – etwa elf Dollar fünfzig. Das war sein erster Vorgeschmack auf die Lebenshaltungskosten in einer der teuersten Städte der Welt. Diesen Aspekt ihres Heimatlandes hatte Corinna vergessen zu erwähnen.

Nachdem er widerwillig das Taxi bezahlt hatte, flüchtete er sich in das warme Foyer des Hotels. Die Lobby war sauber, modern und riesengroß. In der Mitte befand sich ein großer offener Kamin von fast futuristischem Design, umringt von Sofas aus dunklem Leder, auf dem Rentierfelle lagen.

Die Norweger sahen aus, wie Corinna sie beschrieben hatte: groß, schlank, blond und schön. Jason bemerkte, daß die drei Damen hinter der Rezeption schlichtweg atemberaubend aussahen. *Wenn die hier alle so aussehen,* dachte er, *werde ich mir noch den Hals verrenken.*

Als er hörte, daß ein Zimmer neunzig Dollar pro Nacht kostete, schrieb er sich nur für eine Übernachtung ein. Nachdem er seinen Zimmerschlüssel in Empfang genommen hatte, fragte er eine der Angestellten, wie er es anstellen könnte, jemanden in Norwegen ausfindig zu machen, von dem er keine Adresse oder Telefonnummer besaß.

Sie erklärte ihm, die einzige Möglichkeit sei es, zum nationalen *Folkeregister* zu gehen, der zentralen Registratur, in der die Namen, Adressen, Geburtsdaten und persönlichen ID-Nummern jedes Einwohners von Norwegen aufbewahrt wurden. Angesichts dieser Information fragte sich Jason für einen Moment, ob er sich in einem freien Land befinde. Er versuchte, einen Witz darüber zu machen, aber angesichts der ernsthaften Art der Angestellten ließ er davon ab. Er notierte sich die Adresse der Registratur, die sie ihm nannte.

Er ging hinauf in sein Zimmer im achten Stock, deponierte seine Reisetasche und seinen Aktenkoffer dort und kehrte dann sofort nach unten zurück, um das Gebäude zu verlassen.

Es war später Nachmittag, und er erreichte die Registratur erst kurz vor Schluß der Öffnungszeit. Nachdem er den Haupttresen gefunden hatte, fragte ihn eine ältere Dame, ob sie ihm helfen könne. Er sei aus Amerika hergekommen, sagte Jason, um seine Cousine zweiten Grades aufzuspüren, Corinna Nykvist. Als sie nach weiteren Einzelheiten fragte, antwortete er, er wisse von ihr nur aus lückenhaften Familienunterlagen und kenne nur ihren Namen und ihr ungefähres Alter, nämlich fünfunddreißig. Die Frau ging nach hinten zu einer Reihe von mindestens dreißig Aktenschränken, zog eine Schublade heraus und begann zu suchen. Nach zwanzig Minuten kam sie zurück. Sie hatte die Adressen und Telefonnummern von elf verschiedenen Corinna Nykvists im Alter von achtundzwanzig bis fünfundvierzig Jahren gefunden. Zwei davon wohnten in Oslo, die anderen lebten über ganz Norwegen verstreut. Jason bedankte sich und ging.

Im Hotel machte er sich sofort an die Arbeit. An der Rezeption erstand er einen Stadtplan von Oslo, machte die Adressen der beiden Corinnas in der Stadt ausfindig und fand dann heraus, daß beide mit öffentlichen Verkehrsmitteln zu erreichen waren.

Die erste Adresse befand sich im nördlichen Teil der Stadt. Er erreichte sie mit der *T-ban*, der neu gebauten Osloer Untergrundbahn. Es handelte sich um ein Apartmenthaus auf einem Hügel inmitten einer Anlage von etwa fünfzig weiteren Häusern, die genauso aussahen.

Er las die Namen an den Briefkästen hinter der Eingangstür. Den Namen Nykvist fand er im sechsten Stock. Er verzichtete auf den Aufzug und nahm die Treppe. Das würde ihm mehr Zeit verschaffen, sich zu entspannen und seine Fassung zu wahren.

Im sechsten Stock fand er die Tür mit dem Namen »Nykvist« darauf und betätigte nervös die Klingel.

Als sich die Tür öffnete, war Jason so überrascht, daß er erstarrte und kein Wort herausbrachte. Die Person, die die Tür öffnete, war ein Mann.

»Ja, hva er det?« fragte der Mann.

Er war mindestens fünfundvierzig. Konnte er Corinnas Mann sein? Jason hatte nie auch nur danach gefragt, ob sie verheiratet sei.

»Äh … ja«, sagte Jason endlich. »Sprechen Sie Englisch?«

»Ja, ich kann ein wenig Englisch sprechen. Was wünschen Sie?«

»Ich suche eine Corinna Nykvist, eine junge Frau von ungefähr fünfunddreißig Jahren. Sie arbeitet als internationale Kurierin. Können Sie mir sagen, ob sie hier wohnt?«

»Die einzige Corinna hier«, antwortete der Mann kühl, »ist meine Frau. Sie ist vierundvierzig, und sie ist keine internationale Kuriererin … oder was immer Sie sagten.«

»Okay, dann entschuldigen Sie bitte. Ich bin an die falsche Adresse geraten.« Jason ging, so schnell er konnte.

Jason, du bist ein Idiot, sagte er sich, während er über den verschneiten Pfad zur *T-ban*-Station zurückkehrte. Der Gedanke, Corinna könnte verheiratet sein, war ihm noch nie gekommen.

Was, wenn dies nun das Zuhause der Corinna gewesen wäre, nach der er suchte, und dies wäre ihr Mann gewesen, der die Tür geöffnet hatte? Es lag auf der Hand, wie explosiv die Situation hätte werden können. Von jetzt an, beschloß er, würde er stets zuerst anrufen.

Wieder im Hotel angekommen, strich er die erste Corinna aus seiner Liste von elf und machte sich daran, die anderen zehn anzurufen. Nur bei zwei der verbliebenen Nummern hob jemand ab. Keine davon war die Nummer »seiner« Corinna. Er versuchte es noch jeweils dreimal bei den anderen acht Nummern, erreichte jedoch niemanden mehr. Es war Freitagabend, erinnerte er sich – der Abend der Partys und Feste.

Da er nichts anderes zu tun hatte, ging er an den Zeitungsstand in der Lobby und kaufte sich die *Newsweek* und den *U.S. News & World Report.* Dann kehrte er in sein Zimmer zurück und las, bis ihm die Augen zufielen.

Am nächsten Morgen räumte er sein Hotelzimmer und machte sich auf den Weg zu den Kaufhäusern in der Innenstadt. Er kaufte sich einen langen Wintermantel, der ihm gefiel, dazu ein Paar Schneestiefel, Handschuhe und zwei Garnituren Thermounterwäsche. Mit einem Lächeln und einem Gruß legte er die Sachen bei der Kassiererin auf den Tresen. Nachdem sie die Preise zusammengerechnet hatte, glaubte Jason, sie auf Englisch sagen zu hören: »Das macht neunzehnhundert Kronen und fünfundsiebzig Ohren.«

Er bat sie, die Summe zu wiederholen.

Langsamer sagte sie: »Neunzehnhundert Kronen und fünfundsiebzig Ohren.«

Als sie seine Verwirrung bemerkte, erklärte sie ihm, »Kronen« und »Ohren« seien die englische Übersetzung für Kroner und Øre, die norwegische Entsprechung für Dollars und Cents. Er reichte ihr amüsiert das Geld, bis er sich ausrechnete, daß er soeben umgerechnet vierhundert US-Dollar ausgegeben hatte. *Was sind da schon fünfundsiebzig Ohren*, dachte er.

»Sie sind die netteste Diebin, die ich je getroffen habe«, scherzte er mit der Kassiererin. »Sie haben mir gerade mein ganzes Geld weggenommen und nicht einmal eine Kanone dazu benutzt.«

Als er vierzig Minuten später ein neues Hotel gefunden hatte, mußte er mit Travellerschecks bezahlen. Das Hotel war alt und bei weitem nicht so gut ausgestattet wie das SAS, aber es kostete trotzdem fünfundfünfzig Dollar pro Nacht. *Wenn ich lange in diesem Land bleibe,* dachte Jason, *muß ich mir einen Job suchen.*

Am Nachmittag hängte er sich wieder ans Telefon. Als er die andere Osloer Nummer anrief, antwortete eine ältere Dame. Sie verstand Englisch etwas besser, als sie es sprach, was nicht viel war. »Ja, ich habe ein Mädchen, dreißig Jahre«, sagte sie. »Corinna ist ihr Name. Sie arbeitet bei *Internationale Forretning.*«

»Wohnt sie bei Ihnen?« fragte Jason.

»Jeg forstår ikke hva du mener«, erwiderte sie.

Jason beschloß, eine Ausnahme zu machen und diese Adresse persönlich aufzusuchen. Falls Corinna dort wohnte, und falls sie tatsächlich verheiratet sein sollte – nun, ihm würde schon etwas einfallen.

Diesmal nahm er den Bus. Die Adresse lag dreißig Minuten Fahrt von Oslos Stadtmitte entfernt im wohlhabenderen Westteil der Stadt.

Als er aus dem Bus gestiegen war, verbrachte er zwanzig Minuten damit, über die schneebedeckten Straßen und Bürgersteige zu wandern und nach dem richtigen Haus zu suchen. Er war dankbar für die Thermounterwäsche, den Mantel, die Stiefel und die Handschuhe.

Endlich fand er es.

Das Haus lag hinter einem größeren Gebäude und war von der Straße aus fast nicht zu sehen.

Die alte Frau öffnete die Tür. Jason erkannte ihre Stimme von dem Telefonat her wieder. Er versuchte, ihr zu erklären, er sei der Amerikaner, der vor ein paar Stunden angerufen habe. Nach einiger Zeit schien sie zumindest das begriffen zu haben. Jason war nicht sicher, ob er genug Geduld für dieses Gespräch hatte. Dann kam ihm eine Idee.

»Haben Sie ein Bild von Corinna?« fragte er, jedes Wort langsam und sorgfältig betonend.

»Bild?«

»Ja. Bild.« Er deutete auf ein Landschaftsgemälde, das in ihrer Diele an der Wand hing. »Bild. Haben Sie ein Bild von Corinna?«

Ihr Gesicht hellte sich auf, als sie verstand. »Ett øyeblikk«, sagte sie und verschwand in einem der angrenzenden Zimmer.

Ein paar Sekunden später erschien sie wieder mit einem eingerahmten Porträt in der Hand. »Meine Corinna«, sagte sie.

Jason betrachtete das Bild, und sein Mut sank. Diese Frau hatte er noch nie im Leben gesehen.

Nachdem er sich verabschiedet hatte, strich er die Adresse aus seiner Liste. *Nur noch sieben,* dachte er. Zumindest kam er der Sache näher.

Auf der Rückfahrt mit dem Bus in die Innenstadt war er entspannter als auf dem Hinweg. Ohne an irgend etwas zu denken, starrte er aus dem Fenster. Unterwegs kam der Bus an einem alten, aus Holz erbauten Versammlungshaus vorbei. Er bemerkte die großen roten Buchstaben auf einem Schild am Eingang: »INTERNATIONALE CHRISTLICHE GEMEINDE. Englischsprachige Gottesdienste.« Er machte sich innerlich eine Notiz.

Ins Hotel zurückgekehrt, verbrachte er den Rest des Nachmittags damit, die anderen Nummern auf der Liste anzurufen. Am späten Nachmittag hatte er nach zahllosen Versuchen unter sechs der Nummern jemanden erreicht. Doch niemand kannte Corinna Nykvist, die internationale Kurierin, die vor zweieinhalb Wochen von England nach Zypern geflogen war.

Bei der einzigen verbliebenen Telefonnummer auf seinem Zettel hob niemand ab. Die Adresse war in Bodo. Auf den Verdacht hin, Bodo wäre vielleicht ein Vorort von Oslo, den er auf seiner Karte übersehen hätte, rief Jason die Rezeption an und erfuhr, daß es sich um eine kleine Stadt nördlich des Polarkreises handelte. Er war pessimistisch. Seine Corinna schien ihm zu kosmopolitisch und kultiviert für einen so abgelegenen Wohnort zu sein.

Doch er beschloß, es weiter zu versuchen, bis er Gewißheit hatte.

Auf einer der großen Straßen, die als Fußgängerzonen quer durch die Innenstadt führten, machte er einen Spaziergang. Wie ein ungeliebtes Waisenkind schlurfte er mit halb hängendem Kopf durch den Schnee. Er beneidete die Leute, die an ihm vorbeigingen. Sie alle mußten Freunde, Familien, Liebhaber haben. *Die Glücklichen,* dachte er.

Er blickte hinauf zu dem nördlichen Winterhimmel, der sich schon jetzt, um halb fünf, verdunkelt hatte. Still betete er: »Na ja, Gott, wenigstens habe ich dich.«

Die internationale Gemeinde fiel ihm ein. Es war Monate her, daß er irgendwo einen Gottesdienst besucht hatte. Plötzlich merkte er, daß er es vermißte.

Als er sein Hotel erreichte, hatte er schon beschlossen, die Gemeinde wenigstens einmal zu besuchen. Heute war Samstag; morgen früh würde er hingehen.

Seine Neigung zur Kritik war wie ein Pfeil auf einen Bogen gespannt, als er aus dem Bus stieg. Sein erster Gedanke war, daß das Versammlungshaus alt und wenig einladend aussah.

Drinnen jedoch sah es so anders aus als alles, was er bisher erlebte, daß er unschlüssig war, ob er darüber herziehen oder es als angenehme Überraschung gutschreiben sollte.

Was immer es mit dieser Gemeinde auf sich haben mochte, überheblich war sie bestimmt nicht. Die Innenwände waren in einem trüben Grün gestrichen, das durch die schlechte Beleuchtung noch trüber wirkte. Fünf Reihen Klappstühle standen im Halbkreis angeordnet. Das selbstgebaute, tragbare Pult des Redners stand auf einem Klapptisch in der Mitte.

Den größten Kontrast jedoch stellten die Leute selbst dar. Es waren ungefähr hundertfünfzig, und sie waren die am buntesten zusammengewürfelte Versammlung, die er je unter dem Dach eines Gemeindehauses gesehen hat. Jede Rasse und Hautfarbe war vertreten, und alles mischte sich fröhlich durcheinander. Einige der Männer trugen Anzüge; andere trugen Freizeitkleidung, Jeans oder die in ihrem Heimatland übliche Tracht. Ebenso unterschiedlich war die Kleidung der Frauen – teure Kleider, Freizeitkleider, Hosen, Jeans, eine Schwesternuniform, indische Saris, sogar ein Kimono.

Irgendwie spürte er die gegenseitige Annahme, die den Raum durchwehte. Es war offensichtlich, daß jeder hier, ungeachtet seiner ethnischen Herkunft, seines wirtschaftlichen Status oder seines Bildungsstandes, respektiert und geschätzt wurde. Es wirkte fast … nun, geistlich.

Bald jedoch kam eine Enttäuschung. Als Jason den einzigen freien Stuhl in der letzten Reihe gefunden hatte, stand vorne ein Mann mittleren Alters mit britischem Akzent auf, um den Gottesdienst zu eröffnen. Er war nervös und offenbar sehr unsicher. Seine Nervosität übertrug sich auf Jason, obwohl er keine Anzeichen sah, daß sie den anderen etwas ausmachte. Jason hoffte nur, daß dies nicht der Pastor war. Er wußte es nicht; es stand kein reservierter Stuhl für den Pastor vorne, wie er es aus amerikanischen Gemeinden kannte.

Nachdem ein paar moderne Lieder aus einem spiralgebundenen Buch gesungen worden waren, sagte der Mann mit seiner zitternden Stimme, er wolle die Gäste begrüßen. Jason blieb regungslos sitzen, aber einige andere wurden vorgestellt, darunter eine Frau aus Schweden, ein Geschäftsmann von den Philippinen und ein Mann aus Ghana. Ein Mann, der mit deutschem Akzent sprach, stellte eine fünfköpfige Familie aus Rumänien vor, die er vorübergehend bei sich aufgenommen hatte. Sie seien Christen, sagte er, die vor vier Tagen aus ihrem Land geflohen seien und nun in Norwegen politisches Asyl beantragen wollten. Sie sprächen kein Englisch, wollten aber dennoch in die Gemeinde kommen. Der Mann bat die Gemeinde, in ihren Gebeten an die Familie zu denken.

Der Mann mit dem britischen Akzent kündigte ein weiteres Lied an und machte ein paar Bekanntmachungen. Darauf folgte ein besonderes Solo, gesungen von einer jungen Frau, die als amerikanische Studentin an der Universität Oslo vorgestellt wurde. Auch sie schien es sehr nervös zu machen, so vor der Öffentlichkeit zu stehen.

Jasons Eindruck von der Gemeinde war bisher gemischt. Sie schien gewiß einiges Potential zu besitzen, aber seiner Meinung nach fehlte ihr die Professionalität und Geschliffenheit, die er in erfolgreichen amerikanischen Gemeinden gewohnt war.

Kurz darauf wurde die Versammlung dem Pastor übergeben, einem Orientalen, der von seinem Stuhl in der zweiten Reihe aufstand und die acht oder neun Schritte zu seinem Pult ging. Obwohl sein Gesicht verriet, daß er schon ein alter Mann war, bewegte er sich behende, und sein Haar war immer noch kohlenschwarz. Er war klein, nur etwa einen Meter fünfundsechzig, und seine Haut war von hellbrauner Farbe. Er trug eine neutrale Hose und einen bunten Wollpullover, der nicht recht zu seinem asiatischen Gesicht passen wollte.

Etwas Königliches ging von ihm aus, während er ein paar Sekunden lang schweigend hinter seinem Pult stand. Weder offensichtliches Selbstvertrauen noch nervöse Spannung waren ihm anzumerken. Er stand einfach da, als wäre er ein namenloser Bote, der von Gott selbst geschickt worden war. In dieser unausgesprochenen Selbstvergessenheit lag etwas beeindruckend Vollmächtiges, aber nichts Einschüchterndes.

Unter seiner Leitung schien sich die Atmosphäre des Gottesdienstes von nun an zu etwas Solidem, Starkem zu verdichten. Der Mann war eindeutig der geistliche Leiter der Gemeinde; schon seine Präsenz ließ daran keinen Zweifel. Jason hatte das Gefühl, daß Gott selbst seine königliche Ausstrahlung von dem alten Mann ausgehen ließ.

Nach dem Moment der Stille lächelte der Pastor freundlich und nickte zur ersten Reihe hin, wo die amerikanische Solistin und der Mann mit dem britischen Akzent saßen. »Ich möchte zwei Leuten danken«, sagte er mit einem schweren Akzent. »Danke, Graham, daß du zum ersten Mal unseren Gottesdienst eingeleitet hast. Und danke, Sandra, für dein schönes Lied, das erste, daß du je in der Öffentlichkeit vorgetragen hast.«

Dann senkte er den Kopf und schwieg einige Sekunden, als warte er darauf, daß Gott etwas für ihn entschiede. Dann sprach er weiter. »Meine Predigt ist heute morgen nicht wichtig. Was wichtig ist, ist, daß diese Familie Gottes sein besonderes Eingreifen braucht.« Er deutete auf die rumänische Familie, die in der Gemeinde zu Gast war.

»Diese Familie hat kein Zuhause mehr. Hat kein Land mehr. Hat kein Gefühl der Geborgenheit mehr. Und sie sprechen kein Englisch. Doch in ihrer neugewonnenen Freiheit hat Gott sie heute morgen hierher zu uns geführt. Darum müssen wir jetzt ihr Zuhause sein … müssen wir ihr Land sein … müssen wir ihnen helfen, sich geborgen zu fühlen.

In dem königlichen Blut Christi sind wir ihre Brüder, sind wir ihre Schwestern. Es ist unsere Pflicht, Gottes Liebe durch uns zu ihnen strömen zu lassen.«

Mit dieser Einleitung legte er seine vorbereitete Predigt zur Seite. Statt dessen bat er den Deutschen, der rumänischen Familie zu sagen, daß die Versammlung echten Anteil an ihrer gegenwärtigen Situation nehme und jetzt für die Bedürfnisse der Familie beten wolle.

Als der Mann übersetzt hatte, bat der alte Pastor die ganze Versammlung, aufzustehen und die Familie Hand in Hand zu umringen. Die Leute folgten ihm ohne Verlegenheit. Offenbar schien ihnen allen dies das Richtige zu sein.

Als die Familie vollkommen von den Leuten eingekreist war, bat der alte Leiter alle, die Köpfe zu neigen. Ein Gefühl von Heiligkeit und Ehrfurcht schien den Versammlungsraum zu durchwehen.

Zuerst betete ein Mann mit australischem Akzent. Als er endete, ergriff bald ein anderer das Wort, dann noch einer, dann noch einer.

Eine Stunde und zwanzig Minuten später war die Gebetszeit vorüber. Sie hatten Gott mit Fürbitten für ihre neuen Freunde bombardiert.

Die rumänische Familie hatte tränennasse Gesichter, wie auch einige andere.

Als der Pastor die Gruppe entließ, fragte er, ob noch jemand etwas zu sagen hätte.

Jason sah, wie jemand dem Deutschen etwas ins Ohr flüsterte, der sogleich aufstand und sagte: »Unser Kassenwart sagt mir soeben, daß wir über unsere Spenden an die Weltmission hinaus ein Guthaben von 100 000 Kronen auf unserem Konto haben. Diese Familie«, fuhr er fort, wobei er seine Hand auf die Schulter des rumänischen Vaters legte, »hat keine Einkommensquelle. Vermutlich wird es einige Monate dauern, bis sie eine Aufenthaltsgenehmigung und eine Arbeitserlaubnis erhalten, was nur dann geschehen wird, wenn Norwegen ihnen politisches Asyl gewährt. Deshalb schlage ich vor, daß wir ihnen ein Drittel des Guthabens geben: 33 000 Kronen.« In kurzer Folge standen ungefähr ein Dutzend Leute aus der Gruppe auf, um den Vorschlag zu unterstützen. Rasch wurde abgestimmt, und die Entscheidung fiel einstimmig aus.

Der Kassenwart war schon dabei, den Scheck auszuschreiben, als der Deutsche neben ihm den Rumänen erklärte, was gerade geschehen war. Dem rumänischen Vater, seiner Frau und ihren drei jugendlichen Töchtern schien es die Sprache zu verschlagen.

Auch Jason war starr vor Staunen. Rasch rechnete er sich aus, daß die Gemeinde soeben weit über 6 000 Dollar verschenkt hatte.

Der Gottesdienst war zu Ende. Jason bemerkte, daß der Pastor sich unauffällig in eine Ecke des Raumes gestellt hatte. Sein altes, hageres braunes Gesicht strahlte vor Freude.

Bevor Jason den Saal verließ, war seine Hand von vierzig oder fünfzig Leuten geschüttelt worden, die ihn alle herzlich willkommen hießen und echtes Interesse an ihm zeigten. Er erhielt sogar ein paar Einladungen zum Essen, die er jedoch höflich ablehnte.

Während der Busfahrt zurück zum Hotel war Jason tief in Gedanken versunken. Ohne Zweifel war er angerührt. Noch nie in seinem Leben hatte er einen Gottesdienst erlebt, der so unverfälscht christlich, so liebevoll und so bewegend gewesen war. Er fühlte sich, als hätte er eine Zeitreise zurück in eine neutestamentliche Gemeinde unter Leitung eines der Apostel gemacht. Er kannte keinen anderen lebenden Pastor, der spontan seine prestigeträchtige Sonntagmorgenpredigt geopfert hätte, um eine Stunde und zwanzig Minuten lang für eine fremde, einsame, arme Familie zu beten, geschweige denn ihnen ein Drittel des Guthabens der Gemeinde zu schenken. Er war sicher, daß das bewegende Schauspiel kompromißlosen Christentums, das er erlebt hatte, mehr als eine Seltenheit war; es war eine Manifestation von etwas, das er für praktisch ausgestorben gehalten und von dem er geglaubt hatte, es käme nur noch in neutestamentlichen Geschichten und idealistischen Predigten vor.

Er fühlte sich so sehr zu der Gemeinde hingezogen, daß

er nach einem Mittagsschlaf den Drang verspürte, auch den Abendgottesdienst zu besuchen.

Bevor er ging, um den Bus zu nehmen, versuchte er noch einmal, die Corinna Nykvist in Bodo zu erreichen. Wieder nahm niemand ab.

Bei der abendlichen Zusammenkunft waren etwa hundert Leute anwesend, die in zwei Reihen im Kreis saßen. Der asiatische Pastor teilte leere Blätter an sie aus und bat sie, eine senkrechte Linie in die Mitte zu zeichnen, um das Blatt in zwei Spalten zu unterteilen. Eine Spalte sollten sie mit »Äußeres«, die andere mit »Inneres« überschreiben.

»Und nun«, sagte er mit seiner entwaffnend sanften alten Stimme, »haben wir ja alle ein Bild von dem idealen Christen im Kopf. Bitte fassen Sie dieses Bild in Worte. Wie sieht ein idealer Christ äußerlich aus? Und wie sieht er innerlich aus?«

Er gab ihnen zehn Minuten, und die Leute schrieben. Als sie fertig waren, bat der Pastor sie alle, jeweils zwanzig oder dreißig Sekunden lang vorzulesen, was sie geschrieben hatten. Angefangen vom äußeren Kreis bis zur letzten Person im inneren Kreis lasen sie alle von ihren Blättern vor.

Als das Vorlesen vorüber war, stand ein Mann auf und sagte: »Ich muß die Amerikaner etwas fragen. Wie die meisten von Ihnen wissen, bin ich erst vor fünf Monaten zu Hause in Frankreich Christ geworden. Jetzt ist es mein größter Wunsch, Gott zu gefallen. Ein paar von Ihnen aus Amerika haben gesagt, daß der ideale Christ äußerlich sauber und gepflegt, ordentlich gekleidet und so weiter sein sollte. Diese Vorstellung vom christlichen Zeugnis ist mir fremd. Doch wenn Gott das wirklich erwartet, möchte ich es wissen, damit ich mein Leben entsprechend ändern kann. Ich brauche Aufklärung. Also – wo finde ich in der Bibel entsprechende Stellen über diesen Gedanken, daß ich immer ordentlich und gepflegt aussehen sollte?« Die Frage war unverkennbar aufrichtig.

Der Pastor saß schweigend da und wartete.

Eine Frau mit Südstaaten-Akzent antwortete als erste. »Nun, ich kann Ihnen nicht die genaue Stelle nennen, aber es muß irgendwo stehen. Jede Gemeinde in Amerika lehrt das.«

Einige andere ergriffen das Wort, und die Diskussion mündete in einen lebhaften Austausch von Gedanken, Gefühlen, Fragen, Meinungen und Bibelstellen.

Dieses spontane Gespräch schien etwas zu sein, woran die Gemeinde gewöhnt war, doch Jason hatte so etwas noch nie in einem Gottesdienst erlebt. Es war ihm so fremd wie der Gedanke des »gepflegten Christen« für den Franzosen. Doch er fand es bedenkenswert und anregend. Es gefiel ihm geradezu.

Einer der Amerikaner, ein Mann mittleren Alters, gab zu, daß die Vorstellung, man müsse immer wie aus dem Ei gepellt aussehen, möglicherweise kulturellen Ursprungs sei. Dann nickte er einigen der Europäer, Afrikaner und Asiaten zu und bat sie, noch einmal zu lesen, was sie geschrieben hatten. »Hände, die bereit sind, hart zu arbeiten«, sagte einer. »Eine Zunge, die freundliche Worte spricht«, ein anderer. Und wieder ein anderer sagte: »Ohren, die auf wertvolle Dinge hören.«

Bald ergriff zum ersten Mal seit dem Beginn der Diskussion der alte Pastor wieder das Wort. »Ich möchte, daß wir alle uns eine Frage stellen: Wenn das Christentum über einen langen Zeitraum hinweg in einem Land angesiedelt und eng mit der Kultur verwoben ist, wäre es dann möglich, daß das Christentum in diesem Land stärker von den Eigenschaften der Kultur als von den wirklichen Lehren der Bibel geprägt wird?«

Jason dachte darüber nach. *Ja – ja, das ist möglich. Das habe ich mir sogar schon in mein Weisheitsbuch geschrieben.*

Der Pastor schlug seine Bibel auf und las einen Abschnitt aus dem Markusevangelium vor. Dann zeigte er anhand des Abschnitts, wie die Pharisäer in bester Absicht, aber mit schädlicher Wirkung menschliche Traditionen weitergaben, als wären sie das Wort Gottes.

Das war alles. Er versuchte nicht, irgendwelche Schlußfolgerungen daraus zu ziehen, sondern beendete den Gottesdienst einfach mit einem Gebet.

Jason verspürte das Bedürfnis, den Pastor kennenzulernen. Als er auf ihn zuging, ergriff der alte Mann zuerst das Wort.

»Ich habe Sie heute beobachtet«, sagte er ernst. »Mein Gefühl sagt mir, daß Sie verletzt worden sind, daß Sie ein einsamer und suchender Christ sind, daß Sie an einem Punkt stehen, an dem Gott Sie durch viel Schmerz und viele Tränen lernen läßt.«

Er hielt inne und fügte dann hinzu: »Sie brauchen jemanden, der Ihnen sagt, daß Gott immer noch bei Ihnen ist, jemanden, der Sie daran erinnert, daß Sie es schaffen werden. Sie brauchen einen Bruder, der Ihnen zuhört und Sie versteht.

Wenn Sie wollen«, sagte er eindringlich, »werde ich dieser Bruder sein.«

Jason brach dort, wo er stand, in Tränen aus. Wer war dieser Mann, der in seinem Leben lesen konnte wie in einem offenen Buch und der bereit war, einen Fremden zu lieben?

Als er wieder sprechen konnte, fragte Jason: »Wie heißen Sie?«

»Mein Name ist Maung Maung, aber das ist nicht wichtig«, antwortete er. »Sie sind wichtig.«

Plötzlich, voller Verlegenheit, fühlte Jason sich auf eine Weise geliebt wie noch nie zuvor in seinem Leben.

Während der nächsten fünfzehn Minuten umgab ihn der alte Pastor mit geistlichen Ermutigungen und baute ihn auf. Und immer noch hatte Jason ihm keine Einzelheiten aus seinem Leben erzählt, obwohl er es wollte. Da er bemerkte, daß andere Leute darauf warteten, ein paar Worte mit dem Pastor zu wechseln, bedankte er sich bei dem alten Mann und verabschiedete sich. Er war sicher, daß er zurückkommen würde.

Auf dem Weg zur Bushaltestelle rief ihn ein Mann an, der gerade auf dem Parkplatz vor dem Versammlungshaus in seinen Wagen stieg und fragte, ob er ihn mitnehmen könne. Jason nahm an.

Der Mann war ein typischer Norweger: blond, groß, sportlich. Er stellte sich als Sven vor. Jason stieg in den Wagen und sagte ihm, wo er wohnte. Sven kannte sich sofort aus; das Hotel lag nur wenige Minuten von seinem Büro entfernt.

Jason lehnte sich auf dem Beifahrersitz zurück und sagte: »Das ist ein erstaunlicher Pastor, den Ihre Gemeinde da hat.«

»Ja«, nickte Sven. »Yoma ist einer der weisesten und demütigsten Männer, die man finden kann. Er lebt seinen christlichen Glauben wirklich aus.«

»Yoma? Mir hat er gesagt, sein Name sei Maung Maung.«

»Sein richtiger Name ist Maung Maung. Er stammt aus Burma, und Yoma ist sein burmesischer Spitzname, mit dem ihn alle ansprechen. Es bedeutet ›Rückgrat‹.«

»Rückgrat?«

Sven lächelte. »Die Gemeinde besteht hauptsächlich aus Leuten aus aller Herren Länder, die sich nur für zwei oder drei Jahre in Norwegen aufhalten, Yoma hat die Gemeinde gegründet, und er ist so ziemlich der einzige, der auf Dauer hier ist. Deshalb nennen wir ihn Yoma, Rückgrat.«

»Er ist ein Mann von großer Urteilskraft und Barmherzigkeit. Wie alt ist er?«

»Achtundachtzig.«

»Wie lange ist es her, daß er die Gemeinde gegründet hat?«

»Zwölf Jahre.«

»Wissen Sie«, sagte Jason, »mit einem solchen Pastor und nach zwölf Jahren würde ich erwarten, daß die Gemeinde viel größer wäre, als sie ist.«

»Wenn man über die zwölf Jahre zurückblickt«, erklärte Sven, »dann haben der Gemeinde im Laufe der Zeit mehr als 2 000 Leute angehört. Obwohl das ›nicht wichtig ist‹, wie Yoma eilends hinzufügen würde.«

Beide schmunzelten.

»Und vielleicht hat er recht«, fuhr Sven fort. »Aber 2 000 Leute in zwölf Jahren finde ich trotzdem beeindruckend. Und was mich noch mehr beeindruckt, ist, daß unter Yomas Verkündigungsdienst neunundzwanzig Männer aus achtzehn verschiedenen Ländern in den vollzeitlichen Dienst als Pastoren, Evangelisten und Missionare gegangen sind. Sie alle haben ihre bisherigen Berufe aufgegeben. Dazu kommen Hunderte von Männern und Frauen, die nur Mitläufer waren, als sie in die Gemeinde kamen, und sie als verantwortliche Mitarbeiter wieder verließen. Sie sind in ihre Länder zurückgekehrt und sind Älteste und Diakone und Lehrer und Bibelstudienleiter und dergleichen geworden.«

Jason ließ die Jahre seines eigenen Verkündigungsdienstes Revue passieren. Auch er hatte mehr als 2 000 Leute in seiner Gemeinde gehabt, doch sie waren alle Jasager gewesen, die er unter seinem Daumen gehabt hatte. Und nur ein junger Mann aus der *North Metro*-Gemeinde hatte sich entschieden, in den vollzeitlichen Dienst zu gehen. Er war in dieselbe Bibelschule und auf dasselbe Seminar gegangen, die auch Jason besucht hatte; inzwischen hatte man ihn zweifellos in einen gesetzlichen Nachschwätzer verwandelt.

»Und wie kommt es zu all dieser Frucht?« fragte er Sven.

»Ganz einfach«, antwortete Sven. »Yoma läßt jeden aktiv mitarbeiten. Und wenn das geschieht, tauchen überall geistliche Gaben auf.«

Es dämmerte Jason, daß der Mann, der den Vormittagsgottesdienst geleitet hatte, und die junge Frau, die das Lied gesungen hatte, zu den »Mitläufern« gehörten, denen Yoma eine Chance gab, sich weiterzuentwickeln. Wie viele Pastoren, fragte sich Jason, würden wohl das Image ihres Sonntagmorgengottesdienstes aufs Spiel setzen, nur um Anfängern die Gelegenheit zum Üben zu geben?

»Und Sie?« fragte Sven in einladendem Ton. »Was machen Sie in Norwegen?«

»Im Augenblick bin ich nur ein arbeitsloser Weltenbummler. Wie ist es mit Ihnen? Was machen Sie?«

Sven ließ die Straße nicht aus den Augen. »Ich bin Polizeibeamter hier in Oslo und arbeite auf dem Drogendezernat. Ich verfolge Spuren und nehme Rauschgifthändler, Dealer und internationale Schmuggler fest – solche Sachen.«

24

Am späten Sonntagabend rief Jason noch einmal von seinem Hotel aus an und erfuhr, daß die Corinna Nykvist in Bodo ebenfalls eine Fremde für ihn war.

Erschöpft vor Frustration beschloß er, seine wenigen Habseligkeiten zu packen und am nächsten Tag in die Vereinigten Staaten zurückzukehren. Er fürchtete sich jetzt davor, in Norwegen zu bleiben – wenn Sven herausfand, daß er ein verurteilter und gesuchter »Drogenschmuggler« war, lieferte er ihn vielleicht den Behörden aus.

Ich bin es so leid, allein in der Welt zu sein, dachte er, als er sich zum Schlafen ins Bett fallen ließ. Mit dem bedrückenden Gedanken, Norwegen zu verlassen, ohne Corinna gefunden zu haben, fiel er in einen unruhigen Schlaf.

Doch am nächsten Morgen stritt er mit sich selbst im Badezimmerspiegel. *Hast du jedes mögliche Mittel ausgeschöpft, um Corinna zu finden? Nein. Wie kannst du dann gehen, selbst wenn es riskant sein sollte, im Land zu bleiben?*

Und was in aller Welt würdest du in den Staaten tun? Wieder ziellos umherschweifen? Einen weltlichen Job annehmen? Allein leben? Nein, nein, nein, tausendmal nein! Dieses Leben halte ich nicht länger aus, nicht jetzt, wo ich weiß, wo Renée ist, und nicht, solange noch eine Chance besteht, daß ich Corinna finde.

Damit war es entschieden: Er würde bleiben und sich der Gefahr aussetzen, festgenommen zu werden, zumindest so lange, bis er sicher war, jeden denkbaren Weg, um Corinna zu finden, beschritten zu haben.

Außerdem konnte er, wenn er blieb, weiterhin die einzige Gemeinde besuchen, die er je kennengelernt hatte, in der das Christentum nicht künstlich oder wie von der Stange wirkte.

Nachdem er mit Müsli und hartgekochten Eiern gefrühstückt hatte, zog er seinen Mantel und seine Schneestiefel an und ging joggen. Während er durch das riesige öffentliche Gelände rannte, das zum Stadtpalast des norwegischen Königs gehörte, atmete er die frische, kalte Luft ein und jonglierte in Gedanken mit Ideen, wie er Corinna finden könnte. Als er wieder in seinem Zimmer war und sich warmes Wasser ins Gesicht spritzte, um die gefrorenen Klümpchen aus Schweiß und Luftfeuchtigkeit zu schmelzen, die in seinem Bart hingen, war sein Plan für die nächsten Schritte fertig.

Am Haupttresen in der Zentralregistratur sprach er mit derselben Frau, die ihm schon zuvor behilflich gewesen war. Mit der Liste in der Hand erklärte er, er habe die elf Personen kontaktiert, und keine davon sei seine Cousine. »Sind Sie sicher, daß diese Liste vollständig ist?« fragte er.

Die Frau nahm seine Liste, ging nach hinten zu der Reihe von Aktenschränken, zog wieder dieselbe Schublade heraus und begann mit der Überprüfung. Fünfzehn Minuten später kam sie zurück an den Schalter und versicherte ihm, die Liste sei vollständig.

»Gibt es vielleicht noch eine andere Schreibweise für Corinna?« fragte Jason.

»Wissen Sie denn nicht mehr, wie es in Ihren Familienunterlagen geschrieben wurde?« fragte sie.

»Nein. Tut mir leid, aber ich bin mir nicht mehr sicher«, erwiderte Jason kleinlaut.

»Nun, könnte es sein, daß der Name in Wirklichkeit Karina gesprochen wird?« erwiderte sie mit Betonung auf der ersten Silbe. »In dem Fall würde der Name wahrscheinlich K-A-R-I-N-A geschrieben.«

Vielleicht hatte er Corinnas Akzent mißverstanden, als sie ihm ihren Namen nannte. »Ja«, antwortete er. »Vielleicht. Versuchen wir es.«

Vierzig Minuten später trat er mit einer Liste der Adressen und Telefonnummern von vierunddreißig Karina Nykvists in der Tasche wieder in die frische Luft hinaus. Er holte tief Atem. Die Kugel war noch am Rollen; nun konnte er es nur weiter versuchen und weiter hoffen.

Während der nächsten Tage hing er ständig am Telefon und rief zu allen Zeiten an. Am späten Donnerstagnachmittag waren nur noch neun Nummern übrig, bei denen sich noch niemand gemeldet hatte. Wieder spürte Jason, wie seine Chancen schrumpften.

An diesem Abend sollte um sieben Uhr eine Versammlung in der Gemeinde stattfinden; also legte er seine Liste weg und duschte.

Die inzwischen vertraute Busfahrt zum Gemeindehaus gab ihm Gelegenheit, innerlich abzuschalten. Leichter als sonst gelang es ihm, seine Seele auf den Gottesdienst vorzubereiten. Wenn er an Yomas Methoden als Pastor dachte, spürte er die positive Wirkung ihrer Tiefe und Frische.

Während des Eröffnungsliedes kam Sven herein und setzte sich neben Jason. Als die Begrüßung der Gäste an die Reihe kam, stieß ihn Sven an, aufzustehen und sich vorzustellen. Jason zögerte. Ob alle anderen seinen Namen erfuhren, scherte ihn nicht, aber er scheute davor zurück, ihn Sven hören zu lassen. Schließlich, nachdem ihm Sven drei weitere scherzhafte Rippenstöße versetzt hatte, stand er auf, nannte nur seinen Vornamen und fügte hinzu, er käme aus den Vereinigten Staaten und sei zur Zeit arbeitslos.

Graham führte die Versammlung durch fünf oder sechs Lieder. Dann stellte Yoma den Redner des Abends vor: Praba, einen Prediger in Ausbildung aus Delhi in Indien.

Praba kündigte sein Thema an: »Gottes Autoritätskette«. Fünfundzwanzig Minuten lang skizzierte er anhand mehrerer Bibelabschnitte die Autoritätsbeziehungen, wie sie in der Bibel gelehrt werden. Dann schloß er, indem er sagte, Kinder müßten der Autorität ihrer Eltern vollkommen untertan sein, solange diese lebten.

Jason blickte hinüber zu Yoma, der still dasaß. Er schien zu wissen, was jetzt kommen würde, und bereit zu sein, es geschehen zu lassen.

Und es geschah.

Respektvoll und liebevoll widersprachen die Europäer und Amerikaner Praba und seinen Ansichten über das Ausmaß der Autorität von Eltern. »Was Sie da lehren, ist nicht aus der Bibel, Praba«, sagte einer von ihnen wie ein älterer Bruder.

»Es ist ein Ausläufer Ihrer indischen Kultur, von der Sie Ihre Auslegung der Bibel haben färben lassen.«

Ein anderer Inder, ein älterer Mann, stimmte den anderen zu und fragte Praba, ob er seine Position nicht überdenken wolle.

Gedemütigt durch den starken Widerspruch gegen seine Ansicht, sagte Praba, er werde alle Argumente überdenken. Dann bat er die anderen, die Bibelstellen noch einmal zu wiederholen, die sie zitiert hatten, damit er sie sich notieren könne.

Schließlich ergriff Yoma das Wort.

»Wir erfahren heute abend, was wir auch schon am Sonntagabend gelernt haben. Wir lernen, daß die Vielfalt der Nationalitäten, die Vielfalt der Kulturen und die Vielfalt der Hintergründe in dieser einen Gemeinde eine Stärke ist. Vielfalt bringt einen zum Denken. Gleichförmigkeit in einer Gemeinde dagegen zerstört das Bedürfnis nach eigenem Denken. Vielfalt zwingt dazu, Fragen zu stellen. Gleichförmigkeit läßt einen in seinen falschen Überzeugungen erstarren.«

Er rundete seine Gedanken mit einer zehnminütigen Betrachtung der erstaunlichen Vielfalt unter den zwölf Aposteln ab, den Männern, die Gott persönlich auserwählte, die Fackel des Christentums in den Rest der Weit hineinzutragen. In diesem einen Team vereinten sich zum Beispiel Simon, der Zelot – ein anti-römischer Fanatiker –, und Matthäus, ein eifriger Kollaborateur mit den Römern. Da war der impulsive Petrus, der so überzeugt von sich und seinen Gedanken war, zusammen mit dem schweigsamen, vorsichtigen, zögerlichen Thomas, der dazu neigte, alles im Leben zu bezweifeln. Da waren die Brüder Jakobus und Johannes, die ungestümen Söhne des Donners, die so sehr auf Rang und Größe bedacht waren, daß man sich fragen mußte, wie die anderen sie ertragen konnten – und wie diese beiden je einander ertragen konnten.

»Wußte Jesus denn nicht«, fragte Yoma, »daß es für alle Beteiligten eine schier unerträgliche Prüfung bedeuten würde, diese zwölf Männer zusammenzubringen? Doch, natürlich wußte er es«, sagte Yoma begeistert. »Und Gott benutzte diese großen individuellen Unterschiede als Werkzeug, um jeden von ihnen zu einem ausgewogenen, einsichtigen, wirksamen Missionar zu schleifen und zu formen. Sie brauchten den Druck der gegenseitigen Unterschiede. Ihre Unterschiede schliffen sie ab wie Sandpapier, bis endlich jeder von ihnen glänzte wie polierter Stahl.«

Während Yoma sprach, machte Jason sich Notizen – es war das erste Mal seit seiner Zeit auf dem Seminar, daß er sich die Gedanken der Predigt eines anderen aufschrieb

In seinem Kopf überschlugen sich die Fragen. Nach dem Gottesdienst ging er eilig auf den alten Pastor zu. »Yoma«, sagte er, ganz von seinen Gedanken eingenommen, »was ist mit den amerikanischen Kirchen? Sie sind voll mit gleichgeschalteten Gemeinden. Dort gibt es nicht die Vielfalt, von der Sie sagen, daß sie so notwendig ist. Sind sie etwa hilflose Opfer einer monokulturellen Umgebung und in einem in sich schwachen System gefangen?«

Yoma antwortete ruhig. »Die Gemeinde in Amerika hat ein großes Potential an Vielfalt. Aber die Christen dort fliehen allzu oft davor. Sie gründen neue Gemeinden, um der Vielfalt aus dem Weg zu gehen. Vielleicht gibt es dort in jeder Stadt aus dem falschen Grund zu viele Gemeinden. Darin liegt die Schwäche.«

»Ich verstehe«, erwiderte Jason. »Wenn es überall so viele Gemeinden gibt, kann sich ein Christ umschauen, bis er eine findet, die total zu seinen Vorlieben und zu seiner Persönlichkeit paßt – und dadurch beraubt er sich einer vielfältigen Umgebung und all ihrer Vorzüge. Schließlich machte Jesus, wie Sie sagten, die Vielfalt zu einem notwendigen Bestandteil seiner Nachfolge, als er seine Mannschaft von Jüngern auswählte – und doch tun wir in Amerika alles, um das im Keim zu ersticken, was Jesus als notwendig erachtet hat.«

»Ah, Jason lernt schnell«, sagte Yoma lächelnd

Jason hätte sich gern noch länger unterhalten, doch er brach sein Gespräch ab, da wieder auch noch andere darauf warteten, mit Yoma zu sprechen. Als er Yoma dankte und sich verabschiedete, lud ihn der alte Pastor ein, an einem Treffen für alleinstehende Erwachsene am folgenden Abend teilzunehmen. Jason nahm an.

Auf der Rückfahrt im Bus zog Jason ein Blatt Papier hervor und begann, seinen nächsten Eintrag im Weisheitsbuch zu entwerfen: Vielfalt statt Gleichförmigkeit.

Am Freitagabend traf er eine halbe Stunde früher im Gemeindehaus ein, in der Hoffnung Zeit für ein ausführliches Gespräch mit Yoma zu finden. Bei dem alten Burmesen und seiner Gemeinde hatte er eine christliche Sprache gefunden, die seinen Verstand erreichte, eine christliche Lebensweise, die sein Herz erwärmte und eine christliche Selbstdarstellung – frei von allem menschlichen Ballast –, die sein ganzes Wesen ansprach.

Doch eine hartnäckige Traurigkeit beschwerte ihn, als er aus dem Bus stieg und zum Gemeindehaus ging. Zum ersten Mal seit Jahren hatte er tatsächlich wieder Freude an seinem Christsein, doch er brauchte immer noch eine Freundin – eine Frau –, mit der er leben könnte. Und er brauchte seine Enkelin, der er seinen Glauben weitergeben wollte.

Jason trat durch den unverschlossenen Eingang und sah zu seiner Überraschung Yoma und eine junge Frau, die sich gerade in der ersten Stuhlreihe niederließen. Jason dachte, sie wäre wohl eine der alleinstehenden Erwachsenen und vielleicht früher gekommen, um mit dem Pastor über ein persönliches Problem zu sprechen.

Sie drehten sich nach ihm um, und Jason entschuldigte sich und wandte sich zum Gehen.

»Bitte, bleiben Sie doch bei uns«, sagte Yoma zu ihm. Dann wandte er sich an das Mädchen und fügte hinzu: »Das ist schon in Ordnung. Er ist auch ein Pastor. Er wird alles, was wir sagen, vertraulich behandeln.« Das Mädchen nickte zustimmend.

Woher weiß er, daß ich Pastor bin? fragte sich Jason sofort. *Niemand in Norwegen weiß das.*

Jason gesellt sich zu ihnen und wurde der jungen Frau vorgestellt, Carole, einer Studentin aus England.

Carole erzählte Yoma von einer Reihe persönlicher Ablehnungen, die ihr das Leben schwer machten, Ablehnungen, die sie auf ihre Unattraktivität zurückführte.

In einer Welt, in der Schönheit existiert, dachte Jason, war das Äußere dieses Mädchens selbst bei bescheidensten Ansprüchen nicht konkurrenzfähig. Sie war extrem mager, und ihr Gesicht schien nur aus Zähnen zu bestehen. Im weltlichen Wettstreit des Aussehens war sie mit Sicherheit eine Verliererin.

Yoma jedoch schien ihren Schmerz nachzuempfinden. »Es gibt mehr Leute, die nicht schön sind, als Leute, die schön sind«, sagte er ihr aufrichtig. »Maung Maung ist einer von denen, die nicht so schön sind.

Aber wir, die wir nicht so schön sind, haben einen besonderen Vorteil, den schöne Menschen niemals haben. Wir wissen, daß diejenigen, die uns mögen und lieben, es aus einem reinen Motiv heraus tun. Es ist nicht unser Aussehen, das sie anlockt. Sie werden nicht dadurch zu uns hingezogen, wie wir aussehen, nicht durch das visuelle Vergnügen, das wir ihnen verschaffen, sondern durch die Freude, die wir ihnen geistig und emotional bringen. Ihre Freundschaft zu uns ist nicht hohl und wird nicht leicht auszulöschen sein.«

»Aber Yoma«, sagte sie verzweifelt, »es gibt niemanden, der mich mag oder liebt.«

»Ah … Carole hat ein Problem«, tadelte er sie sanft. »Aber ihr Problem ist nicht, daß sie nicht schön ist. Ihr Problem ist nicht, daß sie keine Freunde hat. Ihr Problem ist folgendes: Sie mag sich selbst nicht. Sie mag sich selbst so wenig, daß sie denkt, daß alle anderen sie auch nicht mögen.«

Carole ließ den Kopf hängen. »Vielleicht gibt es ein paar Leute, die sagen würden, daß sie meine Freunde sind.« Dann fügte sie eilends hinzu: »Aber nicht sehr viele.«

Yoma dachte einen Augenblick nach und fragte dann: »Wie viele Leute sollten Carole denn mögen?«

»Um ehrlich zu sein, Yoma, ich möchte wohl am liebsten, daß die ganze Welt mich mag.«

»Und wenn die ganze Welt Carole mögen würde«, fuhr Yoma leise fort, »würde sie sich dann selbst mögen?«

»Ich glaube schon. Wenn ich wüßte, daß niemand mich ablehnt – ja, dann würde ich mich mögen.«

Ohne eine Erklärung stand Yoma abrupt auf und ging ein paar Schritte zu einer großen, tragbaren Schreibtafel. Mit einem Stück Kreide zeichnete er einen großen Kreis.

Als Yoma weitersprach, glaubte Jason fast etwas wie Zorn herauszuhören; doch der Zorn schien sich nicht gegen Carole zu richten, sondern gegen die Tatsache, daß sie so litt.

»Niemand wird von der ganzen Welt akzeptiert. Niemand, Carole. Keine Schönheitskönigin. Kein amerikanischer Filmstar. Nicht König Olav. Nicht einmal der Herr Jesus.

Auf der anderen Seite wird auch niemand von der ganzen Welt abgelehnt. Nicht der ärmste Mensch. Nicht der häßlichste Mensch. Nicht der gemeinste Mensch. Nicht Adolf Hitler. Nicht einmal der Teufel.«

Mit der Kreide verstreute er mehrere Punkte rund um den Umfang des Kreises und sagte ihr, sie solle sich vorstellen, das seien die Milliarden Menschen auf der Erde. »Egal, wo die Menschen auf dem Kreis des Lebens stehen, Carole, es ist überall dasselbe. Sie haben Menschen links von sich, und sie haben Leute rechts von sich. Sie haben Leute, die sie unschuldig finden; und sie haben Leute, die sie schuldig finden. Sie haben Leute, die sie loben; sie haben Leute, die sie kritisieren. Sie haben Leute, die ihre Art mögen; sie haben Leute, die ihre Art nicht mögen. Und egal, ob ein Mensch die Form seines Körpers verändert, seine Einstellung ändert, seine Persönlichkeit ändert, seine Ideologie ändert, seinen Status in der Öffentlichkeit ändert – egal, wie er seine Position auf dem Kreis verändert, er wird es immer noch von links und von rechts bekommen.

Carole muß den Platz annehmen, den Gott ihr auf dem Kreis zugewiesen hat. Sie muß den Körper annehmen, den Gott ihr gegeben hat. Sie muß die vielen Stärken annehmen, mit denen Gott sie gesegnet hat. Sie liebt Kinder. Sie ist eine gute Rednerin. Sie ist eine gute Lehrerin. Sie ist empfindsam für die Verletzungen anderer Menschen. Sie ist nicht faul. Sie hat Humor. Sie hat das Potential, eine gute Leiterin zu werden.

Wenn sie sich selbst annimmt, wird sie es nicht mehr leugnen, wenn andere Leute sie annehmen, wenn andere Leute sich als ihre Freunde bezeichnen. Dann wird sie zum Beispiel Maung Maung glauben, wenn er sagt, daß er Carole sehr gern hat, und wenn er sagt, daß Carole eine ganz besondere junge Dame ist.«

Carole hatte Tränen in den Augen. Yoma ergriff ihre Hand und beendete dann seinen Zuspruch: »Doch das Wichtigste ist nicht, ob die Leute Carole annehmen oder ablehnen; nicht einmal, ob Carole sich selbst annimmt oder ablehnt, sondern ob Gott, der Herr und Richter des Universums, sie annimmt oder ablehnt. Und er hat sie angenommen!

Carole!« sagte er und hob mit dem Finger ihr Kinn an, bis sie ihm in die Augen sah: »Er hat dich angenommen! Er mag dich! Er liebt dich!«

Als Jason sah, wie Carole in befreite Tränen ausbrach, fragte er sich, wie vielen verletzten Menschen Yoma wohl in seinem Leben geholfen haben mochte. Beschämt gestand er sich ein, daß er selbst nie ein Herz für Leute auf der Schattenseite des Lebens gehabt hatte. Kalt, ohne je auch nur zu versuchen, ihren Schmerz nachzuempfinden, hatte er ihnen stets gesagt, Gott könne keine Verlierer leiden, und sie würden niemals etwas anderes sein, wenn sie sich nicht irgendwie zusammenrissen.

Oh Gott, vergib mir! betete er. *Wenn ich älter werde, hilf mir, ein weiser Mann wie Yoma zu werden.*

Die alten Holzstufen ächzten in der kalten Abendluft, als Jason und Yoma hinaufstiegen. Yomas Apartment lag über dem Gemeindesaal und war über diese freiliegende Treppe an der Rückseite des Gebäudes zu erreichen.

Yoma hatte Jason nach dem heutigen Treffen auf eine Tasse Tee eingeladen, und Jason hatte gern angenommen. Sie traten in ein winziges Wohnzimmer. Durch offene Türen sah Jason in eine winzige Küche und ein winziges Schlafzimmer, in dem eine dünne Matratze auf dem Holzfußboden ausgebreitet lag. Yoma ging schweigend in die Küche und setzte einen Teekessel auf.

Im Wohnzimmer standen drei Sessel um einen Couchtisch. An einer Wand stand ein Bücherregal mit Dutzenden von Schallplatten und einer billigen Stereoanlage auf dem mittleren Regalbrett.

Jason setzte sich auf einen der Sessel und beobachtete den alten Mann durch die Tür.

»Yoma«, fragte Jason, »woher wußten Sie, daß ich einmal Pastor war?«

Yoma kam mit zwei schlichten weißen Teetassen herein, die er vorsichtig auf den Couchtisch stellte. Dann antwortete er in einem Tonfall, wie ihn ein Vater verwenden würde, der seinem Sohn etwas Offensichtliches erklärt: »Jason, Maung Maung ist seit fast einem Jahrhundert hier. Maung Maung ist nicht blind. Ihnen sieht man den Pastor von weitem an. Man hört ihn auch in vielen Dingen, die Sie sagen.«

Er ging zurück in die Küche und kehrte sogleich mit einer Kanne heißen Kräutertees zurück. Während er die Tassen vollschenkte, fragte er: »Aber sagen Sie Maung Maung: Warum hat Jason dem Dienst den Rücken gekehrt?«

Jason konnte es nicht erklären, nicht einmal sich selbst – doch er fühlte sich mehr und mehr auf geheimnisvolle Weise durchschaut in der Gegenwart des alten Mannes. Er ertappte sich bei dem Verdacht, daß Yoma seine Desillusionierung und ihre allgemeinen Ursachen bereits erkannt hatte; nur die persönlichen Einzelheiten waren ihm noch unbekannt.

Er nippte an dem Tee und sagte dann traurig: »Yoma, haben Sie je eine Familie gehabt?«

Yoma durchschaute die Frage sofort. Sofort flammte Mitleid in seinen Augen auf. »Jetzt versteht Maung Maung Jasons Schmerz. Wenn Jason lieber nicht darüber reden möchte, ist das in Ordnung. Ich weiß, daß solcher Schmerz das Herz und den Verstand eines Mannes auf die Folter spannen kann, bis er nie wieder derselbe ist.«

Langsamer, viel langsamer sprach er weiter, und seine Augen schienen durch Jason hindurch in die Ferne zu blicken. »Vor fünfunddreißig Jahren verlor Maung Maung seine Frau und seinen Sohn durch die Kugeln japanischer Soldaten. Heute noch vermisse ich sie. Jasons Schmerz ist viel frischer. Ich verstehe es, wenn Sie ihn für sich behalten wollen.«

Plötzlich verspürte Jason in Yomas Gegenwart, mehr noch als in Corinnas, den Drang, all die innersten Kämpfe seines Herzens und seiner Seele herauszulassen. Und das tat er auch, während die Nacht immer weiter voranschritt. Als er zu reden aufhörte, war es zwei Uhr morgens, und er hatte alles gesagt, was es zu sagen gab. Nun wußte Yoma mehr über ihn – sein Leben, sein Versagen, seine Gefühle, seine Sehnsüchte – als irgendein anderer lebender Mensch.

Einige Zeit schwieg Yoma. Dann, mit feierlich siegesgewisser Stimme sagte er: »Jason ist ein ungewöhnlicher Schüler. Er läßt seinen Schmerz nicht ungenutzt vergehen. Er wringt alle Einsicht und alles Verstehen heraus.

Und nun formuliert er die Weisheit eines gebrochenen und gelehrten Mannes. Gott lehrt Jason die Sprache des Schmerzes, und Jason lernt gründlich. Eines Tages wird er wieder ein Lehrer werden, ein Lehrer, der in der Lage sein wird, vielen Menschen zu helfen.«

Jason wußte, daß das ein tief aufrichtiges Kompliment war, und es stärkte seine Selbstachtung mehr als jedes andere, das er je bekommen hatte. Er fühlte sich, als hätte Gott selbst sein wundes Herz mit einer lindernden Salbe bestrichen, als hätte Gott selbst ihm versichert, daß ihm sein Glaube am Ende doch nicht verloren gehen würde. Sein Geist schwebte. Vielleicht gab es doch noch Hoffnung für ihn als Christen.

Aber ob er je wieder lehren würde? Wollte er das?

Yoma bat, mit ihm beten zu dürfen, bevor Jason ging, und Jason neigte den Kopf. Als Yoma betete, tat er es für die Ohren Gottes, nicht für die Ohren der Menschen. Beinahe hätte Jason die Augen geöffnet, um zu sehen, ob Gott Gestalt angenommen hätte und im Zimmer stünde.

Als sie an der Tür standen, sagte Yoma: »Ich hätte einen neuen Eintrag für Jasons Weisheitsbuch.«

»Ich höre«, lächelte Jason.

»Bilanz ziehen und besser machen statt das Leben bedauern.«

Jason verstand die Botschaft. Er merkte sie sich für den achten Eintrag in seinem Weisheitsbuch.

Gegen Mittag des nächsten Tages zog Jason seine Sportsachen an und machte sich bereit für seinen Lauf durch die schneidende Winterluft. Sowohl Frustration als auch Hoffnung steckten hinter seinem Drang, ein wenig Energie zu verbrennen.

Trotz seiner langen Nacht mit Yoma war er an diesem Morgen um acht Uhr wach gewesen und hatte sein Telefonprojekt fortgesetzt. Am späten Vormittag waren nur noch zwei Nummern auf seiner Karina-Nykvist-Liste übrig, die noch nicht ausgestrichen waren, und er fing schon an, sich zu überlegen, was er sonst noch unternehmen könnte. Wenn diese beiden Nummern ihn nicht zu ihr führten, würde er seine Suche einfach ausdehnen müssen. Er würde die Zentralregistratur um die Anschriften aller Nykvist-Familien in Norwegen bitten. Irgendwo mußte doch jemand zu finden sein, der etwas über sie wußte.

Inzwischen fiel ihm noch eine zusätzliche Taktik ein: Er würde alle Firmen in Oslo herausfinden, die internationale Kurierdienste anboten, und dann während der kommenden Woche ihre Geschäftsstellen aufsuchen und persönlich Erkundigungen einziehen.

Er dehnte seine Arme und Beine für den Lauf und wollte gerade sein Hotelzimmer verlassen, als das Telefon klingelte. Er ging zurück und hob ab.

»Hallo, Jason. Hier ist Sven.«

Erschrocken sagte Jason nichts, doch Sven füllte rasch die Stille aus. »Neulich abend erwähnten Sie, daß Sie gerne joggen gehen. Ich laufe auch gern, und da heute Samstag ist und ich etwas freie Zeit habe, hatte ich vor, heute einen Lauf durch den Frogner Park zu machen. Möchten Sie nicht mitkommen? Ich könnte in einer Viertelstunde bei Ihnen im Hotel sein.«

Jason wußte nicht, was er antworten sollte. In seinem Kopf überschlugen sich die Fragen. Hatte Sven es schon herausgefunden? Stand die Polizei im Begriff, ihn festzunehmen? Folgte Sven einer Spur und versuchte, unauffällig mehr über ihn zu erfahren?

Oder war die Einladung vielleicht ganz harmlos? Konnte es sein, daß Sven nichts wußte und ihm nur seine Freundschaft anbieten wollte?

»Jason, stimmt etwas nicht?«

Jason erinnerte sich, was er sich am Beginn dieser Woche vorgenommen hatte: zu bleiben und sich der Gefahr zu stellen. Falls die norwegische Polizei hinter ihm her war, war es vermutlich sowieso zu spät, sich aus dem Staub zu machen.

»Entschuldigen Sie, Sven. Ich war nur in Gedanken. Sicher, ich gehe gern mit Ihnen laufen. Ich warte in der Lobby auf Sie.«

Fünfzehn Minuten später sah Jason zu seiner Erleichterung Sven ohne Begleitung aus seinem Wagen steigen, gekleidet in ein paar Lagen Sportkleidung. Sie schüttelten sich die Hände. Sven sagte, die Fahrt zum Park dauere zehn Minuten, und sie stiegen ein und fuhren los.

Da er von Jasons Interesse an Yoma wußte, lenkte Sven während der Fahrt das Gespräch in diese Richtung. Jason erfuhr, daß die Gemeinde Yoma ein Gehalt von dreihundert Dollar pro Woche zahlte, von dem er jedoch normalerweise das meiste verschenkte. Niemand wußte genau, an wen, nur, daß es meistens bedürftige Fremde waren. Was sie hingegen sicher wußten, war, daß er kein Bankkonto besaß. Er gab kaum jemals Geld für sich selbst aus, und niemals für irgend etwas, das er nicht wirklich brauchte.

Yoma war Vegetarier, sagte Sven, und duschte das ganze Jahr über nur kalt – »Das ist gesünder«, versuchte er den anderen immer begreiflich zu machen.

Was Yomas Qualitäten als Prediger betraf, so meinte Sven, eines der Geheimnisse seiner Vollmacht liege darin, daß er sich selbst stets als Schüler betrachtete – als einen Mann, der von allen und jedem lernen konnte. Wegen all der Dinge, die er lernte, waren seine Sonntagspredigten oft unberechenbar. Doch sie waren stets von tiefer Einsicht und biblisch begründet; und soweit Sven wußte, hatte Yoma noch nie einer Predigt einen Titel gegeben.

Jason, der Svens sichtliche Wertschätzung für Yoma teilte,

ertappte sich dabei, den Polizeibeamten zu mögen. Dennoch scheute er davor zurück, etwas über sich oder seine Vergangenheit zu sagen.

Als sie eine Stunde später zum Hotel zurückkamen, erwähnte Sven, er sei ein begeisterter Bergsteiger und er würde sich freuen, Jason einmal mitzunehmen und ihm diesen Sport beizubringen. Jason zeigte echtes Interesse und dankte ihm für die Einladung.

Sonntag war der fünfzehnte Dezember, Renées vierter Geburtstag und Hannahs vierter Todestag. In jedem der vergangenen drei Jahre hatte dieses Datum einen schweren emotionalen Absturz für Jason mit sich gebracht, und dieses Jahr war keine Ausnahme. Er stürzte in Depressionen und spürte die Trauer der Vergangenheit wieder neu. Die drohende Strafverfolgung, die ihn nun von England und Renée fernhielt, machte alles nur noch schlimmer.

Zuerst beschloß er am Sonntagmorgen, im Hotel zu bleiben und nicht in die Gemeinde zu gehen. Er wollte niemanden sehen. Doch nachdem er eine halbe Stunde lang mit seinen Gefühlen gekämpft hatte, überredete er sich selbst dazu, die Mühe auf sich zu nehmen.

In der Gemeinde stellte sich heraus, daß auch Yoma seit dem nächtlichen Gespräch mit Jason nicht vergessen hatte, was für ein Tag heute war. Als er ans Pult trat, um seine Predigt zu halten, sagte er als erstes: »Heute ist kein leichter Tag für unseren neuen Freund Jason. Heute, wie an vielen anderen Tagen in der Vergangenheit, leidet er sehr unter einem schweren persönlichen Verlust. Er trägt einen inneren Schmerz in der Seele.

Doch Jason ist ein sehr starker Mann. Er hat schon jetzt sehr viel aus seinem Schmerz gelernt. Und die Predigt, die Maung Maung heute halten wird, enthält eine Lehre, die er Jason verdankt. Maung Maung wird ihr sogar einen Titel geben. Er wird sie ›Widrigkeiten statt Routine‹ nennen.«

Während der nächsten vierzig Minuten beleuchtete Yoma mehrere Psalmen, die um die Themen Stärke, Leiden und

Abhängigkeit von Gott kreisten. Er schloß seine Predigt mit den Worten: »Ein leichtes, routinemäßiges Leben, von dem viele Stabilität und Geborgenheit erwarten, läßt den Menschen nur stagnieren. Eingefahrene Routine verdirbt den Menschen und macht ihn simpel und schwach. Widrigkeiten im Leben dagegen bieten dem Menschen die Chance, immer mehr an Stärke und Weisheit zuzunehmen.

Die Wahrheit ist: Wenn ein Mensch wahre Weisheit Gottes, wahre Einsicht Gottes und wahres Wissen um Gott in seinem Herzen trägt, dann hat er das meiste davon, wenn nicht sogar alles, durch Widrigkeiten und Leiden gelernt.

Widrigkeiten bringen einen Menschen dazu, neue Gedanken zu denken, die ihm zuvor nie in den Sinn gekommen sind. Sie lassen einen Menschen Fragen stellen, die er nie zuvor gestellt hat. Sie lassen einen Menschen Antworten suchen, die er nie zuvor gesucht hat. Sie lassen einen Menschen Gott um Hilfe anflehen, von der er nie zuvor gewußt hat, daß er sie braucht. Dieses Suchen des Herzens und der Seele machen einen Menschen am Ende tiefer, weiter, größer.

Darum sollten wir das leichte, routinemäßige Leben fürchten, das uns schwächt, aber das Leben voller Widrigkeiten begrüßen, das uns stärkt und weise macht.«

Beim Zuhören machte sich Jason Notizen. Seinem Verstand leuchtete die Botschaft ein, und auch seinem Herzen. Ein wirklich weiser Mann war er vermutlich noch nicht, aber eines war sicher: Seine Kämpfe hatten definitiv sein Denken erweitert und ihn veranlaßt, furchtlos Fragen zu stellen und leidenschaftlich nach Antworten zu suchen. Er hatte viel gelernt, und jetzt betete er, daß es wahre Weisheit war, die er lernte.

Er beschloß, seine Notizen zu Yomas Predigt und seine eigenen Gedanken dazu als neunten Eintrag in sein Weisheitsbuch einzutragen unter dem Titel »Widrigkeiten statt Routine«.

Gerade schrieb Jason einen letzten Gedanken zum Thema nieder, als er Yomas Ankündigung hörte: »Nächsten Sonntagabend wird Jason uns eine Wahrheit aus der Heiligen Schrift mitteilen, die er mit Gottes Hilfe gelernt hat.«

Was? schrie Jason innerlich.

Nachdem die Versammlung aufgelöst war, kamen mehrere Leute auf Jason zu und sagten ihm, daß sie sich darauf freuten, seine Predigt zu hören. Doch Jason war sprachlos und spürte, wie sich seine Nerven zu Knoten zusammenzogen.

Sobald er dazu kam, bahnte er sich einen Weg durch das Gedränge zu Yoma. Er war verärgert, und man hörte es an seinem Tonfall. »Warum haben Sie mich nicht erst gefragt, bevor Sie eine solche Ankündigung machten?«

Yoma sah ihn an, nicht autoritär oder entschuldigend, sondern freundlich. Zuerst ließ er seine Augen allein sprechen. Mit der Tiefe ihres menschlichen Verständnisses und ihrer Barmherzigkeit sprachen sie Bände.

Jason lenkte ein, beinahe so, als wäre er hypnotisiert worden. Er schloß seine Augen und zwang sich langsam, sich zu entspannen. Dann sprach er wieder, und seine Worte kamen aus dem Teil seines Herzens, der in Schutt und Asche lag. »Sie verstehen das nicht, Yoma. Ich will nicht predigen. Ich bin noch nicht bereit dazu.«

Yoma brach sein Schweigen. »Am Freitagabend, als Maung Maung begriff, daß Jason seine Familie verloren hat, dachte Maung Maung, Jasons Wunde sei vielleicht noch zu frisch, um darüber zu reden. Doch als Jason bewies, daß er darüber reden kann, und als er erklärte, wieviel er daraus gelernt hat, da wußte Maung Maung, daß Gott bereit ist, Jason wieder predigen zu lassen.«

»Aber Yoma, ich …«

Bevor Jason zu Ende reden konnte, wandte Yoma sich ab und ließ ihn vor sich hin stammelnd stehen. Er konnte beinahe durch seinen Hinterkopf hindurch das zuversichtliche Lächeln auf seinem Gesicht sehen.

Jason drehte sich langsam um und verließ das Gebäude. Als er zum Parkplatz kam, wo ein paar andere Gottesdienstbesucher gerade in ihre Autos einstiegen, brach eine neue Flut von Fragen über ihn herein. *Kann ich wirklich wieder predigen? Was für ein Gefühl wird das sein nach so vielen Jahren? Kann ich mich überhaupt noch daran erinnern? Würden diese Leute mir überhaupt zuhören wollen, wenn sie mich wirklich kennen würden? Hat mir Gott schon so weit vergeben, daß er mich wieder predigen lassen will? Worüber soll ich reden?*

Er war ganz in seine Gedanken versunken, als plötzlich jemand sein Handgelenk ergriff und es fest umklammerte.

Es war Sven, makellos gekleidet in seine schwarze norwegische Polizeiuniform.

Sven sah ihn mit kalten blauen Augen an und sagte: »Gibt es etwas, worüber Sie und ich uns unterhalten sollten, Jason Faircloth?«

25

Sven eskortierte Jason direkt zu seinem Wagen. Während des kurzen Weges über den Parkplatz sagte keiner der beiden Männer ein Wort. Jason begann, schwer zu atmen. Er merkte an Svens professioneller Gelassenheit, daß sein Geheimnis gelüftet war. Er verfluchte sich. *Ich wußte, daß ich Norwegen hätte verlassen sollen.*

Aber wie hat es Sven überhaupt herausgefunden?

Yoma! Natürlich! Yoma hat es ihm gesagt!

Eine tiefe Verbitterung überfiel ihn und verdrängte sofort die Liebe zu dem alten Mann, die Jason entwickelt hatte. *Warum? Warum in Gottes Namen sollte Yoma mich verraten? Hat er mir nicht geglaubt, als ich sagte, ich sei unschuldig?*

Sven führte ihn zum Wagen, und beide stiegen ein. Sven nahm eine zusammengefaltete Zeitungsseite aus der Hemdtasche, breitete sie aus und reichte sie Jason. »Das sagt alles«, sagte er.

Ein Achtel der Seite war von einer Schwarzweißfotografie von Jason eingenommen. Jason erkannte sie sofort als Kopie seines Paßfotos. Doch den Bericht dazu konnte er nicht lesen. Er war nicht in Englisch abgefaßt. Er fragte sich, ob es Türkisch war.

Sven sprach weiter. »Ich habe es mir von einem türkischen Lehrer hier übersetzen lassen. Da steht, daß Sie erwischt wurden, als Sie hundertachtzig Gramm Kokain von Nikosia nach Lefkosa über die Grenze schmuggelten. Daß Sie behaupteten, unschuldig in eine Falle gelockt worden zu sein, aber keine Zeugenaussagen dafür beibringen konnten. Sie wurden vor Gericht gestellt, für schuldig befunden und zu zwölf Jahren verurteilt. Auf dem Weg vom Gericht zum Gefängnis flüchteten Sie aus dem Polizeigewahrsam. Sie verletzten einen Polizisten und stahlen ein Motorrad und wurden bisher noch nicht gefaßt.«

Jason fror plötzlich. Sven deutete auf das Blatt und fuhr fort:

»Sie werden bemerken, daß jemand einige der Sätze mit einem roten Stift unterstrichen hat. Die unterstrichenen Sätze sind diejenigen, in denen von Ihrer Behauptung, unschuldig zu sein, die Rede ist. Und hier ist ein Pfeil von diesen Sätzen an den Rand der Seite, der auf die Rückseite deutet.« Jason drehte das Blatt um. »Es ist derselbe Rotstift«, sagte Sven und deutete auf einige handgeschriebene Wörter in großer Blockschrift. »Es ist der Name und die Adresse eines Hotels in Nikosia. Darunter steht der Name einer griechischen Dame.«

Jasons Verstand hatte Schwierigkeiten, all das aufzunehmen. Was wollte ihm der Polizist sagen?

»Offenbar«, fuhr Sven fort, »ist hier eine Art Botschaft versteckt. Entweder versucht jemand, Ihnen zu helfen, Ihre Unschuld zu beweisen, oder er möchte Beweise für das Gegenteil liefern. Ich würde lieber das erste glauben.« Er sah Jason fragend an.

Jasons Blick klebte an den roten Buchstaben. Sein Verstand stellte die unbeantwortbare Frage: War dies der Name des Hotels, in dem er in die Falle gegangen war – und der Name der schwangeren Angestellten?

Er hatte Mühe zu atmen. »Woher haben Sie das?«

In den ein oder zwei Sekunden, bevor Sven antwortete, fielen Jason mögliche Antworten ein: Dimitri vielleicht oder die amerikanische Botschaft in Tel Aviv.

»Ich habe es auf meinem Schreibtisch vorgefunden«, antwortete Sven, »als ich gestern nachmittag kurz im Büro war, gleich nachdem wir zusammen gelaufen waren. Es war in einem verschlossenen weißen Umschlag, der völlig unbeschriftet war. Der Beamte, der ihn entgegengenommen hatte, sagte, es sei von einem internationalen Kurierdienst abgeliefert worden.«

»Einem was? Einem … von wem?« rief Jason atemlos. Nein, es war unglaublich – Corinna? »Ich meine, wer war die Kurierin? Wie hieß sie? Oder war es überhaupt eine Frau? Welche Firma war es?«

»Hoppla, hoppla«, sagte Sven. »Eins nach dem anderen.« Er legte Jason seine große Hand auf die Schulter, um ihn zu beruhigen. »Zuerst«, begann er langsam, »sagen Sie mir folgendes: Wußten Sie, daß Sie das Kokain in Ihrem Besitz hatten, als Sie die Grenze überquerten?«

»Nein!«

»Sie wollen also sagen, daß Sie unschuldig sind?«

»Ja, Sven, genau das will ich sagen. Ich bin in eine Falle gegangen! Ich bin verladen worden! Ich bin gelinkt worden!«

»Okay, okay … ich glaube Ihnen«, versicherte ihm Sven. Er starrte durch die Windschutzscheibe und sprach wie zu sich selbst weiter. »Demnach könnte es also sein, daß die Person, die diesen Zeitungsartikel und die handschriftlichen Informationen geschickt hat, Ihnen zu helfen versucht, Ihre Unschuld zu beweisen.«

Er griff zur Zündung und ließ den Motor an. »Also schön. Fahren wir erst einmal in ein Restaurant und essen etwas, und dann können Sie mir die ganze Geschichte von Anfang an erzählen.«

»Ich werde folgendes tun«, sagte Sven und lehnte sich auf seinem Stuhl zurück. Fast drei Stunden lang hatte er sich alles angehört, was Jason zu sagen hatte, wobei er sich ständig Notizen machte, wenn er sich nicht gerade mit Fragen und Bemerkungen einschaltete. Sein Interesse war immer reger geworden, je mehr sich die Geschichte entfaltete.

»Natürlich vorausgesetzt, ich erhalte die Genehmigung von meinen Vorgesetzten – aber da sehe ich kein Problem –, werde ich über Interpol die griechisch-zypriotischen Polizeibehörden kontaktieren und ihnen sagen, daß ich von einem glaubwürdigen Informanten erfahren habe, daß von diesem Hotel in Nikosia aus ein Drogenschmugglerring operiert. Und ich werde ihnen den Namen dieser griechischen Dame nennen und anregen, ihre mögliche Beteiligung zu überprüfen.

Wenn sie die Information annehmen und entsprechend handeln, und wenn es ihnen gelingt, etwas Belastendes in der Vergangenheit der Dame zu finden und sie damit zu überführen, dann werde ich empfehlen, sie nach ihrer Rolle in dem Verbrechen zu fragen, das Ihnen vorgeworfen wird. Falls sie von ihr ein Geständnis bekommen, aus dem hervorgeht, daß sie tatsächlich verladen hat, dann werden Sie höchstwahrscheinlich voll rehabilitiert.

Aber Sie müssen sich klarmachen, daß die Chance gering ist. Da sind eine Menge unbekannter Variablen im Spiel. Und selbst wenn es funktioniert, kann es Monate dauern. Doch was uns betrifft, so können wir Gott bitten, einzugreifen und dafür zu sorgen, daß es funktioniert.«

Jason grinste. »Beten kann nicht schaden«, stimmte er zu. »Danke, Sven, daß Sie mir helfen wollen, meinen Namen reinzuwaschen.«

Dann stellte er die Frage, die ihn immer noch am Hoffen hinderte. »Und … was jetzt? Muß ich mit Ihnen gehen?«

»Wie meinen Sie das?«

»Ich meine, bin ich festgenommen?«

Sven lachte. »Festgenommen? Sie werden hier in Norwegen nicht gesucht. Das habe ich bereits überprüft.«

»Dann … bin ich also frei?«

»Frei wie ein Seemann.«

Jasons Erleichterung war unbeschreiblich. »Nun«, sagte er und stieß einen mächtigen Seufzer aus, »da nun alles am Licht ist und ich immer noch zumindest vorerst – ein freier Mann bin, darf ich Sie bitten, mir einen Gefallen zu tun?«

»Wenn es in meiner Macht steht.«

»Könnten Sie Ihre Verbindungen nutzen, um herauszufinden, ob ich in England gesucht werde?«

»Da müßte ich sehr behutsam vorgehen, um nicht durchblicken zu lassen, daß Sie sich hier aufhalten. Aber ich denke, das kriege ich hin.«

»Und noch etwas, wenn ich so unverschämt sein darf: Könnten Sie bitte den Namen des Kurierdienstes und der Kurierin herausfinden, die den Zeitungsartikel abgeliefert haben?«

»Ja, das wird kein Problem sein. Sobald ich Sie wieder im Hotel abgesetzt habe und im Büro bin, mache ich mich an die Arbeit.«

»Danke, Sven. Nur Gott weiß, wie froh ich über all das bin, was Sie für mich tun.«

Wahrscheinlich ist es Unsinn, sagte sich Jason. Es war Donnerstagnachmittag, und er fuhr mit der *T-Ban* zurück zu seinem Hotel. Gerade hatte er das Büro eines Kurierdienstes verlassen, des dritten in Oslo, dessen Adresse er hatte. Alle drei hatte er diese Woche besucht – und Corinna arbeitete für keinen von ihnen. Wieder fragte er sich, ob er sich zum Narren machte.

Doch aus irgendeinem Grund wurde er den Gedanken nicht los, daß sie sich irgendwo in Oslo aufhielt. Er war überzeugt, daß sie die Kurierin gewesen war, die den Zeitungsartikel in Svens Büro abgeliefert hatte, obwohl seine rationale Seite alle möglichen vernünftigen Fragen stellte, die diese Möglichkeit erschütterten.

Woher sollte Corinna zum Beispiel wissen, daß er von der Hotelangestellten in Nikosia verladen worden war? Woher sollte sie den Namen des Hotels und der Frau kennen? Woher sollte sie wissen, daß er jetzt in Oslo war? Und die niederschmetterndste Frage: Selbst wenn sie durch irgendein Wunder an all diese Informationen gekommen war und wußte, daß er hier in Oslo war – warum hielt sie sich von ihm fern?

Andererseits – wenn die Kurierin, die den Artikel abgeliefert hatte, nicht Corinna gewesen war, wer konnte es denn gewesen sein?

Mehrere Male während der Woche war er in Versuchung gewesen, Sven anzurufen und ihn zu fragen, ob es ihm gelungen sei, den Namen der Kurierin herauszufinden. Jedesmal hatte er es sich selbst ausgeredet, da er Svens Großzügigkeit nicht ausnutzen wollte.

Als er aus der *T-Ban* stieg, beschloß Jason, als nächstes sämtliche Nykvists im Osloer Telefonbuch anzurufen.

Als er sein Hotelzimmer erreicht hatte, rief Sven an. »Ich habe jetzt keine Zeit zum Reden«, sagte er gehetzt, »aber können wir uns heute abend eine Viertelstunde vor der Versammlung in der Gemeinde treffen?« Er sei im Dienst, erklärte er, und einem bekanntgewordenen Drogenschmuggelversuch auf der Spur. Er mußte zum Hafen, um eine Fähre aus Deutschland abzufangen.

»Natürlich«, sagte Jason. »Ich werde um Viertel vor sieben am Gemeindehaus sein.«

Nachdem er aufgelegt hatte, betete er – mit echtem Mitgefühl – für die Person auf der Fähre, die in Kürze verhaftet werden würde.

Als er am Abend das Gemeindehaus erreichte, war Sven schon dort. Jason setzte sich zu ihm in den Wagen.

»Gute Neuigkeiten, Jason«, lächelte Sven. »Ich habe grünes Licht, die Informationen an die Behörden auf Zypern weiterzugeben. Morgen früh werde ich das gleich als erstes erledigen.

Außerdem – und diese Neuigkeit ist nicht so gut – habe ich die Bestätigung erhalten, daß Sie in ganz Großbritannien gesucht werden.«

Jason sagte nichts, sondern blickte nur trübe vor sich hin.

Sven sprach rasch weiter. »Eigentlich sollte ich sagen, daß Sie im Augenblick in Großbritannien gesucht werden. Aber machen Sie sich keine Sorgen. Wir werden alles tun, was in unserer Macht steht, damit Ihr Name aus den Fahndungslisten gestrichen wird. Mit Gottes Hilfe werden Sie hoffentlich noch innerhalb des nächsten Jahres nach England reisen können, um Ihre Enkelin zu finden.

Ach, und übrigens«, fuhr er fort. »Ich habe versucht, den

Namen des Kurierdienstes und der Kurierin herauszufinden – aber das ist eine komische Sache. Niemand im Büro hat eine Ahnung, wo der Einlieferungsschein abgeblieben ist. Es ist fast, als wäre er spurlos verschwunden. Der Beamte, der den Empfang quittiert hat, kann sich an den Namen der Firma nicht erinnern.

Er weiß nur noch, daß die Kurierin, ich zitiere wörtlich, ›eine umwerfende norwegische Blondine in Pink‹ war.«

Jasons bärtiger Unterkiefer sackte herab. Und während der gesamten anschließenden Versammlung konnte er seine Gedanken nicht von der Beschreibung der Kurierin losreißen.

Es kann niemand anderes gewesen sein, verkündete eine innere Stimme. Es mußte Corinna sein.

Am nächsten Tag verbrachte er drei Stunden auf dem norwegischen Einwanderungsbüro. Als er das Gebäude verließ, waren in seinem Paß eine langfristige Aufenthaltserlaubnis und eine Arbeitserlaubnis eingestempelt.

Es war ein gutes Gefühl, für seinen Aufenthalt hier einen klareren Status zu haben, zumal er sich mit jedem Tag, der verging, mit dem Klima, der Kultur und den Menschen Norwegens vertrauter fühlte.

Das angenehme Gefühl verstärkte sich, als er vom Einwanderungsbüro aus weiter in die Innenstadt ging und beobachtete, wie die Weihnachtsdekorationen aufgehängt wurden. Es war nur noch eine Woche bis Weihnachten, doch für die Norweger fing die Adventszeit gerade erst richtig an. Von Sven hatte er erfahren, daß Weihnachten in Norwegen eine Zeit der Entspannung und des tiefen Nachdenkens war, eine Zeit, in der die Menschen einfach die Freuden des Winters genießen und die Weihnachtsgeschichte Revue passieren lassen wollten. Die Festzeit würde bis Mitte Januar andauern. Es würde Familienfeste, Gottesdienste, mit Kerzen erleuchtete Bäume, handgemachte Adventskränze, besondere Brotsorten und Plätzchen und kleine, private Feste geben.

In seinem Hotelzimmer arbeitete Jason an diesem Abend bis lange nach Mitternacht an seiner Predigt für den Sonntagabend.

Häufig hielt er inne, um Gott um Leitung bei seinem zaudernden Versuch zu bitten, die Kanzel von neuem zu besteigen. Jason hatte beschlossen, über das Thema »Christentum von der Stange« zu sprechen.

Am Samstag ging Jason mit Hilfe einiger Hotelangestellter die Wohnungsanzeigen in der Zeitung durch und verabredete Treffen mit einigen Vermietern für die kommende Woche. Außerdem verbrachte er mehrere Stunden damit, sich durch die Nykvists im Telefonbuch von Oslo zu arbeiten. Dankbar stellte er fest, daß die meisten Norweger Englisch sprachen.

Graham leitete die Gemeinde durch alle vier Strophen eines schwungvollen Liedes, um den Sonntagabendgottesdienst einzuleiten. Mit Respekt bemerkte Jason, wieviel sicherer Graham in seiner Rolle geworden war.

Yoma betrat den Saal etwas verspätet in Begleitung eines Amerikaners in mittleren Jahren. Jason hatte ihn erst vor zwei Wochen kennengelernt. Sein Name war Rudy, und er arbeitete für die Finanzabteilung einer der Firmen, die in der Nordsee Öl förderten. Er und seine Frau Joyce besuchten die Internationale Christliche Gemeinde erst seit wenigen Monaten.

Yoma und Rudy nahmen in der ersten Reihe Platz. Nach dem Gesang erhob sich Yoma und winkte dem Amerikaner, mit ihm vor die Gemeinde zu treten. »Rudy hat etwas, das er uns mitteilen möchte«, verkündete er und setzte sich dann wieder.

Rudy begann in nüchternem Tonfall. »Die meisten von Ihnen kennen mich und wissen, daß Joyce und ich seit dem vergangenen Herbst in die Sonntagsgottesdienste kommen. Ich habe Woche für Woche hier gesessen, und ich muß bekennen, daß mein Herz und mein Verstand überwältigt waren von dem Christentum, daß ich hier erlebt habe.

Bis ich hierherkam, habe ich mich nie für den christlichen Glauben interessiert. Zuhause in Amerika schafften es die meisten Leute, die mich zu bekehren versuchten, höchstens, mich noch mehr davon abzuschrecken. Um ehrlich zu sein, hatte ich nie den Eindruck, daß sie sich für mich als Person sonderlich interessierten. Sie bearbeiteten mich gegen meinen Willen. Es war, als wollten sie mich mit Gewalt bekehren, nur um eine weitere Kerbe in ihren Gürtel ritzen zu können.

Doch dann kam ich hierher. Ich sagte zu Joyce – und übrigens war an ihrem Christentum nie etwas auszusetzen; im Gegenteil, ihre Hingabe an Jesus war das einzige, was mir noch einen Rest von Achtung für den christlichen Glauben erhalten hat –, ich sagte zu Joyce, ich würde nur ein einziges Mal mit ihr in diese Gemeinde gehen.

Aber Sie, die Leute, die ich hier traf, waren von anderem Schlag«, sagte er, und seine Stimme fing an, etwas belegt zu klingen. »Sie haben mir als Person Liebe entgegengebracht. Ich bin bei Ihnen zu Hause gewesen. Wir haben zusammen gegessen. Sie haben mir das Gefühl gegeben, akzeptiert zu werden. Ein paarmal haben Sie mich sogar nach meiner Meinung zu anstehenden Entscheidungen in der Gemeinde gefragt.

Ich habe im Leben der Leute hier eine Menge unerklärlicher Dinge beobachtet. Und je mehr ich mit Ihnen zusammen war, desto mehr wurde ich dazu angestoßen, über Gott nachzudenken und darüber, daß ich ihm Rechenschaft schuldig bin.

Gestern abend wurde mir klar, daß ich nicht länger vor Gott fliehen kann. Also hat vor ein paar Minuten Yoma auf meine Bitte hin mit mir gebetet, und ich habe mein Leben Christus anvertraut.« Er hielt inne, um seine Stimme in die Gewalt zu bekommen, und in seinen Augen glänzten Tränen,

»Ich habe mich noch niemals so rein gefühlt wie in diesem Augenblick. Doch mir ist klar, daß ich das bin, was Sie ein geistliches Baby nennen würden, und ich möchte gern wachsen. Deshalb möchte ich zum Schluß sagen, daß ich jetzt mehr als je zuvor Ihre Hilfe brauche.«

Während er sich setzte, stand Yoma auf. Auch er hatte Tränen in den Augen, wie auch viele andere im Saal. Väterlich schloß er die Augen und sagte schlicht: »Vergessen Sie nicht: Jesus vergleicht das Evangelisieren mit dem Ausstreuen von Samen, nicht mit dem Schwingen von Schwertern.«

Dann betete er. Es war das vollmächtigste Gebet, das Jason

je gehört hatte. Ehrfürchtig und fast ein wenig ängstlich spürte er die Gegenwart Gottes, die im Raum zu schweben schien. In diesem Augenblick fragte er sich, wie er je hatte annehmen können, Yoma würde sein Vertrauen enttäuschen und seine Geheimnisse achtlos an Sven weitergeben. So etwas würde Yoma niemals tun, dachte er, nicht einmal, wenn er vor einem Erschießungskommando stünde.

Als das Gebet vorbei war, nickte Yoma Jason zu – sein einziges Signal, daß er an der Reihe war.

Jason stand auf. Rudys Worte, dazu Yomas Gebet und seine kurze Vorbemerkung, hatten ihn an seine früheren Methoden erinnert, den Nichtgläubigen mit Nachdruck die Bibel um die Ohren zu schlagen. Zweifellos war er einer der wildesten Schwertschwinger gewesen. Er fragte sich, ob er je in seinem Leben auch nur einen einzigen Samen echten christlichen Glauben in das Herz irgendeines Menschen gepflanzt hatte.

Jetzt, als er seinen Platz hinter dem Pult einnahm, fühlte er sich wie ein Heuchler. Schließlich war es seine Absicht gewesen, nie wieder zu predigen. Das hatte er sich vor vier Jahren geschworen. Nun stand er hier und brach seinen Schwur und seine Absicht.

Er blickte sich in dem Doppelkreis der Stühle um. Mehr als hundert Leute saßen um ihn herum, und sie kamen aus allen Ecken der Welt. Ihnen allen merkte man den Wunsch an, zu reifen Christen heranzuwachsen. Sie warteten darauf, daß er sprach, daß er ihnen Nahrung gab.

Jemand anderer sollte hier stehen, schrie er innerlich. *Jemand, der stabiler ist, der hingegebener ist. Oh Gott, bitte hilf mir …*

Er atmete ein, dann wieder aus – und begann.

»Ich weiß nicht, wie die Situation in den anderen Ländern ist, die heute abend hier vertreten sind«, sagte er leise. »Aber in Amerika ist es nach meinen Beobachtungen und Erfahrungen normal, daß Christen so etwas wie ein Christentum von der Stange vorgegeben bekommen. Jeder Aspekt ist genau definiert und umrissen. Und niemand gibt zu, daß in dem ganzen Denkgebäude die Möglichkeit eines Irrtums bestehen könnte.

Es ist praktisch unverzeihlich, wenn ein denkender Christ sich an dieser vorgegebenen Form zu schaffen macht. Dabei ist es ein Christentum, das seine Gestalt hauptsächlich den Vorlieben von Menschen verdankt.

Und wenn der Mensch mit seinem versklavten Denken das Christentum bis in die kleinste Einzelheit vorzuschreiben versucht, dann reduziert er es auf eine Ebene, auf der es seiner drei mächtigsten Elemente beraubt ist: seines übernatürlichen Elements, seines geheimnisvollen Elements und seines Glaubenselements ...«

Während der nächsten zwanzig Minuten führte Jason die Gruppe durch eine Reihe von Bibelstellen, die jedes dieser drei Elemente reich veranschaulichten. Dann berichtete er als Illustration, wie er beinahe seinen Glauben verloren hätte, als Gott in der Situation mit Hannah nicht so »spurte«, wie er es nach der Lehre seines Christentums von der Stange hätte tun müssen – einer Lehre, die besagte, Gott müsse immer und ohne Ausnahme die Bitten von Menschen erfüllen, die voll unbeirrbaren Glaubens zu ihm beteten.

»Das Christentum, das ich hier kennengelernt habe«, schloß er, »ist ein Christentum, das Gott seine Freiheit läßt. Und Sie können sich nicht vorstellen, wie erfrischend das für jemanden ist, der einen solchen Hintergrund hat wie ich. Ich bin seit drei Jahrzehnten Christ, aber wie Rudy kann ich sagen, daß das, was ich hier erlebt habe, mich überwältigt.

Nehmen Sie das, was Sie hier haben, nicht für selbstverständlich. Danken Sie Gott jeden Tag dafür. Und was immer Sie tun, wohin immer Sie gehen, lassen Sie sich niemals von irgend jemandem ein von Menschen vorgegebenes Christentum von der Stange aufschwatzen, wie ansprechend es auch verpackt sein mag.«

Jason setzte sich. Innerlich spürte er eine seltsame Erfüllung. Irgendwie fühlte er sich wie ein geistlich Überlebender. Wieder in der Lage zu sein, aufzustehen und aus dem Herzen zu predigen, nach so vielen Jahren der Verbitterung, das war ein Sieg – ein Sieg, nach dem er nicht einmal getrachtet hatte.

Dennoch war er froh, es hinter sich zu haben.

Nach dem Gottesdienst kam Yoma auf ihn zu, sah ihn mit dem väterlichen Blick eines Mentors an und sagte voller Freude: »Ja, es besteht sehr viel Hoffnung für Jason!« Bevor Jason ihm danken konnte, drehte Yoma sich um und ging davon. Jason fragte sich, warum Yoma es gern so machte. Als er feststellte, daß er gleich darauf Yomas Worte im Stillen wiederholte, kam ihm der Gedanke: *Vielleicht ist das der Grund.*

Doch über Yomas Worte würde er später weiter nachdenken müssen. Schon standen ein Dutzend Leute Schlange, um ihn zu seiner Predigt zu beglückwünschen. Die nächsten fünfzehn Minuten voller Ermutigungen und Komplimente waren eine kräftige Aufbauspritze für Jasons Selbstachtung.

Der Letzte in der Schlange war Sven, breit grinsend wie immer. Er schüttelte Jason die Hand und sagte leise. »Es gibt gute Neuigkeiten: Das Büro hat vor ungefähr drei Stunden eine Nachricht von den zypriotischen Behörden erhalten. Sie haben sich bereit erklärt, die Frau im Hotel zu überprüfen.«

Er klopfte Jason auf den Rücken. »Aber wenn Sie weiter so predigen wie heute abend, lassen wir Sie vielleicht nie aus Oslo weg – ob Sie nun rehabilitiert werden oder nicht!«

Als Jason an diesem Abend im Bett lag, fühlte er sich hellwach und voller Lebensdrang. Er sah sogar ein Bild der Zukunft vor sich – eine Vision seiner selbst mit Renée auf dem Knie, deren Haar er mit seiner Großvaterhand streichelte. *Ob Gott wohl mein Gebet bald erhören wird?,* fragte er sich.

So wie er sich heute abend fühlte, konnte er nicht anders, als das zu glauben.

26

Die Wochen jagten dahin wie übermütige Kinder auf einem grasbewachsenen Hügel. Gegen Ende Januar war auch die Weihnachtszeit Erinnerung geworden.

Jason fand ein Ein-Zimmer-Apartment im sechsten Stock eines Hauses in der Nähe der Innenstadt, beschaffte sich einen norwegischen Führerschein und kaufte sich einen gebrauchten VW Passat. Mit Hilfe eines der Gemeindeglieder fand er für zwanzig Stunden in der Woche einen Job als finanzieller Berater einer Sardinen-Exportfirma, wo er Vorschläge machte, um den Absatz in Amerika zu steigern. Diese Teilzeitarbeit ließ ihm genügend Zeit für seinen anderen »Job«: sämtliche Familien Nykvist in und um Oslo anzurufen. Er blieb am Ball und gab die Hoffnung nicht auf, Corinna aufzuspüren.

Immer mehr verliebte er sich in Norwegen. Es war etwas unendlich Verlockendes an der Schönheit des Landes, die er besonders auf seinen Skiwanderungen mit Sven schätzen lernte. Diese Ausflüge waren ein atemberaubendes Vergnügen für Jason, obwohl Sven sie lediglich als Aufwärmtraining für die wirklichen Abenteuer zu betrachten schien, die im Sommer kommen würden: die Aufstiege auf Norwegens Berge.

An Sven konnte Jason aus nächster Nähe die norwegische Neigung beobachten, das Leben als ein modernes Abenteuer anzugehen. Sie schien Bestandteil der allgemeinen Philosophie zu sein, daß man das Leben genießen müsse – eine Aufforderung, der Jason mit Freuden nachgab.

Seine wachsende Mitarbeit in der Internationalen Gemeinde führte ihn auf neue geistliche Höhen. Die Gottesdienste waren nach wie vor erfrischend unberechenbar. An einem Sonntagmorgen Mitte Februar zum Beispiel äußerte die aus Laos stammende Frau eines britischen Luftwaffenoffiziers ein Gebetsanliegen: Sie bat Gott, einen christlichen Missionar zu senden, der ihren buddhistischen Eltern, die sie seit neun Jahren nicht gesehen hatte, von Christus erzählen sollte. Spontan entschied die Gemeinde an Ort und Stelle, ihr ein Rückflugticket nach Laos zu spendieren.

Wie immer waren die Gottesdienste voller Substanz – voll von der Substanz, die Herzen und Seelen und Gedanken anrührt, Substanz, die einen packt und nicht mehr losläßt. Gott wirkte und veränderte Woche für Woche spürbar das Leben von Menschen.

Gegen Ende März wurde der rumänischen Familie politisches Asyl gewährt. Sie belegten nicht nur norwegische, sondern auch englische Sprachkurse, um eines Tages voll an der Arbeit in der Gemeinde teilnehmen zu können.

Oft fand sich Jason zum Teetrinken in Yomas karg möbliertem Wohnzimmer ein und redete bis in den späten Abend mit dem alten Pastor. Unter Yomas Fittichen spürte er, wie er geistlich geheilt wurde und die edelste seiner früheren Leidenschaften zurückgewann – die Leidenschaft, Gottes Wort zu predigen und für die Wahrheit der christlichen Botschaft einzustehen. Doch dieses Mal war sein christlicher Eifer von anderer Art. Die alten Leidenschaften erwachten in einem erneuerten Herzen wieder zum Leben. Es war ein junges Herz, doch auch ein weises, empfindsames und nicht verdammendes. Es war ein Herz, das sein Denken auf einer objektiven, biblischen Theologie aufbaute anstatt auf einer subjektiven, von Menschen gemachten Theologie. Sie gestand Gott die Freiheit zu, die von dem begrenzten Verstand sterblicher Menschen nur teilweise erfaßt werden konnte. Jason folgte keinem »Gott im Kasten« mehr, sondern einem unergründlichen Gott. Darum würde er nie wieder aufhören zu lernen. Der Druck, auf alles eine Antwort wissen zu müssen, war von ihm genommen.

Je mehr er in seinem christlichen Glauben wuchs, desto stärker wurde auch sein Durst nach Weisheit. Im April enthielt sein Weisheitsbuch fünfzehn Einträge. Und immer mehr bemühte er sich auch darum, seine angesammelte Weisheit ins tägliche Leben umzusetzen.

Doch während diese persönliche geistliche Erneuerung sich in ihm Bahn brach, wartete er. Er wartete darauf, daß die zypriotischen Behörden ihr Schweigen beendeten.

Ende April schließlich kam ein Bericht, der das Schweigen brach. Er traf per Telex in Svens Büro ein. Nach dem Aktenzeichen und dem Namen der Hotelangestellten standen die Worte: »Keine kriminellen Aktivitäten festzustellen. Untersuchung abgeschlossen.«

Diesmal fragte Jason Gott nicht nach dem Warum. Doch sein neu gewachsener Glaube an einen souveränen und geheimnisvollen Gott konnte dennoch sein Gefühl, von Gott im Stich gelassen worden zu sein, nicht ganz zerstreuen.

Ihm wurde klar, daß er aller Wahrscheinlichkeit nach seine Enkelin niemals zu Gesicht bekommen würde. Er versuchte, sich dieser Tatsache zu stellen, aber er schaffte es nicht. Sein einziges Enkelkind für immer auf dem Altar des Unbekannten zu opfern, ging ihm zu sehr gegen seinen Willen und sein ganzes Naturell.

In den ersten ein oder zwei Nächten, nachdem er die Nachricht erhalten hatte, wollte der Schlaf erst kommen, nachdem er sich bis zur Erschöpfung ausgeweint hatte.

Sven verdoppelte seine Bemühungen, Jason moralisch den Rücken zu stärken. Sie schmiedeten Pläne für ihre erste Bergtour im Juni. Sie kauften Ausrüstung für Jason und unterhielten sich über alles, was man vor dem ersten praktischen Versuch über das Bergsteigen lernen konnte, insbesondere über die Gefahren. Inzwischen machten sie Ausflüge, spielten Squash und verbrachten viele Stunden in tiefen Gesprächen. Jason fand Svens aufrichtige Freundschaft ausgesprochen therapeutisch.

Dasselbe galt für den Ausbruch des Frühlings.

Mit der Schneeschmelze warf das Land seinen Schleier ab. In der letzten Aprilwoche war ganz Oslo voller Grün und Knospen, und zwei Wochen später waren überall schillernde Blüten zu sehen. Bei dem Blütenduft in der Stadt und der Wärme der länger werdenden Tage war es schier unmöglich, über irgend etwas traurig zu sein.

Jason lernte wieder zu lächeln.

Mitte Juni kam seine lange erwartete erste Bergtour. Mit Jason und Sven ging David Fienelli, ein sechsundzwanzigjähriger New Yorker. Er war Lehrer und Trainer an der amerikanischen Junior High School in Oslo, kam seit kurzem in die Internationale Gemeinde und war unter Yomas Betreuung Christ geworden. Die drei Männer hatten sich einen relativ leichten Aufstieg auf einen der niedrigeren Gipfel ausgesucht, der nicht allzu weit von der Stadt entfernt lag. Jason stellte fest, daß selbst Svens monatelange begeisterte Schwärmereien bei weitem nicht an den Rausch des tatsächlichen Erlebnisses herankamen. Jason machte seine Sache nicht schlecht – und wollte sofort einen höheren und schwierigeren Gipfel angehen. Er war siebenundvierzig und fühlte sich so stark wie nie zuvor.

Als sie nach einer Woche nach Oslo zurückkehrten, stürzten sie sich in die Vorbereitungen für die Mittsommernacht am zweiundzwanzigsten Juni. Es war die kürzeste Nacht des Jahres – in Oslo würde es nur zwei Stunden lang dunkel sein –, und Hunderttausende von Menschen in ganz Skandinavien würden sie im Freien an Lagerfeuern verbringen und feiern.

An jenem Nachmittag fuhr Jason hinaus auf eine der Inseln Oslos und half fünf anderen Männern, Feuerholz für die Lagerfeuerparty der Internationalen Gemeinde zu sammeln, die am Abend stattfinden sollte. Dort spürte ihn Sven auf, der noch Dienst hatte.

Sein Gesicht war vor Erregung gerötet. »Du wirst es nicht glauben«, sagte er halb lachend zu Jason.

Die Arme voller abgefallener Fichtenzweige hörte Jason aufmerksam zu, als Sven in seinem Eifer zu erzählen, was sich ereignet hatte, durch seine Worte stolperte. Vor einer Woche, berichtete er, war die Dame aus dem Hotel in Nikosia wegen Mordes verhaftet worden. Angeblich hatte sie den Mann getötet, der, wie sich herausstellte, der Chef des Drogenschmugglerringes gewesen war, dem sie angehört hatte. Er war ihr Liebhaber und der Vater ihres Kindes, hatte aber offenbar einer anderen Frau einen Heiratsantrag gemacht. Aus Eifersucht war sie eines frühen Morgens in sein Haus gegangen und hatte ihn erschossen, während er noch im Bett lag. Dann rief sie die Polizei und erzählte, was sie getan hatte. Man fand sie, wie sie hinten im Garten völlig geistesabwesend am Swimmingpool saß und ihre Beine ins Wasser baumeln ließ.

»Nach ihrer Verhaftung packte sie alles über den Drogenring aus, was sie wußte, sogar eine Liste von Namen auf beiden Seiten der Grenze. Das Ergebnis war die größte Drogenrazzia in der Geschichte von Zypern: neunzehn Verhaftungen und zweihundert Kilo beschlagnahmte Drogen.

All diese Informationen waren in einem Telex enthalten, das ich vor vier Tagen vorgefunden habe, als wir von unserer Tour zurückkehrten. Ich antwortete sofort über Interpol und bat die griechische Polizei, die Hotelangestellte über ihre mögliche Verbindung zu dir zu befragen. Sie erklärten sich einverstanden, und heute um ein Uhr habe ich ihre Antwort erhalten.

Jason, die Frau hat zugegeben, daß sie dich in die Falle gelockt hat, und dich sogar anhand des Paßfotos identifiziert, das die Griechen in ihren Akten hatten. Also zogen sie die türkische Polizei hinzu, um sie zu befragen, und sie packte alles aus: die Idee mit dem Hochzeitsgeschenk, die Umschläge mit dem Pulver, das illegale Visum – alles.

Die Türken«, verkündete Sven mit sichtlichem Vergnügen, »haben darum offiziell deinen Namen aus ihren Fahndungslisten getilgt. Und sie haben Griechenland und Großbritannien bereits verständigt, dasselbe zu tun.«

Sven packte Jasons Schultern. »Jason! Du bist ein freier Mann!«

Jason ließ die Fichtenäste zu Boden fallen und verpaßte dem lächelnden Norweger die stürmischste Umarmung, die er je bekommen hatte.

Binnen zwei Stunden, nachdem er Svens Neuigkeiten gehört hatte, hatte Jason zwei Koffer gepackt, seinen Chef verständigt, daß er ein paar Tage fort müsse, und sich auf die vierstündige Fahrt Richtung Süden nach Göteborg in Schweden gemacht. Von dort aus würde er die nächste erreichbare Fähre direkt nach Harwich in England nehmen. Die Fahrt über die Nordsee würde ungefähr sechzehn Stunden dauern, so daß Jason Zeit haben würde, sich zu sammeln und sein Vorgehen zu planen.

Am nächsten Tag würde er in London sein.

27

Jason ließ seinen VW von der Fähre rollen und durchlief die Paßkontrolle in Harwich, ohne aufgehalten zu werden. Dieser eine von jeder Einschränkung freie Moment ließ ihn innerlich von neuem über seine Freiheit jubeln. Er hoffte, dieses Geschenk nie wieder geringzuschätzen.

Die neunzigminütige Fahrt nach London erforderte wegen des ungewohnten Linksverkehrs zusätzliche Konzentration. Seine früheren Erfahrungen von Zypern her waren ihm eine Hilfe; ebenso auch das trübe Wetter und die wenig beeindruckende Landschaft, die nur wenig Ablenkung boten.

Doch je näher er London kam, desto gespannter wurde er. Er war aus der sicheren Umgebung in Oslo heraus, und er spürte es. Wieder einmal war er allein in einem fremden Land. Wieder einmal war er ein Fremder, ein Niemand. Niemand war auf seiner Seite außer seinem Gott.

Seine Gedanken waren nun von der Vergangenheit beschwert, und er bekam plötzlich Angst. Er versuchte sich auf das Schlimmste vorzubereiten. Was war, wenn Cody und Renée umgezogen waren? Und wenn er sie nicht wiederfinden könnte? Konnte er eine neue Enttäuschung emotional verkraften ?

Die letzte Frage machte ihm am meisten Angst. Jetzt war niemand hier, um ihn zu stützen. Warum konnte er nicht einfach Gott vertrauen?

Sein erst kürzlich wiederbelebter Glaube begann zu schwanken. Erinnerungen an die Vergangenheit erhoben ihre häßlichen Häupter, und er konnte ihrem starrenden Blick nicht ausweichen – die Erinnerungen daran, sich wie Dreck in den Augen Gottes zu fühlen.

Selbst mit heruntergelassenen Seitenscheiben war ihm drückend warm, als er sich seinen Weg durch den stockenden Verkehr und über die unzähligen Ampelkreuzungen am Stadtrand bahnte. Nervös versuchte er, sich anhand seines Stadtplans und seiner Erinnerungen zu orientieren, um den Vorort wiederzufinden, den er acht Monate zuvor besucht hatte.

Er hätte sich freuen sollen. Statt dessen fühlte er sich leer – seines Mutes, seiner Zielstrebigkeit, seiner Hoffnung beraubt. Es ergab keinen Sinn.

Plötzlich sah er die Straße vor sich.

Und dann wußte er irgendwie, daß Cody und Renée nicht hier waren. Er konnte es fühlen. Die Luft dieser Wohngegend schien ihm ebenso schal und leer.

Er lenkte seinen Wagen gegenüber von dem Haus an den Straßenrand. Er blieb sitzen, ließ den Motor laufen und starrte das vertraute Gebäude an.

Er war nahe daran, auszusteigen und nachzusehen, nur um sicherzugehen. Aber dann überlegte er es sich anders. Irgendwie wußte er, daß es sinnlos sein würde.

Er lehnte seine Stirn auf das Steuerrad, aber er weigerte sich, wieder zu weinen. Wenn Cody und Renée nicht hier waren, dann waren sie nicht hier. Er würde sich selbst versprechen, nicht mehr darüber nachzudenken. Er wollte nicht einmal darüber beten. Er wollte nur noch weg hier.

Er legte den ersten Gang ein. Bevor er sich in die Straße einfädelte, sah er in den Rückspiegel. Es kam kein Verkehr. Doch was er sah, ließ ihn für einen Moment erstarren. Sein Blick klebte an dem Spiegelbild eines kleinen Mädchens, eines kleinen Mädchens, das vier oder fünf Jahre alt sein mußte. Sie hüpfte auf der anderen Straßenseite auf dem Bürgersteig umher. Ihre dunklen Locken wippten auf den Schultern.

Jason tadelte sich dafür, auch nur daran zu denken. Doch als das kleine Mädchen in den Vorgarten der einzigen Londoner Adresse einbog, die er kannte, gab er plötzlich nach.

Seine ganze geplante Gelassenheit war vergessen. Er stellte den Motor ab und sprang aus dem Wagen, so schnell sich sein Körper bewegen konnte. Aus vollem Hals rief er die aus einem Wort bestehende Frage über die Straße hinweg: »RENEE?«

Das kleine Mädchen, das sich auf halbem Weg durch den Vorgarten zur Haustür befand, drehte sich auf dem Absatz um.

Jason entfernte sich von dem Wagen und lief über die Straße. Mit tränengefüllten Augen fiel er in Laufschritt. »Renée?«

versuchte er wieder zu rufen, doch das Wort kam nur als ersticktes Flüstern heraus.

Das kleine Mädchen bekam es offensichtlich mit der Angst zu tun, rannte die Stufen zur Haustür hinauf und verschwand drinnen, wobei sie die Tür hinter sich offen ließ.

Jason verharrte zwei oder drei Sekunden lang mit pochendem Herzen an der Gartentür. Dann, alles außer seinen übermächtigen Gefühlen vergessend, ging er auf die Haustür zu.

Als er seinen Fuß auf die erste Stufe setzte, erschien plötzlich eine Frau in der Haustür. Sie trug einen Baumwollkittel, der so aussah, als hätte sie damit ein Pfund verschüttetes Mehl aufgewischt. Mit einem Nudelholz in der Hand sah sie Jason schweigend an, in den Augen den Blick einer Mutter, die bereit ist, es mit jedem aufzunehmen, der ihr Kind bedroht. Ihre funkelnden grünen Augen warnten ihn, ja keinen Schritt weiterzukommen, ohne eine Erklärung abzugeben.

Jason wischte sich die Tränen aus den Augen und deutete auf das kleine Mädchen, das sich hinter der Frau versteckte und sich an ihrem Kittel festhielt. »Renée Freedman?« fragte er.

Immer noch unter Spannung antwortete die Frau in nervösem, mechanischern Tonfall. »Wenn Sie die Freedmans suchen, die hier gewohnt haben, die sind weggezogen.«

»Weggezogen?« echote Jason.

Sie nickte steif, doch Jason konnte es nicht sehen. Er hatte eine Hand vors Gesicht geschlagen und versuchte, seine durcheinanderwirbelnden Gedanken zu ordnen. »Dann wohnen Cody Freedman und seine Tochter also nicht mehr hier?« stieß er endlich gepreßt hervor. »Sie sind weg?«

»Sie sind wieder irgendwohin zurück in die Staaten gegangen. Im Februar.«

»Dann ist sie also nicht Renée?« fragte er und nickte zu dem Mädchen hin. Alles in ihm versuchte, den Irrtum zu leugnen, dem er erlegen war.

Als die Frau langsam den Kopf schüttelte, drehte sich Jason um und machte sich auf den Weg zurück zu seinem Wagen.

Auf dem Briefkasten am Gartentor bemerkte er den Namenszug »Murphy«.

Am späten Abend jenes Tages saß er schweigend an einem der Cafétische im Heck der Fähre und tat nichts, als aus dem Fenster auf die rollenden Wellen zu starren. Stundenlang blieb er dort sitzen, bis seine Augen schwer vor Müdigkeit wurden. Als er in seine Kabine ging, um sich schlafen zu legen, rang er sich zu der Schlußfolgerung durch, daß er seine Enkelin offenbar niemals finden sollte.

Doch als er in seiner Koje lag, weigerte sich sein Unterbewußtsein, die Angelegenheit ruhen zu lassen. Im Schlaf starrte er wieder auf das unruhige Wasser. Es war dunkel und geheimnisvoll, aber nur für einen einzigen Augenblick sah er unter den Wellen ein kleines Mädchen mit gesenktem Kopf. Sofort wußte er, daß es Renée war; sie mußte es sein. Es war ein kleines Mädchen, seine Enkelin, nach der er schon so lange suchte.

In der flüchtigen Vision – mehr wurde ihm nicht gewährt – sah er sie angekettet und einsam. Sie streckte ihre kleinen Arme aus. Was tat sie? Warum war sie dort? War sie in Gefahr? Warum war sie allein? Warum hatten alle sie verlassen? *Mein Gott, ich muß ihr helfen!*

Er erwachte, fuhr im Bett hoch und schrie: »Ich komme, Renée! Ich komme!«

Er konnte nicht wieder einschlafen, aber der Traum verließ ihn dennoch nicht. Was hatte er zu bedeuten? War Renée in Gefahr? Tat jemand ihr weh?

Oder war es nur Einbildung? Er war so müde. Vielleicht bildete er sich nur ein, daß Renée litt, weil er diese Befürchtung seit viereinhalb Jahren im Herzen trug.

Aber warum wollte ihn diese Furcht nicht verlassen?

Erschöpft ließ er all diese Fragen über sich ergehen, nur um wieder einmal festzustellen, daß es keine Antworten darauf gab.

Gegen fünf Uhr morgens stand er auf, zog sich an und ging an Deck. Es war an der Zeit, die Sache ein für allemal in die Hände Gottes zu legen.

Im Licht des frühen Morgens trat er an die Reling und betete.

»Herr, mein Gott«, sagte er laut. »Mehr als alles andere in der ganzen Weit habe ich mir gewünscht, Renée zu finden. Von diesem Wunsch bin ich umgetrieben worden wie ein Besessener. Du weißt das. Viereinhalb Jahre lang habe ich alles getan, um sie aufzuspüren, weil ich glaube, daß sie meine Hilfe braucht. Ich habe dich angefleht! Mein Gott, wie ich dich angefleht habe! Ich habe dich Tag und Nacht angefleht, mir zu helfen, sie zu finden.

Und was habe ich bekommen? Eine Sackgasse nach der anderen. Sackgassen, in denen nur Schmerz auf mich wartete. Sackgassen, die mich nahezu umgebracht haben. Und es scheint, als ob dir das alles egal wäre.

Nun, ich bin müde. Ich werde nicht mehr weitersuchen. Ich gebe auf!

So! Ist es das, was du hören willst? Willst du, daß ich von einem Berggipfel in die Welt hinausschreie: ›Du hast gewonnen!‹ Ist es das, was du willst?«

Er legte seine Stirn auf die Reling und schloß die Augen. Seine Stimme begann zu brechen. »Ich kann dich nicht besiegen, Gott. Ich wäre ein Narr, wenn ich es versuchte.

Darum, Gott, werde ich dir trotz all meiner Verletzungen vertrauen. Hast du gehört? Ich werde dir vertrauen. Ich werde dir Renées Leben anvertrauen. Sie gehört dir. Nimm sie. Und wenn ich sie jemals finde und in der Lage bin, ihr zu helfen, dann nur, weil du beschlossen hast, es geschehen zu lassen. Aber wenn ich sie niemals sehe – dann eben nicht. Ich akzeptiere es als deinen Willen.«

Nachdem er sein Gebet beendet hatte, warf er einen letzten, langen Blick über das Meer und dann hinauf in den Morgenhimmel. Es blieb still.

Er ging unter Deck, stieg zu seiner Kabine hinab und kroch zurück in seine Koje. Dann schlief er bis nach Göteborg.

»Maung Maung möchte Jason eine Warnung für die Zukunft mitgeben.« Jason nickte zustimmend und machte sich bereit,

Yomas Weisheit zu hören. Sie waren nach dem Bibelstudientreffen am Donnerstagabend hinauf in Yomas kleine Wohnung gegangen, um eine Tasse Kräutertee zu trinken. Nach der gestrigen Enttäuschung in England hatte sich Jason begierig nach der erfrischenden Gegenwart dieses geheimnisvoll weisen und selbstlosen alten Lehrers Gottes gesehnt. Dies war ihre erste Gelegenheit, wieder allein miteinander zu reden.

Yoma nahm seine abgegriffene Bibel zur Hand, schlug Psalm 13 auf und bat Jason, alle sechs Verse in dem Kapitel zu lesen.

Jason gehorchte. Er nahm die Bibel aus Yomas Hand und las den Psalm langsam und nachdenklich. Dann blickte er auf und sah Yoma erwartungsvoll an.

»Dieses Kapitel wurde von König David geschrieben. Sag mir, Jason: Wenn Gott David wirklich vergessen hätte, wie David es im zweiten Vers sagt, wie hätte Gott dann gleichzeitig David unaufhörlich lieben können, wie David in Vers sechs sagt?«

Bevor Jason eine passende Antwort formulieren konnte, feuerte Yoma eine zweite Frage ab.

»Außerdem sagt David in Vers zwei, Gott habe sein Angesicht vor ihm verborgen. Gleichzeitig sagt er in Vers sechs, Gott sei gut zu ihm gewesen. Wie erklärt sich Jason Davids Widerspruch?«

Diesmal versuchte Jason nicht, gleich zu antworten. Er merkte an Yomas Eindringlichkeit, daß der Pastor noch nicht bereit war, über Antworten zu reden.

»In Vers drei«, fuhr Yoma fort, »sagt David, er habe täglich mit vielen Gedanken und Sorgen zu kämpfen. Doch in Vers sechs sagt David, daß er gleichzeitig voller Freude singt.

In Vers drei sagt David, daß sein Feind über ihn triumphiert. Doch in Vers fünf sagt David, daß Gott ihn von seinem Feind befreit.

Sieht Jason den Widerspruch?«

Nach einigem Nachdenken antwortete Jason: »Ja, ich sehe, was man als Widerspruch auffassen könnte. Aber sicherlich erscheint es mir nur so, weil ich den Psalm nicht verstehe.«

»Ahh … aber Jason versteht den Psalm sehr wohl«, korrigierte Yoma ihn lächelnd. »Gestern, als Jason entdeckte, daß seine Enkelin wieder fortgebracht wurde, fühlte er sich da von Gott geliebt oder nicht geliebt?«

»Nicht geliebt«, antwortete Jason wahrheitsgemäß.

»Ja, so fühlte sich Jason. Aber glaubte Jason das auch?«

Eine Weile herrschte Schweigen. Jason dachte über die Frage nach und antwortete dann nüchtern: »Nein, ich kann nicht behaupten, ich hätte geglaubt, daß Gott mich nicht liebt. Wenn ich wirklich glaubte, daß Gott mich nicht liebt, dann hätte ich ihn schon lange vollkommen aufgegeben.«

»Genau«, erwiderte Yoma. »Jason hat sich viele Male von Gott ungeliebt gefühlt, doch gleichzeitig wollte Jason immer das Gegenteil glauben. Jason wollte immer glauben, daß Gott ihn irgendwie liebt.«

Plötzlich leuchtete der Psalm Jason ein, und er betrachtete die Verse noch einmal. »Du meinst also, die scheinbaren Widersprüche zwischen den Versen sind einfach die Unterschiede zwischen dem, was David fühlt, und dem, was er glaubt? Du meinst, David fühlte sich, als hätte Gott ihn vergessen, während er gleichzeitig in Wirklichkeit glaubte, daß Gottes Liebe zu ihm unerschöpflich sei?«

Yoma nickte schweigend.

Jason fuhr mit wachsender Erregung fort: »David fühlte sich, als hätte Gott sein Angesicht vor ihm verborgen, aber er glaubte, daß Gott ihm hinter den Kulissen irgendwie Gutes tat. Er fühlte den Schmerz seiner Sorgen, doch er glaubte, allen Grund zum Singen zu haben. Er fühlte sich, als würde er seinem Feind unterliegen, aber er glaubte, Gottes unsichtbare Hand werde ihn in Wirklichkeit irgendwie von diesem Feind befreien.« Jasons Gesicht leuchtete vor Begeisterung über die Entdeckung.

Doch Yoma war mit seiner Lektion noch nicht am Ende. »Versteht Jason auch«, fragte er, ohne in seiner Eindringlichkeit nachzulassen, »daß König Davids starker und gewisser Glaube an die Liebe Gottes und an das Wirken Gottes in seinem Leben die Gewichte waren, die ihn fest verankerten, während seine mächtigen negativen Gefühle ihr Bestes taten, um ihn davonzublasen?«

Wieder dachte Jason nach. »Ja, ich verstehe. Die bloße Tatsache, daß David weiterhin mit Gott ging, bedeutet, daß sein Glaube ihn davor bewahrte, von seinen Gefühlen besiegt zu werden.«

Rasch setzte Yoma mit seinem letzten Punkt nach: »Nun – versteht Jason dann auch endlich, warum er, Jason Faircloth, in den letzten viereinhalb Jahren so oft fast davongeblasen wurde?«

Jason fühlte sich, als hätte ihm jemand die Kleider vom Leib gerissen und eine Blöße offenbart, die er seit Jahren zu verbergen versucht hatte. Die Erkenntnis schnitt ihm tief in die Seele. Beschämt senkte er seinen Kopf in der Gegenwart des alten Gottesmannes.

»Ja«, sagte er schließlich. »Ich verstehe jetzt, warum Jason so oft beinahe davongeblasen wurde. Weil seine Gefühle stärker waren als sein Glaube. Sein Glaube an Gottes Liebe und Gnade und Vorsehung war zu schwach und zu unsicher.«

Yoma schwieg und überließ Jason der Wahrheit seiner eigenen Worte.

Jason hob den Kopf etwas und sprach weiter. »Ist das die Warnung, die du mir mitgeben wolltest?«

»Ja«, antwortete Yoma sanft. »Das ist Maung Maungs Warnung. Jason muß ein für allemal entscheiden, was er über Gottes Liebe glaubt, entscheiden, was er über Gottes Gnade glaubt, entscheiden, was er über die Widrigkeiten glaubt, die Gott in seinem Leben zuläßt. Jason muß mit Gewißheit wissen, was er glaubt, damit seine Zukunft nicht den vielen starken Winden negativer Gefühle unterworfen bleibt.«

Es stimmte, und Jason wußte es. Seine viereinhalbjährigen Wanderungen hatten seine Gedanken über Gottes Liebe und Anteilnahme völlig durcheinandergebracht. Er hatte viele Dinge gelernt, aber sein Gesamtbild von Gott war abstrakt geblieben. Erst während der letzten sechs Monate hier in Norwegen war in ihm wirklich die Vorstellung eines liebenden Gottes gewachsen. Und das lag an Yoma und seiner Internationalen Gemeinde. Sie hatten ihn davor bewahrt, ganz unterzugehen. Sie waren seine geistlichen Lebensretter gewesen. Sie hatten mitgeholfen, ihn davon zu überzeugen, daß Gott ihn tatsächlich liebte und Anteil an seinem Leben nahm.

Ja, Yoma hatte recht. Er mußte ein für allemal festlegen, was er über die liebende Seite Gottes dachte. Die Richtung kannte er bereits: Er mußte einfach an das Wesen Gottes glauben, wie es in der Bibel beschrieben wurde, ohne etwas zu diesem Bild hinzuzufügen oder etwas wegzunehmen. Yoma und seine Gemeinde hatten ihm den Anstoß zu diesem Prozeß gegeben; nun hatte er keine Ausrede dafür, darin steckenzubleiben.

»Danke, Yoma, ich werde diese Entscheidung zu meiner Priorität machen. Und ich verspreche dir, wenn Gott mich am Leben läßt, dann werde ich bald stark in meinem Glauben sein.«

Yomas Gesicht verzog sich zu einem faltigen Lächeln. Er legte seine Hand auf Jasons Schulter und sagte. »Ja, dessen ist Maung Maung sicher.«

28

»Da stimmt etwas nicht, Francine«, sagte die Krankenschwester, als sie in das Stationszimmer der Kinderstation trat. Francine blickte von dem Papierkram auf ihrem Schreibtisch hoch, auf dem sich Aktenordner und Patientenkarten stapelten.

»Sie liegt jetzt seit sechs Tagen hier«, fuhr die erste Krankenschwester beunruhigt fort. »Das kleine Mädchen – Renée – drüben auf der Zwölf. Ihr Vater hat sich nicht ein einziges Mal blicken lassen. Er hat nicht einmal angerufen, um zu fragen, wie es ihr geht.

Und heute nacht hat sie Angst. Sie vermißt ihn, und sie kann nicht schlafen.«

Francines Neugier erwachte. Sie nahm einen Ordner von einem der Stapel, schlug ihn auf und überflog die Informationen darin. »Das ergibt keinen Sinn«, sagte sie tadelnd. »Der Mann ist noch nicht einmal berufstätig, also müßte er genug Zeit haben. Und er wohnt ganz hier in der Nähe. Was für ein Vater würde sich so lange nicht blicken lassen? Zumal das Mädchen keine Mutter mehr hat.«

Sie legte den Ordner zur Seite. »Was meint Dr. Cohen zu ihr?«

»Sie wird ihr Bein noch eine Weile am Seilzug haben müssen. Sie wird mindestens vier Wochen hier bleiben. Und danach – nun ja, der Oberschenkelknochen ist in der Wachstumszone gebrochen, ganze nahe am Hüftgelenk. Das Bein wird also bald im Wachstum hinter dem anderen zurückbleiben. Höchstwahrscheinlich wird sie für den Rest ihres Lebens hinken.« Nach einer Pause schlich sich ein leichtes Lächeln auf das besorgte Gesicht der Schwester. »Dabei ist sie so ein Schatz, Francine. Du wirst es sehen.«

Francine seufzte, stand auf und ließ ihren Papierkram liegen. »Nun, da das meine erste Schicht nach dem Urlaub ist, werde ich mich ihr gleich vorstellen.«

Sie ging den Flur hinab zum Zimmer 512 und sah sich gleich darauf den großen ozeanblauen Augen von Renée gegenüber.

»Hi, Renée.« Francine lächelte sanft und glitt leise ins Zimmer. »Ich habe gehört, daß du wach bist, und da habe ich mir gedacht, ich komme mal vorbei und stelle mich vor. Mein Name ist Francine, und ich werde die ganze Nacht über hier sein und mich um dich kümmern.« Sie legte ihre Hand auf das Bettgeländer, und zu ihrer Überraschung streckte das Mädchen rasch den Arm aus und hielt sie fest.

»Wo ist mein Daddy?« fragte Renée.

»Das weiß ich nicht, mein Schatz. Aber hab bitte keine Angst. Wenn du uns hilfst, werden wir alle gemeinsam daran arbeiten, dich wieder gesund zu machen, und dann kannst du wieder nach Hause gehen und bei ihm sein. Okay?«

»Okay.«

»Und weißt du, wie du uns heute nacht helfen kannst?« Francine strich dem Mädchen über das blonde Haar. »Indem du deine hübschen blauen Augen zumachst und ihnen etwas Ruhe gönnst. Kannst du das für mich tun?«

Renée nickte kurz und schloß die Augen. Im nächsten Moment machte sie sie wieder auf. »Bringen Sie mich nach Hause?«

»Nun, wer weiß?« sagte Francine. »Wenn du wieder gesund bist, wird vielleicht dein Daddy kommen und dich selbst wieder mit nach Hause nehmen. Wäre das nicht schön?«

Renée drückte Francines Hand fester und sagte beiläufig: »Wir wohnen in Duffalo.«

»Oh, du meinst Buffalo«, lächelte Francine. »Weißt du was? Dieses Krankenhaus ist auch in Buffalo! Wir sind ganz nahe bei dir zu Hause. Also mach schön die Augen zu; dann können wir dir helfen, wieder gesund zu werden und dich zurück zu deinem Daddy bringen. Okay?«

Francine rechnete mit einem weiteren Nicken und zumindest einem langen Blinzeln von Renée aber das traurige Mädchen hatte noch eine weitere Frage.

»Wird Daddy mir wieder weh tun?«

Rockmusik dröhnte aus Codys Autoradio, als er in der Einfahrt seines Hauses in Buffalo im Wagen saß. Wieder focht er den Kampf aus, den er in dieser Woche jede Nacht ausgefochten hatte, an derselben Stelle und um dieselbe Uhrzeit, mit demselben Ergebnis.

Seine lange Nacht, die er mit Gläsern und Flaschen und Wetten und Barmädchen und Straßendirnen verbracht hatte, war vorbei; jetzt bemühten sich seine väterlichen Pflichten um den Rest seiner Aufmerksamkeit, der ihm noch geblieben war. Doch der Kampf war aussichtslos.

In seiner Trunkenheit dachte er daran, Renée zu besuchen, ja, einen kurzen Augenblick lang nahm er sich sogar fest vor, es zu tun. Doch dann lief vor seinem inneren Auge der nun fast eine Woche zurückliegende Nachmittag ab, als er sie zuletzt zu Hause gesehen hatte.

Ein kleiner feuchter Fleck hatte sich an ihrer Hose befunden, genau zwischen den Beinen, und er hatte ihn sofort gesehen, als er zur Tür hereingekommen war. Er schrie sie an und zwang sie, ihre Hosen und Unterhosen herunterzuziehen. Dann zerrte er sie ins Bad, wobei er sie hart herumdrehte. Doch ihre kleinen Beine verfingen sich in den Kleidern und bewegten sich nicht mit, als der Rest ihres Körpers sich herumdrehte, und irgend etwas brach mit einem Knacken.

Er sah es alles wieder vor sich – und wollte es sofort wieder vergessen. Er war müde, zu müde, um irgendwo hinzugehen; nur noch ins Bett. Er wollte alles vergessen. Er wollte das Leben vergessen, obwohl er nicht sicher war, warum.

Er konnte sich nicht einmal erinnern, warum er überhaupt hier in Buffalo war. War es, weil er Angst hatte? Er erinnerte sich an seine Furcht auf Zypern, als der Verwalter der Ferienwohnung ihm gesagt hatte, daß jemand gekommen sei und nach ihm gefragt habe. In London erzählte ihm sein Nachbar dasselbe. Also floh er zurück nach Amerika. Vielleicht war er nach Buffalo gezogen, weil es in der Nähe eines anderen englischsprachigen Landes lag, in das er gehen und sich verstecken konnte, falls er je wieder fliehen müßte.

29

Jason warf einen Tannenzapfen in das sprudelnde Wasser und beobachtete, wie die Strömung ihn rasch bergab davontrug. Er hüpfte auf die nächste Biegung in dem Weg des Bergbachs zum Meer zu, und es dauerte nicht einmal eine Minute, bis er nicht mehr zu sehen war.

Zuerst hatte er nicht einmal bemerkt, daß er den Tannenzapfen in der Hand hatte. Er hatte ihn zwischen den Handflächen hin und her gerollt, während er allein über die Entscheidung nachdachte, zu der er sich durchzuringen versuchte.

Und nun hatte er sich durchgerungen: Seine Suche nach Corinna war zu Ende.

Nach seinem Besuch in London hatte Jason weiter nach ihr gesucht, obwohl er sich vornahm, es nicht zu einer alles überschattenden Priorität werden zu lassen. Er hatte angefangen, die Adressen und Telefonnummern sämtlicher Nykvists in allen Teilen des Landes zu sammeln. Er wollte sie nach und nach kontaktieren wie eine Art hoffnungsvolles Hobby. Nun, zwei Jahre später, war er überzeugt, jede Familie Nykvist in Norwegen entweder telefonisch oder brieflich erreicht zu haben.

Obwohl er viel darum gegeben hätte, Corinna wiederzusehen und eine enge Freundschaft zu ihr aufzubauen, war das Ende seiner Suche nicht mehr so niederschmetternd für ihn, wie es einst gewesen wäre. Seit einiger Zeit war der Raum, den sie in seiner Phantasie und in seinen Bedürfnissen einnahm, immer kleiner geworden. Er hatte sich so weit auf die Bedürfnisse, Gefühle, Kämpfe und Schmerzen anderer Menschen eingelassen, daß seine eigenen Interessen nicht mehr die wichtigste Rolle in seinem Leben spielten. Endlich lernte er, was es bedeutete, ein Diener zu sein und für andere zu leben. Bei dem ständigen Strom von Menschen, die in der Internationalen Gemeinde kamen und gingen, mangelte es ihm nicht an Gelegenheiten.

Zudem hatte er begonnen, zwei- bis dreimal im Monat in den Hauptgottesdiensten zu predigen, und war zum Leiter der Gemeindearbeit unter Singles berufen worden. Die Singles sahen in ihm einen Zweitpastor unter Yoma, und Jason war ständig gefordert, ihnen seine Zeit, seine Gespräche und seinen Rat zu geben.

In den wärmeren Monaten kamen dazu die häufigen Bergtouren mit Sven und David Finelli und andere sportliche Aktivitäten.

Sein Leben füllte sich.

Das Zusammensein mit Corinna war darum kein vordringliches Ziel mehr. Statt dessen war sie zu einer glücklichen Erinnerung geworden, einer Erinnerung an eine außergewöhnliche Frau, die indirekt dafür verantwortlich war, daß er nach Norwegen gekommen war – wo er Yoma, die Gemeinde und seine eigene geistliche Erneuerung gefunden hatte. Er würde sie niemals vergessen.

Er schleuderte einen weiteren Tannenzapfen in den Bergbach und ging dann den kurzen Weg zu dem Hüttendorf zurück, in dem die Gemeinde ihre jährliche einwöchige Sommerfreizeit abhielt. Er war unterwegs zum Speisesaal, wo sich alles zu einem Abendimbiß mit norwegischen Waffeln und heißem Tee traf.

Als er fast dort war, hörte er, wie jemand seinen Namen rief. Er drehte sich um und sah David, der auf dem von den Hütten herkommenden Pfad mit leichten Schritten auf ihn zugerannt kam.

»Jason! Eine Nachricht für dich«, sagte David, als er näher kam. »Yoma möchte dich in seiner Hütte sprechen, wenn du hier fertig bist.«

Jason schickte sich an, nach näheren Einzelheiten zu fragen, doch David schüttelte den Kopf und rannte an ihm vorbei auf den Speisesaal zu. »Ich bin heute abend mit Waffelmachen dran, und ich komme schon zu spät!« erklärte er.

Jason dachte daran, ihm in den Speisesaal zu folgen – er hatte zwar keinen allzu großen Hunger auf die Waffeln, aber auf die lebhaften geistlichen Gespräche, die sich an den Tischen entspannen.

Ein Anflug von Sorge um seinen Pastor jedoch veranlaßte ihn, sofort den Weg zu Yomas Hütte einzuschlagen. Yoma hatte an den Aktivitäten dieses Nachmittags nicht teilgenommen, und Jason fragte sich, warum. Es sah ihm nicht ähnlich, sich von den Leuten fernzuhalten.

Als er sich der Hütte näherte, die nur aus einem quadratischen Raum mit einer Pritsche und einem Tisch bestand, bemerkte er, daß drinnen kein Licht brannte. Die Tür war halb offen. Er stieg die drei hölzernen Stufen hinauf und steckte seinen Kopf hinein. Gerade wollte er Yomas Namen in das Halbdunkel rufen, als er eine Stimme murmeln hörte: »Komm herein, Jason.«

Er trat ein und erkannte Yomas schattenhafte Gestalt, die neben dem Bett auf dem Boden kniete.

»Ist alles in Ordnung, Yoma?«

»Knie dich neben Maung Maung, Jason«, kam die ernste Antwort.

Jason kniete sich neben ihn, während er darüber rätselte, was nicht stimmte.

Yoma sprach in nüchternem Ton. »Vor fünfundvierzig Jahren, Jason, hörte Maung Maung zum ersten Mal die Geschichte von Jesus. Das war im Jahr 1933. Ein christlicher Missionar aus Großbritannien hielt mich eines Tages auf der Straße an. Er erzählte Maung Maung in Maung Maungs Sprache, daß Jesus derselbe Gott sei, der auch Maung Maung geschaffen habe, der Maung Maung liebe, der am Kreuz für Maung Maungs Sünden gestorben sei. Er sagte, Jesus sei der Gott, der von den Toten auferstanden sei, derselbe Gott, der über das ganze Universum herrsche. Dann sagte er zu Maung Maung, Jesus sei der lebendige Gott, der Ohren habe zu hören, Augen zu sehen, ein Herz zu lieben und Hände zu helfen. Er sagte Maung Maung, Maung Maungs Vertrauen auf Buddha sei vergeblich. Buddha sei tot und Buddha sei nicht Gott. Er sagte, Buddha habe Ohren, die nicht hören, Augen, die nicht sehen, Hände, die nicht helfen, und ein Herz, das nicht lieben könne. Gott leuchtete in den Augen des Missionars, als er Maung Maung fragte, warum Maung Maung so stark an ein hilfloses kleines Stück Holz glaube.

Maung Maung sah den Missionar nie wieder. Doch die Frage, die ihm der Missionar gestellt hatte … Maung Maung kämpfte mit ihr viele, viele Wochen lang. Maung Maung wußte in seinem Herzen, daß das, was der Missionar über Buddha gesagt hatte, die Wahrheit war. Maung Maung wußte, daß Buddha nur ein Stück Holz war, das kein Leben und keine Macht besaß. Maung Maung wußte es, Jason – denn er hatte sechsundvierzig Jahre lang auf Buddha gehofft. Vielleicht hat Maung Maung mehr auf Buddha gehofft als die meisten Menschen. Denn Maung Maung war das Oberhaupt des Buddhistischen Rates, der oberste buddhistische Mönch von ganz Burma.«

Bis zu diesem Augenblick hatte Jason nur geheimnisvolle Andeutungen über Yomas Vergangenheit gehört. Yoma hatte immer etwas zu Heiliges an sich gehabt, als daß man es gewagt hätte, in seiner Herkunft herumzuschnüffeln. Aus Neugier hatte Jason einmal danach gefragt, doch Yoma hatte mit einem so tiefen und abweisenden Schweigen geantwortet, daß Jason es nie wieder gewagt hatte, davon anzufangen.

Und nun hörte er diese verblüffende Offenbarung. Jason hatte nie daran gezweifelt, daß Yoma eine besondere Persönlichkeit war, aber nun verstand er es besser denn je. Das lag nicht daran, daß Yoma der führende buddhistische Mönch in Burma gewesen war, wieviel Macht und Ansehen das auch immer beinhaltet haben mochte; sondern es war die Tatsache, daß Yoma diesen Teil seiner Vergangenheit niemals ausgenutzt hatte, um sich dadurch besonderes Ansehen zu erwerben. Statt sich als »Starbekehrten« zum Christentum feiern zu lassen, hatte sich Yoma einfach in den Dienst aller gestellt. Für Jason, der aus einer Welt kam, in der das Pochen auf den eigenen Status als Superstar allzu oft die Regel war, wurde durch dieses plötzliche Verständnis für die Tiefe der Selbstverleugnung Yomas das Christentum des alten Mannes noch umwerfender.

In gelassenem Ernst erzählte Yoma weiter von seiner Umkehr zu Christus fünf Monate nach seiner Begegnung mit dem Missionar. Er hatte sich insgeheim eine Bibel verschafft und ihre Seiten verschlungen, um sich selbst von der Wahrheit der Worte des Missionars zu überzeugen.

»Als Gott Maung Maung die Wahrheit zeigte«, sagte er, »fiel Maung Maung mit seinem götzendienerischen Herzen vor Gott nieder und weinte. Zwei Tage später, als Maung Maung wieder aufstand, wurde er ein neuer Nachfolger Jesu.«

Yoma schilderte, wie er sich öffentlich von Buddha losgesagt hatte, was ihn seine Position, sein öffentliches Ansehen und beinahe auch sein Leben kostete. Da er nun nicht mehr zum Zölibat verpflichtet war, heiratete er. Dann kam die Freude über die Geburt seines Sohnes und drei Jahre des Glücks, bevor die japanische Armee kam und ihn zu einem kinderlosen Witwer machte.

Die nächsten zweiundzwanzig Jahre, berichtete Yoma, waren eine geistliche Odyssee, die ihn quer durch die östliche Hemisphäre bis nach Norwegen führte. Dann kamen die vergangenen vierzehn Jahre seines Dienstes in der Gemeinde in Oslo.

»Du siehst also, Jason, daß die Internationale Christliche Gemeinde mit ihren vielen geistlichen Kindern die Familie ist, die Gott Maung Maung am Ende gegeben hat. Doch nun ist Maung Maung zu alt, um noch ein Prediger zu sein.« Er richtete seinen eindringlichen Blick auf Jason. »Jetzt will Gott diese Familie Jason geben.«

Erst jetzt begriff Jason, daß Yoma ihm seine Lebensgeschichte als Vorbereitung erzählt hatte, um den Mantel der Leiterschaft an ihn weiterzureichen.

»Seit zweieinhalb Jahren«, fuhr Yoma fort, »hat Gott Jason darauf vorbereitet, der Leiter dieser Gemeinde zu werden. Gott ist bereit, Jasons Füße wieder einzupflanzen. Er ist bereit, Jasons Weisheit und Jasons gebrochenen Geist zu gebrauchen, um diese internationale Familie zu führen. Gott ist nun bereit, Jason seine volle Position als Pastor zurückzugeben.«

Jason saß immer noch auf den Knien und versuchte schweigend, die volle Bedeutung dessen zu erfassen, was er da hörte.

»Deshalb«, schloß Yoma, »muß Jason sich bald bereithalten, die Leitung der Gemeinde zu übernehmen. Maung Maung wird morgen mit den Ältesten sprechen.«

Zwei Tage später fanden sie auf einem Wiesenhang jenseits eines zweihunderfünfzig Meter hohen Hügels, der die Hütten überschattete, Yomas braunen, zierlichen, neunzigjährigen Körper in kniender Haltung, das Gesicht zu Boden gesunken. Er war seit sechs Stunden im Hüttendorf vermißt worden.

Anzeichen eines Todeskampfes oder von Schmerzen gab es keine. Sein Tod war ebenso geheimnisvoll, wie es sein Leben gewesen war. Allem Anschein nach war Gott ihm einfach in der hellsten Stunde des Tages entgegengekommen und hatte seine Seele mit sich heimgeführt.

Als er die Nachricht hörte, dachte Jason sofort an Corinnas

Worte: »Es gibt da draußen so wenige gute Menschen, insbesondere solche, die nicht naiv oder widerlich selbstgerecht sind.« Einer dieser wenigen war Yoma gewesen.

Als Jason aufstand, um seine erste Predigt als Pastor der Internationalen christlichen Gemeinde zu halten, wählte er als Thema einen Tribut an Yoma.

»Yoma war ein Mann, der sowohl die Menschen als auch die Bibel verstand«, sagte Jason, »und der es auch verstand, beide zusammenzubringen. Seine Weisheit war außerordentlich. Seine Barmherzigkeit kannte keine Grenzen. Und seine Selbstlosigkeit war von großer Tiefe.

Unter seiner reinen und vollmächtigen Verkündigung sind ungefähr 2 400 Menschen aus mehr als fünfzig Nationen durch diese Gemeinde gegangen, und ein Drittel von ihnen kamen unter Yomas Einfluß zum christlichen Glauben. Viele von ihnen kamen aus dem Buddhismus, dem Hinduismus oder dem Islam; andere aus dem Agnostizismus oder Atheismus; wieder andere waren vorher schlicht gleichgültig gewesen.

Die meisten anderen, die bereits Christen waren, als sie in diese Gemeinde kamen, erlebten unter Yomas Einfluß eine Revolution in ihrem persönlichen Leben mit Gott. Sie werden nie wieder dieselben sein, und die Menschen in ihrer Umgebung werden es ebenfalls nicht.

Vierunddreißig Männer aus zwanzig verschiedenen Ländern haben ihre Berufe aufgegeben und haben sich verschiedenen Formen des vollzeitlichen christlichen Dienstes zugewandt. Weitere Hunderte haben sich aus bloßen christlichen Zuschauern in aktive Christen gewandelt. Heute sind sie über die ganze Welt verstreut, wirken für Gott und multiplizieren Yomas Dienst.

Das ist Yomas Vermächtnis. Doch Yoma zog es vor, allein zu sterben. Er wollte keine Fanfaren bei seinem Tod haben, ebensowenig wie in seinem Leben. Ich habe niemals einen Pastor kennengelernt und auch sonst keinen Menschen, der sich mehr Mühe gegeben hätte als Yoma, eine öffentliche Aufbauschung seiner eigenen Person zu ersticken.

Im Licht seines Lebens kann ich mich des Gefühls nicht erwehren, daß unsere Gemeinden im zwanzigsten Jahrhundert versagt haben. An irgendeinem entscheidenden Punkt haben sie darin versagt, eine Generation weiser alter Menschen wie Yoma hervorzubringen, von Gott geprägte Leute, die unverkennbar aus ihrem christlichen Glauben Weisheit geschöpft haben und wissen, wie sie diese Weisheit weitergeben können, Menschen, die selbstlos jüngere Christen unter ihre Fittiche nehmen und ihnen die Schönheit und Vollmacht eines unverfälschten Christentums vor Augen stellen.

Yomas Leben und seine Leiterschaft hätten eigentlich nicht so ungewöhnlich wirken dürfen. Statt dessen hätte es als ganz normal gelten sollen. Wir alle, die wir ihn kannten, können sagen, daß wir das Vorrecht hatten zu sehen, wie Christsein eigentlich aussehen sollte.«

Jason schlug den Deckel seiner Bibel auf. Die Innenseite des Umschlags war mit handschriftlichen Notizen bedeckt.

»Ich möchte gerne einige Aussagen vorlesen, die ich von Yoma gehört habe«, sagte er. »Viele von Ihnen haben ihn diese Worte viele Male wiederholen hören, denn sie waren charakteristisch für seine Arbeit als Pastor:

Es sollte ebenso viele verschiedene Evangelisationsmethoden wie Menschen geben.
Geistliches Wachstum ist der lebenslange Prozeß, in dem man persönlich entdeckt, was in sich einen Wert hat und was nicht.
Eine Ortsgemeinde sollte mehr sein als nur eine Predigtstation, die die Leute aufsuchen, um in Reihen hintereinander als Zuschauer zu sitzen, sich einen einstündigen Vortrag anzuhören und dann wieder nach Hause zu gehen. Sie sollte eine geistliche Selbsthilfegruppe sein, in der sich jeder Christ auf das Leben der anderen einläßt.
Das Wesen des christlichen Wandels ist es, entgegen der menschlichen Natur zu leben.

Und schließlich diese Aussage:

Ein leichtes, routinemäßiges Leben, von dem viele Stabilität und Geborgenheit erwarten, läßt den Menschen nur stagnieren. Eingefahrene Routine verdirbt den Menschen und macht ihn simpel und schwach.
Widrigkeiten im Leben bieten dem Menschen die Chance, immer mehr an Stärke und Weisheit zuzunehmen …
Widrigkeiten bringen einen Menschen dazu, neue Gedanken zu denken, die ihm zuvor nie in den Sinn gekommen sind. Sie lassen einen Menschen Fragen stellen, die er nie zuvor gestellt hat. Sie lassen einen Menschen Antworten suchen, die er nie zuvor gesucht hat. Sie lassen einen Menschen Gott um Hilfe anflehen, von der er nie zuvor gewußt hat, daß er sie braucht. Dieses Suchen des Herzens und der Seele macht einen Menschen am Ende tiefer, weiter, größer.

Yoma war ein Mensch, der tiefer, weiter, größer war als alle anderen Menschen, die ich je kennengelernt habe.

Als ich vor zweieinhalb Jahren nach Norwegen kam und anfing, die Gemeinde regelmäßig zu besuchen, fragte ich Yoma einmal, warum die Gemeinde nicht etwas von ihrem Geld dazu verwendete, dieses alte Gebäude renovieren zu lassen. Yoma sah mich mit seinen weisen Augen an und sagte: ›Jason, das Gebäude ist nicht wichtig; die Menschen sind wichtig.‹ Während der nächsten dreißig Monate habe ich erlebt, wie er diese Überzeugung in die Praxis umsetzte

Yoma lebte wirklich für Gott, indem er für andere lebte. Ich weiß es. Denn ich war einer jener ›anderen‹. Daß ich heute hier als Ihr Pastor stehe, ist unmittelbar Yomas Selbstlosigkeit zu verdanken. Er hat sich um mich gekümmert, als sonst niemand auch nur ahnte, wie verletzt ich war. Gott hat ihn gebraucht, um mein Leben aus den Trümmern zu retten,

Als Ihr neuer Pastor möchte ich Yomas Beispiel folgen. Ich möchte mein Leben für andere Menschen hingeben, und ich möchte immer in der Haltung eines Lernenden bleiben. Darum möchte ich, daß Sie mich nicht nur Ihren Lehrer sein lassen, sondern daß sie auch meine Lehrer sind. Was ich brauche, ist, daß Sie mich korrigieren, mich in Frage stellen, mich herausfordern und mir sogar widersprechen. Ich habe es nötig, daß Sie mich in Schach halten, damit wir alle gemeinsam wachsen können.«

Jason hatte das biblische Konzept, »Menschen zu lehren, damit sie andere lehren«, von Yoma gelernt, und während der nächsten zehn Jahre setzte er es in der Internationalen Gemeinde unaufhörlich in die Praxis um. Wie sein Mentor wurde er zu einem Meister darin, Männer und Frauen zu mobilisieren und dazu beizutragen, daß ihre geistlichen Gaben Früchte trugen.

Während dieses Jahrzehnts gesellten sich vierzehn dieser Menschen aus acht verschiedenen Ländern als Vollzeitpastoren und Missionare zu den anderen »Absolventen« der Internationalen Gemeinde, die in aller Welt verstreut lebten. David Finelli war einer von ihnen, und nach acht Sommern, in denen er zusammen mit Sven und Jason auf Berge geklettert war, kehrte er in die USA zurück, um mit voller finanzieller Unterstützung der Osloer Gemeinde eine Internationale Gemeinde im Herzen von New York City zu gründen. Der Erfolg dieses Versuchs übertraf alle Erwartungen. Nach zwei Jahren war die *Liberty International City Church* von fünf Personen – so groß war Davids Familie – auf mehr als fünfhundert Personen angewachsen.

Auch die Osloer Gemeinde blühte. Noch bevor David ging, hatte sich ihre Größe fast verdoppelt und näherte sich vierhundert Personen. Das Wachstum war willkommen, doch Jason wußte, daß bei solchen Größenordnungen nicht alle genügend Gelegenheit zur aktiven Mitarbeit haben konnten, um die geistlichen Gaben jedes einzelnen zu entdecken und zu entwickeln. Die Lösung, auf die Jason verfiel, bestand darin, die Gemeinde in Gruppen zu je etwa hundert Personen aufzuteilen. Jede dieser Gruppen würde eine eigenständige und autonome Schwestergemeinde der anderen sein. Und in jeder würden zwei Männer aus verschiedenen Nationen als Kopastoren dienen.

Der Plan entwickelte sich großartig. Durch die kleineren Gruppen wurden persönliche Beziehungen gefördert, während gleichzeitig mehr Menschen dazu mobilisiert wurden, die Gemeindearbeit aktiv mitzugestalten. Durch die Teilung entstand auch eine überraschende Kameradschaft zwischen den Schwestergemeinden. Sie waren immer noch eine große, einzigartige Familie, und jede der vier Gruppen trug denselben Namen – Internationale Christliche Gemeinde von Oslo.

Von New York aus korrespondierte David regelmäßig mit Jason und verfolgte mit wachem Interesse die Planung und Umsetzung des Schwesterngemeinden-Programms. Da die Größe seiner Gemeinde in New York rasch zunahm, beschlossen er und seine Leiter, das Osloer Modell auch in New York anzuwenden. Doch er wußte, daß es ihn mindestens ein Jahr harter Arbeit kosten würde, um es in Gang zu bringen, und das Orchestrieren des monumentalen Unternehmens erforderte mehr an Führung, als er allein bewältigen konnte. Er brauchte Hilfe.

Zweieinhalb Jahre, nachdem er Norwegen verlassen hatte, kehrte David zurück, um sich mit Jason und der Osloer Gemeinde zu treffen. Er hatte einen Plan.

An einem grauen und feuchten Oktobertag fuhr Jason zum Osloer Flughafen, um David abzuholen. Mit ihm kam Art Weizman, ein jüdischer Christ und einer der ersten Kontakte, die David in New York geschlossen hatte. Art schien Jason ein stabiler und bedachtsamer Mann zu sein; jemand, der nicht aus der Ruhe zu bringen war. Doch hinter seiner heiteren Art brannte ein unverkennbares Feuer für Gott und den Dienst an Gottes Volk. Jasons Eindruck bestätigte die positiven Berichte über diesen neuen potentiellen Leiter, die er in Briefen von David gelesen hatte.

Am folgenden Tag versammelten sich Jason und Hunderte von Menschen aus allen Schwestergemeinden, um sich Davids Vorschlag anzuhören, den er Jason bereits unter vier Augen vorgetragen hatte. Mit Hilfe einer Diapräsentation, die viele der Personen und Orte zeigte, um die es ging, erläuterte David seine Vision, so bald wie möglich mindestens sechs Schwestergemeinden über das Stadtgebiet von New York zu verteilen.

»Wie Sie hier in Oslo sicher nachfühlen können, ist das ein komplexes Unternehmen«, sagte er. »Zum Beispiel dürfte es allein drei oder vier Monate dauern, die logistische Aufgabe zu lösen, die Räumlichkeiten ausfindig zu machen und anzumieten, die all unseren Anforderungen entsprechen, wie etwa die strategische Verteilung und die Nähe zu einer U-Bahn- oder Bushaltestelle.«

Die größte Aufgabe, betonte David, würde darin bestehen, die zwölf bis sechzehn Personen auszuwählen und auszubilden, die für die Kopastorenstellen in den Schwestergemeinden gebraucht wurden.

David beendete seine Präsentation mit diesen Worten: »Ihr Beispiel hier in Oslo stellt einen einzigartigen und höchst wertvollen neuen Ansatz dar. Und ich glaube, wenn wir es sorgfältig an unsere New Yorker Bedingungen anpassen, wird es auch die Antwort auf das Größenproblem in der ›Liberty International City Church‹ sein.

Aber, Brüder und Schwestern, die Gemeinde ist bereits über meine Führungsqualitäten hinausgewachsen, und ich allein kann ein so gewaltiges Projekt nicht umsetzen. Ich brauche Hilfe.

Ich brauche die Hilfe Ihres Hauptpastors – Jason Faircloth.«

Sein Wunsch sei es, fuhr David fort, daß Jason für ein bis zwei Jahre nach New York kommen und die dortige Gemeinde durch diese Übergangssituation führen solle, wie er es auch in Oslo getan habe.

Die Leute gingen ins Gebet, diskutierten die Angelegenheit und stimmten rasch über die Entscheidung ab, die sie aus ganzem Herzen trafen: Ab Ende Dezember würden sie Jason mit voller Bezahlung für zwei Jahre abstellen, um David zu helfen, sein Ziel zu erreichen.

Achtundfünfzig Jahre alt – was man ihm mit seinem größtenteils weißen Haar und Bart auch ansah – und erheblich weiser kehrte Jason nach zwölfjähriger Abwesenheit nach Amerika zurück.

Er ging nach New York.

Dritter Teil
1987–1989

30

»Wohin?« fragte der dicke Taxifahrer.

»Drei-sechs-acht Lake–view Drive«, antwortete Renée undeutlich. Es war zwei Uhr morgens am sechzehnten Dezember. Sie hatte genug Alkohol im Blut, um vor dem Gesetz als betrunken zu gelten, aber noch nicht genug, um ihre Feierstimmung zu ruinieren. Bevor sie versuchte, auf den Rücksitz des Taxis zu kriechen, setzte sie ihre Tasche mit Geburtstagsgeschenken auf dem schneebedeckten Bordstein ab und umarmte ihre Freundin zum Dank.

»Es war eine tolle Party, Cindy. Es hätte nicht schöner sein können.«

»Ich habe mich auch mächtig ins Zeug gelegt«, lachte Cindy. »Aber du bist es wert, Mädchen. Mit all deinen sechzehn Jahren!«

»Oh, Cindy –«, sagte Renée und biß sich auf die Lippe. »Ich werde nie wieder eine Freundin wie dich haben. Ich wünschte, du würdest nicht umziehen. Kalifornien ist fast so weit weg wie China.«

Der Fahrer drückte auf die Hupe.

»Na, ich bin ja noch eine Woche in Buffalo«, sagte Cindy, als Renée sich ärgerlich umdrehte, um in den Wagen zu steigen. »Die werden wir zusammen verbringen, das verspreche ich dir. Gute Nacht, Renée. Ich gehe jetzt besser wieder hinein und schaue nach, ob da vielleicht noch jemand ist, der noch nicht zu voll ist, um nach Hause zu gehen. Meine Güte, das wird die Hölle sein, alles wieder sauber zu kriegen, bevor meine Eltern morgen nach Hause kommen!«

Renée lachte und stieg winkend in das Taxi.

Auf dem Weg nach Hause lehnte sie ihren Kopf an die Hintertür des Taxis und ließ in Gedanken die schönsten Augenblicke dieses Abends voller Tanzen, Lachen und Flirten Revue passieren.

Dann dachte sie an zu Hause. Sie fragte sich, ob ihr Vater wohl wieder auf sie wartete, um sie zu schlagen. Sie hatte gelernt, ihn zu hassen. Denn solange sie sich erinnern konnte, hatte er sie wie ein Tier behandelt.

Sie wünschte ihm den Tod. So sehr verabscheute sie ihn. Vor drei Wochen war sie zutiefst enttäuscht gewesen, als der Arzt ihn aus dem Krankenhaus entließ und sagte, er würde den kurzen Kampf mit dem Tod, der durch seine kaputte Leber ausgelöst worden war, überleben. *Wenn er nicht stirbt,* dachte sie, *werde ich es. Und warum auch nicht?*

Plötzlich merkte sie, daß der Fahrer sie im Rückspiegel angaffte.

»Stört es Sie, wenn ich Ihnen ein Kompliment mache?« fragte er nervös, als er sah, wie sie aufblickte.

Sie wußte, daß es nur ein Annäherungsversuch war. Sie war nicht naiv. Sie wußte, wie Männer dachten. Ihre Jungfräulichkeit hatte sie mit vierzehn Jahren verloren, und seitdem hatte sie mit vier verschiedenen Männern geschlafen. Die Männer waren alle gleich: Sie wollten sich nur eine schöne Zeit machen mit dem, was ein Mädchen zu bieten hatte. Doch angesichts der bitteren Gedanken, die ihr im Augenblick durch den Kopf gingen, glaubte sie, eine positive Bemerkung gebrauchen zu können, selbst wenn sie von einem kahlköpfigen Taxifahrer mit Dreifachkinn kam.

»Aber klar doch, sagen Sie mir was Nettes, großer Junge.«

Bevor er antwortete, steuerte der Taxifahrer den Wagen auf den Parkplatz eines kleinen Lebensmittelgeschäfts und hielt. Er schaltete die Innenbeleuchtung ein. Ohne den Motor abzustellen, drehte er sich auf dem Sitz um, soweit es sein Übergewicht erlaubte. Er sah sie mit vor Nervosität zitterndem Gesicht an.

Renée tastete vorsichtig nach dem Türgriff.

»Sie sind mir aufgefallen, als Sie auf das Taxi zukamen«, sagte er langsam.

»Ja?« antwortete Renée kühl. »Und?«

»Nun, ich habe bemerkt, daß Sie hinken.«

»Und was ist damit?« fragte sie mit wachsendem Zorn.

Er grinste. »Das macht mich an«, sagte er, durch den eigenen Schwung mutiger geworden. »Wie wär's? Ich habe es noch nie mit einem hinkenden Mädchen gemacht.«

Automatisch hob sie den Arm. Sie wollte ihm mit der offenen Handfläche ins Gesicht schlagen. »Du Perverser«, fuhr sie ihn mit haßerfüllter Stimme an.

Der Fahrer erstarrte vor Verlegenheit. Sein breites Gesicht war ein leichtes Ziel.

Renées Hand über ihrem Kopf zitterte. Aber sie schlug nicht zu. Statt dessen spuckte sie auf den Rücksitz seines Wagens, sprang hinaus und schlug die Tür hinter sich zu.

Es war drei Uhr fünfzehn, als sie endlich den Schlüssel ins Schlüsselloch ihrer Haustür steckte. Immer noch geschockt von ihrem Erlebnis mit dem Taxifahrer dachte sie nicht mehr an ihren Vater, als sie in die Dunkelheit der Diele trat.

Als Cody plötzlich ihren Arm ergriff, fiel sie beinahe in Ohnmacht.

»Weißt du, wie spät es ist?« fauchte er sie an.

Sie spannte sich und zog die Schultern zusammen. Aus Gewohnheit machte sie sich auf die erwarteten Schläge gefaßt. Aber sie kamen nicht.

Statt dessen wurde sie rückwärts geschoben. Unfähig, sich Codys Kraft und seinen hundertdreißig Kilo Lebendgewicht zu widersetzen, wurde sie rasch mit den Schultern gegen die Wohnzimmerwand gepreßt.

Sie roch den Whiskey in seinem Atem.

Bisher hatte sie erst einmal versucht, sich gegen ihn zu wehren. Es hatte ihn nur dazu angespornt, sie doppelt so schwer zu mißhandeln wie bisher. Er hatte ihr Gesicht so zerschlagen, daß sie fast drei Wochen lang der Schule fernblieb. Seither hatte sie nie wieder zurückgeschlagen.

»Wo ist Vanessa?« stammelte sie in der Hoffnung, ihn mit der Erwähnung seiner derzeitigen Freundin ablenken zu können.

Er ignorierte ihre Frage. Er stand einfach da, preßte ihre Schultern gegen die Wand und starrte sie durch die Dunkelheit an. Das schwere Atmen der beiden war das einzige Geräusch, das die Stille durchdrang.

Als Cody endlich sprach, tat er es überraschend leise. »Selbst im Dunkeln bist du schön.« Er hob seine rechte Hand von ihrer Schulter zu ihrem nackenlangen blonden Haar und fuhr mit seinen Fingern hindurch.

Renée fuhr automatisch zusammen. Sofort packte seine Hand wieder ihre Schulter und rammte sie gegen die Wand.

»Was ist los?« fuhr er fort. »Hat keiner von den Kerlen dir je gesagt, daß du einen schönen Körper hast? Sagen sie dir nie, wie sehr du sie anmachst?«

Das ist absurd, dachte sie. Wieder versuchte sie, sich seinem Griff zu entwinden.

Cody hielt sie fest und kam dann näher, um seinen vollen Körper gegen sie zu pressen.

»Laß mich los!« schrie sie.

Cody legte seine Lippen auf ihre Stirn. »Du bist doch wohl keine Jungfrau mehr, oder?« fragte er sarkastisch. »Mit sechzehn? Brauchst du etwa deinen Daddy, damit er dir das mit den Blümchen und den Bienchen zeigt?«

»Hör auf!« schrie sie hysterisch. »Laß mich los!«

Bevor sie weiter reagieren konnte, spürte sie, wie sich seine Lippen auf ihre preßten. Ihr wurde schlecht. In einem verzweifelten Versuch, sich zu befreien, versuchte sie, ihm ihr rechtes Knie in die Leiste zu rammen.

Plötzlich wurde sie durch die Dunkelheit geschleudert. Sie fiel über den Couchtisch und landete schmerzhaft zwischen dem Tisch und der Couch auf dem Rücken.

Bevor sie sich aufrappeln konnte, sah sie Cody über sich stehen. Selbst in der Dunkelheit konnte sie erkennen, was in seinen Augen geschrieben stand.

Sie sah zu, wie er seine Gürtelschnalle öffnete.

Trotz des quälenden Wissens, daß ihre Worte nichts nützen würden, flehte sie ihn an:

»Nein, Daddy. Nicht. Bitte nicht!«

31

Kaum hatte er am letzten Tag des Dezembers die Zollabfertigung des New Yorker John-F.-Kennedy-Flughafens durchschritten, wurde Jason von einer Gruppe aus sechzig begeisterten Leuten empfangen, die ein Transparent mit der Aufschrift »Willkommen in N.Y., Jason!« emporhielten.

Sie brachen in Hochrufe und Applaus aus, als David aus der Menge hervortrat, um ihn zu umarmen. Neben David stand Art Weizman.

Wenige Stunden später hatten Jason, David, Art und andere Leiter aus der Gemeinde bereits mit einer viertägigen Beratungssitzung begonnen. Als die vier Tage vorbei waren, hatten sie sich auf eine Strategie zur Umsetzung des Osloer Modells geeinigt:

Zu Beginn des Frühjahrs würden sie eine Gruppe von achtzig Leuten aus der Zentralgemeinde abteilen, um die erste Schwestergemeinde zu bilden. Zwei Monate später kamen die nächsten achtzig an die Reihe, dann zwei Monate später wieder achtzig, und so weiter. Solange die meisten Mitglieder in der Muttergemeinde verblieben, würde sie als Rückhalt für die neuen Gemeinden dienen, bis jede davon auf eigenen Füßen stehen konnte.

Innerhalb jeder Schwestergemeinde würden sich kleinere Zellen aus bis zu zwanzig Personen wöchentlich zum Bibelstudium und Gebet treffen. Dadurch würde für alle eine noch engere geistliche Gemeinschaft möglich werden, so daß der notwendige Austausch reichlich stattfinden konnte. Außerdem erhielten dadurch jene, die die Gabe des Lehrens hatten, die Gelegenheit, diese Gabe in einer Kleingruppensituation zum Vorschein zu bringen. Diese Leute konnten dann angeleitet und ausgebildet werden, um die ständig wachsende Liste von Leitungsaufgaben auszufüllen.

Jason würde seine Zeit mit der jeweiligen Gruppe von Kopastoren verbringen und acht Wochen lang Tag und Nacht mit ihnen zusammenarbeiten, bis die nächste Schwestergruppe abgeteilt wurde. In der Zwischenzeit würde David die Komitees leiten und sicherstellen, daß alles nach Zeitplan ablief.

Bis zum Sommer des nächsten Jahres würde dann hoffentlich die gegenwärtige Gemeinde von fünfhundertachtzig Mitgliedern in acht selbständige und wachsende Gemeinden umgewandelt worden sein, jede davon mit zwei Leitern, die dazu ausgebildet waren, andere zu mobilisieren.

Am folgenden Sonntag wurde dieser Plan der ganzen Gemeinde vorgetragen. Es wurde abgestimmt, und der Plan fand begeisterte Zustimmung. Ein Immobilienkomitee aus zwölf Männern und vier Frauen wurde gebildet, das sich sofort auf die Suche nach einem passenden Gebäude für die erste Schwestergemeinde machen sollte.

Jason würde sich fürs erste auf die Aufgabe konzentrieren, die Kopastoren auszubilden – von denen Art Weizman der erste war. Jason stürzte sich in seine neue Berufung, wobei er besonders dankbar dafür war, etwas zu haben, das ihn von seinen Schwierigkeiten ablenkte, sich wieder an die amerikanische Lebensweise anzupassen. David hatte ihn gewarnt, er würde vermutlich durch eine Zeit des umgekehrten Kulturschocks gehen, doch Jason war überrascht, wie stark dieser Schock war und wie schnell er kam. Beinahe wäre sein Optimismus dabei auf der Strecke geblieben. Nach seiner langen Abwesenheit wirkten die Sonderbarkeiten der amerikanischen Kultur noch auffälliger und beinahe überzeichnet. Die Amerikaner wirkten zu dick, zu laut und schienen zu große Autos auf zu breiten Straßen zu fahren. Die Frauen trugen zuviel Make-up, und die Zeitungen konzentrierten sich zu stark auf Verbrechen und Skandale. Ihre Einkäufe schienen die Amerikaner hauptsächlich in gigantischen Geschäften mit einer lächerlich unbegrenzten Auswahl an Ramsch zu tätigen, und sie aßen meistens in Fast-Food-Restaurants, in denen die Freude am Essen nur ein Witz war. Das Unsinnigste war das unglaublich hektische Leben, das allen alles raubte außer ihrer unerwünschten Müdigkeit. Alles wirkte so … so exzessiv.

Schon jetzt freute er sich auf seine Rückkehr nach Norwegen.

Innerhalb von zwei Jahren nach Jasons Ankunft wurden die Leute von der *Liberty International City Church* Zeugen eines Phänomens, das sie nur dem Wirken Gottes zuschreiben konnten. Das Abenteuer, das sie eingegangen waren, und die Früchte, die es trug, übertrafen bei weitem alles, was diese Leute je erlebt hatten.

Nicht nur, daß alle acht Schwestergemeinden termingerecht gegründet worden waren – jede einzelne davon war inzwischen auch weit über ihren ursprünglichen Kern von achtzig Personen hinausgewachsen.

Als die erste Schwestergemeinde rasch auf fast hundertfünfzig Mitglieder anwuchs, erkannten Jason und David das Potential, das darin lag, den Multiplikationsprozeß in Schwung zu halten. Sofort schmiedeten sie Pläne, diese Gruppe wiederum zu teilen, wobei jeder der beiden Kopastoren eine der Hälften übernehmen und einen weiteren Kopastor zur Seite gestellt bekommen sollte. Bald wurde dieses Muster auch für andere Gruppen übernommen, und im Herbst des zweiten Jahres waren fünf Schwestergemeinden der ersten Generation ihrerseits wiederum geteilt worden.

Nun gab es dreizehn eigenständige Gemeinden mit Mitgliederzahlen zwischen jeweils siebzig und hundertzwanzig Personen, die sich strategisch über die fünf Stadtbezirke von New York verteilten. Gemäß dem Beispiel der Osloer Gemeinde behielten sie alle denselben Namen – *Liberty International City Church* – und wählten alle gemeinsam David zu ihrem Hauptpastor. Um sich gegenseitig Rechenschaft zu geben, trafen sich David und Jason alle drei Wochen einmal mit allen Kopastoren, um über die Fortschritte zu berichten, Bedürfnisse festzustellen und Entscheidungen zu treffen.

Alle sechs Wochen trafen sich alle Gemeinden unter einem Dach, normalerweise in einer angemieteten Basketballhalle, um sich neu auf ihre Ziele auszurichten. Diese Gruppe umfaßte nun 1 300 Menschen aus mehr als zwei Dutzend Nationen – eine überwältigende Erinnerung an die Macht Gottes. Mindestens die Hälfte der Leute hatten sich erst vor kurzem bekehrt, indem sie von der anderen Hälfte für Christus gewonnen worden waren. Ärzte waren zu Christus gekommen. Drogensüchtige waren zu Christus gekommen. Unternehmer und Obdachlose waren zu Christus gekommen. Sogar eine professionelle Ballettänzerin war zu Christus gekommen.

Mit Gottes Hilfe hatten die Leute alle Barrieren der Rassen, Klassen und religiösen Hintergründe durchbrochen. Jetzt standen sie Seite an Seite, vereint als Gläubige an den Gott der Bibel, lernten voneinander und ließen sich durch diese Erfahrung Herz und Verstand ausdehnen.

Eine Fernseh- oder Radioarbeit, eine christliche Schule oder eine Werbekampagne betrieb die Gemeinde nicht. Aber sie hatte Menschen – Menschen, deren Blick emporgerichtet war, deren Herzen für den Plan Gottes gewonnen worden waren und die Hand in Hand mit Gott gearbeitet hatten, um das zu bewerkstelligen, was nun entstanden war. In weniger als zwei Jahren hatten sie mehr Beweise für das Wirken eines persönlichen Gottes gesehen, der Menschenleben verändert, als die meisten Leute in ihrem ganzen Leben. Und dabei ging es ihnen nicht um Anerkennung oder Prestige oder Ruhm, sondern schlicht und einfach um Menschen.

Mitten im Ganzen stand Jason. Die Gemeinde war reif für die Ausdehnung gewesen, bevor er hergekommen war, doch Gott hatte Jason gebraucht, um der Energie der Gemeinde eine fruchtbringende Richtung zu geben.

Da er darauf bestand, akzeptierten die Leute, daß Jason nur ein Diener war und nicht jemand, den man auf einen Sockel stellen durfte. Dennoch liebten sie ihn. Sie sahen ihn als einen geheimnisvoll selbstlosen und weisen sechzigjährigen Mann, der das Wesen des Christentums symbolisierte.

Mit Trauer machten sie sich bewußt, daß sein zweijähriger Besuch rasch seinem Ende entgegenging. Nicht, daß sie gefürchtet hätten, sein Weggang würde ihrer Arbeit die Richtung oder den Schwung nehmen; dafür hatten sie schon zuviel von ihm gelernt. Aber er hatte sich einen dauerhaften Platz in ihren Herzen erobert, und sie hatten eine Beziehung zu ihm, in der ein Abschied niemals leicht fallen kann.

Am traurigsten war David. Hier gab es zwar keine Berge,

auf die sie hätten steigen können, und selbst wenn, hätten sie kaum Zeit dazu gehabt, aber er und Jason waren dennoch zusammen und erklommen andere Höhen. Noch nie zuvor hatte David eine solche Freundschaft zu einem Mann erlebt, wie sie ihn mit Jason verband. Jason arbeitete nicht nur mit David zusammen, sondern wohnte auch im Gästezimmer seines Hauses mit ihm, seiner Frau Patricia und ihren drei Kindern zusammen. Beide Männer hatten ständig kühne neue Ideen, ernste Überlegungen, vertrauliche Gedanken und Gefühle, Tränen und auch hemmungsloses Gelächter miteinander ausgetauscht.

Auch Jason machte die bevorstehende Abreise wehmütig. David, der über zwanzig Jahre jünger war als er, war ihm wie ein Sohn geworden. Und es gab noch viele andere, die ihm ebenso zur Familie geworden waren. Sie hatten ihm sogar geholfen, sich wieder an die wilde amerikanische Kultur anzupassen.

Doch auch seine Sehnsucht nach Norwegen nahm zu. Sein geliebtes Norwegen, so schien es, war das Land, wo er hingehörte. Er war begierig darauf, zu den Menschen dort zurückzukehren und ihnen in allen Einzelheiten von den Wundern zu erzählen, die er gesehen und erlebt hatte. Schon jetzt freute er sich auf die ruhigen Gespräche am Kamin, die gemütlichen Teerunden, die Wanderungen in den verschneiten Tälern und die überwältigenden Aussichten von den erklommenen Berggipfeln.

Am letzten Tag im November buchte er seinen Rückflug für den vierzehnten Dezember – in nur zwei Wochen. Er wollte rechtzeitig zu Weihnachten in Norwegen sein.

Nachdem er sein Ticket im Reisebüro abgeholt hatte, bog er gerade in Davids Einfahrt ein, als Patricia in offensichtlicher Panik auf ihn zugerannt kam. Sofort merkte er, daß irgend etwas Schlimmes passiert sein mußte. Er wollte aus dem Wagen springen und ihr entgegengehen, doch sie winkte ihm hektisch zu, im Wagen zu bleiben.

Sie riß die Beifahrertür auf und sprang hinein. Ihr Gesicht

war leichenblaß. »Art und Ginny – sie hatten einen Unfall«, platzte sie heraus. »Queens Hospital. Schnell!«

Jason hatte den Wagen rückwärts aus der Einfahrt manövriert, bevor Patricia ihren Sicherheitsgurt anlegen konnte.

Art Weizman und seine Frau Ginny waren in den ersten Monaten der *Liberty Church* Davids und Patricias engste New Yorker Freunde geworden, und im Laufe der Jahre hatte sich ihre Freundschaft noch vertieft. Ginny mit ihrem lebhaften und offenen Temperament war die perfekte Partnerin für Art und rundete seinen Dienst ab. Im achten Monat schwanger mit ihrem ersten Kind, war sie die glücklichste werdende Mutter, die man sich vorstellen konnte. Sie war eine Ermutigung für jeden, der sie kennenlernte, und die Gemeinde liebte sie sehr.

Während Jason seinen Wagen mit schweißtreibender Geschwindigkeit durch die Straßen der Stadt hetzte, berichtete ihm Patricia unter Tränen, Art und Ginny seien in ihrem Wagen von einem Laster gerammt worden. Einzelheiten wußte sie nicht, David hatte erst fünf Minuten, bevor Jason gekommen war, angerufen und nur gesagt, es sehe schlimm aus. Er hatte sie gebeten, so bald wie möglich zu ihm ins Krankenhaus zu kommen.

Im Krankenhaus stürmten sie direkt auf die Unfallstation und fanden David, der auf einer Sofakante im Wartezimmer saß. Er hatte das Gesicht in den Händen vergraben und weinte, so daß er Jason und Patricia nicht hörte, als sie hereinkamen.

»David?« sagte Patricia, und in ihrer Stimme waren ihre schlimmsten Ängste zu hören.

David blickte mit blutunterlaufenen Augen auf.

»David?« fragte sie noch einmal mit zitternder Stimme. David sah sie an, und sein niedergeschlagenes Gesicht beantwortete ihre Frage.

Art und Ginny waren tot.

Patricia warf sich in Davids Arme. Er drückte sie an sich, sah über ihre Schulter hinweg Jason an und sagte mit gebrochener, hilfloser Stimme: »Warum, Jason? Warum hat Gott sie ums Leben kommen lassen?«

Jason versuchte nicht, eine Antwort zu geben. Er trat einfach hinzu und schlang seine Arme um das Paar. Auch er war tief erschüttert und wollte ihnen zu spüren geben, daß er ihre Qual teilte.

Nachdem sie einige Minuten dort gestanden und versucht hatten, den Schock zu verarbeiten, fing David stockend an, die Einzelheiten zu berichten, die er kannte.

Offenbar waren Art und Ginny auf dem Heimweg von einer Schwangerschaftsuntersuchung gewesen. Am Ende einer Highway-Ausfahrt hatten sie an einer Ampel halten müssen. Ein achtzehnrädriger Tieflader mit etlichen Tonnen Holz auf der Ladefläche war hinter ihnen die Ausfahrt herabgekommen, und scheinbar hatten die Bremsen des Lastzuges versagt. Arts und Ginnys Wagen wurde von hinten gerammt, quer über die Straße geschoben und frontal gegen einen Strommast gequetscht. Zwischen dem Laster und dem Mast war der Wagen zu einem Haufen zerfetzten Metalls und zerschlagenen Glases zermalmt worden. Art und Ginny waren fast eine Stunde lang in dem Wrack gefangen gewesen, bevor Feuerwehrleute sie herausschneiden konnten. Zu diesem Zeitpunkt war Art bereits tot. Ginny, deren Puls noch schwach schlug, wurde in dieses Krankenhaus gebracht, war aber auf der Unfallstation gestorben. Der acht Monate alte Fötus war mit ihr gestorben.

Die erste Nachricht von dem Unfall hatte David telefonisch von Arts Bruder Frank erhalten. Frank war von der Polizei benachrichtigt worden und am Unfallort gewesen, bevor die beiden aus dem Wrack geschnitten worden waren. Dort hatte er die näheren Einzelheiten erfahren.

Patricia ließ ihren Tränen freien Lauf, und David umarmte sie wieder. Er starrte Jason an, tausend Fragen und tausend Wunden im Gesicht.

Jason wußte, daß der Verlust ihren Glauben erschütterte. Aus seiner eigenen Vergangenheit wußte er, daß ihr Leben in den nächsten Wochen ein einziger emotionaler und geistiger und vielleicht auch geistlicher Aufruhr sein würde. Still betete er, daß ihr Glaube – der viel tiefer und fester war als der seine, als er Lorene und Hannah verlor – vor all diesen negativen Fragen und Gefühlen bestehen würde.

»Ihr dürft ruhig trauern«, sagte er ihnen. Sein schweres Herz, aber auch sein Mitgefühl waren seiner Stimme anzuhören. »Gott erwartet nicht von euch, daß ihr eure Gefühle ignoriert. Es ist sogar jetzt das Beste, was ihr tun könnt, zu Gott zu gehen und ihm genau zu sagen, was ihr empfindet, selbst wenn es negative Gefühle sind, die sich auf ihn beziehen.

Hört mir zu!« sagte er eindringlich, um ihre ungeteilte Aufmerksamkeit zu bekommen. »Ihr habt das Recht, Gott von euren Gefühlen zu erzählen, selbst wenn sie falsch sind, solange ihr dabei eine hilfesuchende und nicht eine rebellische Haltung habt. Gott fordert geradezu dazu auf. Die Bibel ist voll von Beispielen dafür. Mose hat es so gemacht. Asaph hat es so gemacht. David hat es so gemacht. Und noch andere haben es auch so gemacht. Gott hat uns diese Beispiele gegeben, um uns zu zeigen, daß es richtig so ist. Er weiß, daß wir unsere Emotionen einfach herauslassen müssen. Habt ihr mich verstanden?«

Mit einem neuen Ausbruch von Tränen nickte David bestätigend. Patricia dagegen zeigte keine Reaktion. Sie sah aus, als wolle sie schreien.

»Ein Christ darf ruhig seine Schmerzen herauslassen, Patricia.« Jason sprach mit stiller Intensität, wie ein Vater zu seiner verwirrten Tochter. Er trat näher an sie heran, zog ihren Kopf an seine Brust und strich ihr übers Haar. »Es ist nichts Falsches dabei.«

Patricia öffnete den Mund zu einem stummen, gequälten Schrei, und Jason hielt sie fest, während sie weinte.

Dann fragte er David: »Wo ist Frank?«

David sagte, Frank sei hinüber in den Verwaltungsflügel des Krankenhauses gegangen, um zu versuchen, die Versicherungsfragen und andere Angelegenheiten zu regeln. David und Patricia kamen mit Jason überein, draußen am Wagen auf ihn zu warten, während er nach Frank suchte.

Jason fand ihn, als er gerade ein Gespräch mit einem Vertreter der Krankenhausverwaltung beendete. Frank blickte auf, als er Jason kommen sah, und begrüßte ihn mit einem Blinzeln unter Tränen und einem festen Händedruck.

Durch Arts Einfluß war Frank drei Jahre zuvor Christ geworden. Als sechsundzwanzigjähriger Single war er zu einem hoffnungsvollen jungen Leiter in Arts Gemeinde geworden. Jason wußte, daß er viele der Stärken von Art ebenfalls besaß: Stabilität, Besonnenheit und Barmherzigkeit.

Jason sprach zuerst. »Du wirst es schaffen, Frank.«

Frank holte tief Luft. »Meine Güte, aber es tut weh.«

»Ich weiß, Frank. Ich weiß, daß es weh tut.«

»Gott versteht es auch, nicht wahr?« Franks Frage war eine Bitte um Bestätigung.

»Ja, Frank, Gott versteht es. Auch das weiß ich genau.«

»Dann … meinst du, da du es verstehst und Gott es versteht –« Tränen traten ihm in die Augen. »Meinst du, du könntest für mich beten und Gott bitten, daß er mich stark macht? Ich glaube, ich habe das wirklich nötig, Jason.«

Jason ergriff Franks Hände und drückte sie fest, während er betete. Er ließ sie erst wieder los, als er sein Gebet beendet hatte.

Dann sah er Frank an. »Kann ich dir hier irgendwie helfen?«

»Nichts könnte mir mehr helfen als das, was du gerade getan hast.«

»Würde es dir helfen, wenn ich einfach hierbleibe und dir Gesellschaft leiste?«

»Nein, schon gut. Ich komme schon zurecht.« Franks Stimme klang wie die eines verletzten Kindes, das sich Mühe gab, besonders tapfer zu sein.

Da er spürte, daß Frank lieber eine Weile allein sein wollte, versprach Jason ihm, für ihn zu beten, und ging davon.

Als er sich umdrehte und über den glänzenden Flurboden auf das Foyer zuging, flüsterte er noch ein kurzes Gebet für Frank und begann dann, auch für sich selbst zu beten. Er flehte Gott an, ihn als eine Säule der Kraft und des Trostes für die zu gebrauchen, die am meisten unter Arts und Ginnys Tod litten.

Immer noch betend ging er auf zwei große Glastüren zu und übersah eine junge Frau in einem weißen Krankenhausnachthemd und Bademantel, die von der anderen Seite her auf die Tür zukam. Er öffnete die eine Tür und hätte die junge Frau beinahe damit gerammt, bevor er merkte, was er tat. Dann trat er zurück, zog die Tür in seine Richtung und ließ sie zuerst durchgehen.

»Bitte verzeihen Sie«, entschuldigte er sich rasch, »daß ich so unachtsam war.«

Die Frau schlurfte langsam durch die Tür, ohne zu reagieren oder ihn auch nur anzusehen.

Jason sah sie an. Sie war jung, vielleicht Anfang zwanzig. Ihr Gesicht hatte einen gleichgültigen, leeren Ausdruck. Ihr rötlich-schwarzes ungekämmtes Haar fiel um ein bleiches und mageres Gesicht. Ihre Augen sahen aus, als hätte sie ihr Leben schon vor langer Zeit aufgegeben.

Tiefes Mitleid überkam Jason. Angesichts all der anderen Nöte, die jetzt auf seiner Seele lasteten, verspürte er Zorn auf all den Schmerz, der den Leuten so gnadenlos und willkürlich das Leben aus dem Leib prügelte.

Plötzlich verspürte er den tiefen Wunsch, dem Mädchen irgendwie zu helfen. Doch er war nur eine Person, begrenzt und ohnmächtig. Und es gab andere, die ihn brauchten, wie David und Patricia, die jetzt auf ihn warteten.

So blieb er nur stehen und sah ihr mit zusammengekrampfter Brust nach.

Die junge Frau beschleunigte ihren Schritt und ging hinkend davon.

32

Jason sagte seine Termine ab und verbrachte den Rest des Abends mit David und Patricia. Auch Frank kam dorthin. Jason drängte sie, wenigstens etwas Suppe und Salat zu sich zu nehmen.

Den Abend über riefen sie Leute an, nahmen Anrufe entgegen, erörterten die Einzelheiten für die Beerdigung und beteten zusammen für Arts und Ginnys Angehörige und ihre Gemeinde. Sie machten auch Pläne für den folgenden Tag: David und Patricia würden sich um das Weitere für die Beerdigung kümmern, und Frank würde seine Eltern und seine zwei anderen Brüder vom Flughafen abholen, die aus Toledo und Denver eintreffen würden. Frank sagte, er müsse außerdem ein paar Versicherungsunterlagen im Krankenhaus vorbeibringen, doch Jason erbot sich, das am nächsten Morgen für ihn zu erledigen.

Jasons Pläne für seine letzten beiden Wochen in New York bestanden darin, sich in den gegenwärtigen Umständen so nützlich zu machen, wie er konnte. »Lieber Herr«, betete er, als er am nächsten Morgen ins Krankenhaus fuhr, »gebrauche mich als einen Diener. Gebrauche diese Tragödie, um uns allen bewußt zu machen, wie flüchtig das Leben ist, damit wir unsere Prioritäten auf die Dinge legen, die wirklich zählen.«

Im Krankenhaus brachte er rasch die Versicherungsdokumente in das entsprechende Büro im Verwaltungsflügel und machte sich dann auf den Weg zurück zu seinem Wagen.

Als er auf dem Weg nach draußen an einem Wartezimmer vorbeikam, drehte er zufällig den Kopf und warf einen Blick durch die offene Tür des Raumes. Seine Füße trugen ihn noch drei Schritte voran, bevor er mitten im Schritt stehenblieb.

Langsam ging er zurück zu der Tür und sah noch einmal hinein. Ganz allein saß dort die hoffnungslos aussehende junge Frau, die er gestern beinahe mit der Tür umgestoßen hätte. Sie saß einem Fernseher gegenüber, der an der Wand montiert war, schien aber den gezeigten Zeichentrickfilm überhaupt nicht wahrzunehmen.

Er trat in den Raum, aber sie blickte nicht zu ihm auf.

Wieder wurde ihm das Herz schwer, als er sah, wie gleichgültig und einsam das Mädchen aussah. Für ihn sah sie aus, als wäre sie eine traurige, verlassene menschliche Insel, die überhaupt keine Verbindung zum Rest der Menschheit hätte. Mitleid überkam ihn. Und er verspürte einen überwältigenden Drang, etwas zu ihr zu sagen.

Er ging näher heran und stellte sich vor sie.

Zum ersten Mal sah ihm das Mädchen in die Augen.

»Ich kam gerade hier vorbei«, sagte Jason leise, »und da ist mir aufgefallen, daß Sie schrecklich einsam aussehen. Ich habe mich gefragt, ob Sie vielleicht jemanden brauchen, der mit Ihnen redet.«

»Worüber möchten Sie reden«, antwortete sie abwesend.

Zuerst wollte Jason antworten: »Über was immer Sie wollen.« Aber das klang zu unbestimmt. »Reden wir über Einsamkeit«, sagte er.

»Was wissen Sie schon von Einsamkeit?« gab sie zynisch zurück.

Der abwesende Blick war aus ihren Augen verschwunden. *Zumindest ist sie jetzt hier im Zimmer mit mir,* dachte Jason. Er versuchte, freundlich und offen zu klingen: »Ich habe schon einige Male darunter gelitten. Und ich weiß aus Erfahrung, daß sie einen manchmal dazu bringt, das Leben aufgeben zu wollen.«

Für den Bruchteil einer Sekunde trat ein schwacher Schimmer in die Augen des Mädchens, als glaubte sie, jemanden gefunden zu haben, der sie vielleicht verstehen könnte. Dann wurde ihr Gesicht genauso verschlossen wie zuvor, als versuchte sie, sich vor einer voreiligen Schlußfolgerung zu hüten.

»Sie sind Arzt, und Sie wissen das aus Erfahrung?« platzte sie heraus. »Ja! Aus den Gesprächen mit Ihren Patienten vielleicht. Aber nicht aus Erfahrung.«

»Tut mir leid«, lächelte er, »ich hätte mich wohl erst einmal vorstellen sollen. Mein Name ist Jason Faircloth. Ich bin kein Arzt. Ich arbeite nur vorübergehend hier in New –«

»Sie sind kein Arzt?« unterbrach sie ihn barsch. »Ich dachte …« Zorniges Unbehagen stand in ihrem Gesicht. Sie stand auf und ging auf die Tür zu.

Jason antwortete: »Aber wenn Sie mir nur eine Gelegenheit geben wollten, zu –«

Sie war schon zur Tür hinaus. Offenbar hatte sie nicht die Absicht, sich mit einem fremden Mann zu unterhalten.

Jason ging zur Tür, blickte den Flur entlang und sah sie hinkend um die Ecke in einen anderen Flur einbiegen. Am liebsten wäre er ihr gefolgt, aber er wollte keine Szene machen.

Er ließ sie gehen.

Zwei Tage später saß Jason mit Hunderten von anderen Trauernden in der Turnhalle, in der die Trauerfeier für Art und Ginny abgehalten wurde. Lebhafte Erinnerungen an die Beerdigungen von Lorene und Hannah wurden wach, die einzigen Beerdigungen, die er miterlebt hatte, die ebenso groß gewesen waren wie diese.

Während des Gottesdienstes durchlebte er immer noch diese Erinnerungen, als eine junge Frau aus Arts Gemeinde begann, ein Solo zu singen. Jason kannte die junge Sängerin – ihr Name war Marlene, und Art und Ginny hatten sie vor sechzehn Monaten kennengelernt, als sie von Tür zu Tür gingen, um Besuche zu machen. Zu jener Zeit war sie ein Groupie von Heavy-Metal-Bands gewesen. Schwanger von wer weiß wem, hatte sie nur zwei Tage vor einer geplanten Abtreibung gestanden, als Art und Ginny ihr von dem Anspruch Jesu Christi erzählten. Infolge dieses und vieler weiterer Besuche und all der Entdeckungen, die sie in der Folgezeit machte, behielt Marlene das Baby, wurde schließlich Christ und ließ ihr Leben von Gott umkrempeln.

Ihr Lied, das sie selbst zum Andenken an Art und Ginny geschrieben hatte, handelte von dem lebensrettenden und lebensverändernden Einfluß, den eine Frau oder ein Mann Gottes durch Hingabe und Liebe auf andere Menschen ausüben kann.

Während Jason bewegt dem Text zuhörte, mußte er wieder an die einsame junge Frau denken, die er im Krankenhaus gesehen hatte. Sollte er noch einmal versuchen, mit ihr zu reden? Würde seine Hartnäckigkeit in ihrem Leben etwas verändern, wie es die Hartnäckigkeit von Art und Ginny im Leben von Marlene getan hatte? Vielleicht sollte er sie noch nicht so schnell aufgeben. Zu wissen, daß er vielleicht etwas bewirken könnte, und sich dennoch nicht die Mühe zu machen, es herauszufinden, tat ihm einfach zu weh.

Als Marlene ihr Lied beendete und David ans Mikrofon trat, um die Trauerrede zu halten, gab sich Jason rasch das Versprechen, es ein letztes Mal zu versuchen. Morgen würde er noch einmal ins Krankenhaus gehen.

Am nächsten Morgen bestand Jason aus einem einzigen, riesigen, mitfühlenden Herzen, das sich danach sehnte, jemandem zu helfen.

Nachdem er an der Rezeption die junge Frau beschrieben hatte, erfuhr er ihre Zimmernummer. Er fand sie in ihrem Zimmer schlafend in einem Sessel sitzend. Ihr Kopf lehnte zur Seite an einer Eckwand. Ihre Arme waren verschränkt, und sie hatte die Beine angezogen, als ob sie fröre oder Angst hätte.

Jason starrte sie einige Augenblicke lang an. Ihm fiel auf, daß ihr Gesicht etwas Ausgemergeltes, Zerschlagenes hatte, als wäre es durch äußere Umstände vorzeitig gealtert. Als er genauer hinsah, bemerkte er, verborgen unter diesen verräterischen Anzeichen zu vieler schlimmer Erlebnisse und Leiden, einen Rest von Jugendlichkeit und eigenartiger Schönheit. Sie brachten Jason dazu, seine Schätzung ihres Alters zu ändern. Sie war noch nicht Anfang zwanzig, sondern wahrscheinlich noch ein Teenager, vielleicht achtzehn oder neunzehn. Und aus dieser Nähe war auch nicht mehr zu übersehen, daß die rötlich-schwarze Farbe ihrer Haare aus einer Flasche stammte.

Sein Blick fiel auf einen ihrer verschränkten Arme, der unterhalb des halblangen Ärmels ihres Nachthemdes entblößt war. Die Haut war voller vernarbter Nadelstiche. Er fragte sich, ob das Heroin die Ursache ihrer Probleme war oder nur ein Symptom.

Er bat Gott ihm Stillen, ihm zu helfen, ihr den Weg der Hoffnung zu zeigen.

Er setzte sich auf ihre Bettkante und wartete. Dann überlegte er sich, daß es sie wohl weniger in Verlegenheit bringen würde, wenn er sie durch ein Anstoßen weckte, als wenn sie von allein erwachte und ihn in ihrem Zimmer vorfand. Also beschloß er, sie zu wecken.

Zuvor verließ er für ein paar Minuten das Zimmer und

kehrte mit einem Becher Kaffee zurück, um weniger bedrohlich zu wirken.

Dann hockte er sich neben ihr nieder, streckte die Hand aus und rüttelte schweigend an ihrem Arm.

»Wachen Sie auf«, sagte er sanft. »Ich habe etwas für Sie.«

Als sie die Augen öffnete, zuckte sie heftig zusammen, als ob sie glaubte, jemand würde sie schlagen. Die Bewegung überraschte Jason.

»Tut mir leid«, entschuldigte er sich rasch, aber mit leiser Stimme. »Ich wollte Sie nicht erschrecken.«

»Was?« fragte sie, während sie ihn blinzelnd ansah. »Wer sind Sie? Was wollen Sie?« fragte sie in einer Mischung aus Verwirrung und Furcht. Verängstigt rollte sie sich zusammen.

Instinktiv wollte Jason wieder die Hand ausstrecken und ihren Arm berühren, doch angesichts ihrer offensichtlichen Angst legte er statt dessen seine Hand auf die Armlehne. »Ich bin Pastor«, sagte er ruhig. »Ich bin Ihnen vor ungefähr drei Tagen im Fernsehraum begegnet. Erinnern Sie sich? Ich bin hergekommen, weil ich noch einmal mit Ihnen reden wollte. Ich möchte Ihr Freund sein.«

Das Mädchen starrte ihn nur an. Offenbar erkannte sie sein Gesicht wieder, war aber immer noch schlaftrunken.

»Es ist kalt draußen«, sagte er in ihr verwirrt und argwöhnisch blickendes Gesicht. »Ich dachte, Sie möchten vielleicht gern einen Becher heißen Kaffee.« Er hielt ihr den immer noch dampfenden Becher entgegen.

Sie schien unschlüssig zu sein, was sie tun sollte, als ob ihr noch nie zuvor jemand freundlich etwas gereicht hätte. Schließlich streckte sie nervös die Hand aus und nahm den Becher. »Ich verstehe nicht«, murmelte sie undeutlich. »Was wollen Sie eigentlich von mir?«

»Ich möchte nur, daß Sie mich Ihr Freund sein lassen, das ist alles«, sagte er herzlich.

»Ich verstehe trotzdem nicht. Ich kenne Sie nicht einmal.« Tränen erschienen in ihren Augenwinkeln. »Warum wollen Sie mein Freund sein?« Ihre Stimme zitterte.

»Haben Sie Freunde?« erwiderte Jason. Er erriet die Wahrheit, bevor sie antwortete.

»Ja, ich …« Sie hielt inne, und ihre Schultern sackten herab. »Nein, ich habe keine Freunde.«

»Nun, genau darum möchte ich Ihr Freund sein.«

Sie nippte an dem Kaffee, offenbar immer noch unschlüssig, was er eigentlich wollte.

»Die Ärzte – sie haben Ihnen von mir erzählt, nicht wahr? Sie haben Sie geschickt, damit Sie mit mir reden.«

»Nein, ich habe nichts mit dem Krankenhaus zu tun«, sagte er entschieden. »Mein Name ist Jason.«

Immer noch in sanftem, herzlichem Tonfall erzählte er ihr geduldig mehr von sich, warum er sich in New York aufhalte und warum er kürzlich in dieses Krankenhaus gekommen sei.

Sie hörte ihm aufmerksam zu.

»Nein«, sagte er gelassen, »mir hat niemand von Ihnen erzählt. Alles, was ich über Sie weiß, ist das, was ich in Ihren Augen und in Ihrem Gesicht gelesen habe.«

»Und was ist das?« erwiderte sie abwehrend. Sie klang jetzt eher wie ein Teenager.

Jason antwortete leise und mitfühlend: »Einsamkeit. Hoffnungslosigkeit. Elend. Depressionen.«

»Und da sind Sie hergekommen, um mir von Gott zu erzählen oder mir etwas vorzupredigen, oder was?« Ihre Tränen waren verschwunden. Sie schien kurz davor zu sein, zornig zu werden.

Jason wünschte sich so sehr eine Chance, irgendwie in ihr Leben hineinzukommen. Er spürte ihre Furcht und ihre innere Leere. Er wußte, was dieses Mädchen brauchte. Sie brauchte Hoffnung. Sie brauchte Gott.

Gott, hilf mir, betete Jason, und beinahe hätte er angefangen zu weinen.

»Ja«, gab er zu. »Ich möchte Ihnen von Gott erzählen.«

»Na, dann geben Sie sich keine Mühe«, gab sie zurück. »Ich habe noch nie irgendein Anzeichen dafür gesehen, daß es ihn gibt. Ich glaube nicht an ihn.«

Vor achtzehn Jahren hätte Jason höchstwahrscheinlich bei

einer solchen Reaktion nur gedacht: *Na, dann fahr zur Hölle,* und wäre hinausgegangen. Aber in diesen Jahren hatte er gelernt, was es heißt, allein, zynisch und ohne Hoffnung zu sein.

Er hatte bereits beschlossen, hartnäckig zu sein in seinem Bemühen, dieses Mädchen mit Christus bekanntzumachen. Doch er wußte, daß ihm nur noch zwei Wochen in New York blieben. In dieser Zeit wollte er sie mit möglichst vielen potentiellen Freunden bekanntmachen – mit Leuten aus der Gemeinde, Leuten, die sich ihr gerne zuwenden und ihr helfen würden.

»Nun, selbst wenn Sie nicht an Gott glauben«, sagte er, ohne in seiner positiven Einstellung nachzulassen, »und selbst, wenn Sie sich weigern, mich Ihnen erzählen zu lassen, warum ich es tue, möchte ich dennoch gerne Ihr Freund sein.«

Er sah, wie die Spannung allmählich von ihr wich. Sie saß stumm da und suchte nach Worten.

»Sie meinen das wirklich ernst, was?« fragte sie schließlich. Die Verwirrung war ihrer Stimme anzuhören.

»Hören Sie«, sagte Jason mit einem erleichterten Lächeln. »Menschen können ohne Hoffnung nicht leben. Wir beide wissen das. Nun, mir bleiben nur noch anderthalb Wochen, bevor ich zurück nach Norwegen fliege, und ich weiß, daß das nicht viel Zeit ist. Aber ich wüßte nichts, was ich lieber täte, als Sie während dieser Zeit jeden Tag zu besuchen und Ihnen einfach ein Freund zu sein, der Ihnen den Rücken stärkt. Und ich würde Ihnen gerne noch ein paar andere Männer und Frauen vorstellen, die hier in New York leben und Sie mit in ihr Leben hineinnehmen können.«

Die Verwirrung war aus ihrem Gesicht gewichen. Statt dessen sah sie jetzt aus, als wäre ihr einfach alles egal.

»Schauen Sie«, sagte sie, »ich bin nicht einfach nur ein einsames Mädchen, das keine Freunde hat. Ich bin eine Nutte, eine Drogenabhängige und eine Alkoholikerin. Das Leben hat mir nichts mehr zu bieten. Verstehen Sie? Ich möchte eigentlich überhaupt keine Freundschaften schließen. Ich möchte einfach nur sterben.«

Diese Wahrheit schüchterte ihn nicht ein. Jason streckte

seine alte Hand aus und legte sie auf ihre junge Schulter. Entschlossen wagte er es, ihre Selbstablehnung zu ignorieren. »Wie lange müssen Sie noch hierbleiben?« fragte er.

»Ungefähr zwei Wochen«, sagte sie, und die Verwirrung kehrte in ihr Gesicht zurück.

»Also schön«, sagte Jason. Er lächelte und drückte ihre Schulter. »Ich werde jeden Morgen um neun Uhr hier sein.«

Sie war wieder sprachlos.

»Übrigens«, fragte Jason, als er aufstand, um zu gehen. »Wie heißen Sie?«

Sie zögerte, als ob sie sich immer noch frage, ob dieser Mann es ehrlich meinte. »Sie müssen verrückt sein«, sagte sie, während ihr Gesicht sich zu einem schiefen Lächeln verzog. »Aber wenn Sie es wirklich wissen wollen, ich heiße Daytona. Daytona Richards.«

33

Als Daytona am nächsten Morgen die Blumen in seiner Hand sah – ein halbes Dutzend langstielige Rosen –, wußte sie nicht recht, wie sie darauf reagieren sollte. Jasons Art, auf sie zuzugehen, war ihr völlig fremd. Es war das erste Mal in ihrem Leben, daß sie von einem Mann Blumen bekam. Ihr Argwohn versuchte ihr noch immer einzuflüstern, daß seine Freundlichkeit irgendeinem verborgenen Zweck diente. Dennoch freute sie sich über die ungewohnte Aufmerksamkeit.

»Sie sind schön. Danke.«

»Jede Frau, die in einem Krankenhaus liegt, hat ein paar Blumen verdient«, erwiderte Jason.

Nach einer Pause sagte Daytona langsam: »Ich habe Ihnen doch gestern gesagt, daß ich nur eine billige Nutte bin. Warum versuchen Sie mich dann wie eine Dame zu behandeln?«

Wie schon zuvor konnte Jason den Selbsthaß auch diesmal in ihrer Stimme beinahe mit den Händen greifen. »Wenn Gott bereit ist«, entgegnete er, »Menschen zu vergeben und ihre Vergangenheit zu vergessen, dann wäre ich ja ein gewaltiger Heuchler, wenn ich nicht dasselbe täte – besonders, da ich ja selbst einer von denen bin, denen er vergeben hat.«

»Was haben Sie denn so Schlimmes getan?« fragte sie.

Jason schloß seine Augen. »Ich bin ein Mörder«, sagte er. »Ich habe zwei Menschen ums Leben gebracht: Meine Frau und meine junge Tochter.«

Daytona sah in skeptisch an. Nicht, daß sie es nicht für möglich gehalten hätte, daß jemand ein so furchtbares Verbrechen begehen konnte; sie hatte in ihrem Leben schon zur Genüge erfahren, wieviel Böses ein Mensch tun konnte. Jason freilich erschien ihr dazu viel zu einfühlsam und rücksichtsvoll.

Jason sah ihr ungläubiges Gesicht. »Es war vor achtzehn Jahren«, sagte er ihr. »Ich habe sie nicht vorsätzlich mit einer Waffe umgebracht. Aber in den Tod getrieben habe ich sie trotzdem – durch seelische Grausamkeit.«

»Was haben Sie denn getan?« fragte Daytona leise.

Um ihre Frage zu beantworten, beschloß Jason, ihr ohne alle Zurückhaltung seine Lebensgeschichte zu erzählen und während er es tat, betete er, daß dadurch ein Band zwischen ihnen entstehen würde.

Zuerst erzählte er ihr von seiner Familie, dann von seinen ersten Jahren als Pastor. Er erzählte ihr von seiner zerstörerischen Einstellung, die Lorene und Hannah nach und nach immer weniger ertragen konnten. Er berichtete ihr, wie Hannah davongelaufen war und achtzehn Monate lang als vermißt galt. Er erzählte ihr von Hannahs Heirat, ihrem Kind und ihrem Tod. Er erzählte ihr von Lorenes Tod und der Desillusionierung, die er danach durchmachte, davon, wie er die Gemeinde verlassen hatte, und von seinem Selbstmordversuch. Er erzählte ihr von seiner Suche nach Hannahs Baby, seiner Enkelin, die er bis heute nicht gefunden hatte.

Wie gebannt hörte Daytona ihm zu.

»Einmal«, berichtete Jason, »verfolgte ich ihre Spur sogar bis nach London, nur um festzustellen, daß ihr Vater sie zu einem langen Aufenthalt in den Mittelmeerraum gebracht hatte.«

Bei diesen Worten fuhr Daytonas Blick rasch zum Fenster hinüber, und sie starrte verdutzt durch das Glas. Ein Londoner Reihenhaus war an ihrem geistigen Auge vorbeigehuscht. Und die Sphinx. Aber sie wußte nicht warum. Sie wußte nicht einmal, was die Sphinx war. Warum war ihr plötzlich ein so seltsamer Anblick in den Sinn gekommen? Und das Haus – seine Architektur war ihr völlig fremd.

Es waren seltsame, mysteriöse Gedanken.

Jason unterbrach sich in der Mitte seines nächsten Satzes und fragte: »Alles in Ordnung?«

Daytona kehrte in die Gegenwart zurück. »Oh … ja, sicher. Mir geht es gut. Ich habe mich nur gerade in ein paar verrückten Gedanken verloren.«

Jason hielt inne und sah sie einfühlsam an. »Ist es etwas, worüber Sie jetzt reden möchten?« fragte er. »Ich muß meine Geschichte nicht zu Ende erzählen. Ich schätze, sie wurde allmählich sowieso zu lang.«

»Nein, nein«, sagte Daytona entschlossen und schüttelte leicht den Kopf. »Es ist wirklich nicht der Rede wert. Außerdem möchte ich gerne Ihre Geschichte zu Ende hören.«

Der gemeinsame Nenner aus Schmerz, Einsamkeit, Hoffnungslosigkeit und Verwirrung zog sie schon jetzt zu Jason. Sie spürte die Wirkung des Prinzips »Dann bin ich also nicht allein – du hast das auch erlebt«.

»Ich möchte wissen, wie es weiterging.«

Was sie besonders interessierte, war, daß Jason, der nach seinen eigenen Worten sein Leben beinahe aufgegeben hätte, nun so normal und stabil wirkte. Er konnte ganz offen über seine Vergangenheit reden. Er hatte unendlich viel aus seinen Kämpfen gelernt, wie es schien. Er hatte gewonnen. Er war ein Überwinder, ein Überlebender. Er hatte sich gegen alle Widrigkeiten durchgesetzt.

Sie hörte weiter zu, während Jason von seinem »Drogenschmuggel«, seiner Flucht nach Norwegen und von der Heilung und Erneuerung erzählte, die er dort gefunden hatte.

»Gott, wie ich Sie beneide«, sagte sie ihm schließlich. »Nach allem, was Sie durchgemacht haben, scheinen Sie jetzt so glücklich zu sein.«

Jasons Antwort war schlicht und direkt. »So, wie es für mich Hoffnung gab, gibt es auch Hoffnung für Sie, Daytona. Sie müssen sich nicht hinlegen und vom Leben schlagen lassen.«

Diese Worte, die er mit solcher Gewißheit sprach, entzündeten einen Funken der Hoffnung in Daytonas Herz. Doch er erstarb, kaum daß er zum Leben erwacht war. Sie wollte so gern glauben, daß es Hoffnung gab, aber es erschien ihr wie eine grausame Täuschung. Sich danach auszustrecken, schien sowohl sinnlos als auch eine Bestrafung ihrer selbst zu sein.

»Wie ich mir das wünsche!« sagte sie resigniert über die emotionale Wüste in ihrem Innern. »Aber es wird nicht passieren. Nicht bei mir. Es ist schon zu spät.«

Jason bohrte vorsichtig nach. »Können Sie darüber reden?«

Daytona wollte sich öffnen. Vor ihr saß jemand, der Anteil nahm, der erste Mensch, der jemals ihre Verletzungen mitfühlen und verstehen wollte. Doch um ihm von all diesen Verletzungen zu erzählen, hätte sie sie eine nach der anderen von neuem durchleben müssen, und sie wollte sie doch nur noch vergessen. Sie waren ihre Feinde.

Sie fing an zu zittern, als fröre sie plötzlich. Dann schlug sie die Hände vors Gesicht und schluchzte.

Behutsam legte ihr Jason die Hand auf die Schulter, ohne etwas zu sagen.

Eine Minute später hob Daytona den Kopf. »Also schön«, sagte sie niedergeschlagen. Sie wischte sich die Tränen vom Gesicht und versuchte, einen neuen Ausbruch zurückzuhalten. »Ich werde darüber reden.«

Sie schluckte, zögerte … und fing dann an.

»Mein Vater hat mich an meinem sechzehnten Geburtstag vergewaltigt«, begann sie mit erzwungener Tapferkeit. »Das war vor fast genau zwei Jahren. Das war der Anfang vom Ende.«

Jason stieß ein leises, mitfühlendes Stöhnen aus. Sofort wurde ihm klar, daß er die Person aus der Gemeinde, die sich nach seiner Abreise um Daytona kümmern und ihr ihre Freundschaft schenken sollte, sehr sorgfältig aussuchen mußte. Es mußte eine Person sein, vorzugsweise eine Frau, die Daytonas Sprache der Schmerzen verstand.

»Ich haßte meinen Vater sowieso schon«, fuhr sie fort, »weil er auch mich immer gehaßt hat. Aber danach konnte ich seinen Anblick buchstäblich nicht mehr ertragen.

Statt ihn zu töten, wie ich es wollte, ging ich von zu Hause weg. Es war mitten in der Nacht, ungefähr eine Stunde, nachdem er … es getan hatte.«

Das war in Buffalo geschehen, erklärte sie, wo sie den größten Teil ihres Lebens verbracht hatte. Noch in derselben Nacht nahm sie sich ungefähr hundert Dollar und einen einzigen Koffer mit Kleidung und stieg in einen Bus nach New York City.

Sie fand einen Job als Putzfrau in einem Fast-Food-Restaurant. Die ersten zehn Nächte verbrachte sie, wo immer sie einen Platz zum Liegen fand – an der Busstation, in einem U-Bahn-Treppenhaus, in einem Krankenhaus-Wartezimmer. Als sie ihren ersten Lohn erhielt, zog sie in ein heruntergekommenes Ein-Zimmer-Apartment.

Eines Abends fielen ihr ein paar Straßendirnen auf. Sie trugen ultra-enge Hosen, um für ihre körperlichen Vorzüge zu werben, und hüftlange Nerzjacken gegen die Kälte. Sie stand da und beobachtete sie. Innerhalb von dreißig Minuten waren alle Mädchen von vorbeifahrenden Männern mitgenommen worden.

Ihre Gedanken überschlugen sich. Konnte sie das auch? Sie wußte, daß ihr Körper attraktiv war. Aber war er attraktiv genug? Sie fragte sich, wieviel man dabei verdienen konnte.

Ein paar Abende später raffte sie genügend Mut zusammen, um eine der Straßendirnen anzusprechen. Die Frau sagte, sie heiße Melissa. Daytona fragte sie, wie man an einen solchen Job herankomme, und erfuhr, daß sie in einer Stunde dabei zehnmal so viel verdienen konnte wie als Putzfrau.

Die Kasse stimmte. Ein paar Tage später tat sie sich mit Melissa und ihrem Zuhälter zusammen. Sie erklärten ihr in allen Einzelheiten, was sie tun müsse.

Gleich in der ersten Nacht strich sie mehr als zweihundert Dollar ein. Sie hatte angebissen.

Das Geld lockte, und ebenso ihre neuen Freunde – besonders ihr Zuhälter. Da er wußte, daß sie Marihuana rauchte, brachte er sie dazu, es mit harten Drogen zu versuchen, und sie genoß die Flucht aus der Wirklichkeit. Dann kamen noch härtere Drogen. Am Ende ihres ersten Jahres auf der Straße war sie heroinsüchtig. Sie verdiente bis zu 5 000 Dollar im Monat, aber das meiste davon ging für ihre Sucht drauf.

Durch ihren schweren Drogenmißbrauch fing sie an, sich schlecht zu fühlen und auch so auszusehen. Es waren nicht mehr so viele Männer bereit zu bezahlen, um mit ihr zu schlafen. Ihre Einnahmen sackten ab. Sie konnte sich den täglichen Schuß, den sie brauchte, nicht mehr leisten. Also begann sie zu stehlen. Ihr Zuhälter verlangte von ihr, mehr Einnahmen zu bringen, und drohte ihr. Daraufhin flüchtete sie sich in den Alkohol. Schließlich schlug der Zuhälter sie zusammen, vergewaltigte sie und jagte sie dann davon.

Ein paar Wochen später sperrte sie ihr Vermieter aus ihrer Wohnung aus, weil sie mit drei Monatsmieten im Rückstand war. Verzweifelt beschloß sie – zum ersten Mal, seit sie von zu Hause fort war –, ihren Vater in Buffalo anzurufen. Angesichts all der neuen Schrecken in ihrem Leben und nach anderthalb Jahren Abwesenheit gelang es ihr vorübergehend, ihren Haß gegen ihn zu unterdrücken.

Die einzige Reaktion am anderen Ende der Leitung war »Daytona wer?« Das war die äußerste Ablehnung – von ihrem eigenen Vater bewußt abgewiesen zu werden, als sie am Tiefpunkt ihres Lebens stand.

Inzwischen war sie fast achtzehn. Sie hatte keine Familie, keine Freunde, kein Geld, keine Wohnung, keine Ausbildung, keinen Job.

Dann entdeckte sie, daß sie schwanger war.

Sie wußte nicht, wer der Vater war, aber das Kind war ein kleines Menschenleben, das in ihr wuchs. Irgendwie wurde es zu ihrer letzten Hoffnung. Das Baby – dieses unschuldige Baby – war jemand, den sie lieben konnte, und jemand, der ihre Liebe erwidern konnte.

Sie würde das Kind liebevoll aufziehen und ihm helfen, die richtigen Dinge im Leben zu lernen. Sie würde es lehren, stolz zu sein. Und sie würde fest zu ihm stehen, immer. Wenn es dann stark und aufrecht durchs Leben ging, würde sie die stolzeste Mutter von allen sein. Ihre eigene Mutter hatte sie verlassen, als sie ein Baby war; aber dieses Baby – und das Leben dieses Babys – würde anders sein.

Es gab eine Menge zu entscheiden, und sie dachte ständig darüber nach: Wie würde sie das Baby nennen? Wo würde sie es aufziehen? Auf welche Schule würde sie es schicken?

Das kleine Bündel Leben in ihrem Innern verlieh ihr Flügel, mit denen sie über alles andere im Leben hinwegfliegen konnte. Um des Babys willen und da sie sowieso kein Geld hatte, um ihre Sucht zu finanzieren – machte sie den Albtraum eines kalten Drogenentzugs durch. Um des Babys willen hörte sie mit dem Trinken auf.

Dann eines Morgens, es war Halloween, war sie am Hafen. Sie wollte ihr Gesicht im Wasser waschen. Die Sonne ging auf, und sie fühlte sich gut. Sie trug einen Mantel, den sie ein paar Tage zuvor in einem Müllcontainer gefunden hatte – es war ein Herrenmantel, der ihr mehrere Nummern zu groß war, aber er wärmte. Sie wünschte dem Baby in ihrem Bauch einen guten Morgen.

Als sie einen Parkplatz überquerte, sah sie drei Jungen hinter einem alten Werftgebäude, auf einem Betonvorsprung, der über das Wasser hinausragte. Sie standen nah am Rand. Der älteste schien etwa sechzehn oder siebzehn zu sein, die anderen waren ein ganzes Stück jünger. Allem Anschein nach vollzogen sie gerade einen Drogendeal. Sie sahen Daytona, aber sie erriet, daß sie merkten, daß sie nur eine Obdachlose war, denn es schien sie nicht zu stören. Die beiden kleineren

Jungen sahen erstaunlich jung aus, dachte sie. Aber sie hatte gehört, daß eine neue Droge namens Crack im Umlauf war, die sogar schon Kindern unter zehn Jahren angedreht wurde. Die armen Kinder, dachte sie.

Sie wandte sich von ihnen ab und ging eine Betontreppe hinab, die zum Wasser führte. Nach drei oder vier Stufen hörte sie das Quietschen von Autoreifen und das Aufheulen eines Motors. Sie blieb stehen und blickte zurück. Ein schwarzer Sportwagen jagte mit qualmenden Reifen über den Parkplatz. Er schoß genau auf die Jungen zu.

Sie rannten los, doch einer der kleineren Jungen verlor das Gleichgewicht und fiel von dem Betonvorsprung ins Wasser. Die anderen beiden rannten weiter und verschwanden hinter der Rückseite des Gebäudes. Der Wagen bremste und kam kurz vor der Mauer zum Stehen.

Zuerst dachte Daytona, es seien verdeckte Ermittler von der Polizei, doch aus dem Wagen sprangen zwei junge Burschen. Einer von ihnen hatte eine Pistole in der Hand. Sie gingen an den Rand des Betonvorsprungs und schrien dem Jungen im Wasser etwas zu. Der mit der Pistole zielte auf ihn und feuerte drei Schüsse ab.

Daytona preßte die Hand vor den Mund, um nicht zu schreien, und duckte sich hinter die Treppenstufen. Dort wollte sie bleiben, bis der Wagen wieder davongefahren war. Drei oder vier Minuten vergingen, aber sie hörte nichts mehr. Was stimmte da nicht? Warum fuhren sie nicht weg? Hatten sie sie gesehen? Schlichen sie sich an?

Sie geriet in Panik, stand auf und spähte über die oberste Stufe hinweg. Die beiden Männer aus dem Wagen standen immer noch auf dem Vorsprung und starrten hinab ins Wasser.

Sie sah in die andere Richtung. Auf der anderen Seite des Parkplatzes befand sich ein Schrottplatz voller Autowracks. Der Schrottplatz lag etwa einen Meter tiefer und war durch einen Maschendrahtzaun von dem Parkplatz getrennt. Vielleicht schaffte sie es, ungesehen über den Zaun zu klettern und sich hinter den Schrottautos zu verstecken.

Sie rannte los. Kaum war sie in Bewegung, merkte sie, wie

der schwere Mantel sie behinderte. Der Zaun war immer noch fünfzehn oder zwanzig Meter entfernt, als sie das Zuschlagen der Autotüren und das Aufheulen des Motors hörte.

Sie mußte den Mantel loswerden. Im Laufen fing sie an, ihn abzustreifen, und ließ ihn schließlich fallen. Sie erreichte den Zaun und kletterte hinauf. Das Motorengeräusch näherte sich.

Von der Oberkante des Zauns aus war es mindestens ein zweieinhalb Meter tiefer Sprung bis zu dem vertrockneten Grasboden auf der anderen Seite. Sie zögerte nur eine Sekunde, dann sprang sie.

Doch ihr Schuh, ihr Schnürsenkel oder irgend etwas verhakte sich an dem Zaun. Sie blieb hängen, als sie sprang. Erst, als sich ihr Körpergewicht unterhalb der Oberkante des Zauns befand, riß ihr Schuh los. Doch da war es zu spät. Völlig orientierungslos fiel sie hinab und landete hart auf dem Rücken. Sie wollte sich zwingen, aufzustehen und davonzurennen, doch ihr Körper gehorchte ihr nicht. Sie fühlte sich überall taub.

Kurz bevor sie das Bewußtsein verlor, sah sie die beiden Männer auf der anderen Seite des Zauns, die sie anstarrten. Der eine richtete die Pistole auf sie.

Als sie wieder zu sich kam, fröstelte sie. Sie sah hinauf zum Zaun und sah niemanden. Sie war allein.

Langsam setzte sie sich auf und merkte sofort, daß sie verletzt war. Zwischen ihren Beinen war es feucht. Sie sah an sich herab und bemerkte das Blut. Ihre Hosen waren vollkommen durchtränkt. Zuerst dachte sie, es sei eine Schußwunde. Dann dachte sie, sie sei vergewaltigt worden.

Doch der Schmerz, den sie plötzlich in ihrem Bauch spürte, belehrte sie eines anderen. Sie hatte eine Fehlgeburt. Es mußte der Sturz gewesen sein.

Sie kroch zur Mauer des Parkplatzes und lehnte sich mit dem Rücken dagegen. Die Schmerzen wurden stärker. Sie machte sich bereit und hockte sich hin.

Sie redete mit ihrem sterbenden Baby. »Ich habe versucht … ich habe versucht, eine gute Mutter zu sein. Es tut mir leid. Bitte, bitte, hasse mich nicht.«

Nach einer halben Stunde war die Fehlgeburt vorüber. Sie stand auf, ging einige Straßen weiter, und an der ersten belebten Straße warf sie sich vor ein herankommendes Taxi.

»Und was für eine Versagerin ich bin«, sagte Daytona, »sehen Sie daran, daß ich mich nicht einmal umbringen konnte. Alles, was ich mir eingehandelt habe, waren ein paar gebrochene Rippen, eine punktierte Lunge und eine Gehirnerschütterung.«

Jasons Aufmerksamkeit war von ihrer Erzählung gefesselt worden. Noch nie hatte er ein so überwältigendes Mitgefühl mit einem Menschen empfunden. Alles in ihm sehnte sich danach, diese gebrochene Frau, die vor ihm saß, zu lieben – sie mit Gottes befreiender und lebensverändernder Liebe zu lieben. Still flehte er Gott an, zu ihrer Rettung herbeizueilen.

Jason ergriff ihre Hände. »Daytona?« sagte er bewegt, doch ohne Scheu. »Glauben Sie, Sie könnten die freundschaftliche Liebe eines alten Mannes annehmen?«

Sie starrte ihn mit müden, durstigen Augen an. Diese Liebe hatte sie bereits zu spüren bekommen. Sie fühlte sich zu ihm hingezogen, mit ihm verbunden durch ein Band, das fester war als jedes andere, das sie bisher erlebt hatte.

»Hören Sie«, fuhr er fort. »Mir kommt gerade eine Idee. Ein paar meiner Kollegen werden es vielleicht nicht verstehen, aber ich werde es trotzdem tun. Und ich tue es nur für Sie: Ich werde meine Rückkehr nach Norwegen verschieben. Eigentlich muß ich sowieso erst am neunundzwanzigsten dort sein. Daß ich schon am vierzehnten fliegen wollte, hatte nur persönliche Gründe. Für eine Freundin kann ich das ohne weiteres ändern. Auf diese Weise habe ich zwei zusätzliche Wochen mit Ihnen.«

Daytona wußte, daß er es ehrlich meinte, obwohl sie immer noch beim besten Willen nicht begreifen konnte, warum ein Fremder wie Jason einem Niemand wie ihr ohne ersichtlichen Grund seine Liebe zuwandte.

Jason wartete auf ihre Reaktion.

Schließlich sprach sie. »Was macht Sie so … so anders?« fragte sie schüchtern.

Jason lächelte. »Gott«, meinte er.

34

Am nächsten Morgen um neun Uhr öffnete Daytona ein Geschenkpäckchen, das mit einem hellroten Band gebunden war. Während Jason ihr beim Auspacken zusah, betete er still und eindringlich, Gott möge geben, daß er zu einem lebensverändernden Einfluß in ihrem Leben wurde.

Sie zog das Geschenk aus der Schachtel. Es war eine kleine, in Leder gebundene Bibel. Jason hatte sogar ihren Namen in goldenen Buchstaben auf den Umschlag prägen lassen.

Sie drehte sie in den Händen und befühlte mit den Fingern den Goldschnitt der Seiten. »Eine Bibel?« fragte sie.

»Sie können sie in aller Ruhe lesen«, entgegnete er. »Gott wird Ihnen in seinen eigenen Worten sagen, wie er das Leben eines Menschen verändert und wie er sie … anders macht.«

Sie sah ihn verwirrt an und schlug die Bibel nicht einmal auf, um hineinzusehen.

»Sie haben die Bibel noch nie gelesen, nicht wahr, Daytona?«

»Nein«, antwortete sie leise. »Aber … selbst wenn ich es wollte … ich könnte es nicht.«

»Warum nicht?«

Sie beschloß, mit der Wahrheit nicht hinter dem Berg zu halten. »Ich kann nicht lesen«, erwiderte sie. »Das ist allerdings meine eigene Schuld. Ich habe die Schule einfach nie ernst genommen.«

Er versuchte, nicht überrascht auszusehen. »Nun«, sagte er, »in diesem Fall kann ich Ihnen vielleicht gelegentlich daraus vorlesen – wann immer Sie hören möchten, was darin steht.«

Sie sah hinab und öffnete zum ersten Mal das Buch. »Wie wäre es mit jetzt?« sagte sie, während sie ein paar Seiten umblätterte.

Er merkte, daß sie es ernst meinte. »Sicher«, sagte er ein wenig überrascht.

Sie reichte ihm die Bibel, und als sie beide bequem saßen, schlug er Jesaja Kapitel 53 auf. »Ich weiß nicht, was Sie über den Tod Christi wissen«, sagte er im Ton eines einfühlsamen Lehrers. »Aber darum geht es in diesem Kapitel. Ich lese es Ihnen langsam vor, und dann können wir darüber reden, was es bedeutet.«

Die folgenden dreißig Minuten warfen bei Daytona Fragen auf, die ihr noch nie zuvor in den Sinn gekommen waren. Sie hatte natürlich von der Kreuzigung Jesu gehört. Aber war sie wirklich passiert? Wie konnte er »für unsere Sünden« sterben, wie Jason es ausdrückte? Was hatte das mit ihr zu tun? Jason sagte, Jesus sei freiwillig aus Liebe zu allen Menschen gestorben – »auch zu Ihnen, Daytona«. Der Gedanke, daß das Christentum eine so persönliche Sache sein könnte, war ihr neu.

Als es für Jason Zeit war zu gehen, sagte sie ihm, sie würde am nächsten Tag gern mehr hören.

Am Nachmittag traf sich Jason mit Marlene, der jungen Frau, die auf der Beerdigung von Art und Ginny gesungen hatte. Immer stärker hatte sich ihm der Gedanke aufgedrängt, daß Marlene eine der besten Kandidatinnen wäre, um sich mit Daytona anzufreunden.

Während er Marlene die ganze Geschichte erzählte, merkte er, daß sie tief bewegt war und spontan den Wunsch verspürte, sich um Daytona zu kümmern. Darum stimmte sie gern zu, als er sie bat, genau das zu tun. Am Tag darauf würde sie für einige Zeit eine Freundin in Virginia besuchen, aber kurz nach Weihnachten würde sie zurück sein. Jason konnte sie nach ihrer Rückkehr mit Daytona bekanntmachen. In der Zwischenzeit wollte sie jeden Tag für sie beten.

Noch am selben Nachmittag redete er auch mit David und Patricia, und gemeinsam faßten sie den Plan, daß die *Liberty International City Church* Daytona nach ihrer Entlassung aus dem Krankenhaus »adoptieren« sollte. Solange sie damit einverstanden war, würde die Gemeinde sie mit Essen, Unterkunft, Arbeit, Freundschaft, Ermutigung und Wegweisung versorgen. Vorläufig konnte sie erst einmal nur fünf Straßen von David und Patricia entfernt in einem Apartmenthaus unterkommen, wo zwei alleinstehende Mädchen aus der Gemeinde ein zusätzliches Bett frei hatten.

Nachdem somit die Tür für eine langfristige Betreuung für Daytona offen stand, war Jason ungemein erleichtert. An diesem Abend schlief er leicht und schnell ein.

Im *Queens Hospital* dagegen fand Daytona keine Ruhe. Sie fühlte sich hilflos gegenüber der Last fremdartiger neuer Gedanken – über Jason, über Jesus, über ihr eigenes Leben und ihre Zukunft. Sie war versucht, wieder neue Hoffnung zu fassen, aber sie fand sich in all den großen, bisher nie gestellten Fragen nicht zurecht.

Als sie endlich eindöste, lag es nur an ihrer geistigen Erschöpfung.

Eine der Nachtschwestern fand sie um zwei Uhr dreißig morgens schlafend. Die geschlossene Bibel lag in einer Hand über ihrem Herzen.

Zum ersten Mal seit ihrer Einlieferung ins Krankenhaus machte sich Daytona am nächsten Morgen ihre Haare zurecht.

Jason stellte sofort fest, daß sie hübscher aussah, als er ihr Zimmer betrat. Sie schien sogar so etwas wie Energie auszustrahlen – eine neue, verheißungsvolle Energie. *Allmählich kommt ihre Schönheit zum Vorschein,* dachte er, überrascht über die starke Veränderung in so kurzer Zeit. Er sah es an ihrer Frisur, ihrem aufrichtigen Lächeln, der ganzen Atmosphäre neuen Lebens.

Als erstes erzählte er ihr von Marlene. Sie zeigte keine große Reaktion auf seine Neuigkeit.

»Wovon wollen Sie mir heute vorlesen?« wechselte sie lächelnd das Thema.

»Noch mehr von Gott und seiner Liebe«, sagte er. »Diesmal aus dem Evangelium des Johannes.« Er fing beim ersten Vers des Buches an und las ununterbrochen bis zum fünften Kapitel, wobei er diesmal nur wenige erklärende Worte hinzufügte. Er las die Worte einfach langsam und deutlich vor.

Während er las, fiel Daytona die intensive Ruhe auf, die sich über das Zimmer zu legen schien. Sie wußte nicht den Grund dafür, noch konnte sie das Phänomen benennen. Sie wußte nur, daß die beruhigenden, schönen Worte der Bibel, die Jason vorlas, sie irgendwie sanft auf die Erkenntnis gestoßen hatten, daß es einen Gott gab. Plötzlich wußte sie, daß sie glaubte, daß sie an Gott und sein Wort glaubte.

Als Jason zu Ende gelesen hatte, fragte Daytona: »Glauben Sie wirklich, daß Gott mich verändern kann?«

Er antwortete mit einem raschen und sicheren »Ja«.

»Und glauben Sie wirklich, daß Gott mich liebt?« Sie sprach die Frage langsam aus. Ihr überwältigender Wunsch nach einer positiven Antwort weckte gleichzeitig die Angst, er würde verneinen.

Jason schlug noch einmal Johannes 3, Vers 16 auf und las ihr den Vers vor. »Ich glaube nicht nur, daß Gott Sie liebt, Daytona, ich weiß es.«

»Aber wenn er alles weiß, was ich getan habe, wie Sie sagten – wie kann er mich da noch lieben?«

Sie hielt den Atem an, während er über seine Antwort nachdachte.

»Daytona, ich kann Ihnen nicht sagen, wie oder warum er Sie liebt oder warum er mich oder überhaupt irgend jemanden liebt. Aber er liebt Sie. Und das ist eine unbestreitbare Tatsache. Zum einen beschloß er – aus einem Herzen voller Liebe heraus –, unseren Platz am Kreuz einzunehmen und die strafende Seite der Gerechtigkeit Gottes zu tragen. Er wurde für unsere Sünden bestraft.

Und zweitens will er, der allmächtige Retter, der den Tod überwunden hat und aus seinem eigenen Grab auferstanden ist, Sie mit sich versöhnen. Er möchte die Trennung zwischen Ihnen und ihm beseitigen; er möchte Sie nahe zu sich bringen und in seine Arme schließen. Diese Versöhnung bietet er Ihnen umsonst an. Sie können Sie annehmen, so wie Sie sind.

Daytona, daß Gott das alles getan hat – das kann nur Liebe sein.«

Schweigend saß sie ein paar Sekunden lang da, bevor aus ihrer tiefsten Seele die Worte hervorsprudelten. »Wenn er für mich gestorben ist und mich erretten will – dann will ich auch, daß er das tut. Ich will, daß er mir vergibt. Ich will, daß er mich zu einer Christin macht.«

Ein Freudenschauer durchfuhr Jason, und ihm fehlten für einen Augenblick die Worte.

»Jason, ich weiß, ich habe Ihnen letzte Woche erzählt, daß ich nicht an Gott glaubte. Der Grund dafür war, daß ich ihn noch nie gesehen hatte. Aber jetzt glaube ich an ihn, denn ich habe ihn zum ersten Mal in meinem Leben gesehen. Ich haben ihn in Ihnen gesehen.«

Noch am selben Vormittag gab Daytona ihr Leben in die Hände Christi. Sie wurde von neuem geboren.

35

Jasons tägliche Besuche wurden immer länger. In ihrer neuen Beziehung zu Gott hungerte Daytona nach jedem Krumen geistlicher Wahrheit, den Jason ihr vermitteln konnte. Die neu entdeckten Worte Gottes waren wie ein verheißungsvoller Regenbogen für sie, und sie bekam nie genug davon. Sie hatte so viele Fragen, die durch ihre täglichen Bibellesungen aufbrachen, daß Jason sich nicht nur in der Rolle ihres Freundes, sondern auch in der ihres persönlichen Bibellehrers wiederfand. Und Lehren brauchte seine Zeit, das wußte er.

Doch er setzte diese zusätzliche Zeit mit Freude ein. Er wurde es niemals leid zuzusehen, wie Gott zerbrochene, verwirrte Menschen nahm und ihnen auf wunderbare Weise sein göttliches Spiegelbild aufprägte. Besonders beeindruckt war er davon in Daytonas Fall, wenn er an die Tiefe ihres Elends dachte. Außerdem hatte er sie bereits fest ins Herz geschlossen. Auf eine väterliche Art und Weise hatte er sie lieb gewonnen.

Was er jedoch nicht vorausgesehen hatte, war, daß während ihrer täglichen, intensiven Gespräche Daytona zunehmend abhängig von ihm wurde und sich sogar verrückterweise ein wenig in ihn verliebte.

Daytona war zugute zu halten, daß diese romantischen Gefühle vollkommen ungebeten kamen. Sie war einfach nur noch nie zuvor von einem Mann so gut behandelt worden. Nicht ein einziger Mann hatte sie je für wertvoll gehalten, sie respektiert, echtes Interesse an ihren Gefühlen gezeigt oder sich ihr gegenüber zart und einfühlsam verhalten. Nun bekam sie das alles von einem selbstbewußten, intelligenten und freundlichen sechzigjährigen Mann, der gepflegt und attraktiv war und in mancher Hinsicht eher wie ein sportlicher Endvierziger aussah.

Es dauerte nur anderthalb Wochen, bis die Frau in ihr auf diese Art von Behandlung zu reagieren begann.

Drei Tage vor ihrer Entlassung aus dem Krankenhaus erkannte Jason, wie es um sie stand. Da er wußte, daß Daytona bald wieder hinaus in die rauhe Welt mußte – und dann keine Krankenhauskleidung mehr haben würde –, hatte er mit Patricias Hilfe etwas Neues zum Anziehen für sie beschafft. Es war ein lavendelfarbenes, modisches Kleid, das vorne geknöpft wurde. Sie probierte es für ihn an, und es stand ihr fabelhaft. Als sie sich im Spiegel betrachtet hatte, umarmte sie Jason heftig.

Die Frage, die dann kam, und die Art, wie sie sie stellte, machten Jason ihre aufkeimenden Gefühle bewußt.

»Sie haben also wirklich keine Freundin?« fragte sie mit einem schüchternen und doch vielsagenden Blick.

Da ihm klar war, daß die Situation mit der Zeit nur komplizierter werden würde, wenn er es zuließ, beschloß er, die Angelegenheit an Ort und Stelle zu klären.

Er war gewiß kein alter Spießer. Hätte er sich selbst die Erlaubnis dazu gegeben, so hätte er sich leicht dazu hinreißen lassen können, mehr als nur ein Freund für sie zu sein. Doch er war als der Ältere weise genug, zu begreifen, daß Gefühle allein zu kurzsichtig waren, um sich bei lebenswichtigen Entscheidungen von ihnen leiten zu lassen.

»Ich glaube, wir müssen uns hinsetzen und etwas besprechen«, sagte er zu ihr. Mit aller Einfühlsamkeit, die ihm zu Gebote stand, erklärte er ihr die Unmöglichkeit einer romantischen Beziehung zwischen ihnen.

»Ich weiß«, sagte Daytona schließlich, nachdem sie sich seine Argumente angehört hatte. »Ich mußte aber einfach träumen.« Als sie erkannte, daß ihr Traum nie mehr als ein Traum sein würde, warf sie sich weinend in Jasons Arme – ein verängstigtes junges Mädchen, das sich zu dem einzigen Menschen auf der Welt flüchtete, dem sie wirklich etwas bedeutete.

»Versprechen Sie mir«, flehte sie, »daß Sie nie aufhören werden, mein Freund zu sein. Bitte!«

»Ich werde nicht und niemals, aus welchem Grund auch immer, aufhören, Ihr Freund zu sein, Daytona«, beruhigte er sie. »Und ich möchte, daß auch Sie niemals aufhören, meine Freundin zu sein.«

»Niemals!« sagte Daytona mit Nachdruck unter Tränen. Niemals.

Als Daytona am Freitagnachmittag das Krankenhaus verließ, entdeckte sie am Kassenschalter, daß ihr Krankenhauskonto vollständig ausgeglichen war. »Ein Mr. Faircloth hat eben sowohl die Krankenhausrechnung als auch die Arztrechnungen vollständig beglichen«, sagte die Kassiererin und las ihr die Summe von dem Scheck vor. »11 387 Dollar und 11 Cents.«

Jason war inzwischen dabei, seinen Wagen vom Krankenhausparkplatz zu holen. Als er am Haupteingang vorfuhr, um sie abzuholen, stand Daytona in ihrem neuen Kleid weinend an der Tür. Jason stellte den Wagen mit blinkenden Warnlichtern ab und stieg aus.

»Was ist los?«

»Wie soll ich Ihnen das jemals zurückzahlen?«

»Was zurückzahlen?«

»Die elftausendsoundsoviel Dollar.«

»Vergessen Sie es einfach. Also, bringen wir Sie zu Ihrem neuen Zuhause.«

»Ich soll es einfach vergessen?« protestierte sie.

»Hören Sie, Daytona«, sagte er. »Es war ein Geschenk. Geschenke zahlt man nicht zurück. Also vergessen Sie es. Betrachten Sie die Angelegenheit als erledigt.«

»Aber –«

»Kein Aber«, unterbrach er und streckte seine Hand aus, um ihr in den Wagen zu helfen. »Wo ist Ihr Mantel?«

Sie wußte, daß er versuchte, das Thema zu wechseln, aber sie wollte nicht mitspielen. »Ich habe keinen Mantel. Ich habe ihn am selben Tag verloren wie mein Baby«, sagte sie unverblümt. »Und um zum Thema zurückzukommen, ich kann ein Geschenk von 11 000 Dollar nicht einfach vergessen.«

»Also schön«, lenkte Jason ein. »Eine Sache gibt es, die Sie als Gegenleistung für mich tun können.« Sein Gesicht und sein Tonfall wurden ernst. »Verlieren Sie niemals Ihr Herz für Gott. Was immer Ihnen in der Zukunft passiert, sei es Gutes oder Schlechtes, verlieren Sie niemals Ihr Herz für Gott.«

Daytona hörte die Worte. Sie wußte, daß es keine Forderung war, sondern eine Bitte. Sie hatte bereits von ihm gelernt, daß Gott die Summe aller Weisheit, aller Wahrheit, aller Macht, aller Liebe, ja des ganzen Lebens war. Sie hatte verstanden, zumindest in der Theorie, daß es für einen Menschen, der einmal zu Gott gekommen war, der Gipfel der Sinnlosigkeit war, sich wieder von ihm zu entfernen. Wohin sollte man gehen, wenn man sich von der ersten, endgültigen und einzigen Quelle alles Guten und Richtigen entfernte?

Obwohl sie erst seit kurzem mit Gott unterwegs war, verstand Daytona Jasons Bitte.

»Gut«, sagte sie ebenso ernst. »Abgemacht.«

Beide stiegen in den Wagen, und Jason fädelte sich in den Verkehr ein.

Daytona begann wieder zu weinen.

»Ich höre«, lockte er sie sanft. »Sprechen Sie mit mir.«

Sie weinte weiter und starrte aus dem Seitenfenster.

Jason wartete.

Fünfzehn Sekunden später, als sie es nicht mehr zurückhalten konnte, platzte sie mit ihrer Angst heraus. »Ich will nicht, daß Sie zurück nach Norwegen gehen«, schluchzte sie. »Wie soll ich ohne Sie jemals zurechtkommen?«

Als er hörte und mitfühlte, was sie belastete, hätte Jason am liebsten sofort angehalten, um Daytona seine volle Aufmerksamkeit zuzuwenden, doch es gab im Augenblick einfach keine Möglichkeit, rechts heranzufahren. Um es wettzumachen, ergriff er ihre Hand. Er drückte sie, und sie seufzte.

»Sie werden es schaffen«, sagte er zuversichtlich. »Sie werden in den Händen der liebevollsten Menschen von ganz New York sein. Und sie werden viel mehr für Sie tun, als ich es je könnte.« Er sprach noch einmal über die Vorkehrungen, die für sie getroffen worden waren, und versprach ihr, daß ihre neuen Freunde ihr gefallen würden.

»Ich kann einfach nicht glauben, daß diese Leute mich wirklich ganz und gar akzeptieren werden, wo sie doch über meine Vergangenheit Bescheid wissen.« Ihre Befürchtungen waren offensichtlich.

»Oh doch, das werden sie«, lächelte Jason.

Wenige Minuten später trat sie an Jasons Seite in das Apartment ein, in dem sie wohnen würde. Drinnen warteten ungeduldig ein Dutzend Leute auf sie – allesamt junge, alleinstehende Erwachsene, die zur *Liberty International City Church* gehörten, wie sie bald erfuhr.

Ein großes, mit Luftballons geschmücktes Transparent an der Wohnzimmerwand verkündete in roten Lettern: »Willkommen, Daytona!«

»Haben Sie sich bei Tanya und Stephanie schon etwas eingelebt?« fragte Jason lächelnd, als er und Daytona sich am Sonntag in Davids Gemeinde zusammensetzten.

»Es scheint ganz gut zu gehen«, antwortete sie. Während der letzten anderthalb Tage hatte sie zu ihrer Überraschung festgestellt, daß Tanya und Stephanie sie nicht nur wie eine Gleichgestellte behandelten, sondern fast wie eine Berühmtheit.

Sie mochte Tanya und Stephanie – aber es war offensichtlich für sie, daß beide von der dunklen Seite des Lebens keine Ahnung hatten. Infolgedessen konnten sie ihr nicht wie Jason Weisheit, Verständnis, Mitgefühl und Einsicht entgegenbringen, obwohl sie sie viel besser behandelten, als sie erwartet hatte.

Wie soll ich es je ohne ihn schaffen? fragte sich Daytona erneut.

Hier in der Gemeinde war es nur Jasons Gegenwart, die ihr ein Gefühl der Sicherheit verlieh. Dies war das erste Mal in ihrem Leben, daß sie einen Gottesdienst besuchte, und ihre Gefühle waren ein wenig durcheinander.

Als sie sich jedoch erst einmal darauf eingelassen hatte, fühlte sie sich wohler. Sie merkte, daß hier eben nicht zwei Menschen gemeinsam Gott anbeteten und sein Wort studierten, wie sie und Jason es im Krankenhaus jeden Vormittag getan hatten, sondern ungefähr hundertfünfzig. Es war faszinierend, sich bewußt zu machen, daß vermutlich jede einzelne Person im Saal eine persönliche Beziehung zu Gott dem Schöpfer hatte, ebenso wie sie. Das ließ sie um so mehr die Größe der Liebe Gottes empfinden.

Davids präzise und lebhafte Bibelauslegung verlieh der Sache zusätzlichen Reiz. Er sprach über die Gründlichkeit und Treffsicherheit der Vergebung Gottes. Es war eine Botschaft, die genau den Nerv ihres neugewonnenen Glaubenslebens traf, da sie ihr die Wahrheit ihres reingewaschenen Standes vor Gott noch deutlicher bewußt machte.

Nach dem Gottesdienst legte sie sich auf ärztliches Geheiß in der Wohnung hin und versuchte, Mittagsschlaf zu halten. Doch sie konnte nicht einschlafen. Zu viele neue und atemberaubende Gedanken schwirrten in ihrem Kopf herum. Vor einer Woche hatte ihr Jason aus der Bibel vorgelesen, daß sie durch ihre Hinwendung zu Christus vom Tod zum Leben durchgedrungen war. Sie wußte nicht genau, wie es zusammenhing, aber die Begegnung mit einer Gemeindefamilie aus so vielen Brüdern und Schwestern in Christus, die sich alle aufrichtig für sie zu interessieren schienen, schien irgendwie ein Beweis zu sein, daß sie auf eine Weise, die sie bisher nicht gekannt hatte, lebendig war.

Um vier Uhr stand sie auf, um sich für eine Verabredung zum Abendessen um fünf fertigzumachen. Jason wollte sie, Stephanie und Tanya vor dem Abendgottesdienst um halb sieben in ein chinesisches Restaurant ausführen.

Da Stephanie und Tanya bereits angezogen und fertig waren, hatte sie das Badezimmer für sich. Eine heiße Dusche! Eine behagliche Wohnung! Neue Freunde! Ein neues Leben! Liebe! Hoffnung! Güte! Konnte das alles wahr sein? Als sie unter der dampfenden Dusche stand, lehnte sie sich gegen die pinkfarbenen Kacheln und weinte Tränen der Dankbarkeit.

Als Jason eintraf, hatte es draußen seit einer Stunde stark geschneit, zum ersten Mal in diesem Winter. Auf dem Weg zum Auto wurde Jason von drei Schneebällen getroffen – aber nur, weil er zuerst geworfen hatte.

Im Wagen, als das Gelächter verebbte und die Stimmung ernster wurde, stellte Daytona ein paar Fragen über die Predigt vom Vormittag. Das Thema Vergebung versetzte sie immer noch in Erstaunen. Jason ermutigte die anderen Mädchen, ihre Antworten beizusteuern.

Im Restaurant konnte Daytona kaum stillsitzen vor lauter Fragen und Erzählen von den Gedanken und Gefühlen des Nachmittags. Doch Jason, Stephanie und Tanya fanden es herrlich.

Diese unverblichene Schönheit der ersten Begeisterung über das Christsein, dachte Jason.

»Menschen vergeben Menschen«, war der Titel, den David seiner Predigt an diesem Abend gab. Wie er sagte, war das die logische Konsequenz aus seiner Morgenpredigt über das Thema »Gott vergibt Menschen«.

Die Botschaft traf Daytona mit voller Wucht. Um dem Beispiel Christi zu folgen, sagte David, müssen wir allen vergeben, die uns verletzt haben. Die Worte gingen ihr nicht mehr aus dem Kopf. War es wirklich Gottes Wille, daß sie ihrem Zuhälter vergab, und den Gangstern, die daran schuld waren, daß sie ihr Baby verloren hatte? Vor allem, war es Gottes Wille, daß sie ihrem Vater vergab? Konnte Gott das im Ernst von ihr verlangen?

Mit diesem Gedanken kämpfte sie die ganze folgende Woche über – während all der verschneiten Vormittage, an denen sie fröhlich mit Jason durch die Gegend zog, der ein paar letzte geschäftliche Dinge zu erledigen hatte, und während der Abende voller Einladungen zum Essen, Adventsfeiern, Gemeindeversammlungen und Einkaufsbummel. Er hatte ihr sechshundert Dollar geschenkt, um davon dringend benötigte neue Kleider zu kaufen.

In vieler Hinsicht war es eine herrliche Woche. Sie schloß neue Freundschaften und konnte in Jasons Nähe sein. Doch der Gedanke daran, ihren Feinden vergeben zu müssen, besonders ihrem Vater, ging ihr unablässig durch den Kopf und ließ sie nicht mehr los. Das und der bevorstehende Abschied von Jason waren die einzigen Schatten auf den Freuden dieser Woche.

Am Donnerstag war Heiligabend, und sie war so weit, sich einzugestehen, daß sie niemals echten inneren Frieden finden würde, solange sie ihre Fragen über die Sache mit der Vergebung nicht herausgelassen und beantwortet hatte. Und wenn sie schon darüber reden mußte, dann wollte sie es mit Jason tun, persönlich, bevor er nach Norwegen abreiste. Sie schätzte seine Weisheit höher als die irgendeines anderen Menschen.

Am Abend ging sie mit ihm auf eine besondere Feier für vier oder fünf Familien in Davids und Patricias Haus. Doch durch all die spontanen Gespräche, die sich dort ergaben, war es fast unmöglich, Jason einmal allein zu erwischen. Sie versuchte es, als sie sah, wie er sich aus einer Gesprächsrunde löste und auf das Büffet zuging.

»Ich muß mit Ihnen reden«, platzte sie heraus, während Jason ein paar Sandwiches mit Thunfischsalat auf seinen Teller stapelte.

Jason spürte, daß sie etwas Ernstes auf dem Herzen hatte. »Sicher«, sagte er und deutete auf eine Couch in der Nähe des Weihnachtsbaumes.

Als sie sich gesetzt hatten, sagte sie: »Es geht um die Predigt, die David letzte Woche gehalten hat, darüber, daß Christen ihren Feinden vergeben müssen. Seit ich das gehört habe, geht mir eine Frage im Kopf herum, auf die ich dringend eine Antwort brauche. Ist es wirklich aus Gottes Sicht notwendig, daß ich meinem Vater vergebe, was er mir angetan hat?« Sie stellte die Frage flüsternd, aber es war ihr anzuhören, wie schwer es ihr fiel.

Jason kannte das Prinzip der Vergebung in Gottes Wort, und er wußte, daß David es in seiner Predigt gründlich behandelt hatte. Das sagte er Daytona. Doch in diesem Fall wollte er ihr nicht einfach mit ja oder nein antworten. Er wollte, daß sie von selbst zu der richtigen Entscheidung kam.

Man könne Gott zutrauen, sagte er ihr, daß er diejenigen ehrt, die sein Wort ehren. Er zitierte 1. Samuel 2, Vers 30: »Wer mich ehrt, den will ich auch ehren.« Um Daytona zu verstehen zu geben, daß Gott nicht unfair war, betonte er, daß Gott manchmal Wunder tat, um diejenigen zu ehren, die bewußt gegen ihre eigenen Interessen und Gedanken seinem Wort gehorchten.

Mehr wollte er nicht sagen. Es war offensichtlich für ihn, daß Gott in dieser Sache bereits in Daytonas Herz wirkte. Darum hielt er es für das Klügste, Daytona allein mit Gott ringen zu lassen, bis sie zu ihrer eigenen Schlußfolgerung gelangte.

An diesem Punkt entschuldigte er sich, stand auf und ließ sie zurück. Er mußte sich dazu zwingen. Er hatte sie sehr liebgewonnen und fühlte sich sogar ein wenig für sie verantwortlich. Er glaubte wirklich, ihren augenblicklichen Schmerz nachfühlen zu können.

Als er sich umdrehte und sich wieder unter die Leute mischte, betete er eindringlich, daß Gott sie leiten und ihr den Mut geben möge zu tun, was zu tun war.

Als Jason ging, blieb Daytona sitzen und starrte unsicher im Zimmer hin und her auf die grünen Kränze und die weißen Duftkerzen, das frische Grün, die um die Türrahmen aufgehängten Weihnachtskarten, den festlich geschmückten Weihnachtsbaum neben ihr, beladen mit handbemaltem Holzschmuck. Ihr suchender Blick dauerte etwa fünfundvierzig Sekunden. Dann brach sie in Tränen aus. Wie konnte sie jemals einem Mann vergeben, der sie vergewaltigt hatte, besonders wenn dieser Mann ihr Vater war?

In dieser Nacht lag sie mit weit offenen Augen im Bett.

Ihre Seele schien sich stundenlang rastlos im Kreis zu drehen. Sie zwang sich, die Vergewaltigung und ihre verheerenden Folgen von neuem zu durchleben. Ohne sich zurückzuhalten, rief sie die Explosion des Hasses nach der Vergewaltigung in sich wach, eine Explosion, die so heftig gewesen war, daß sie zwei Jahre später immer noch ihre Druckwellen spürte.

Und doch hörte sie von Gott immer nur das eine: »Wenn ihr den Menschen ihre Verfehlungen vergebt, so wird euch euer himmlischer Vater auch vergeben. Wenn ihr aber den Menschen nicht vergebt, so wird euch euer Vater eure Verfehlungen auch nicht vergeben.« Das war der Vers, den David seiner Predigt zugrunde gelegt hatte. Ihr eigenes Gefühl für Gerechtigkeit protestierte gegen diese Worte. Wenn es schließlich jemanden gab, der keine Gnade verdiente, dann war es ihr Vater; dessen war sie zutiefst gewiß.

Doch so sehr sie auch innerlich protestierte, sich sträubte und kämpfte, Gott schien hartnäckig und doch behutsam all ihren Widerstand mit seiner Botschaft der bedingungslosen Liebe zu überwinden.

Einmal, als sie aus Erschöpfung vorübergehend eindöste, hatte sie einen Traum. Sie sah Christus am Kreuz hängen, und sie und ihr Vater standen allein ein paar Meter von ihm entfernt. Beide hielten sie einen Hammer und Nägel in der Hand. Gemeinsam hatten sie Christus ans Kreuz genagelt. Vom Kreuz her hörten sie eine Stimme, die betete: »Vater, vergib ihnen beiden, denn keiner von ihnen weiß, was sie tun.«

Als sie aus dem Traum hochschreckte, wußte sie sofort, daß dieser Kampf enden mußte. Es war offensichtlich, was Gott von ihr wollte.

Eine Stunde früher, als sie an diesem Morgen erwartet wurde, klopfte Daytona an Davids und Patricias Haustür. Es war sieben Uhr morgens am ersten Weihnachtstag.

»Entschuldigung, daß ich schon so früh herkomme«, sagte sie, als Patricia öffnete, »aber ich muß mit Jason sprechen. Es ist dringend.«

Sie wurde ins Wohnzimmer geführt und setzte sich auf die

Couch neben dem Weihnachtsbaum, während Patricia ging, um Jason Bescheid zu sagen.

Sobald er das Zimmer betrat, sprang Daytona auf und stürmte auf ihn zu. »Könnten Sie mit mir nach Buffalo fahren, um meinen Vater zu besuchen?« fragte sie mit feuriger Entschlossenheit in den Augen. »So schwer es mir fällt, ich habe mich entschieden, ihm von meiner Bekehrung zu erzählen von Christus. Und ich will ihm sagen, daß ich ihm vergebe. Ich will ihm sagen …« Sie hielt inne und beendete dann langsam ihren Satz: »… daß ich ihn liebe.«

Das erste, was Jason empfand, war Demut. Er konnte sich nicht einmal ansatzweise vorstellen, welch psychische Barrieren Daytona durchbrochen haben mußte, um zu dieser Entscheidung zu gelangen. Ein Ausspruch von Yoma kam ihm in Erinnerung: »Das Wesen des christlichen Wandels ist es, entgegen der menschlichen Natur zu leben.« Was er jetzt bei Daytona erlebte, war genau dieser christliche Wandel. Er war stolz auf sie.

»Natürlich komme ich mit«, sagte er. Sie konnten am nächsten Tag fahren, es war ein Samstag. Die Reise würde mit dem Auto jeweils acht Stunden dauern; daher beschlossen sie, um vier Uhr morgens aufzubrechen.

36

Auf der Fahrt nach Buffalo saß Daytona auf dem Beifahrersitz und kuschelte sich in ein großes Kissen. Wenn sie nicht gerade nervös redete, starrte sie tief versunken aus dem Fenster.

Nach einer Zeit des Schweigens sagte Jason: »Wissen Sie, Daytona, ich bin stolz auf Sie. Was Gott in den letzten Wochen in Ihrem Leben getan hat, ist ein einziges Loblied auf die Herrlichkeit seiner Liebe. Und ich bin ebenso begeistert von den wunderbaren Dingen, die er in Zukunft für Sie tun wird.«

Daytona unterschätzte nicht, was Gott bereits für sie getan hatte – sie war ja noch völlig überwältigt davon. Doch was ihre Zukunft anging, war sie nicht ganz so optimistisch wie Jason.

»Wenn Sie hierbleiben würden«, sagte sie ihm, »dann würde ich es wahrscheinlich schaffen. Ohne Sie bin ich mir nicht so sicher.«

»Sie werden es schaffen, Daytona«, sagte Jason aufmunternd. »David, Patricia, Stephanie, Tanya, die ganze Gemeinde; sie werden Ihnen alle zur Seite stehen.

Außerdem«, fügte er hinzu, »bedeutet meine Abreise nicht, daß ich kein Teil Ihres Lebens mehr sein werde. Das werde ich.«

Daytona sah ihn zweifelnd an, als wollte sie fragen, wie er denn das bewerkstelligen wolle.

Er las ihr die Frage von den Augen ab. »Ich werde mir einen tragbaren Kassettenrecorder kaufen«, fuhr er fort. »Dann können wir per Tonband korrespondieren.« Ihm war bereits klar, daß eine schriftliche Korrespondenz für sie zu schwierig sein würde, da sie nicht lesen konnte. »Und am Anfang«, fügte er hinzu, »kann ich Sie vielleicht sogar zweimal im Monat anrufen. Wir bleiben in Kontakt. Das verspreche ich Ihnen.«

»Es wird nicht dasselbe sein«, erwiderte sie.

Jason wußte, daß sie recht hatte. Es würde nicht dasselbe sein.

»Na ja«, entgegnete er. Er wußte, daß er sich jetzt weit vorwagte, aber er sagte es trotzdem: »Wer weiß? Vielleicht wird es ja irgendwann möglich für Sie, mich einmal besuchen zu kommen.«

»In Norwegen?« fragte sie überrascht. Ein hoffnungsvolles Lächeln leuchtete auf ihrem Gesicht auf.

»Ja. In Norwegen.«

Für den Rest ihres Weges nach Buffalo blieb sie in guter Stimmung.

Als sie den Ort mit all seinen schmerzlichen Erinnerungen wiedersah, mußte Daytona dagegen ankämpfen, daß der alte

Haß und die Furcht wieder in ihr aufstiegen. Während sie vom Wagen aus zum Haus hinüberblickte, betete sie rasch und eindringlich, Gott möge ihr helfen, den negativen Sog zu überwinden.

Jason ergriff ihre Hand und betete laut mit.

Sie stiegen aus und gingen über den Schnee hinweg auf das Haus zu. Es war noch viel heruntergekommener als Daytona es in Erinnerung hatte. Das Fliegengitter an der Haustür war teilweise aus dem Rahmen gerissen und baumelte steif umher. Die Fensterläden, die einst dunkelgrau gewesen waren, waren zu einer aschweißen Farbe ausgeblichen. Die abblätternde Farbe an dem Sonnendach über dem Eingang sah noch schlimmer aus.

Am Fuß des Treppenaufgangs drehte sie sich zu Jason um. »Seien Sie nicht überrascht über das, was wir finden werden oder wie er uns behandeln wird. Machen Sie sich buchstäblich auf alles gefaßt.«

Jason nickte verstehend und fragte dann: »Wie heißt er?«

»Hmm?« machte sie, da sie seine Frage nicht verstand.

»Sie haben mir nie gesagt, wie Ihr Vater heißt.«

Daytona wurde bewußt, daß das stimmte. In all den schmerzlichen Gesprächen, die sie mit Jason über ihren Vater geführt hatte, hatte sie nicht einmal seinen Namen erwähnt. Eigentlich überraschte es sie nicht. Durch ihren Haß auf ihn hatte sie seinen Namen so sehr verabscheuen gelernt, daß sie ihn nicht einmal mehr aussprechen wollte. Bis jetzt.

»Coe«, sagte sie schließlich nach einer Pause. Es war ein seltsames Gefühl, den Namen nach so vielen Jahren wieder auszusprechen. »Sein Name ist Coe.«

Daytona führte ihn die Stufen hinauf zur Haustür.

Nach einem kurzen Zögern streckte sie die Hand aus und drückte auf den Knopf. Darunter stand der Name »Freedman«, vor vielen Jahren mit einen Filzstift geschrieben. Das Namensschild befand sich in einem Rahmen aus Metall und war mit einem Stück durchsichtigen Hartplastik bedeckt, das im Laufe der Jahre trüb geworden war. Jason sah das Schild, aber er studierte es nicht gründlich oder lange genug, um es zu entziffern.

Sie standen da und warteten.

Daytona klingelte ein zweites Mal, dann ein drittes Mal.

Immer noch rührte sich nichts.

Dann probierte sie die Tür aus. Sie war unverschlossen. Sie öffnete sie und trat ein. Als sie sich drinnen umsah, sah sie niemanden. Doch da war die Couch und der Couchtisch – der Schauplatz ihrer Vergewaltigung vor zwei Jahren. Ihr Magen krampfte sich zusammen. Plötzlich fühlte sie sich, als ob alles noch einmal geschähe, allein durch die lebhaften Erinnerungen Sie hörte sich selbst stöhnen. Als sie fürchtete, die Fassung zu verlieren drehte sie sich um und warf sich in Jasons Arme. Sie brauchte ein paar Augenblicke, um sich wieder zu fangen.

Jason hielt sie fest. Als er überzeugt war, daß sie sich gefaßt hatte, deutet er den Flur entlang und sagte: »Hören Sie.«

Aus einem der hinteren Zimmer kamen Fernsehgeräusche.

»Daddy?« rief Daytona in der Hoffnung, ihre Mission rasch hinter sich zu bringen.

Niemand antwortete.

Gefolgt von Jason, ging sie langsam den Flur entlang. Bilder aus der Vergangenheit drangen auf sie ein, während ihr Blick über die vertraute Umgebung schweifte. Sie kämpfte gegen die schemenhaften Erscheinungen an.

»Daddy?« rief sie wieder. *Oh Gott, hilf mir,* betete sie.

An der Tür zu ihrem alten Zimmer blieb sie stehen und sah hinein. Das Zimmer war unberührt. Nichts war bewegt worden, niemand hatte saubergemacht; es war noch genauso, wie sie es vor zwei Jahren verlassen hatte.

Es war bizarr, beinahe unheimlich. Ihre Gedanken überschlugen sich. Einen Augenblick lang wurde ihr schwindlig. Sie rief sich den Zweck ihres Kommens in Erinnerung, schüttelte die Benommenheit ab und ging auf das Schlafzimmer ihres Vaters am Ende des Flurs zu, dem Zimmer, aus dem die Fernsehgeräusche kamen.

Als sie die Tür erreichte, hielt sie inne. Bevor sie hineinsah, atmete sie tief durch. Dann faßte sie sich ein Herz und trat langsam in das Zimmer.

Sie sah ein Paar Beine, die aus einem tiefen Liegesessel hinausragten. Von ihrem Blickwinkel schräg hinter dem Stuhl waren die Beine das einzig Lebendige, das sie sah.

»Daddy?« fragte sie.

Die Person in dem Sessel antwortete nicht und machte keine Bewegung.

Daytona ging langsam um den Sessel herum und stieß dabei eine Flasche um, die sie in dem trüben Licht nicht gesehen hatte.

Plötzlich sah Jason, wie sie die Person in dem Sessel mit weit aufgerissenen Augen anstarrte und schwer zu atmen begann.

»Daddy?« wiederholte Daytona schließlich. Ihre Stimme war fast nur ein Flüstern.

Der Mann, der in sich zusammengesunken in dem Sessel hing, rollte langsam seinen Kopf in eine aufrechte Position und öffnete mühsam die Augen. Er sah aus, als ob er sich seit Tagen nicht aus diesem Sessel gerührt hätte. Das Gesicht war unrasiert. Seine Augen, die er kaum offenhalten konnte, waren gerötet. Auf einer Seite war sein Haar platt an den Kopf gedrückt. Auf der anderen Seite stand es wild zerzaust in alle Richtungen ab. Seine Haut war gelb, und sein ganzer Körper wirkte irgendwie aufgebläht. Er roch nach Urin.

Daytona hatte Angst, ihn zu berühren. Sie stand nur da und sah ihn an.

Der Mann erwiderte ihren Blick. Seine Augen sahen tief und abwesend aus. Ungefähr fünfzehn Sekunden lang durchbohrte er sie mit seinem Blick, als versuchte er, sich daran zu erinnern, wer sie war. Dann sprach er, die Stimme kaum mehr als ein angestrengtes Flüstern. »Warum bist du zurückgekommen?« Keine erkennbare Regung lag in seinen Worten.

In diesem Augenblick sah Daytona ihren Vater, wie sie ihn noch nie zuvor gesehen hatte. Statt von Haß erfüllt zu sein, verspürte sie eine seltsame Art von Mitleid. Statt einen Mann zu sehen, der sie mißhandelt und vergewaltigt hatte, sah sie ein gequältes menschliches Wesen, das Hilfe brauchte.

»Ich bin gekommen, um dir zu sagen, daß ich dich liebe,

Daddy, und daß es keine Rolle mehr spielt, was du getan hast. Ich vergebe dir. Und ich möchte dich bitten, mir zu vergeben, daß ich dich gehaßt habe und von dir fortgelaufen bin.«

Der Mann starrte sie weiter an. Sein Mund hing schlaff offen, als hätte er einen Schlaganfall gehabt.

Daytona wußte, daß er ärztliche Hilfe brauchte, aber im Augenblick ging es ihr mehr als alles andere darum, daß ihr Vater verstand, was sie ihm zu sagen hatte. Ganz von ihrem Ziel erfüllt, kniete sie vor ihm nieder. Sie ignorierte den Gestank, der auf ihre Sinne eindrang, und ergriff seine Hände. »Verstehst du, Daddy? Was in der Vergangenheit geschehen ist, ist nicht mehr wichtig. Ich möchte, daß wir von vorne anfangen.«

Der Mann blinzelte sie an, als versuche er, sie zu verstehen.

»Ich habe Gott gefunden, Daddy«, fuhr Daytona fort. »Er hat mein Leben verändert. Er hat –«

»Du bist religiös geworden?« unterbrach er sie. Seine undeutlichen Worte waren eher eine Feststellung als eine Frage.

»Ja, Dad. Ich bin Christ geworden.«

»Wer ist da bei dir?« wechselte der Mann abrupt das Thema. Seine Konzentrationsspanne schien erschöpft zu sein.

»Das ist ein Freund von mir.« Daytona winkte Jason näher zu kommen. »Er ist Pastor und heißt Jason Faircloth. Er ist der Mann, der mir geholfen hat, Gott zu finden.«

»Hallo, Coe.« Es waren Jasons erste Worte, seit sie das Zimmer betreten hatten. Er streckte seine Hand nicht aus; es war ihm bereits aufgefallen, daß der Mann außer dem leichten Rollen seines Kopfes keine Spur einer Bewegungsreaktion zeigte, nicht einmal seiner Tochter gegenüber. Als er näher kam und den Mann von vorne betrachtete, wuchs seine Gewißheit, daß mit ihm etwas nicht stimmte.

»Pastor Jason Faircloth«, sagte der Mann plötzlich wie zu sich selbst. Sein Blick wanderte zu Jason und beinahe sofort wieder zurück zu Daytona.

»Ich war in New York im Krankenhaus –«

»Paradox«, unterbrach sie Coe flüsternd, als ob er sie gar

nicht hörte. Dann murmelte er etwas Unverständliches vor sich hin.

Daytona drehte sich um und sah Jason an.

»Er ist krank, Daytona. Wir müssen ihn in ein Krankenhaus bringen.«

Während Daytona sich weiter bemühte, ein sinnvolles Gespräch mit Coe zustande zu bringen, fand Jason ein Telefon auf dem Nachttisch neben dem Bett des Mannes und rief einen Krankenwagen.

»Sein Problem hängt mit dem Alkohol zusammen, wie Sie sich vermutlich schon gedacht haben«, sagte der Arzt zu Daytona. Sie und Jason hatten inzwischen fast eine Stunde lang im Warteraum des Krankenhauses zugebracht und auf seinen Bericht gewartet.

»Er hat eine Leberzirrhose«, fuhr er fort, »und das Organ funktioniert kaum noch. Sein Körper ist buchstäblich gesättigt mit toxischen Substanzen, die sich durch das Versagen der Leber durch sein ganzes Kreislaufsystem verbreitet haben. Wir werden ihm einige Medikamente verabreichen, um zu versuchen, wenigstens einige der Giftstoffe abzubauen. Und wir werden ihm Medikamente gegen die Wassereinlagerung geben. Aber ich darf Ihnen keine falschen Hoffnungen machen. Er ist in einem kritischen Stadium. Ich habe Leute in seinem Zustand noch am selben Tag sterben sehen, während andere sich noch einmal aufrappelten und zwei oder drei Monate weiterlebten.«

Daytona war weder überrascht noch schockiert. Statt dessen empfand sie Zorn – nicht auf Gott oder auf ihren Vater, sondern auf die Umstände. Sie behielt den Zorn für sich, aber sie war so weit gefahren und hatte so stark gehofft, daß es zu einer Versöhnung zwischen ihr und ihrem Vater kommen würde. Hatte sie zu lange gezögert? Was war, wenn ihr Vater nicht mehr klar wurde? Würde er sterben, ohne zu erfahren, daß Christus ihn liebte und ihm ein neues Leben schenken wollte? Würde sie sich nie mit ihrem Vater versöhnen und eine gute Beziehung zu ihm haben können? War alles zu spät?

Als der Arzt gegangen war, wandte sich Jason an Daytona und sagte: »Sieht aus, als müßten wir uns hinsetzen und miteinander reden.«

Daytonas geheimer Zorn verwandelte sich in Furcht. Ihre Pläne für die nächsten drei Tage gerieten durcheinander und aus ihrer Kontrolle. Sie wußte, worüber sie und Jason reden mußten: über die Wahrscheinlichkeit, daß sie in Buffalo bleiben mußte. Es war eine Entscheidung, die bedeuten würde, daß sie sich hier und jetzt von Jason verabschieden müßte statt wie geplant nächsten Dienstag.

Sie bestellten sich unten in der Cafeteria etwas zu trinken und redeten darüber. Die letzten Strahlen der Wintersonne drangen durch die Fenster neben ihrem Tisch herein.

Nachdem sie sich eine Stunde lang unterhalten hatten und die Sonne bereits versunken war, kam Daytona endlich zu dem Schluß, daß es richtig war zu bleiben.

Ihre Augen wurden feucht, und sie versuchte, die Tränen herunterzuschlucken.

In den Minuten, die ihnen gemeinsam blieben, bemühte sich Jason, ihr so weit wie möglich in den neuen und unerwarteten Umständen emotional, geistig und geistlich Auftrieb zu geben. So lange, bis sie nach New York zurückkehrte – oder bis sie sich entschied, nicht zurückzukehren –, würde er es arrangieren können, daß jemand von der Gemeinde sie an den Wochenenden besuchte, so daß sie nicht völlig den Kontakt zu ihrer Unterstützergruppe verlor. Er würde sie auch bitten, ihr zu helfen, eine gläubige Familie in Buffalo zu finden, die ihr hier den Rücken stärken könnte. Und er selbst würde sie von Norwegen aus einmal pro Woche anrufen, um sie zu ermutigen und zu hören, wie es ihr und ihrem Vater ging.

Es war Zeit für Jason zu gehen. Doch auch ihm fiel der Abschied schwer. Sie bedeutete ihm zuviel, als daß er einfach hätte weggehen und einen glatten Schnitt machen können.

Daytona versuchte, tapfer zu sein. »Wissen Sie«, sagte sie mit einem dicken Kloß im Hals, »ich habe in meinem Leben schon allerhand verschiedene Arten von Schmerzen erlebt, aber ich mußte mich noch niemals von jemandem verabschieden, den ich so sehr geliebt habe.« Sie konnte kaum zu Ende sprechen, bevor sie erneut in Tränen ausbrach: »Und ich glaube, das ist der schlimmste Schmerz von allen.«

Jason drückte sie an sich. Er hatte nicht vorausgesehen, daß er ihr solche Schmerzen verursachen würde. In seiner Verzweiflung war er nahe daran, sie an Ort und Stelle einzuladen, mit ihm nach Norwegen zu gehen. Daran hatte er in der vergangenen Woche schon mehrfach konkret gedacht. Doch er war bereits zu dem Schluß gekommen, daß die Komplikationen eines solchen Schrittes viel zu groß waren.

Außerdem, rief er sich in Erinnerung, war diese Möglichkeit nun sowieso völlig hinfällig geworden. Daytonas Vater brauchte sie jetzt.

Während Jason immer noch sich selbst zu überzeugen versuchte, die richtige Entscheidung getroffen zu haben, blickte Daytona auf und hörte für einen Augenblick auf zu weinen. »Ich schulde Ihnen alles«, sagte sie. »Sie sind der beste Freund, den ich je hatte. Und das werden Sie immer sein, selbst wenn ich Sie niemals wiedersehe.« Ihre Stimme brach, als sie schluchzte: »Ich werde nie aufhören, an Sie zu denken.«

Jason seufzte schwer. Ihm brach das Herz. Doch bevor er etwas antworten konnte, fuhr Daytona fort: »Ich nehme an, wenn Sie immer noch der superfromme Typ wären, der Sie früher waren, wären wir uns nie begegnet. Sie wären an mir vorübergegangen wie an allen anderen. Aber Gott hat Sie in einen Mann verwandelt, wie es nur einen unter Millionen gibt, Jason Faircloth. Sie sind der einfühlsamste Mensch, dem ich je begegnet bin. Was immer Sie tun … ändern Sie sich nie.«

Jason drückte sie fest an sich. Er war ein sechzig Jahre alter Mensch, der vor langer Zeit zerbrochen war. Und er wußte, daß Daytona recht hatte. Wäre er immer noch derselbe wie in seiner Zeit in Atlanta, so hätte er sich niemals für jemanden wie sie Zeit genommen.

»Daytona«, brachte er schließlich heraus, »Menschen, die nicht nur verletzt wurden, sondern am Leben buchstäblich zerbrochen sind, werden immer einfühlsam für die Verletzungen anderer sein. Darum werden auch Sie, wenn Sie niemals Ihr

Herz für Gott verlieren, eine jener seltenen, einfühlsamen Personen sein. Sie werden viel besser darin sein, Menschen zu lieben, als ich es jemals war.«

Um ihre Aufmerksamkeit von dem schmerzlichen Abschied abzulenken, ließ Jason sie los und schlug vor zu fragen, ob sie noch einmal mit Coe sprechen dürften, bevor er ging.

»Ja«, sagte die Schwester, als sie sie gefunden hatten. »Wenn er wach ist. Aber wenn er noch schläft, müssen Sie ihn ungestört ruhen lassen.«

Sie spähten in sein Zimmer. Aber es war alles still. Er schlief noch.

Sie zogen sich auf den Flur zurück. Jason machte sich bereit, sein endgültiges Lebewohl zu sagen. Doch plötzlich dämmerte ihm, daß er dabei war, Daytona ohne Transportmittel mitten in Buffalo zurückzulassen.

»Haben Sie einen Führerschein?« fragte er sie.

Sie sah ihn seltsam an. »Ja. Warum?«

»Als wir heute morgen bei Ihrem Vater waren, stand ein Wagen in der Einfahrt. Gehört er Coe?«

Daytona nickte.

»Nun, mir fiel gerade ein, daß es ziemlich unpraktisch für Sie wäre, wenn Sie ohne Auto hier zurückbleiben würden. Ich könnte Sie doch auf dem Weg aus der Stadt beim Haus vorbeibringen, und wenn Sie die Schlüssel finden, können Sie mit dem Wagen zurück ins Krankenhaus fahren.«

Daytona war dankbar, daß er daran gedacht hatte.

Die Fahrt zurück zu Coes Haus verschaffte ihnen noch etwas zusätzliche gemeinsame Zeit, doch diese zusätzlichen Minuten schienen nur ein Hohn zu sein. Daytona versank zusehends in einer Lawine stiller Depression.

Jason versuchte, sie zu trösten, indem er sie ermutigte und ihr Hoffnung zusprach, aber es war sinnlos. Sie litt bereits zu sehr.

Unter dem Licht über der Haustür hantierte sie mit dem Schlüssel herum und suchte das Schlüsselloch. Jason stand neben ihr, und sein Blick fiel müde und absichtslos noch einmal auf den Namen unter der Türklingel. Der Gedanke kam ihm, daß der Name, den er da las, nicht »Richards« lautete. Er war kurz davor, der Sache seine Aufmerksamkeit zuzuwenden, als Daytona plötzlich den Schlüssel zu Boden fallen ließ.

Er bückte sich, hob ihn für sie auf und schloß dann die Tür auf.

Nach einer Viertelstunde hatten sie die Autoschlüssel gefunden. Dann waren sie wieder draußen.

Auf den Eingangsstufen betete Jason ein letztes Mal mit Daytona und dankte Gott für ihre Freundschaft.

Auf ihre Bitte hin schrieb er ihr noch seine Flugnummer und seine Abflugzeit am Dienstag auf. Darunter notierte er Davids und Patricias Telefonnummer, ebenso die von Stephanie und Tanya. Er versprach ihr, Stephanie und Tanya zu bitten, ihre Kleider und andere Dinge einzupacken und an sie zu schicken. Und er würde Marlene erzählen, was passiert war, und sie bitten, sie auch einmal zu besuchen.

Arm in Arm stiegen sie langsam die Eingangsstufen hinab und gingen durch den schneebedeckten Vorgarten zur Straße, wo sein Wagen wartete.

»Ich rufe Sie am Dienstagmorgen an«, versprach Jason, überrascht, daß es ihm so schwerfiel, die Worte herauszubringen, »bevor ich zum Flughafen aufbreche.«

Nur vor achtzehn Jahren, als er sich an ihren Gräbern von Lorene und Hannah verabschiedet hatte, war Jason je durch einen so herzzerreißenden Abschied gegangen. Nicht, daß Daytona ihn angefleht hätte zu bleiben oder gebettelt hätte, mit ihm kommen zu dürfen. Offensichtlich hatte sie akzeptiert, daß beides unmöglich war. Es war die schweigsame Qual, die sie empfand, die es ihm so schwer machte.

Als sie neben seinem Wagen standen, umarmte Daytona ihn fest und weinte an seiner Brust. Mehrere Minuten lang blieben sie so stehen.

Dann stieg Jason in den Wagen.

Er kurbelte das Seitenfenster herunter und ließ den Motor an.

»Ich liebe dich, Jason Faircloth«, sagte Daytona und hielt seine Hand durch das geöffnete Fenster hindurch.

»Ich liebe dich auch, Daytona.«

Als er den Gang einlegte und der Wagen sich in Bewegung setzte, hielt Daytona seine Hand fest und fing an, neben dem Wagen herzulaufen.

Jason sah ihr ein letztes Mal in die Augen. Er konnte nicht verleugnen, wie sehr er sie ins Herz geschlossen hatte. Sie war tatsächlich die engste Freundin geworden, die er je gehabt hatte.

Als er beschleunigte und sie seine Hand losließ, gab er sich Mühe, nicht zurückzublicken. Aber es war vergeblich. Hilflos in den Rückspiegel starrend, sah er Daytona auf dem Bürgersteig auf die Knie sinken.

Sein Herz stieg ihm bis in die Kehle hinauf, als er zu Gott schrie, er möge sich um sie kümmern.

37

Den ganzen Sonntag und Montag hindurch mußte Jason an Daytona denken. Mehrere Male wollte er schon zum Telefon greifen und sie anrufen. Doch jedesmal widerstand er der Versuchung. Er glaubte, daß er damit die Schraube nur noch weiter anziehen und ihre Qual vermehren würde. Nein, er würde warten und sie wie geplant am Dienstag anrufen.

Am Montagabend, seinem letzten Abend in New York, versammelten sich alle dreizehn Gemeinden der *Liberty International City Church* in einer Sporthalle zu einer Abschiedsfeier für Jason. Es gab etwas zu essen, Musik, Zeugnisse und ein Schlußgebet von David. Er bat Gott, Jason »auf ganz einzigartige und bedeutende Weise« zu segnen für seine Bereitschaft, Norwegen zu verlassen und ihnen zu helfen.

Sie hatte recht gehabt. Der Schmerz, den besten Freund zu verlieren, war der schlimmste Schmerz von allen.

Daytona hatte drei unbequeme Nächte in einem Wartezimmer im Krankenhaus verbracht. Der Abschied von Jason hatte sie ins Selbstmitleid getrieben, ihre Hoffnungen zerstört und ihr jeglichen Appetit genommen. Sie fühlte sich wie eine einzige riesige Träne, deren Bestimmung nie endende Trauer war.

Sie fand keinen Trost, bis sie früh am Dienstagmorgen zu ihrem Vater hineinging. Coe war wach und zum ersten Mal seit seiner Einweisung ins Krankenhaus einigermaßen bei Bewußtsein.

»Ich bin froh, daß du zurückgekommen bist«, sagte er. Seine müden Augen und schneckenhaften Bewegungen erweckten den Eindruck, als stünde er unter Drogen.

Sie hätte nie zu träumen gewagt, diese Worte von ihm zu hören. Sie griff nach seiner Hand.

»Ich bin ein einsamer Mann«, fuhr er ängstlich fort. »Ich brauche dich.«

Daytona wußte, daß seine klare Phase vielleicht nicht lange anhalten würde. Jetzt, wo er ihr zuhörte, gab sie ihm erneut zu verstehen, daß sie ihm vergeben hatte. Sie sprach mit müdem, aber entschlossenem Herzen. »Ich möchte, daß du auch Gott findest, Daddy.« So gut sie konnte, erklärte sie ihm den Weg und stützte sich dabei auf alles, was sie aus ihren Bibelstudien mit Jason in Erinnerung hatte.

Coe schien bewegt zu sein, aber nicht alles zu verstehen. »Ich bin froh, daß du Gott gefunden hast«, sagte er schließlich und drückte ihre Hand.

Daytona war fertig. Sie fing leise zu weinen an und sah in sein müdes Gesicht hinab. Warum hatte sie auf einen solchen Augenblick mit ihrem Vater so lange warten müssen?

Während der nächsten anderthalb Stunden fiel Coe immer wieder in einen kurzen Dämmerschlaf und erwachte dann wieder. Daytona blieb an seiner Seite und hielt seine Hand. Sie betete, Gott möge ihm irgendwie helfen, die Wahrheit zu begreifen.

Um neun Uhr kam eine Schwester herein und fragte, ob sie Daytona Richards sei. »Ein Mr. Jason Faircloth aus New York City ist für Sie am Telefon.« Der Anruf wurde zu einem Apparat im Wartezimmer durchgestellt.

Rasch stand Daytona von Coes Bett auf und wandte sich dem Ausgang zu.

Er klammerte sich fest an ihre Hand und wollte nicht loslassen, und sie drehte sich wieder zu ihm um. Seine Augen waren plötzlich weit offen, und was sie in ihnen las, deutete sie als Angst, sie könnte ihn allein lassen.

»Keine Sorge«, beruhigte sie ihn rasch. »Ich gehe nur schnell zum Telefon. Jason ist am Apparat und wartet auf mich, und es ist ein Ferngespräch. Ich bin gleich wieder da.«

Coe hielt sie immer noch fest, und seine Blick wurde unscharf. Stockend sagte er: »Ich bin froh … daß du … auch deinen … Groß … vater … gefunden hast.« Langsam ließ er ihre Hand los. Speichel floß aus seinem Mund.

Einen Augenblick lang war sie beunruhigt über den Unsinn, den er redete, aber sie hatte es zu eilig, ans Telefon zu kommen, um sich jetzt damit zu beschäftigen.

»Ich bin gleich wieder da«, sagte sie wieder. Fast rennend eilte sie über den Flur zum Telefon.

Jason begrüßte sie herzlich und sagte, er sei gerade im Aufbruch. David und Patricia wollten mit ihm noch zu einem gemütlichen Brunch ausgehen, und hinterher würden sie sich frühzeitig zum Flughafen aufmachen, damit er in Ruhe sein Gepäck für den Flug aufgeben könnte, der um fünf Uhr ging.

Wieder stieg der Kloß in Daytonas Kehle auf. Er fühlte sich an wie ein riesiger Stein, der ihr den Atem zu nehmen drohte.

Jason fragte nach ihrem Vater, nach ihr selbst und danach, wie sie die letzten beiden Tage verbracht hatte. Sie antwortete mit erzwungener Ruhe, doch der Moment der Wahrheit war zuviel für sie. Bald konnte sie nicht einmal mehr deutlich sprechen.

Jason versuchte, sie zu trösten, so gut er konnte. Er berichtete, er habe sich mit Marlene getroffen, die schon in einer Woche vorhatte, nach Buffalo zu fahren und sie zu besuchen. Dann erinnerte er sie noch einmal an sein Versprechen, sie von Norwegen aus anzurufen.

Für Daytona war es, als ob sie den unerträglichen Abschied

noch einmal durchmachen müßte. Als sie nach dem letzten Lebewohl den Hörer auflegte, rang sie zitternd nach Atem.

Statt sofort in Coes Zimmer zurückzukehren, rannte sie auf die nächste Toilette, schloß sich in eine der Kabinen ein und weinte.

Zwanzig Minuten später kam sie wieder heraus und zwang sich, in Coes Zimmer hinüberzugehen. All das Glück, das sie zuvor mit ihrem Vater empfunden hatte, war nun dahin. Sie wollte es nicht so, aber es war so.

Als sie wieder bei ihm war, fing Coe mit halb geschlossenen Augen wieder an zu murmeln.

»Wohnt dein … Großvater … jetzt … in New York?«

»Tut mir leid, ich verstehe nicht, Daddy.« Daytona klang beinahe erregt. Geistig war sie nur halb anwesend.

Ein paar Sekunden später wiederholte er seine Frage.

»Tut mir leid, Daddy, aber ich verstehe immer noch nicht.«

»Dein Großvater … Jason … Faircloth. Der Vater deiner Mutter. Ich habe gefragt … ob … er jetzt in New York wohnt.« Er sah zur Decke hinauf.

»Jason Faircloth? Der Vater meiner Mutter? Wie meinst du das?«

Angestrengt fuhr Coe fort. »Deine Mutter … deine Mutter … war Hannah Faircloth, Tochter … von … Pastor Jason … Faircloth aus Atlanta. Sie war das … schönste Mädchen … das ich … je gesehen … habe.«

Langsam begannen Tränen aus Coes geschwollenen Augen zu sickern. Daytona bemühte sich zu begreifen, warum er so redete.

»Sie starb … nachdem sie dich zur … Welt gebracht hatte. In Miami. Ich bin … mit ihr gestorben, Daytona.«

»Gestorben?« Unwillkürlich erhob Daytona ihre Stimme und versuchte, Coe an die Wahrheit zu erinnern. »Meine Mutter hat dich verlassen. Erinnerst du dich? Sie ist weggegangen. Hat uns im Stich gelassen.« Doch noch bevor sie zu Ende gesprochen hatte, fingen ihre Gedanken an, sich zu überschlagen. Woher wußte ihr Vater, daß Jason Pastor in Atlanta gewesen war? Woher wußte er, daß Jasons Tochter in Miami gelebt hatte? Woher wußte er, daß sie gestorben war, nachdem sie ein kleines Mädchen zur Welt gebracht hatte? *Es ist unmöglich,* sagte sie sich. *Er ist Jason vor Samstag nie begegnet. Er kann das alles gar nicht wissen. Er kann nicht ...*

»Ich habe sie getötet«, sprach Coe plötzlich weiter. »Ich ... habe sie sterben lassen. Meine ... Schuld. Das habe ich mir nie ... nie verziehen. Nie verziehen. Ich habe es dir nie ... erzählt ... oder sonst jemandem.«

Sprachlos über das, was sie hörte, spürte Daytona, wie ihr Herz so stark zu pochen begann, daß sie sich durch den Lärm wie gelähmt fühlte. In verwirrtem Schweigen stand sie da und starrte ihren Vater an.

Bis zu diesem Moment hatte Coe seinen Blick an die Decke gerichtet. Als er endlich die Augen abwandte und sie ansah, schien er tausend Meilen weit durch sie hindurchzusehen. »Ich wollte sie nicht ... sterben lassen. Ich wollte es ... wirklich nicht. Ich konnte ... konnte ... nichts dagegen tun. Ich ... konnte nicht ...«

Er schien in seinen Erinnerungen zu versinken, und seine Stimme sank zu einem kaum hörbaren Murmeln herab.

Daytona versuchte, ihre Fassung zurückzugewinnen, während ihre Gedanken mit Lichtgeschwindigkeit durch ihren Kopf wirbelten.

»Daddy, ich muß dir ein paar Fragen stellen«, sagte sie ihm beinahe streng.

Sie wartete, bis er mit seinem Murmeln aufhörte, und fragte dann nervös: »Als ich ein kleines Mädchen war, haben wir da jemals in London gewohnt und sind im Urlaub ans Mittelmeer gereist?«

»Zypern«, flüsterte er. »Hannah hätte ... es geliebt.«

Wie ein Tornado brach die Wahrheit über Daytona herein.

»Daddy«, sagte sie und betonte sorgfältig jedes Wort in ihrer nächsten Frage: »War Hannah Faircloth, meine Mutter und deine Frau, eine Ausreißerin?«

»Sie war sechzehn ... als sie von zu Hause fortlief. Aber sie ...« Coe brach in Tränen aus.

Mit einem Schlag fügte sich das ganze Bild zusammen. Daytona stand da wie vom Schlag gerührt über all das, was da auf sie eindrang.

Als sie endlich ihre Gedanken wieder artikulieren konnte, stellte sie noch eine weitere Frage. Sie sprach jetzt mit unheimlich monotoner Stimme, als hätte sie ihre zerschmetterten Emotionen auf Eis gelegt. »Weißt du, warum meine Mutter von zu Hause davongelaufen ist?« fragte sie.

Coe richtete den Blick wieder an die Decke und begann zu zittern. Zorn glühte in seinen Augen auf und klang in seiner Stimme mit. »Weil … Faircloth ein religiöser … Fanatiker war … der sie wie … ein Stück Dreck behandelte.«

Daytona glaubte, eine genaue Wiedergabe von Jasons Geschichten zu hören. Plötzlich begriff sie, so unmöglich es klang, daß der Mann, der sich um sie gekümmert hatte, als sie völlig am Ende war, der Mann, der ihr geholfen hatte, ein neues Leben in Gott zu finden, der Mann, der ihr bester Freund auf der Welt geworden war, ihr eigener, leiblicher Großvater war.

Schweigend stand sie da und versuchte, das Unglaubliche zu fassen.

Plötzlich platzte sie wild heraus: »Er fliegt ab! Ich muß zu ihm!«

Sie riß ihre Handtasche an sich, ließ Coe, der kaum erfaßte, was vor sich ging, zurück und schoß wie der Blitz aus dem Zimmer.

Als sie den Flur entlang rannte, rutschte sie an einer der Ecken aus und stürzte auf den frisch gebohnerten Boden. Doch in ihrer fieberhaften Eile nahm sie weder Schmerz noch Verlegenheit wahr. Sie sprang einfach wieder auf und rannte weiter.

Als sie das Münztelefon in der Nähe des Warteraumes erreichte, durchwühlte sie hektisch ihre Handtasche nach ihrer Liste mit Telefonnummern. Sie war den Tränen nahe, als sie endlich Davids und Patricias Nummer in der Hand hatte. Sie zwängte mit fahrigen Bewegungen ein paar Münzen durch den Schlitz und tippte rasch die Ziffern ein.

Was soll ich zu Jason sagen, fragte sie sich nervös, während es am anderen Ende dreimal klingelte. *Wie schaffe ich es, daß er mir glaubt, daß er glaubt, daß ich wirklich die Wahrheit sage?*

Aber sie bekam keine Chance. Es war niemand zu Hause.

Rasch versuchte Daytona, sich zu sammeln und klar zu denken. Wie konnte sie Jason die Nachricht zukommen lassen, bevor er in sein Flugzeug stieg? Wen konnte sie noch anrufen? Natürlich – Stephanie und Tanya. Sie versuchte es mit ihrer Nummer. Doch noch bevor sie alle Ziffern eingetippt hatte, fiel ihr ein, daß sie bis nach Neujahr weg waren, um Tanyas Eltern in Rhode Island zu besuchen. Sie versuchte es trotzdem. Vielleicht war ja aus irgendeinem Grund trotzdem eine von ihnen zu Hause. Aber es war nicht so.

»Verdammt!« rief sie nach dem sechsten Klingeln.

Was sollte sie jetzt tun? Die Nummer von Davids Gemeinde oder einer der anderen Gemeinden hatte sie nicht. Von den Leuten aus der Gemeinde erinnerte sie sich an eine Menge Vornamen, aber keine Nachnamen, so daß sie ihre Telefonnummern nicht einmal bei der Auskunft erfragen konnte.

Sie warf einen raschen Blick auf die Uhr an der Wand des Warteraumes. Es war neun Uhr fünfunddreißig. Jasons Flugzeug sollte um fünf Uhr nachmittags starten.

Einen Sekundenbruchteil später hatte sie ihre Entscheidung getroffen und rannte zurück zu Coes Zimmer.

Sie trat sofort an sein Bett, ergriff seine Hand und sagte langsam und deutlich: »Ich fahre nach New York, Daddy.« Dann ließ sie seine Hand los und griff nach ihrem Mantel, der über einer Stuhllehne hing. »Ich versuche, irgendwann morgen zurück zu sein. Ich verspreche es.«

Coe sagte nichts. Ein Ausdruck der Angst trat in seine Augen, als er sah, wie sie sich den Mantel anzog.

Daytona wußte nicht, ob sie Mitleid mit ihrem Vater empfinden oder sich kalt und hart gegen ihn stellen sollte, weil er sie achtzehn Jahre lang angelogen hatte. Als sie ihn in einem Wirbel von Emotionen anstarrte, begriff sie zum ersten Mal, daß ihr Vater ein tief verwundeter Mann war, der sein ganzes

Leben lang auf der Flucht gewesen war – ein Mann, der ohne Hoffnung versucht hatte, seiner Schuld und der Wirklichkeit zu entkommen.

Diese erwachende Einsicht, die ein neues und klares Bild in ihrem Geist malte, rief plötzlich Mitgefühl in ihrem Herzen wach. Sie wußte, daß sie nicht mehr kalt und hart gegen ihn sein konnte.

Sie ging zu ihm hinüber, beugte sich über ihn und küßte ihn sanft auf die Stirn. Sie konnte sich nicht erinnern, dergleichen je zuvor getan zu haben.

Sie beschloß, sich zumindest Zeit für eine kurze Erklärung zu nehmen. »Daddy, bis vor ungefähr fünfzehn Minuten wußte ich nicht, daß Pastor Jason Faircloth mein Großvater ist. Aber jetzt muß ich ihn in New York erreichen. Ich kann ihn nicht abfliegen lassen, ohne daß er weiß, daß er endlich seine lang gesuchte Enkelin gefunden hat.« Bei den letzten Worten strömten ihr von neuem Tränen über die Wangen.

In diesem Augenblick dachte sie an ihre Mutter, Hannah Faircloth, Jasons Tochter, die diesen Mann geliebt hatte, den sie selbst gehaßt hatte.

Dann fiel ihr etwas ein. »Daddy – dieses Bild. Von meiner Mutter. Hast du es immer noch in deiner Brieftasche?« Er hatte ihr einmal erzählt, daß er es niemals aus der Hand gab. Es war ein Foto von Hannah in Miami vor einem Schild in Form einer Hundesilhouette. Es war das einzige Bild von ihrer Mutter, das sie jemals zu Gesicht bekommen hatte.

Coe reagierte nicht. Er hatte die Augen geschlossen und schien wieder irgendwo in der Dunkelheit seines Geistes versunken zu sein.

Daytona durchsuchte das Zimmer, bis sie seine Brieftasche in einer Schublade des Schränkchens neben seinem Bett gefunden hatte. Sie öffnete sie und durchsuchte ihren Inhalt. Als sie das Bild gefunden hatte, machte ihr Herz einen Sprung. Sie nahm es aus seiner Plastikhülle und hielt es fest in der Hand.

Bevor sie das Zimmer verließ, trat sie noch einmal an das Bett ihres Vaters und versprach ihm, so schnell wie möglich wiederzukommen. Als sie seine Hand drückte, öffnete er seine teilnahmslosen Augen und starrte sie träge an. Sie gab ihm noch einen Kuß auf die Stirn und ging.

Während sie im Laufschritt aus dem Krankenhaus und zu ihrem Wagen eilte, fing sie an zu beten, wie sie noch nie gebetet hatte, und beschwor Gott wie ein verzweifeltes Kind: *Bitte, laß mich Jason erreichen, bevor er abfliegt.*

Überwach saß sie hinter dem Lenkrad und trieb den Wagen bis zur Höchstgeschwindigkeit an. Den Tacho ignorierte sie, warf nicht einmal einen Blick darauf. Sie raste. Sie mußte es einfach schaffen. Sie mußte einfach.

Eine Stunde verging, dann eine zweite. Es fing an zu schneien. Nach dreieinhalb Stunden schneite es immer noch. Allmählich kam sie nicht mehr so schnell vorwärts. Ihr Optimismus verwandelte sich in Niedergeschlagenheit. Sie begann, sich Sorgen zu machen. Ihre Beine wurden steif. *Oh Gott,* betete sie, *laß es mich schaffen.*

Nach vier Stunden tat ihr der Rücken weh, doch sie jagte weiter mit hoher Geschwindigkeit und hohem Risiko durch den wirbelnden Schnee. Immer weiter trieb sie sich an, obwohl sie im gleichen Maß fürchtete, es nicht zu schaffen.

Als sie sich kurz nach vier Uhr dem Flughafen näherte, zog sie die Fluginformation aus ihrer Handtasche, die Jason für sie notiert hatte, und prägte sie sich rasch ein.

Jason hatte gerade sein letztes Lebewohl zu David und Patricia gesagt, bevor er am SAS-Terminal die Paßkontrolle durchschritt und die internationale Abflugzone betrat. Er versuchte jetzt, den Blick von der Vergangenheit weg in die Zukunft zu richten.

An einem der Stände mit internationalen Zeitungen blieb er stehen und kaufte sich eine norwegische Zeitschrift. Die Aussicht, in ungefähr zehn Stunden wieder in Oslo zu sein, rief bereits eine tiefe Sehnsucht in ihm wach. Zwar hatte er sich mit seiner Arbeit und mit den Leuten in New York sehr stark verbunden gefühlt. Aber in Norwegen hatte er immer die zusätzliche Bindung an das Land, das Meer, die Kultur gespürt – an alles, was Norwegen zu Norwegen machte.

Während er sich durch die drängelnde Menschenmenge schob und auf das Abflugtor seiner Maschine zuging, dankte er innerlich Gott für die Jahre in Norwegen, die sein Leben verändert hatten, und dafür, daß er ihm in einem Land dienen durfte, das er so sehr liebte.

Er freute sich auf die Rückkehr. Zwei Jahre Abwesenheit waren genug.

Daytona war noch vier Meilen vom Flughafen entfernt, als sie in ihrem Autoradio die Zeitansage hörte: vier Uhr dreißig. Sie kämpfte sich durch den dichten Berufsverkehr. Aber sie war jetzt zu nahe dran, um aufzugeben.

Sie mußte weiter.

Ein neuer Adrenalinstoß durchfuhr ihren Körper.

Sie fing an, von Spur zu Spur zu wechseln und jede Lücke im Verkehr zu nutzen, um den Countdown des Schicksals zu überlisten.

Gerade als sie dachte, sie könnte es doch noch schaffen, kam der Verkehr zum Stillstand. Alles, was sie vor sich unter den tiefhängenden, finsteren Wolken erkennen konnte, war eine endlose Kette von Rücklichtern.

Es war zwanzig vor fünf, als Jason und die Leute im Bereich seines Flugtores das Signal zum Besteigen der Maschine erhielten. Jason war einer der ersten, die durch die Bordkartenkontrolle vor dem Eingang des Einstiegstunnels gingen. Seine Erregung wuchs.

Als er an Bord ging, grüßte er die norwegische Stewardeß, die die Passagiere in Empfang nahm, und ging dann weiter zu seinem Sitzplatz etwa in der Mitte des Rumpfes. Es war ein Fensterplatz direkt hinter der Tragfläche, wie er es am liebsten hatte. Nachdem er seinen Mantel im Gepäckfach über dem Sitz verstaut hatte, setzte er sich und deponierte seine Aktentasche unter dem Sitz vor ihm.

Dann machte er es sich auf seinem Sitz bequem und öffnete entspannt und guter Dinge seine norwegische Zeitschrift.

Als der Verkehr endlich wieder zu rollen begann, war es vier Uhr sechsundvierzig. Wenige Minuten später bog Daytona auf den Parkplatz des SAS-Terminals ein und bremste mit quietschenden Reifen, halb auf der Straße, halb auf dem Bürgersteig, vor dem Vordereingang des Terminals.

Sie ließ den Wagen im Halteverbot stehen, sprang heraus und rannte durch die elektronischen Glastüren des Gebäudes.

Als sie das Gebäude betrat, zoomten ihre Augen wie eine High-Tech-Filmkamera zu den Anzeigetafeln hinauf, auf denen die Tornummern der Abflüge zu lesen waren. Hastig suchte sie nach der Flugnummer, die sie sich eingeprägt hatte, und fand sie. Die Tornummer war sechsunddreißig. Neben der Nummer blinkte bereits das Licht, das anzeigte, daß die Passagiere an Bord gehen konnten.

Sie sah auf die Uhr an der Tafel. Es war vier Uhr zweiundfünfzig.

Wie eine Besessene rannte sie durch die Flure des Terminals und folgte den Wegweisern zum Tor sechsunddreißig. Während sie an Rolltreppen vorbei- und durch ein Labyrinth von Fluren rannte, schaute sie auf jede Uhr, an der sie vorbeikam: Vier Uhr vierundfünfzig … sechsundfünfzig … neunundfünfzig …

Sie erreichte die Paßkontrolle, durch die man in die internationale Abflughalle gelangte. In ihrer Verzweiflung schoß sie an den Sicherheitsbeamten vorbei, bevor sie jemand aufhalten konnte.

Die Beamten hefteten sich sofort rufend an ihre Fersen, doch sie stürmte weiter voran.

In der Maschine verschloß Jason seinen Sicherheitsgurt gemäß der Aufforderung auf dem blinkenden Signal. Er sah auf seine Armbanduhr. Es war zwei Minuten nach fünf.

Von seinem Sitz aus konnte er sehen, wie einer der Flugbegleiter die Luke der Maschine schloß. Die Turbinen liefen bereits. Bald kam der Start, den er bei Flugreisen stets am meisten genoß.

Die beiden Beamten erwischten Daytona gerade, als sie den Wartebereich am Tor sechsunddreißig erreichte. Während sie sich von ihnen loszureißen versuchte, brach sie in Tränen aus und schrie: »Lassen Sie diese Maschine nicht starten!«

Sie streckte ihre Arme nach der Maschine aus, als ob sie glaubte, sie mit bloßen Händen aufhalten zu können, wenn man sie nur ließe.

Den Beamten ging ihre Hysterie auf die Nerven. Zuerst versuchten sie einfach, die Siebzig-Dezibel-Botschaft zu ignorieren, die sie ihnen begreiflich zu machen versuchte. Sie hatten alle Hände voll zu tun, sie nur festzuhalten. Doch als sie immer eindringlicher schrie: »Lassen Sie diese Maschine nicht starten!« bekamen es die Beamten plötzlich mit der Angst zu tun. Sie signalisierten dem Tormanager, den Start zu verzögern, bis sie das Mädchen beruhigt und ihr mehr Informationen entlockt hätten.

Erst dann fing Daytona an, sich zu beruhigen. Als die Beamten sich anschickten, sie zur Befragung in einen anderen Bereich des Terminals zu eskortieren, flehte sie sie unter Tränen an, sie an Ort und Stelle anzuhören.

Während der nächsten zwanzig Minuten hörten sie ihr zu, bis sie endlich ihre Geschichte verstanden hatten und glaubten.

Zum vierten Mal, seit der Flugkapitän die Verzögerung über Lautsprecher bekanntgegeben hatte, schaute Jason auf seine Uhr. Sie hatten bereits eine halbe Stunde Verspätung.

Die Verzögerung sei aus Sicherheitsgründen notwendig, hatte der Kapitän gesagt.

Durchs Fenster sah er, wie der Schnee über die Tragfläche wehte. Dann wandte er seinen Blick dem vorderen Bereich der Kabine zu und sah eine der Flugbegleiterinnen mit einem uniformierten Mann sprechen, der offenbar gerade durch die wieder geöffnete Luke in die Maschine gekommen war. Jason beobachtete, wie sie ungefähr eine Minute lang ernst miteinander sprachen. Dann verschwand die Stewardeß in Richtung Cockpit.

Nach einer weiteren Minute ertönte wieder die Stimme des Kapitäns über die Lautsprecher. »Hier spricht Kapitän Olsen. Falls ein Passagier namens Jason Faircloth an Bord ist, möge er sich bitte an der vorderen Einstiegsluke der Maschine melden. Ich wiederhole: Falls ein Passagier namens Jason Faircloth an Bord ist, möge er sich bitte an der vorderen Einstiegsluke der Maschine melden.«

Plötzlich wurde Jason der Kopf schwer. *Wer ist verletzt worden?* fragte er sich sofort. *David? Oder Patricia?*

Während der nächsten Sekunden, als er auf die Flugbegleiterin zuging, die an der vorderen Luke stand, versuchte er, sich innerlich auf eine tragische Nachricht vorzubereiten. *Hilf mir, Gott,* betete er mit aufsteigender Angst.

Die Flugbegleiterin winkte ihn durch den engen Tunnel weiter.

Dort, wo der Korridor in den Wartebereich mündete, heftete sich sein Blick automatisch an eine kleine Gruppe von Leuten, die ungefähr fünfzehn Meter entfernt standen. Es waren uniformierte und zivile Beamte darunter. Und dann sah er – Daytona? Jason wäre beinahe gestolpert. Ja – sie stand dort inmitten der Gruppe. Aber wie konnte das sein?

Als er langsam auf die schweigsam wartende Gruppe zukam, fiel ihm Daytonas ausgemergeltes, zerzaustes Aussehen auf. Sie sah beinahe krank aus. Es war nicht zu übersehen, daß sie geweint hatte.

Sein erster Gedanke war, daß Coe gestorben sei. Doch dann verwandelte sich Daytonas hohles Starren in ein riesiges, übersprudelndes Lächeln, ein triumphierendes Lächeln, das aussah, als hätte sie gerade die Welt erobert.

Er war entsetzt. War Daytona wahnsinnig geworden? War sie den ganzen Weg nach New York gekommen und hatte ihn aus der Maschine geholt, nur um ihn noch einmal zu sehen und ihn zu bedrängen, nicht abzureisen? Er wußte nicht, ob er verärgert sein oder versuchen sollte, sich beherrscht und verständnisvoll zu zeigen.

Er wollte gerade fragen, was los sei, als sie aus der Gruppe hervorbrach und sich mit vollem Schwung in seine Arme warf.

Jason starrte sie an. Hörte er wirklich, was er zu hören glaubte? Sein Verstand weigerte sich instinktiv, das Gesagte zu glauben. »Das ist nicht möglich«, stammelte er. »Du … du heißt doch Daytona Richards.« Er schaute wieder auf den Führerschein.

»Nur, weil ich sieben Wochen lang mit einem Zuhälter verheiratet war«, erklärte sie rasch.

»Aber … aber dein Vater. Sein Name ist Co–«

Dann traf es ihn wie ein Blitz. Er sog die Luft ein, bis seine Lungen beinahe platzten, und sah Daytona tief in die Augen.

»Renée? Renée Freedman?« fragte er. »Tochter von Cody Freedman aus Miami und Hannah Faircloth aus Atlanta, Georgia?«

»Ja!« lächelte Daytona. »Ja! Ja!« Dann ließ sie ein »JA!« los, das durch den ganzen Terminal hallte.

In einem Moment unbeschreiblichen Hochgefühls schlossen sich Jason und Daytona in die Arme. Als er sie immer wieder im Kreis herumwirbelte und sie sich in ihren Ausrufen unvorstellbarer Freude verloren, existierte für sie niemand sonst auf der ganzen Welt – nur er und sie.

Die abseits stehende Gruppe der Zuschauer, die von den Beamten auf Abstand gehalten worden war, verstand nicht in allen Einzelheiten, was da vor sich ging, aber sie sahen genug, um tief berührt zu sein. Auch sie lächelten, lachten und weinten – und klatschten sogar. Es war der zeitlose Geist aller menschlichen Wesen, der auf die ansteckenden Gefühle anderer reagierte. Und was sie an diesem Tag sahen, hinterließ bei ihnen einen bleibenden Eindruck, den sie nie vergessen würden.

Und auch niemand sonst, der sie hörte, vergaß je die Geschichte von Jason und Daytona.

Cody allerdings hörte sie niemals. Er starb allein noch am selben Abend.

Als Jason Daytona endlich wieder auf ihre Füße stellte, standen sie sich vielleicht vier Sekunden lang gegenüber und sahen sich schweigend in ihre strahlenden Gesichter.

Und dann brach das Lachen, Tanzen, Rufen und Weinen von neuem aus ihnen heraus.

Und dann noch einmal.

Und noch einmal.

Und noch einmal.

Epilog

Als sie zwei Sommer später Jason in Norwegen besuchte, stand Daytona an Yomas Grab und sprach ein Dankgebet, das ihr seit langem auf dem Herzen lag: »Ich bin dir nie begegnet, aber ich habe so viel von dir gehört. Danke für alles, was du für meinen Großvater getan hast. Danke, daß du einen Unterschied gemacht hast. Danke dafür, daß du dich um ihn gekümmert hast.«

Kaum waren diese Worte über ihre Lippen gekommen, wurde ihr klar, daß ihr nach allem, was geschehen war, ein heiliger Stab unverfälschten Christentums übergeben worden war, nicht damit sie ihn fallen ließ, sondern damit sie ihn am Leben erhielt. Jasons oft wiederholte Worte hallten in ihrem Geist wider: »Laß Gott dein Leben besitzen, laß die Weisheit dein Leben leiten, laß die Menschen dein Leben sein.«

Sie fing so heftig an zu weinen, daß sie nicht sprechen konnte. Dabei preßte sie ihm so stark die Kehle zu, daß er schon glaubte, ersticken zu müssen.

»Was machst du denn hier, Daytona?« brachte er schließlich heraus.

Daytona ließ seinen Hals los, griff eilends in die Handtasche, die sie an einem Riemen über der Schulter trug, und zog das Foto von Hannah hervor. Sie reichte es ihm mit vor Erregung zitternder Hand.

Jason nahm das Bild und sah es an. Es war so vergilbt, zerknickt und ausgefranst, daß das Mädchen auf dem Foto kaum zu erkennen war. Plötzlich stellte er völlig überrascht fest, daß er ein Foto von Hannah in den Händen hielt. In seinem Geist sprühten Funken. Er erinnerte sich an das hundeförmige Schild, das er in Codys Garten in Miami gesehen hatte. Das Bild mußte mindestens neunzehn Jahre alt sein.

Aber woher hatte Daytona es? Hatte sie ihn aus dem Flugzeug geholt, nur um ihm dieses Bild zu geben?

»Das ist ein altes Bild von meiner Tochter«, sagte Jason zu Daytona. Seine Feststellung klang mehr wie eine Frage.

Daytona kramte schon wieder in ihrer Handtasche. Rasch zog sie ihren Führerschein hervor. Langsam, in einem stockenden, nervösen Flüstern, fragte sie ihn: »Sagt dir der Name in diesem Führerschein etwas?«

Jason kannte Daytonas Namen bereits. Er starrte sie noch einmal verwirrt an, doch als sie ihm zunickte, hielt er sich den Führerschein vor die Augen und las den Namen aufmerksam: Daytona Renée Freedman. Er ließ den Führerschein sinken und sah wieder in Daytonas Augen. Seine Gedanken überschlugen sich und gerieten dann ins Stocken. Er las den Namen noch einmal. Daytona – Renée – Freedman. Daytona – Renée – Freedman.

Der Name explodierte in seinem Kopf. *Aber – das ergibt keinen Sinn. Es ist nicht möglich, daß …*

»Die Frau auf dem Bild ist meine Mutter«, sagte Daytona. Ihre Stimme zitterte unter der Spannung ihrer zurückgehaltenen Gefühle.